KLARTEXT

Theo Pointner, 1964 geboren in Bochum, lebt seit einigen Jahren in Essen. Er hat Betriebswirtschaft studiert und ist Leiter des Medizin-Controllings eines Krankenhauses im Ruhrgebiet.
Seit 1992 schreibt er Kriminalromane, die von der Bochumer Kripo um Katharina Thalbach erzählen. Im Oktober 2011 erscheint »Abgesang«. • www.theopointner.de

g|r|a|f|i|t Lizenzausgabe mit freundlicher Genehmigung des GRAFIT Verlags
Erstausgabe: Dortmund 1992
Druck und Bindung: GGP Media GmbH, Pößneck

ISBN 978-3-8375-0569-6

www.klartext-verlag.de

Theo Pointner

Einer nach dem andern

Kriminalroman

KLARTEXT

1

»Um Himmels willen, Ulli, beruhig dich. Du tötest mir den letzten Nerv.«

Katharina Thalbach sah verärgert nach links, wo ihr Freund, Ulli Zander, wie ein Springteufel hinter dem Steuer saß. Seine Hände trommelten ein Solo nach dem anderen auf dem Lenkrad ihres Fiestas, alle zehn Sekunden stieß er einen rüden Fluch oder wütende Verwünschungen aus.

»Verdammte Schnarchaffen«, zischte Zander. »Wir stehen jetzt bestimmt schon fünf Minuten hier.«

Thalbach verzog die Brauen und lehnte sich in ihrem Sitz zurück. In der Schlange der entgegenkommenden Fahrzeuge deutete sich immer noch keine Lücke an. Sie standen mitten auf der Dorstener Straße und verzweifelten bei dem Versuch, nach links in die Präsidentstraße abzubiegen.

Die beinahe dreißigjährige Kriminalkommissarin fuhr sich mit den Fingern durch das verklebte Haar. Die Temperatur im Auto näherte sich langsam aber sicher dem Siedepunkt, obwohl sie sämtliche Scheiben heruntergekurbelt hatten. Katharina spürte, wie sich Schweißbäche unter ihren Achseln bildeten.

»Jetzt reicht's mir«, fluchte Zander plötzlich und gab Gas. In der endlosen Blechkolonne hatte sich ein mikroskopischer Spalt aufgetan, selbst für ihren Kleinwagen eigentlich zu eng. Doch das Manöver wurde mit Erfolg belohnt. Gleich drei PS-Ritter stiegen voll in die Eisen, der Fiesta schoß mit quietschenden Reifen vorwärts und katapultierte sich in die Seitenstraße.

»Spinnst du?« beschwerte sich Thalbach. »Ich hab noch nicht mal die letzte Rate bezahlt. Wenn du unbedingt einen Totalschaden fabrizieren willst, dann bitte mit deiner eigenen Rostbeule.«

Zander bremste ein wenig ab und musterte die Häuserzeilen. »Immer mit der Ruhe. Ist ja nichts passiert.«

Katharina wartete, bis sich ihr Blutdruck normalisiert hatte, bevor sie weitersprach. »Wo müssen wir eigentlich genau hin?«

»Nummer acht. Müßte gleich kommen.«

Die Eisenbahnbrücke am Ende der Straße kam immer näher, direkt vor der Brücke machte der Asphalt einen scharfen Knick. Hier begann sofort die nächste Straße, ohne daß sie Hausnummer acht gefunden hatten.

Zander stoppte den Wagen ruckartig. »Scheiße, Scheiße, Scheiße. Das darf doch nicht wahr sein.«

Katharina lachte. »Ich dachte, du wohnst schon länger in Bochum.«

Ihr Freund lief rot an. »Ich kann doch nicht jede Ecke kennen.«

»Reg dich ab, und such lieber einen Parkplatz.«

Zander gehorchte und zwängte den Wagen an den Straßenrand. Nachdem er abgeschlossen hatte, hastete er hinter Thalbach her, die inzwischen schon fast auf der Brücke stand.

»Wenn mich nicht alles täuscht, geht die Straße auf der anderen Seite weiter«, erklärte sie. »Den Boxenstop an der Dorstener hättest du uns ersparen können.«

Ihrem Begleiter lag eine scharfe Erwiderung auf der Zunge, aber da er Mühe hatte, ihr Tempo mitzuhalten, konzentrierte er sich lieber darauf, nur die absolut notwendigsten Anstrengungen vorzunehmen.

»Siehst du, ich hatte recht«, triumphierte Thalbach, die das andere Ende der Brücke bereits erreicht hatte und dort auf Zander wartete.

»Schön für dich. Beeile dich lieber, ich hab den Termin für halb fünf gemacht. Jetzt ist es schon zwanzig vor.«

»Bei deiner Laune wird das ja ein tolles Wochenende«, stöhnte Katharina, hakte sich dann aber bei Ulli ein. Zusammen stiefelten sie den in der gleißenden Sonne liegenden Gehweg entlang, bis sie endlich Hausnummer acht erreicht hatten.

»Sieht ja nicht gerade vertrauenerweckend aus«, bemerkte Zander, als sie vor dem popelgrün gestrichenen Bau angelangt waren. Stellenweise war die Farbe abgeplatzt, der Putz sah im Rohzustand aber immer noch besser aus als der Anstrich.

»Für sechshundert warm kannst du keine Villa erwarten«, schmunzelte Thalbach. »Wie heißt der Vermieter?«

»Tibulski. Da, die unterste Schelle.«

Zander patschte seinen Daumen auf den angegammelten Knopf und lehnte sich an die verwitterte Haustür. Nach einer Ewigkeit ertönte ein krächzendes Geräusch, worauf sich die Tür quietschend öffnen ließ.

Die Kühle im Hausflur war wohltuend. Im ersten Moment konnten die beiden, noch vom Sonnenlicht geblendet, nichts erkennen. Die Wände waren erfrischend dunkelbraun gepinselt, die mausgrauen Briefkästen in der schummrigen Ecke vor der Kellertür kaum auszumachen. Als Zander die erste der drei Treppenstufen zu den Wohnungstüren bestieg, öffnete der Besitzer des Schlimmer-Wohnen-Modells seinen Verschlag.

»Tag, Herr Tibulski«, schmeichelte Zander. »Wir kommen wegen der Wohnung.«

Das Männchen im Türrahmen raffte sich zu seiner vollen Größe von vielleicht anderthalb Metern auf, rollte seinen Zigarrenstumpen von der rechten auf die linke Gebißseite und trat in den Hausflur. Aus seiner fleckigen Hose, die bis unter die Achseln reichte, kramte er einen riesigen Schlüsselbund.

»Tag«, raunzte er, wobei sein Blick zwischen dem oberen und unteren Ende von Katharinas Bekleidung pendelte. »Die Wohnung ist im ersten Stock.« Dabei machte er keine Anstalten, die Treppe zu erklimmen.

Thalbach bekam Zander gerade noch am Handgelenk zu fassen.

»Nach Ihnen, Herr Tibulski«, flötete sie überfreundlich. Obwohl ihr Sommerkleid etwa auf der Mitte ihrer Oberschenkel endete, mußte sich der Gnom, um zu sehen, was ihn augenscheinlich interessierte, auch ohne daß er auf der Treppe hinter ihr ging, kaum bücken.

Der Blick des Männchens verlor etwa zehn Grad Celsius. Murrend erklomm er die ersten Stufen. Katharina folgte grinsend.

»So, da wären wir«, knirschte Rumpelstilzchen. Krachend donnerte er einen der Schlüssel in die rechte Wohnungstür und schloß auf.

Als erstes fiel ihnen der etwas angemoderte Geruch von feuchtem Altpapier auf. Unerschrocken betraten sie die Diele, von der vier Türen abzweigten. Mit angelegten Nasenflügeln begannen sie die Besichtigung.

»Hier müßte mal gelüftet werden«, bemerkte Tibulski, während er die Daumen hinter die Träger seines Unterhemdes quetschte. »Siebzig Quadrat, drei Räume, kleine Küche und Bad mit Klo und Dusche.« Vor lauter Stolz, daß er den Anzeigentext immer noch auswendig kannte, schenkte er den potentiellen Mietern sogar ein Lächeln.

Zander stand derweil fassungslos im Badezimmer. Auf den ersten Blick konnte er nicht erkennen, ob der Zustand der Toilette auf abgeplatzter Keramik oder auf der organischen Hinterlassenschaft des letzten Mieters beruhte. Da die Atemluft einigermaßen genießbar war, entschied er sich für die erste Alternative. Dafür taugte die Duschtasse höchstens noch dazu, darin Leichenteile in Salzsäure aufzulösen.

Katharina hatte in der Zwischenzeit die Wasserflecken unter den Heizkörpern entdeckt. Als sie kopfschüttelnd nach oben sah, blickte sie auf verfaulte Holzfenster, die in wenig Vertrauen erweckende Rahmen gepreßt waren.

»Ab ersten achten könnten Sie hier rein«, erklärte ihnen Männchen. »Zwei Monatsmieten Kaution, und die Sache ist geritzt.«

»Kaution? Wofür denn?« platzte Zander heraus.

Tibulskis Freundlichkeit verschwand. »Na, falls Sie etwas kaputt machen. Sie glauben gar nicht, was man als Vermieter alles erlebt.«

Thalbach gab Zander einen Wink und orientierte sich zur Tür. »Vielen Dank, aber ich hab keine Lust, mir in der Bude Läuse zu holen. Kommst du, Ulli?«

Zander zwängte sich freundlich lächelnd an Tibulski vorbei, der sprachlos in der Diele stand. Bevor er einen Kommentar abgeben konnte, waren die beiden schon halb die Treppe herunter.

»Was für 'ne Bruchbude«, stöhnte Zander, als sie sich wieder auf der Straße befanden. »Eigentlich müßte man die dem Gesundheitsamt melden.«

Katharina hakte sich wieder bei ihm ein. »Ich hab die ganze Zeit Angst gehabt, du würdest da einziehen wollen.«

»Um Himmels willen. Eher kampiere ich freiwillig unter den Ruhrbrücken.«

Gemächlich schlenderten sie Richtung Auto. Katharina überlegte laut: »Eigentlich schade. Von hier hätte ich bequem zum Präsidium laufen können. Aber wenn ich mir vorstelle, daß dieser Gnom jeden Morgen im Hausflur lauert, um mir in den Ausschnitt zu schielen, nein danke.«

»Na ja, verstehen könnte ich ihn ja. Bei der Aussicht.«

Statt einer Antwort erhielt er von Katharina eine Kopfnuß. Selbstverständlich genoß sie die verstohlenen Blicke, die Zander ihr, selbst nach den Jahren, die sie schon zusammen waren, immer noch zuwarf. Obwohl sie gertenschlank war, haderte sie in letzter Zeit immer öfter mit ihrer Figur – vermutlich eine Begleiterscheinung der Depressionen, die sie angesichts ihres bevorstehenden dreißigsten Geburtstags immer öfter befielen. Ihre ehemals dunkelblonden Haare hatte sie sich nach Aufkommen der Blondinenwitze absichtlich hellblond gefärbt, was ihr bei ihrem Kollegen Hofmann kurzzeitig den Spitznamen ›Barbie‹ eingebracht hatte.

Inzwischen waren Katharina und Ulli wieder an der kleinen Brücke angelangt, die über die Gleise der nur noch für Güterzüge genutzten Bahnlinie führte. Der kleine Anstieg zum Überweg brachte sie wieder zum Schwitzen; zwischen den etwa zwei Meter hohen Metallwänden staute sich die Hitze. Zufällig schielte Thalbach durch die kleinen Sichtschlitze auf die Bahnlinie herunter, und sie erstarrte.

»Was macht die denn da?«

Neben den Gleisen stand eine junge Frau, die unschlüssig auf der Stelle trat. Obwohl die Bahnlinie etwa acht Meter unterhalb der Brücke verlief, vermeinte Katharina zu erkennen, daß die Hände der Frau entsetzlich zitterten.

Vier oder fünf Gleise führten in gerader Linie auf die Brücke zu, zwei jedoch kamen in vielleicht fünfzig Meter Entfernung aus einer scharfen Rechtskurve. Und auf einem dieser Gleise näherte sich ein Zug. Als die Frau die Bahn sah, stellte sie ihre Handtasche auf den Boden und plazierte sich auf dem Gleis.

»Scheiße«, zischte Katharina und rannte los. Die zwanzig Meter über die Brücke schaffte sie in Rekordzeit. Direkt hinter der Brücke war der Zugang zu der Trasse mit einer etwa schulterhohen Mauer gesichert, hinter der steil eine Böschung herabfiel. Mit einem katzenhaften Sprung überwand Thalbach die Mauer, gerade als der Zugführer die Frau auf den Gleisen entdeckte. Von dem Kreischen der Bremsen bekam Katharina fast einen Hörsturz, trotzdem hastete sie halsbrecherisch weiter nach unten. Gerade erreichte sie das Ende der Böschung, da erfaßte die Lokomotive den Körper und schleuderte ihn mit einem dumpfen Knall zur Seite.

2

»Na, wo liegt denn dat Schätzken?«

Der Fahrer des Rettungswagens hatte das Hemd seiner weißen Dienstbekleidung fast bis zum Bauchnabel aufgeknöpft, wodurch seine Brustbehaarung ungehindert hervorschießen konnte. Die Trage klemmte lässig unter seinem Arm, sein Gehilfe, der einen guten Kopf kleiner war als sein Chef, stand verschüchtert zwei Meter zurück und konnte seinen Blick nicht von dem blutverschmierten Bündel lösen, das kaum einen Steinwurf entfernt auf den Schienen lag.

Thalbach zeigte mit dem ausgestreckten Daumen über ihre Schulter, worauf sich die beiden Sanitäter wieder in Bewegung setzten. Große Eile hatten sie dabei nicht. Schon von weitem konnte man erkennen, daß hier jede Hilfe zu spät kam.

Die Bahnstrecke, die normalerweise völlig unbeachtet im Abseits lag, hatte sich in den letzten Minuten in ein Tollhaus verwandelt. Zunächst waren zwei Streifenwagen auf das Bahngelände gefahren und hatten mit kreisenden Blaulichtern den Ort des Geschehens abgesichert. Der Güterzug war gut hundertfünfzig Meter hinter der Unglücksstelle zum Stillstand gekommen, der Lokführer war schon mit einem Schock auf dem Weg ins Krankenhaus.

Der Trubel zog natürlich etliche Schaulustige an, deren Köpfe oberhalb der Böschung über die Mauer lugten. Angewidert schüttelte Katharina den Kopf und folgte den beiden Sanitätern, die mittlerweile ihre Arbeit verrichteten.

»Glück im Unglück, würd ich sagen«, erklärte der Chefsani, als er die Polizistin neben sich bemerkte. »So wie die aussieht, war die sofort tot.«

Bisher hatte Thalbach es vermieden, die Tote eingehend zu betrachten. Direkt nach dem Aufprall hatte sie sich sofort um den Lokführer gekümmert. Jetzt war die größte Hektik vorbei. Katharina spürte, wie ihr Magen rebellierte. Der Kopf der Toten war beinahe abgetrennt und hing nur noch an einem Hautlappen im Genick. Aus mehreren Wunden sickerte immer noch Blut, unter dem Torso hatte sich eine rote Lache ausgebreitet.

»Keine Chance«, erkannte der Sani und klappte seinen Koffer zu. »Ich sag in der Zentrale Bescheid, damit die 'nen Bestatter informieren. Klausi, hol mal ein Laken oder so was wie 'ne Decke. Dann können wir se wenigstens zudecken.«

Als der Leichnam endlich mit Hilfe der Decke aus dem Sichtfeld der Gaffer verschwunden war, erlahmte das Interesse der Menge schnell, immer mehr Augenpaare verschwanden von ihrem Ausblick, bis nur noch der harte Kern der Rentner übriggeblieben war. Die Streifenwagen machten dem Fahrzeug des Bestatters Platz, welches sich mühsam einen Weg über die Schienen suchte. Katharina sah noch einen Moment lustlos zu, dann drehte sie sich nach Zander um.

Der zweiunddreißigjährige Sozialarbeiter aus der Bochumer Psychiatrie, den sie zunächst als Topverdächtigen in ihrem ersten hiesigen Fall, dann als Nachbarn und schließlich als die große Liebe ihres Lebens kennengelernt hatte, saß unter der Brücke im Schatten und starrte angestrengt in eine Richtung, in der er nichts außer Bahngleisen und Häuserwänden sehen mußte. Seine Gesichtsfarbe war nicht mehr ganz so weiß wie noch vor einer Viertelstunde.

»Na, geht's wieder?« erkundigte sich Katharina mitfühlend.

Zander schluckte und rückte auf dem Pfeilerpodest, welches ihm als Sitzfläche diente, ein wenig zur Seite, um ihr Platz zu machen. Sie hockte sich neben ihn.

»Halbwegs. Wenigstens mußte ich nicht kotzen. Ich verstehe nicht, wie du mit diesem Job leben kannst.«

Katharina sah ihn erstaunt an. »Wie meinst du das?«

Zander rümpfte die Nase. »Na, ständig diese Brutalität. Ich könnte das nicht.«

»Du vergißt wohl, daß wir meistens erst kommen, wenn schon alles gelaufen ist. Heute habe ich auch zum ersten Mal gesehen, wie jemand stirbt.«

»Und? Macht dir das nichts aus?«

Die Polizistin überlegte nicht lange. »Doch. Und das Schlimmste steht mir erst noch bevor.«

Zander sah sie fragend an. »Irgend jemand muß ja die Angehörigen verständigen. Und da ich gerade schon mal hier bin ...«

Der Sozialarbeiter seufzte. »Ich könnte nicht behaupten, daß ich dich beneide.«

Katharina warf ihre langen Haare zurück und lehnte sich an den Metallpfosten hinter ihr. Sofort spürte sie die Hitze, die der Pfeiler gespeichert hatte. »Wo ist eigentlich die Handtasche hingekommen?«

Zander griff links neben sich und beförderte eine kleine, elegante Lackledertasche ans Tageslicht. »Hier. Bei dem ganzen Trubel hab ich die mal sichergestellt.«

Die Beamtin nahm die Tasche in die Hand und ließ den goldenen Bügel über dem Verschluß zurückschnappen.

Im Inneren stieß sie auf den üblichen Krimskrams, der sich in Handtaschen finden läßt. Ein wenig Schminkzeug, Papiertaschentücher, eine Geldbörse, eine Packung Kaugummi, ein kleiner Kamm, ein Schlüsselbund mit fünf Schlüsseln und ein paar Zettel, auf denen sich die Tote Notizen gemacht hatte.

Neugierig nahm Thalbach das Portemonnaie heraus und öffnete es. In einem der Seitenfächer fand sie, was sie suchte: die Ausweispapiere.

»Da haben wir es ja«, murmelte sie geistesabwesend. »Danuta Jaworski. Mein Gott, die war erst siebenundzwanzig.«

Einen kleinen Moment starrte sie auf das Schwarzweißfoto des Ausweises, das eine sehr attraktive Frau mit schulterlangen schwarzen Haaren zeigte. Danach drehte sie den Ausweis um. Die Tote hatte ganz in der Nähe, in der Dorstener Straße, gewohnt.

Katharina legte den Ausweis zurück und durchstöberte die anderen Fächer. Sie fand noch zwei abgegriffene Fotos, auf denen die Tote zusammen mit zwei anderen Personen, vermutlich den Eltern, zu sehen war. Zuletzt fingerte die Beamtin ein kleines Adressverzeichnis aus Plastik hervor, etwa doppelt so groß wie eine Briefmarke.

Es gab kaum Eintragungen, nur gelegentlich war in flüchtiger Handschrift eine Adresse oder eine Telefonnummer notiert. Aber immerhin stieß Katharina auf eine Adresse, die voraussichtlich zu den Eltern oder anderen Angehörigen führte.

»Na dann wollen wir mal.«

Zander sah auf. »Was wollen wir mal?«

»Ich fahr zunächst in die Wohnung der Toten. Vielleicht gibt es ja so etwas wie einen Lebensabschnittspartner. Danach muß ich bei den Eltern vorbei. Die frohe Botschaft mitteilen.«

Ihr Freund atmete hörbar durch.

»Ich sag's ja. Einen Scheißjob hast du. Miese Bezahlung und tausend Überstunden.«

Widerwillig stand er auf und trabte neben ihr her. Der Leichenwagen hatte seine Last inzwischen verstaut, die

Deutsche Bahn AG hatte es tatsächlich geschafft, einen Ersatzlokführer aufzutreiben, so daß die Strecke wieder frei wurde. Auch die Schaulustigen schienen die Lust an der Gafferei verloren zu haben. Nur noch drei oder vier ganz Hartnäckige lugten über die kleine Mauer auf die Trasse.

»Soll ich mitkommen?« erkundigte sich Zander plötzlich.

Katharina lehnte ab. »Laß ruhig. Ich setz dich noch zu Hause ab. Wenn ich die Visite hinter mir habe, fahr ich noch kurz ins Präsidium, den Papierkram erledigen. Könnte also ein wenig später werden.«

»Kommt mir irgendwie bekannt vor. Ich steig erst mal unter die Dusche und knalle mich dann auf die Couch.«

Katharinas Fiesta hatte die ganze Zeit in der prallen Sonne gestanden. Als sie die Türen öffneten, schlug ihnen ein Schwall heißer Luft entgegen. Obwohl die Fenster heruntergekurbelt waren, brachte auch der Fahrtwind kaum Erleichterung.

»Wann willst du eigentlich die Sachen für deine Fete einkaufen?« fragte Ulli, während er sich mit zitternden Fingern eine Zigarette anzündete.

»Erinnere mich bloß nicht daran«, stöhnte Thalbach. »Dreißig hört sich so schrecklich alt an.«

Zander verzog das Gesicht. Ihr ewiges Gestöhne über ihren anstehenden Geburtstag hing ihm immer mehr zum Hals heraus.

»Halb so schlimm«, tröstete er aber doch. »Den ersten Schritt zwischen Twen-Tours und Seniorenpaß hab ich mir damals schlimmer vorgestellt, als er wirklich war.«

Thalbach sah abfällig zur Seite, antwortete aber nicht.

»Wen hast du denn alles eingeladen?« bohrte der Sozialarbeiter weiter.

Katharina wich geschickt einem Jüngling auf einem Mountainbike aus und zuckte die Achseln. »Weiß nicht so genau. Ich hab allen gesagt, wer Lust hat, soll vorbeikommen.«

Zander verdrehte die Augen. »Na klasse. Kommt der Partylöwe auch?«

»Wer?«

»Dein überaus charmanter und geistreicher Kollege Hofmann. Den hast du doch wohl eingeladen, oder? Sonst haben wir ja gar nichts zu lachen.«

Verärgert schüttelte Katharina den Kopf. »Natürlich habe ich Berthold gesagt, daß er vorbeikommen soll. Und mach dich nicht immer über ihn lustig. Der ist eigentlich ganz in Ordnung.«

Ulli wollte erst nachsetzen, aber ihr Ton zeigte deutlich, daß er die Grenze erreicht hatte. Mit einem tiefen Zug inhalierte er noch einmal das Nikotin, bevor er die Kippe aus dem Fenster schnippte.

Den Rest der Strecke legten sie wortlos zurück. Als sie den schmucklosen Bau auf der Ehrenfeldstraße, indem sie zwei übereinanderliegende Wohnungen behausten, erreichten, fuhr Katharina an den Straßenrand. Zander gab ihr einen flüchtigen Kuß auf die Wange und hechtete aus der Tür.

»Ulli, warte einen Moment.«

Zander drehte sich erwartungsvoll um.

»Tut mir leid, daß ich so ätzend war.«

»Versuch wenigstens, nicht ganz so spät zu kommen«, schmunzelte Zander.

Sie winkte ihm noch einmal zu und gab Gas.

3

Katharina kam zügig voran. Zu ihrem Glück befand sich halb Nordrhein-Westfalen entweder in Holland oder am Ballermann sechs. Für die Strecke nach Bochum-Gerthe, für die man im Berufsverkehr normalerweise mindestens eine halbe Stunde brauchte, benötigte sie gerade mal zehn Minuten.

In der Wohnung der jungen Frau hatte sie nichts gefunden, was auf ein Motiv für den Selbstmord schließen ließ. Die Behausung machte den Eindruck, als ob die Bewohnerin gerade auf einen Sprung in den Supermarkt gegangen wäre. Anhand der Einrichtung und des Inhalts der Kleiderschränke war zumindest zu erkennen gewesen, daß die Selbstmörderin allein gelebt hatte; keine Feinrippunterhosen mit Seiteneingriff im Wäscheschrank oder Rasierzeug im Badezimmer. Nachdem Katharina die Wohnung wieder verlassen hatte, klebte sie vorsichtshalber eines der amtlich aussehenden Siegel in die Türzarge und machte sich wieder auf den Weg. Eine genau Untersuchung konnte sie auch noch nächste Woche veranlassen.

Die Eltern der Toten wohnten direkt in der Gerther Fußgängerzone. Dankbar für die Gelegenheit, noch einige Schritte laufen zu können, parkte sie den Wagen absichtlich weiter weg als notwendig. Einen Moment spielte die Beamtin mit dem Gedanken, sich in der knallig bunt eingerichteten Eisdiele eine Kalorienbombe zu gönnen, entschied sich aber dagegen. Das würde ihre Figur bestimmt nicht schadlos überstehen.

Energisch legte sie ihren Zeigefinger auf den Klingelknopf neben dem Namen Jaworski und drückte. Ihre Hoffnung, daß niemand zu Hause war, verflüchtigte sich schnell. Als der Summer ertönte, stemmte sie sich gegen die Tür und genoß augenblicklich die Kühle des Hausflurs.

Jaworskis wohnten im zweiten Stock. Als Katharina die letzte Biegung zurückgelegt hatte, erkannte sie ein halbes Stockwerk über sich einen Bär von einem Mann, der lässig im Türrahmen lehnte. Die Gestalt war mindestens zwei Meter groß und wäre auf jeder Kirmes als Preisboxer durchgegangen. Sie schätzte den Bullen auf vielleicht Ende Vierzig. Fragend sah ihr der Mann entgegen.

»Guten Tag, Herr Jaworski. Thalbach von der Kriminalpolizei.« Als sie endlich den Treppenabsatz erreicht hatte, kramte sie ihre Marke hervor und hielt sie dem Mann vors Gesicht.

»Guten Tag«, erwiderte der Bulle mit angenehm tiefer Stimme, die scheinbar immer noch mit den Tücken der deutschen Sprache zu kämpfen hatte. Die Konsonanten kamen im knappen Stakkato, der harte Akzent verriet eindeutig die Herkunft seines Nachnamens. »Was kann ich für Sie tun?«

Dabei machte er keine Anstalten, den Türrahmen zu räumen.

»Herr Jaworski, ich habe schlechte Nachrichten für Sie. Es geht um Danuta Jaworski. Sie ist doch Ihre Tochter?«

Der Mann runzelte verärgert die Stirn. »Hat sie was angestellt?«

Irritiert kratzte sich Katharina am Ohrläppchen. Im Stockwerk über ihnen flog eine Tür auf, und eine Horde spielwütiger Kinder schoß die Stufen herab.

»Können wir das nicht in Ihrer Wohnung besprechen?«

Jaworski zuckte mit den Achseln und machte endlich Platz. Nachdem die Polizistin die Diele betreten hatte, flog die Tür scheppernd ins Schloß.

Aus der Küche hörte sie leise die für WDR 4 typische Dudelei. Ihr Gastgeber kehrte an den Ort des Wunschkonzertes zurück. Zögernd folgte sie Jaworski, der sich bereits auf einem der äußerst gemütlichen Küchenstühle niedergelassen hatte. Aus den Augenwinkeln musterte Katharina anerkennend die Einrichtung. Alles war geschmackvoll aufeinander abgestimmt, die hochmoderne Einbauküche glänzte vor Sauberkeit. Hier hätte sie sich wohlfühlen können, sah man vom Musikprogramm ab.

»Ist Ihre Frau vielleicht auch zu Hause?« begann die Beamtin den offiziellen Teil.

Ihr Gegenüber schüttelte den Kopf. »Nein. Sie arbeitet bis halb sieben. Worum geht es denn?«

Katharina lehnte sich an das Sideboard neben dem Herd und verschränkte die Arme auf dem Rücken. »Es tut mir sehr leid. Ihre Tochter ist tot.«

Es war nicht das erste Mal, daß Katharina eine solche Nachricht überbringen mußte. Die Reaktionen, die sie dabei erlebte, waren sehr unterschiedlich. Trotzdem war sie überrascht, daß der Mann vor ihr als einzige sichtbare Regung lediglich seine rechte Faust ballte.

»Wie ist das passiert?« fragte er ruhig.

»Selbstmord. Auf der Bahnlinie an der Präsidentstraße.«

Schwerfällig wuchtete sich Jaworski in die Höhe und trat an den Kühlschrank. Aus dem Seitenfach angelte er eine Flasche mit einer klaren Flüssigkeit. Katharina erkannte das blaue Etikett einer bekannten Wodkamarke.

»War sie sofort tot? Oder hat sie noch etwas gesagt?«

»Es ging alles sehr schnell, zumindest hat sie nicht gelitten.«

Geistesabwesend nahm der Mann einen tiefen Schluck aus der Flasche. Nachdem er das hochprozentige Getränk wieder im Kühlschrank verstaut hatte, schüttelte er sich.

»Wissen Sie, warum sie sich umgebracht hat?« Seine Stimme war hörbar leiser geworden, als er sich wieder zu Katharina umwandte.

»Tut mir leid. Ich hatte gehofft, Sie könnten mir vielleicht erklären, warum Ihre Tochter ..., nun ja, warum sie Selbstmord begangen hat.«

Jaworski zog die Achseln hoch. »Keine Ahnung. Vor zwei Tagen haben wir noch miteinander telefoniert. Sie war guter Laune, wollte morgen nachmittag kurz vorbeischauen. Und jetzt das.«

Seine Tränen kamen völlig unvermittelt. In dicken Kullern rollten sie über seine Wangen und sammelten sich an seinem Kinn. Katharina sah taktvoll zur Seite.

»Haben Sie keinen Abschiedsbrief gefunden?« erkundigte sich das Häufchen Elend nach kurzer Zeit.

»Nein. Herr Jaworski, soll ich vielleicht jemanden benachrichtigen? Ihre Frau oder einen sonstigen Verwandten? Oder hatte Ihre Tochter vielleicht einen Lebensgefährten?«

Der Angesprochene winkte ab.

»Nicht nötig, vielen Dank. Ich werde gleich meiner Frau Bescheid sagen. Sie arbeitet hier in der Nähe im Supermarkt. Jemand anderen hatte Danuta nicht. Nur uns.« Gedankenverloren kauerte er auf seinem Stuhl, wobei er immer wieder ungläubig den Kopf schüttelte.

Mit einem Ruck stieß sich Katharina von dem Sideboard ab. »Leider muß ich Sie bitten, mich in die Gerichtsmedizin zu begleiten«, bat Katharina behutsam. »Sie müssen Ihre Tochter eindeutig identifizieren.«

Jaworski wurde blaß. »Ist das wirklich notwendig?«

Die Polizistin nickte bedauernd. »Ja. Oder gibt es noch andere Mitglieder Ihrer Familie, die das erledigen könnten?«

Mühsam erhob sich Jaworski und fuhr sich mit den Händen durchs Haar. »Nur meine Frau.«

Gleichzeitig stopfte er eine angebrochene Schachtel Zigaretten in seine Hemdtasche. Katharina wartete, bis er ein Paar bequeme Schuhe angezogen hatte, dann quetschte sie sich vor Jaworski in den Hausflur.

Wortlos folgte ihr der trauernde Vater bis zu ihrem Fiesta, in den er sich nur mit leichten Schwierigkeiten pressen konnte. Während der Fahrt zum gerichtsmedizinischen Institut in die Nachbarstadt Essen kam langsam ein Gespräch in Gang. Katharina erfuhr, daß ihr Begleiter achtundfünfzig Jahre alt und vor mehr als fünfunddreißig Jahren aus Polen nach Deutschland gekommen war, wegen seiner großen Liebe, die er schließlich auch geheiratet hatte. Bis zu seiner Pensionierung hatte Jaworski als Ingenieur gearbeitet, vorwiegend auf Auslandsbaustellen. Danuta war ihre einzige Tochter, seine Frau hatte noch einmal eine Fehlgeburt gehabt und sich anschließend auf ärztlichen Rat sterilisieren lassen.

Schlimm wurde es vor der Kühlbox. Ein dienstbeflissener Sektionsgehilfe wuchtete die Metallbahre mit den Überresten des Frauenkörpers aus dem Kühlschrank. Einen Moment befürchtete Katharina, Jaworski würde zusammenbrechen, als er die Leiche seiner Tochter vor sich sah. Nach einem langen Blick nickte er nur stumm, schlug die Hände vors Gesicht und ließ sich von Katharina willenlos zurück zum Auto führen. Eigentlich hätten sie jetzt den ganzen formalen Kram erledigen müssen, aber die Polizistin sah großzügig über die Vorschriften hinweg. Morgen war auch noch ein Tag.

Die Beamtin parkte den Wagen an derselben Stelle wie vor knapp zwei Stunden und begleitete Jaworski bis zur Haustür.

»Wir werden Sie benachrichtigen, sobald die Leiche freigegeben ist. Wir haben auch bei einem Selbstmord unsere Vorschriften. Aber Mitte nächster Woche dürfte eigentlich alles erledigt sein. Dann bekommen Sie auch die persönlichen Sachen ausgehändigt.«

Der Hüne starrte sie ausdruckslos an.

»Könnten Sie morgen gegen zehn ins Präsidium kommen?« bat Katharina. »Wir müßten noch die Formalitäten erledigen.«

Jaworski nickte schwach und öffnete die Tür. Abwesend schüttelte er Katharina die Hand und verschwand im Halbdunkel des Treppenhauses.

»Kann ich wirklich nichts mehr für Sie tun?« rief ihm Thalbach pflichtbewußt hinterher.

»Nein, schon gut. Ich gehe gleich zu meiner Frau.« Jaworski setzte sich wieder in Bewegung.

Katharina atmete tief durch. Auf der Einkaufsstraße warf sie ihre guten Vorsätze über Bord und steuerte die Eisdiele an. Pfeif auf die Kalorien, dachte sie übermütig, wobei sie gleichzeitig wußte, daß sie sich spätestens in zehn Minuten über sich selbst ärgern würde. Aber das war noch zehn Minuten entfernt.

Mit einer dicken Eiswaffel in der Hand trat sie wieder auf die Straße und steuerte Richtung Wagen. Ab und zu warf sie einen Blick in die wechselnden Schaufensterauslagen, ohne jedoch bewußt etwas wahrzunehmen.

Fast drei Jahre war sie schon bei der Bochumer Kripo, erst im K 1, dann, seit der allgemeinen Umstrukturierung der Polizeibehörden bei der zentralen Kriminalitätsbekämpfung, im KK 11 – Gewaltdelikte und gemeingefährliche Straftaten. Bei den anderen Dezernaten hatte es Versetzungen und andere personelle Konsequenzen gegeben, nur ihre Truppe war glimpflich davongekommen und existierte immer noch in der alten Besetzung.

Unwillkürlich dachte sie an ihre ersten Tage in dem pompösen Präsidium an der Uhlandstraße zurück, als sie am liebsten sofort alles wieder hingeschmissen hätte. Ihr erster Fall, eine ermordete Krankenschwester, war fast in einem Desaster geendet. Ihr verklemmter Kollege Hofmann hatte auf eine Art ermittelt, die ihr völlig gegen den Strich ging. Nicht nur, daß er Indizien so auslegte, wie es ihm gerade am besten paßte. Indirekt hatte es durch seine Schuld – das glaubte jedenfalls Katharina – noch eine Tote gegeben. Erst danach waren sie so vorgegangen, wie sich Thalbach Ermittlungsarbeit vorstellte.

Seitdem war es von Tag zu Tag besser gegangen. Westhoff, der ehemals große Zampano im K 1, hatte ihren ausnahmslos männlichen Kollegen klar gemacht, daß sie gewisse Sprüche der neuen Kollegin gegenüber zu unterlassen hätten. Mit der Zeit hatte Katharina alle durch ihre Erfolge beeindruckt und wurde in dem Team akzeptiert. Die Blonde fühlte sich in Bochum inzwischen ausgesprochen wohl. Viel Anteil daran hatte auch ihre Beziehung zu Ulli, durch die sie schnell einen Bekanntenkreis hatte aufbauen können, der nichts mit ihrer Arbeit zu tun hatte.

Als sie endlich den Fiesta erreicht hatte, war die Eiswaffel ausgeschleckt. Impulsiv feuerte sie das Backwerk in den nächsten Mülleimer, bevor sie diese Extrakalorien auch noch aß, und kramte den Autoschlüssel ans Tageslicht. Zu ihrem Glück waren die Straßen immer noch so leer wie auf der Hinfahrt. Katharina steuerte Richtung Präsidium; sie wollte den notwendigen Papierkram vorbereiten, damit die trauernden Eltern morgen nicht über Gebühr im Präsidium versauern mußten. Außerdem hatte sie keine Lust, auch noch den kompletten Samstag im Büro zu verbringen.

Auf dem Parkplatz vor dem Präsidium lungerte nur noch Hofmanns Golf herum und sonnte sich. Überrascht kletterte Katharina aus ihrer Blechdose und enterte den Eingang. Kollege Hofmann war normalerweise der erste, der das Wochenende einläutete. Entweder hatte er den Feierabend verschlafen, oder Westhoff hatte ihn durch unsinnige Arbeitsanweisungen zu Überstunden gezwungen.

Die Tür zu ihrem und Hofmanns Büro stand offen. Leise dudelte das Radio, das er nur einschalten durfte, wenn Katharina nicht im Zimmer war. Seine Vorliebe für Operetten und sonstige leichte Singspiele machten ihn in punkto Musikgeschmack zum absoluten Außenseiter.

Bevor sie durch die Tür trat, hörte sie Hofmann gekünstelt auflachen. Wie angewurzelt blieb sie stehen, bevor sie einen Blick um den Türrahmen wagte.

Hofmann hatte es sich bequem gemacht. Die Füße ruhten auf der Heizung, die Rückenlehne seines Stuhls diente ihm als Stütze für den Ellbogen, während er versonnen aus dem Fenster starrte. Katharina linste verstohlen um die Ecke und lauschte.

»... dann bleibt es also bei heute abend um neun?« erkundigte sich ihr Kollege gerade. »Schön, ich kann es kaum noch erwarten. Und wie erkenne ich Sie?«

Katharina mußte die Hand vor den Mund halten, um nicht loszuplatzen.

»Eine Illustrierte? Gut, da werden ja nicht allzu viele herumlaufen, die eine Zeitung unter dem Arm haben ... Wie ich aussehe? Na ja, schwer, sich selbst zu beschreiben. Gehobener Durchschnitt, würde ich behaupten ...«

Es folgte eine reichlich präzise Personenbeschreibung, von der Katharina allerdings nur die Hälfte mitbekam. Vierunddreißig Jahre alt, etwas über einsachtzig groß und kurze dunkelblonde Haare. Aus seinem nichtssagenden Dutzendgesicht machte Hofmann ein nordisch geschnittenes Konterfei, aus seinen achtzig Kilo wurden fünfundsiebzig.

Katharina war intensiv damit beschäftigt, sich ruhig zu verhalten und nicht laut zu lachen.

Hofmann war zwischenzeitlich so voller Vorfreude, daß sein Gesicht glühte wie ein Thermometer. Aufgeregt fuhren seine Finger ständig über seinen Stoppelhaarschnitt, den er sich im Sommer wegen der Hitze zuzulegen pflegte. Schließlich verabschiedete er sich wortreich, legte den Hörer auf die Gabel und begann vergnügt zu summen.

Katharina konnte nun nicht mehr an sich halten. »Sag mal, wäre eine rote Rose nicht passender gewesen? Und hast du bei deiner Gewichtsangabe nicht mindestens fünf Kilo verschwiegen?«

Einen Moment geschah nichts. Dann drehte sich Hofmann langsam zu ihr um. Innerhalb von Sekundenbruchteilen war seine Gesichtsfarbe von dunkelrot auf wachsbleich gewechselt. »Wie ... wie lange stehst du schon da?«

Seine Kollegin grinste. »Lange genug, glaube ich. Wie alt ist sie denn?«

Verzweifelt schnappte Hofmann nach Luft. »Zweiunddreißig«, antwortete er unbewußt. »Verdammt noch mal, was machst du überhaupt hier? Du bist doch schon vor Stunden gegangen.«

»Oooch, ich muß noch ein wenig Papierkram erledigen. Ist eigentlich dein Telefon zu Hause kaputt?«

Hofmann wurde wieder rot. Die Geschwindigkeit, mit der seine Gesichtsfarbe changierte, war beeindruckend. »Nein. Aber ich habe dir doch erzählt, daß meine Mutter vorübergehend bei mir wohnt. Sie hat die Handwerker im Haus.«

»Und da kann Bertholdchen natürlich kein Date ausmachen«, bohrte Katharina weiter.

Wütend pfefferte Hofmann seine Ablagemappe auf den Schreibtisch. »Noch lange kein Grund, sich über mich lustig zu machen«, giftete er. »Ich wüßte nicht, daß es verboten ist, sich mit jemandem zu treffen, den man noch nicht kennt.«

Katharina brannte eine scharfe Erwiderung auf der Zunge, aber deutlicher als jetzt hatte seine Warnlampe noch nie geleuchtet. Beschwichtigend hob sie die Hände. »Schon gut, reg dich wieder ab. Die Situation war einfach zu komisch.«

Hofmann warf ihr noch einen weiteren bösen Blick zu, bevor er nach seiner Pfeife und dem Tabaksbeutel griff. Erst als der Kopf seines Rauchgerätes schon fast gefüllt war, fiel ihm ein, daß er im Büro Rauchverbot hatte.

»Meinetwegen«, erklärte Katharina versöhnlich, die seinen Gesichtsausdruck richtig gedeutet hatte. »Immerhin haben wir ja eigentlich längst Feierabend.«

Wieder einigermaßen beruhigt, hüllte sich der Kriminalkommissar in dichte Qualmwolken, während sich Katharina an ihrem Schreibtisch niederließ.

»Jetzt mal im Ernst«, meinte sie. »Hast du auf eine Kontaktanzeige geantwortet?«

Seine Augen schossen sofort nach oben, aber Katharina verzichtete wohlweislich darauf, ihn weiter anzugrinsen.

»Nein«, antwortete er schließlich widerstrebend. »Ich hab eine aufgegeben.«

Katharinas Interesse erwachte. »Ehrlich? Antworten da wirklich Leute, die das Ganze nicht als Witz betrachten?«

Hofmann lehnte sich zurück und genoß sein Pfeifchen. »Stell dir vor, ja. Drei Antworten hab ich gekriegt. Eine war ziemlich daneben, aber die beiden anderen haben sehr nett geschrieben. Und mit einer von den beiden treffe ich mich nachher.«

»Na dann, viel Glück. Wo trefft ihr euch denn?«

Hofmann schnaubte verächtlich durch die Nase. »Das werde ich dir ganz bestimmt nicht auf die Nase binden. Schlimm genug, daß ich am Montag das Gespött der ganzen Abteilung bin.«

Katharina sah überrascht auf. »Wieso?«

»Gibt doch ein hervorragendes Tratschthema ab.«

»Willst du das denn allen auf die Nase binden?«

»Ganz bestimmt nicht. Aber du vielleicht.«

Mit gespielter Empörung warf Katharina die Hände in die Luft. »Vielen Dank. Du hast ja eine tolle Meinung von mir. Ehrlich gesagt, interessiert es mich einen Dreck, wie du deine Tussis kennenlernst.«

Die Pfeife in Hofmanns Mund wanderte von links nach rechts und wieder zurück. »Du wirst also niemandem davon erzählen?«

Thalbach spitzte amüsiert den Mund. »Wenn du vielleicht so nett bist, meine nächsten beiden Bereitschaftsdienste zu übernehmen ...«

Die knallrote Gesichtsfarbe, die eben erst abgeklungen war, meldete sich schlagartig zurück. »Miese Erpressung.«

Katharina verzog keine Miene. »Menschenskind, verstehst du denn überhaupt keinen Spaß? Keine Angst, ich verrate dich schon nicht. Und meine Dienste mach ich selber.«

Hofmann zögerte einen Moment, entschloß sich dann aber, sich nicht weiter wie ein pubertierendes Kind aufzuführen. Dankbar konzentrierte er sich wieder auf seine Pfeife.

»Nichts für ungut. Ich muß ja wirklich reichlich blöde ausgesehen haben, als du hier reinkammst ... Warum bist du eigentlich noch mal zurückgekommen?«

Katharinas gute Stimmung verflog augenblicklich. »Wie ich schon sagte, Papierkram. Selbstmord.«

Ihr Kollege stutzte. »Wann denn? Hab ich gar nichts von gehört.«

»Ulli und ich haben uns doch eine Wohnung angesehen. Das Loch konntest du vergessen, war an der Präsidentstraße. Kennst du die Ecke?«

Hofmann nickte stumm.

»Mein begnadeter Lebensabschnittsgefährte hat natürlich auf der falschen Seite der Brücke geparkt. Auf dem Rückweg haben wir dann mit eigenen Augen gesehen, wie sich eine junge Frau vor einen Zug gestellt hat ...«

»Schlimm?«

»Es geht. Ist schon ein komisches Gefühl, zu beobachten, wie sich jemand das Leben nimmt. War eine ekelhaft blutige Angelegenheit.«

Mit leisem Klopfen am Aschenbecherrand leerte Hofmann seine Pfeife. »Warst du schon bei den Angehörigen?«

»Ja. War nur der Vater da. Hat es eigentlich ganz gut weggesteckt.«

»Scheiße«, kommentierte Hofmann lakonisch. »Eigentlich reicht es mir, am Tatort zu erscheinen, wenn alles vorüber ist.«

Er schloß seine Schreibtischschubladen mit einem Ruck und erhob sich. Katharina erkannte sofort, was Hofmann heute mittag in der Kantine zu sich genommen hatte. Der kleine Klecks auf der Hose deutete auf Senfeier.

»Machst du noch lange?« wollte der Bekleckerte wissen.

»Ich schreib nur noch eben den Bericht. Morgen früh kommen die Eltern der Toten vorbei. Ich bereite schon mal alles vor, damit ich wenigstens etwas vom Wochenende habe.«

4

Allmählich brannten ihm die Augen, es war schon fast dunkel. Klaus Krömer erhob sich aus seinem Stuhl, legte die vier Schritte bis zum Lichtschalter zurück, betätigte den Dimmer und ließ sich wieder vor dem matt glänzenden Bildschirm seines Laptops nieder.

Eigentlich sollte er mal einen Sehtest machen lassen, seit einiger Zeit plagten ihn immer wieder Kopfschmerzen. Sonst war der Dreiunddreißigjährige noch topfit, sein Körper wies kein Gramm Fett zuviel auf, seine Muskeln spannten sich kraftvoll, wenn er zweimal im Monat im nahegelegenen Herner Gysenberg eine volle Stunde an den Fitnessgeräten trainierte. Natürlich war das zu wenig, um einen stahlharten Athletenkörper zu bekommen, aber er hatte ja so verdammt wenig Zeit.

Trotzdem strich er sich zufrieden über die schwarzen Haare. Noch drei, vier Jahre, und er hatte ausgesorgt. Und niemand außer ihm wußte davon. Sein Vermögen deponierte er auf Konten in Luxemburg, Belgien, Dänemark und in der Schweiz, die kein Unbeteiligter finden konnte. Für seine Alterssicherung, wie er sich selbst immer sagte. Seine Chancen, mit vierzig in Rente gehen zu können, standen im Augenblick hervorragend.

Seine Läden konnten regelmäßig Umsatzsteigerungen verbuchen. Lächelnd verschwendete er einen Gedanken an die Idioten, die mit ihm zusammen in der Versicherungsagentur der *Weststern* als Außendienstmitarbeiter angestellt waren. Die strampelten sich für die lächerlichen Provisionen des milliardenschweren Konzerns die Lunge aus dem Hals und freuten sich auch noch aufrichtig, wenn sie während der Weihnachtsfeier vom Aufsichtsratsvorsitzenden einen feuchten Händedruck erheischen konnten. Diese Schlappschwänze! Für den Verdienst einer Woche, den ihm sein Nebenjob einbrachte, hätte er knapp hundert Versicherungen verkaufen müssen. Warum also unnötiger Streß?

Eigentlich waren es gar nicht ›seine‹ Läden. Er war nur so etwas wie ein Geschäftsführer, mit festem Anteil am Gewinn. Zu Beginn seiner Nebentätigkeit, als diese Spinner in Herten gerade in den Gutshof eingezogen waren und ihn zum Stellvertreter des Ganzen wählten, hatte er sich furchtbar geärgert, siebzig Prozent der Kohle an die Chefin und ihren Partner abdrücken zu müssen. Von dem Rest hatte er auch noch die laufenden Kosten bestritten, Miete, Strom, Wasser und die geringen Aufwandsentschädigungen, die ihre Angestellten erhielten. Als mit der Zeit die Zahl ihrer Läden zunahm und feststand, daß er Hilfe brauchte, gab sich die Chefin mit fünfzig Prozent zufrieden. Nach allen Abzügen kassierte er alles in allem im Schnitt achttausend die Woche. Ohne Studium und nur mit mittlerer Reife war das in seinen Augen mehr als anständig.

Krömer protzte nicht mit seinem Geld. Teure Autos waren tabu, genauso wie kostspielige Urlaubsreisen oder unersättliche Damenbekanntschaften. Wenn er eine Frau haben wollte – nun, Möglichkeiten boten sich ihm genug. Als einzigen Luxus hatte er sich vor einiger Zeit eine moderne Eigentumswohnung zugelegt, in der er die Fassade des seriösen Geschäftsmannes aus der Versicherungsbranche aufrechterhalten konnte. Zum Glück wohnte er in einer Gegend, wo jeder dem anderen egal war, selbst die gelegentlich in seiner Wohnung zelebrierten Zeremonien waren noch niemandem aufgefallen. Die Kapelle in seiner Wohnung war die Idee des Jahrhunderts gewesen. Nirgendwo sonst konnte er die Schäfchen, auf die er es wirklich abgesehen hatte, besser unter die Lupe nehmen, als in seinen eigenen vier Wänden.

Für heute hatte er seine Arbeit beendet. Müde speicherte er die Datei mit den Umsätzen des Vormonates ab, aktualisierte noch schnell die an seine Helfer gezahlten Beträge und ließ das Programm dann herunterfahren.

Seine Armbanduhr, eine billige Quarzzwiebel mit Digitalanzeige, zeigte dreiundzwanzig Uhr. Krömer parkte den Compi neben der Tür, nahm den schmalen, prallgefüllten Lederbeutel der Sparkasse vom Regal und legte ihn neben den Computer, ging ins Bad, pullerte ausgiebig, wusch sich die Hände und warf einen prüfenden Blick auf die Einrichtung der Laube.

Früher hatte er wie all die anderen Spießer in dem Kleingartenverein Radieschen gepflanzt, Salat gezupft und das Obst von den beiden Apfelbäumen geerntet. Heute diente ihm die ungewöhnlich großzügige Holzhütte als Arbeitsraum und Konferenzzimmer. Hinter der angrenzenden Tür befand sich ein Schlafzimmer, welches er gelegentlich benutzte, wenn es sich nicht mehr lohnte, nach Hause zu fahren. Hier spielte sich auch sein Sexualleben ab. Krömer hatte keine Kosten gescheut und die Wände derart isoliert, daß kaum ein Laut nach draußen dringen konnte. Vor den Fenstern befanden sich neben den zugezogenen Vorhängen schwere Rolladen, das Schloß an der Tür war eines der sichersten seiner Art auf dem Markt.

Leichtfüßig durchschritt er den Arbeitsraum, klemmte sich den Laptop unter den Arm und öffnete die Tür, in der Jackentasche bereits nach den Autoschlüsseln kramend. Wie aus heiterem Himmel explodierte eine Faust in seinem Gesicht und schleuderte ihn quer durch den Raum.

Krömer war perplex. Noch fühlte er keinen Schmerz, obwohl der Zinken in seinem Gesicht nur noch aus geschwollenem, blutendem Fleisch bestand.

Der Schläger trat über die Türschwelle, sah flüchtig über seine Schulter und zog die massive Tür hinter sich zu. An seinen Händen trug er dünne Plastikhandschuhe, sein Gesicht war wutverzerrt, seine Augen fixierten den angeschlagenen Versicherungskaufmann. Langsam schob sich der Eindringling in die Nähe seines Opfers.

Krömers Schrecksekunde war vorbei. Polternd knallte der Computer auf die Erde. Mit einem Ruck wendete er seine triefende Nase um hundertachtzig Grad und stürmte ins Schlafzimmer. Dort befand sich seine einzige Chance: das Fenster.

Er war viel zu langsam. Krömers Finger lagen noch nicht einmal auf dem Öffnungsmechanismus, als ihn von hinten eine kräftige Hand am Kragen packte. Quietschend entwich die Luft aus Krömers Lungen, gleich darauf bohrte sich eine Faust in seine Nieren. Er klappte zusammen.

Der Angreifer packte das schlaffe Bündel am Genick und zerrte es hinter sich her zurück in den Arbeitsraum. Dort angekommen versetzte er Krömer mit dem Knie einen erneuten Tritt auf die Nase und warf ihn spielerisch an die Stirnwand. Unter dem Kunstdruck von Renoir prallte Krömer gegen die Holzvertäfelung.

Wimmernd preßte er die Hand vor seine Nase. Zwischen seinen Fingern quoll ein dicker Blutstrom hervor, undeutlich sah er seinen Kontrahenten schräg über sich. Der Mann zog, durch die von Krömer selbst zugezogenen Vorhänge vor Blicken geschützt, einen der Stühle heran, setzte sich und begann Fragen zu stellen.

Krömers Entsetzen nahm stetig zu. Nicht wegen der bohrenden Schmerzen, die an jeder Stelle seines Gesichtes zu sein schienen. Er war dem Angreifer noch nie in seinem Leben begegnet, und doch wußte der Mann über alles Bescheid. Seine Fragen waren gezielt, sobald Krömer mit einer Antwort zögerte, bohrte sich ein Fuß in seinen Magen oder traf ihn an der Kinnspitze oder einer sonstigen empfindlichen Stelle.

Nach und nach gab Krömer bereitwillig alles preis. Er hoffte nur noch, lebend davonzukommen. Sein Peiniger wußte sehr gut, wie man Schmerzen zufügen konnte, an welchen Stellen des Körpers die sensibelsten Nervenenden plaziert waren. Bis jetzt hatte Krömer ja keine Ahnung gehabt, was ein Mensch bei lebendigem Leibe ertragen konnte. Jetzt wuchs sein Erfahrungsschatz von Sekunde zu Sekunde.

Nach zwanzig Minuten hatte Krömer alles gesagt, was der andere wissen wollte. Jedenfalls half der Schläger ihm hoch. Als Krömer unsicher auf den eigenen Beinen stand, wurde ihm befohlen, die Hose auszuziehen.

Der Laubenbesitzer gehorchte nicht sofort. Ungläubig riß er die dick zugequollenen Augen auf und starrte sein Gegenüber fragend an. Statt einer Antwort traf ihn eine

Schuhspitze an der geheiligsten Stelle eines Mannes, nur der starke Arm des Treters verhinderte, daß Krömer sofort wieder niedersank.

Beim zweiten Befehl öffnete Krömer seinen Hosengürtel, den Reißverschluß und den Knopf vor dem Hosenbund. Vorsichtig pellte er sich aus seinen Beinkleidern, gleich darauf rutschten seine Boxershorts ebenfalls ins Kellergeschoß. Mit den Füßen streifte er die beiden Kleidungsstücke vollends ab und lehnte sich anschließend schweratmend an die Wand. Sein Inquisitor nickte zufrieden, öffnete den Verschluß seiner leichten Sommerjacke und griff in die Innentasche. Sekundenbruchteile später hatte er ein Stilett mit einer weißlich schimmernden Klinge in der Hand.

Krömer wurde schwarz vor Augen. Verzweifelt pendelte er zur Seite, um vielleicht doch noch seinem Schicksal entgehen zu können. Sein zerschundener Körper war viel zu schwach, um eine richtige Chance zu haben. Der Angreifer preßte ihm seine Hand auf die Stirn, schlüpfte hinter ihn und setzte die Schneide des Messers zu zwei schnellen Schnitten an.

Der Killer fühlte, wie der Körper vor ihm zusammensackte. Beinahe lautlos glitt Krömer auf die Erde. Auf dem Boden breitete sich eine Blutlache aus. Vorsichtig streifte der Mann die schmierige Klinge an der Jacke seines Opfers ab, holte einen kleinen, weißen Plastikbeutel aus seiner eigenen Jacke und verstaute die Tatwaffe. Dann maß er die Entfernung von seiner Position bis zum nächsten unverschmutzten Teppichstück, holt Schwung und sprang über die Blutlache hinweg. Er schätzte, daß es nicht lange dauern würde, bis jemand die Leiche fand; verräterische Spuren wollte er nach Möglichkeit vermeiden.

Im Badezimmer spülte er seine immer noch behandschuhten Finger so lange ab, bis nicht mehr der kleinste Blutstropfen zu sehen war. Anschließend untersuchte er seine Kleidung.

Auf dem Stoff mochten sich zwar vereinzelte Blutflecke von Krömer befinden, da er aber bewußt schwarze Sachen angezogen hatte, würde dies eventuellen Passanten nicht auffallen. Im Kofferraum seines BMWs lag bereits eine Plastiktüte mit einer frisch gewaschenen Jeans, einem sauberen T-Shirt und leuchtend weißen Turnschuhen. Seine Tatkleidung wanderte noch heute abend in ein Schließfach am Hauptbahnhof.

Langsam inspizierte er von der Badezimmertür aus abschließend das Terrain. Nichts war zurückgeblieben, von dem die Polizei auf ihn hätte schließen können. Bevor der Mörder ging, nahm er Krömers Laptop hoch und öffnete die Geldtasche daneben. Dicht gebündelte Geldscheine lagen gepreßt in dem Lederetui. Der Killer wußte, woher dieses Geld stammte. Angeekelt zog er den Reißverschluß wieder zurück und ergriff den Computer. Dann öffnete er die Tür, sah sich nach allen Seiten prüfend um und verschwand lautlos in der inzwischen stockdunklen Nacht.

5

Ungläubig starrte Katharina auf den Radiorecorder ihres Fiestas. Was sie da hörte, verschlug ihr die Sprache.

Ihr Freund hatte sich am gestrigen Sonntag ihren Wagen geliehen, weil sein Mazda mal wieder an chronischem Spritmangel litt. Eigentlich hatte sie nichts dagegen, auch nicht, daß er sich in solchen Fällen die eine oder andere seiner Musikkassetten in ihrem Wagen anhörte. Aber die Art und Weise, in der Zeltinger seiner Ex-Freundin erklärte, daß nun Schluß sei, und sie mehrmals als altes Scheißtier titulierte, war mehr als daneben. Vor allen Dingen Montag morgens, wenn die Kommissarin die Augen sowieso nicht aufbekam.

Kurzentschlossen drehte sie Zeltinger den Hahn ab und lauschte dafür den krampfhaften Versuchen der öffentlich-rechtlichen Rundfunkmoderatorin auf WDR 2, hartnäckige Morgenmuffel für das Leben zu begeistern. Katharina betätigte endgültig den Ausknopf der Ätherwellen.

Früher hatte es ihr nie etwas ausgemacht, früh aufzustehen, aber seit sie mit Zander zusammen war, hatte der sie mit seiner langschläfrigen Mentalität infiziert. Sie ärgerte sich jedesmal darüber, daß ihr mittlerweile zwanzig Minuten mehr Schlaf wichtiger waren als ein ausgiebiges Frühstück. Zum Glück war Hofmann ein unverwüstlicher Frühaufsteher, der den Kaffee meistens schon fertig hatte, wenn sie ins Präsidium kam.

Am Freitag abend, als sie endlich um halb zehn den ganzen Papierkram erledigt hatte, und auch am Samstag vormittag war sie sich im Präsidium vorgekommen wie eine Aussätzige. Heute morgen jedoch begegnete ihr im Treppenhaus und auf den Fluren geschäftiges Treiben. Sonnengebräunte Beamte starrten neidisch auf die Bleichgesichter, die ihren Urlaub noch vor sich hatten. Katharina seufzte. Als jüngste im Team, dazu noch unverheiratet und ohne Kinder, hatte sie natürlich nicht gerade die besten Karten im jährlichen Urlaubslotto.

Als sie die gewohnten Gefilde erreichte, schoß Heinzel, der zweiundvierzigjährige Kriminalhauptkommissar und erklärte Sportfanatiker des KK 11-Teams, aus seinem Büro. Unter seinem sich allmählich lichtenden braunen Haupthaar prangte der eindrucksvollste Gesichtserker der gesamten Bochumer Polizei. Darunter pflegte Heinzel seit Jahren die langgezogenen Zwirbelenden eines Schnäuzers. Katharina schätzte, daß die Enden des Bärtchens bis zu Heinzels Pensionierung an seine Ohren reichen würden. Westhoff, ihr aller Chef, würde wohl spätestens in einem Jahr die Vorzüge eines Beamten im Ruhestand geniessen, und Heinzel galt als sein ungekrönter Nachfolger. Er übte sich gelegentlich schon einmal darin, Vorgesetzter zu spielen.

Im letzten Moment konnte er ihr geschickt ausweichen, wobei der Aktenstapel, den er unter seinem linken Ellenbogen transportierte, gefährlich hin und her rutschte.

»Morgen, Katharina. So früh schon hier?«

»Morgen, Gisbert. Gut geschlafen?«

Heinzel gähnte herzhaft und lachte. Vor einem Jahr hatte seine Frau freudig festgestellt, daß man auch noch mit Vierzig schwanger werden konnte. Nachdem sich Heinzel von dem Schock erholt hatte, war er der glücklichste Papi der Welt. Allerdings konnte er nach zwanzig Jahren voller Fehlschüsse das Gerücht, er hätte diverse Konten bei Samenbänken geplündert, nur schwer zerstreuen. Seit der Geburt seines Stammhalters war er zwar ständig müde, im Gegensatz zu früher aber ein überaus netter Zeitgenosse.

»Ganze vier Stunden«, antwortete Heinzel stolz. »So langsam schläft der Filius durch.«

»Wird aber auch Zeit«, kommentierte Katharina.

»Halb so wild«, wiegelte Heinzel ab. »Nächsten Monat fang ich wieder mit dem Training an, dann bin ich auch wieder voll belastbar.«

»Du bist doch verrückt. Ein Kleinkind zu Hause, und dann wieder mit Triathlon anfangen. Wenn du so weiter machst, kassiert deine Frau bald Witwenrente.«

»Abwarten, wer von uns beiden zuerst unter den Torf kommt«, schmunzelte Heinzel und machte sich wieder auf den Weg.

Katharina sah ihm noch einen Moment nach, wobei sie kurz überlegte, wen Heinzel gemeint hatte; sie oder seine Frau. Dann stürmte Thalbach energisch ins Büro. Überrascht blieb sie stehen: Hofmann war noch nicht da.

Irritiert sah sie auf die Uhr, die hartnäckig zwanzig vor acht zeigte. Kollege Hofmann mußte entweder krank, tot oder gekidnappt worden sein. Andere Gründe für sein Zuspätkommen fielen ihr spontan nicht ein.

»Sauerei«, fluchte sie, während die schmuddelige Kaffeemaschine Nahrung erhielt.

Als die letzten Zischer ertönten und sich langsam das Kaffeearoma im Büro verbreitete, flog die Tür auf. Hofmann erschien zum Dienst.

Katharina hämmerte ihren Blick demonstrativ auf ihre Armbanduhr. »Laß hier bloß keine neuen Sitten einreißen. Ich erwarte meinen Kaffee, wenn ich hier erscheine.«

Hofmanns Gesicht war schon wieder leicht gerötet, allerdings versprühte er fabelhafte Laune. »Geschätzte Kollegin, gern hätte ich dir deinen Becher kredenzt, jedoch traf mich der Unbill eines unerwarteten Verkehrshindernisses in Form eines Linienbusses, den zu überholen sich mir keine Gelegenheit bot, so daß ...«

»Spinnst du?« fragte Katharina ehrlich besorgt. »Hast du was Falsches gegessen? Oder hast du Fieber?«

»Mitnichten, holde Maid. Der Nektar des Lebens hat mich geküßt.«

Vorsichtshalber trat Katharina zwei, drei Schritte zurück, als es ihr wie Schuppen aus den Haaren fiel. »Um Gottes willen, machst du jedesmal so einen Aufstand, wenn du 'ne Frau abgeschleppt hast? Dann ist in den letzten Jahren ja nicht viel gelaufen.«

Ein wenig von dem Glanz in Hofmanns Augen verschwand. »So profan möchte ich das eigentlich nicht ausdrücken. Aber war schon ein irres Wochenende.«

Langsam nickte Thalbach mit dem Kopf. »Scheint mir auch so. Du bist ja völlig neben der Spur.«

Hofmann plazierte seine kleine Aktentasche neben seinem Schreibtisch und hockte sich auf die Kante. »Ob du es glaubst oder nicht, aber mich hat es erwischt. Total erwischt.«

Zweifelnd sah die Kommissarin herüber. »Inwiefern? Hattest du keinen Präser dabei?«

»Unsinn. Die Frau ist der absolute Hammer. Eigentlich wollten wir uns am Freitag nur ein wenig kennenlernen. Aber irgendwie haben wir uns völlig verquatscht, und dann war es schon Samstag morgen. Sabrina ist dann auf die Idee gekommen, irgendwohin zum Frühstücken zu fahren. Wir sind erst noch spazierengegangen und dann nach Köln gerauscht. Nach dem Frühstück haben wir einen Stadtbummel gemacht. Bevor wir dann vor Müdigkeit umgefallen sind, sind wir wieder nach Bochum gefahren. Na ja, da sind wir halt bei ihr hängengeblieben.«

»Mein lieber Scholli, hört sich ja wie die große Liebe an«, bemerkte Katharina trocken. »Lernt man deine Traumfrau mal kennen?«

Hofmann reckte sich und markierte den Lässigen. »Klar. Wenn ich am Samstag noch zu deinem Geburtstag eingeladen bin, auf jeden Fall. Wenn du nichts dagegen hast, bringe ich sie mit.«

»Nur zu«, ermunterte ihn Katharina. »Das weibliche Wesen, das Berthold Hofmann so wahnsinnig macht, daß er am frühen Morgen herumphantasiert, als hätte er zweiundvierzig Fieber, muß ich kennenlernen.«

Versonnen wechselte Hofmann endlich in seinen Schreibtischstuhl. »Ich kann es ja selber kaum glauben. Eigentlich ist Sabrina gar nicht mein Typ.«

»Und warum nicht?«

Geheimnisvoll legte Hofmann die Stirn in Falten. »Du wirst sie kennenlernen. Ich glaube, jede Beschreibung wäre jetzt völlig daneben.«

»Meinetwegen, Mister Bombastic. Was sagt denn deine Mutter zu deiner Flamme? Immerhin warst du ja wohl seit Freitag nicht zu Hause. Oder hast du die Klamotten im Doppelpack gekauft?«

Mit einem Schlag war Hofmann ernüchtert. »Ach du Scheiße. Die hab ich ja völlig vergessen. Mutti sieht mich bestimmt schon im Leichenschauhaus.«

Als Hofmann fünf Minuten später zum Sportteil der WAZ greifen wollte, polterte krachend die Tür gegen die bereits reichlich ramponierte Wand. Westhoff stürmte, gefolgt von Heinzel und Gassel, in ihr Domizil.

»Herrlicher Montag morgen«, fluchte ihr Chef verärgert. »Los geht's, wir dürfen uns mal wieder mit einer Mordsache beschäftigen.«

Thalbach und Hofmann wechselten schnell einen Blick. Westhoff traute sich nur noch selten an die freie Luft. Mit seinen sechzig Lenzen und zwei überstandenen Herzinfarkten war er mit Abstand der Älteste von ihnen. Sein Arzt hatte ihm empfohlen, jedem Streß nach Möglichkeit aus dem Weg zu gehen; und der Polizeipräsident hatte auch noch andere Gründe, seinen Dezernatsleiter an den Schreibtisch zu binden. Westhoff war nicht nur herzkrank. Seit ein, zwei Jahren zeigten sich mehr und mehr Symptome einer beginnenden Senilität, die es ihm unmöglich machten, eine Untersuchung ordentlich zu leiten. Entweder warf er die Fakten eines Falles kreuz und quer durcheinander und zog unmögliche Rückschlüsse, oder er setzte alle seine Leute auf Sachen an, die innerhalb von zwei Minuten mit einem einzigen Telefonanruf geklärt werden konnten. Er verfaßte viele, neue Rundschreiben, etwa über die Hygiene am Arbeitsplatz oder über Verhaltensmaßnahmen des Kriminalbeamten im Umgang mit der Zivilbevölkerung. Alle in seiner Umgebung hatten schon unter ihm zu leiden gehabt, auch wenn er phasenweise so dynamisch und scharfsinnig sein konnte wie früher.

Der Polizeipräsident hatte das Team vom KK 11 zusammengerufen und gebeten, gute Miene zum bösen Spiel zu machen. Westhoff fehlten zur höchsten Pensionsstufe nur einige Monate, die er noch absitzen sollte. Hinter den Kulissen führte in der Regel Heinzel ihre Untersuchungen, nur gelegentlich zogen sie Westhoff zu ihren Besprechungen hinzu.

»Und warum rücken wir alle aus?« fragte Katharina.

Westhoff starrte sie verständnislos an und schnippte mehrere Male nervös mit seinen Fingern. Ein warnender Blick von Heinzel veranlaßte Hofmann und Thalbach, sich der Karawane anzuschließen.

»Darf man mal wissen, was eigentlich passiert ist?« keuchte Hofmann.

»Keine Ahnung«, raunte Heinzel leise. »Der Alte kam wie ein Wirbelwind in unser Büro gestürmt, aber etwas Konkretes hat er noch nicht gesagt. Das letzte Mal war er so mies drauf, als der Kanzler kam und er die Sicherungstruppe organisieren mußte. Und da Birne gerade in Österreich ist ...«

»Welcher Idiot hat eigentlich bei ihm statt bei uns angerufen?« wollte Hofmann noch wissen, erhielt aber keine Antwort.

In beachtlichem Tempo hasteten die fünf durch das Treppenhaus und erreichten den Fuhrpark. Westhoff zwängte sich neben Heinzel auf den Beifahrersitz, während Gassel seine nicht unerhebliche Leibesfülle in den Fond quetschen mußte. Thalbach und Hofmann, die in der Hackordnung noch so weit zurückstanden, daß der

Dezernatsleiter, selbst wenn er noch gesund gewesen wäre, nie im Traum daran gedacht hätte, bei ihnen mitzufahren, machten es sich in dem zweiten Wagen bequem.

»Das kann ja heiter werden«, seufzte Hofmann, während er verzweifelt versuchte, Heinzel nicht aus den Augen zu verlieren. »Mein Gott, Gisbert fährt ja wie eine gesenkte Sau.«

Katharina klammerte sich an den Sicherheitsgurt. »Hast du einen blassen Schimmer, warum Westhoff so geheimnisvoll tut?«

»Nicht den geringsten. Vielleicht hat er schon wieder vergessen, was man ihm gesagt hat. Mir stinkt es, daß ich noch nicht mal weiß, wo wir hinfahren.«

Hofmann blieb nicht lange im Ungewissen. Da sie sämtliche rote Ampeln ignorierten, war die Fahrt schon nach wenigen Minuten wieder zu Ende. Als sie erleichtert aus den Autos kletterten, hörten sie im Hintergrund das leichte Rauschen der B 1 oder A 40 oder A 430 oder wie auch immer der ›Ruhrschnellweg‹ in diesem Abschnitt im Moment hieß. Die Kleingartenanlage *Karolinenglück* lag jedenfalls fast in Sichtweite der Autobahn.

Die Ruhe in der beschaulichen Laubenkolonie war an diesem Morgen empfindlich gestört. Mindestens fünf Streifenwagen hatten sich strategisch in der Anlage verteilt und alle Möglichkeiten versperrt, in die Nähe des Tatortes zu kommen.

»Das sieht nicht gut aus«, flüsterte Gassel, während er sich mit einem Taschentuch den Schweiß aus dem Gesicht wischte. Gassels Bewegungen waren ruhig und bedächtig, genau wie seine Sprechweise. Mit seinen übermächtigen Rettungsringen um den Hüften, die sein Gewicht mindestens um einen Zentner über der Idealnorm liegen ließen, wirkte er wie eine Mischung aus Heinz Erhardt und dem Kanzler. Die dicke Hornbrille auf seiner Nase brachte ihn jedoch näher in die Ecke des toten denn des lebenden Komikers.

»Unk nicht rum, Dicker«, antwortete Heinzel genauso leise, während sie im Gänsemarsch hinter Westhoff hertrotteten. »Da kommt schon das Begrüßungskomittee.«

Zwei Uniformierte lösten sich aus der Gruppe der herumlungernden Beamten und kamen den Kriminalen entgegen. Aus dem Hintergrund erkannte Katharina, daß die beiden Kollegen kalkweiß um die Nase waren.

»Morgen, meine Herren«, preßte das Ältere der beiden Streifenhörnchen hervor, als hätte er Katharina völlig übersehen. »Wollen Sie sich die Bescherung mal ansehen?«

Ohne eine Antwort abzuwarten, drehte sich der Wortführer um und scheuchte seine Kollegen mit einer Handbewegung auseinander.

Bevor sie die Laube betraten, flitzten Katharinas Blicke irritiert durch den vorgelagerten Garten. Mit dieser Parzelle stimmte etwas nicht, ohne daß sie hätte sagen können, was es war. Das Erbrochene direkt neben dem Gartentörchen war zwar ungewöhnlich, hatte aber mit ihrem unguten Gefühl nichts zu tun.

Westhoff hatte inzwischen die Laube erreicht und den Fuß auf die Schwelle gesetzt, als er abrupt stehen blieb. Mehrere Sekunden starrte er sprachlos in das Innere der geräumigen Hütte, bevor er kopfschüttelnd zurücktrat.

Die anderen vier drängten sich fast gleichzeitig in den Türrahmen. Aber was sie dann sahen, ließ sie verstehen, warum die Streifenwagenbeamten so bleich aussahen.

An der Fensterseite stand ein langer Tisch, um den acht bequeme Polstersessel gruppiert waren. Die Wände waren sorgfältig und fachmännisch tapeziert. An einer der Stirnwände befand sich ein Sideboard, auf dem ein fast noch fabrikneues Fernsehgerät nebst Videorecorder plaziert waren. Die andere Stirnwand war aus dekorativen Zwecken mit mehreren Kunstdrucken bestückt. Gegenüber der Fensterfront war ein Regalsystem aus Massivholz montiert, in dem achtlos einige Bücher und mehrere Gläser unterschiedlicher Art einsortiert waren. Neben dem Regal zweigte ein weiterer Raum ab, in dem sich ein Bad und eine Toilette befanden. Da die Tür offen stand, erkannten die Beamten sofort, daß sich der Besitzer der Laube auch hier für eine ungewöhnlich komfortable Ausstattung entschieden hatte.

An und für sich hätte schon die ungewöhnliche Einrichtung die Polizisten in Erstaunen versetzt, aber im Moment nahmen sie diese Sachen höchstens unbewußt wahr. Ihre gesamte Konzentration richtete sich im Moment auf das Bündel Mensch, das zusammengekrümmt in einer Ecke auf dem zentimeterdicken Teppich lag.

Heinzel zog sich abrupt aus der Gruppe zurück. Ein Seitenblick verriet Katharina, daß auch Gassel und Hofmann kurz davor waren, die Fassung zu verlieren.

Das, was früher mal ein Mann von vielleicht Mitte Dreißig gewesen war, war von einer Blutlache umgeben. Einen Teil hatte der Teppich aufgesogen. Katharina konnte sich nicht entscheiden, was entsetzlicher war: Das Loch etwa zwei Handbreit unter dem Bauchnabel oder die Tatsache, daß der Mörder dem Opfer die eigenen Genitalien in den Mund gestopft hatte. Zur Krönung grinste sie in Höhe des Kehlkopfes ein vielleicht zehn Zentimeter breiter, quer verlaufender Schnitt höhnisch an. Anscheinend hatte es dem Täter nicht gereicht, dem Mann lediglich die Kehle durchzuschneiden. Der Schnitt war so tief, das der Kopf fast abgetrennt war.

Katharina fühlte sich plötzlich schwindelig. Erst jetzt fiel ihr der penetrante Gestank in der Laube auf, der sich unbarmherzig in ihre Nase bohrte. Sie versetzte Hofmann, der direkt neben ihr stand, einen leichten Stoß mit dem Ellbogen, damit er ihr Platz machte. Fürs erste hatte sie genug gesehen.

6

»Wer hat eigentlich neben das Gartentor gekotzt?« erkundigte sich Heinzel bei dem Streifenbeamten, der ihnen am nächsten stand.

»Die Frau, die ihn gefunden hat«, antwortete der Angesprochene. »Wir mußten 'nen Rettungswagen holen, die is uns mit 'nem Schock zusammengeklappt.«

»Kann ich gut verstehen«, bemerkte Gassel mitfühlend. »Ging mir ja fast genauso.«

Die Kriminalbeamten hatten sich wieder bei ihren Autos versammelt. Im Moment waren sie beschäftigungslos, da das KK 43, besser bekannt als Erkennungsdienst, jeden, der es gewagt hätte, dem Tatort näher als zehn Meter zu kommen, rücksichtslos gesteinigt hätte.

Langsam bekam Hofmanns Gesicht wieder Farbe. »Bisher hab ich gedacht, so was gäbe es nur im Film. Das muß ja ein Tier gewesen sein.«

»Keine voreiligen Schlüsse, Herr Kollege«, mahnte Heinzel. »Sehen wir uns das Ganze nachher erst mal in aller Ruhe an.«

»Ist doch eigentlich reichlich komisch, wie jemand ein derartiges Gemetzel in einer solchen Anlage anrichten kann, ohne aufzufallen. Am Wochenende ist hier bestimmt der Teufel los, da ist doch jeder in seinem Garten. Irgend jemand muß etwas gesehen haben.«

»Vorausgesetzt, das ist nicht zu einer Zeit passiert, in der niemand auf dem Gelände war. Nachts, zum Beispiel«, widersprach Gassel.

Katharina hatte abwesend ihre Blicke über die farbenprächtige Anlage schweifen lassen. Die Regenperiode im letzten Monat und die jetzt grassierende Hitzewelle hatten die Gärten sprießen lassen, überall waren die Gemüsestauden und Obstbäume schwer behangen. Mit einer Ausnahme.

»Sagt mal, fällt euch an dem Garten des Toten überhaupt nichts auf?« Dabei entging ihr, daß Westhoff ob ihrer sehr persönlichen Anrede ein wenig die Nase rümpfte. Das Privileg, den offiziellen Chef zu duzen, gestattete er nur Gassel, der mit einundfünfzig altersmäßig annähernd seine Preisklasse war.

»Überall stolpert man über Tomatensträucher, Radieschenbeete und Obstbäume. Nur in diesem einen Garten nicht«, erläuterte die Beamtin.

Irritiert sahen sich die anderen um. Katharina hatte recht. Auf dem Gelände des Opfers gab es lediglich einen etwas ungepflegten Rasen, zwei Apfelbäume, die dringend beschnitten werden mußten, und zwei Beete, die völlig mit Unkraut zugewuchert waren. Die Hecke um den Garten gedieh unkontrolliert und hatte bestimmt schon seit Jahren keine Heckenschere mehr gesehen.

»Interessant«, meinte Gassel ruhig. »Soviel ich weiß, müssen diese Stadtbauern ganz bestimmte Vorschriften einhalten, wenn sie ihre Scholle bestellen. Der Schrebergarten diente hier wohl eher als Mittel zum Zweck.«

»Zweck für was?« erkundigte sich Hofmann lakonisch.

»Das, lieber Kollege, werden wir herauszufinden haben.«

An der Laube entstand Bewegung. Die Erkennungsleute verließen sichtlich angeschlagen den Ort des Geschehens. Kommissar Rex, der Chef der Spurensicherung, scheuchte seine Leute, die sich mit den unhandlichen Arbeitsgeräten abschleppen durften, vor sich her, und baute sich schließlich in Begleitung des Staatsanwaltes Hinrichsen-Hennerke kopfschüttelnd vor Westhoff auf. »Also, so was hab ich ja schon lange nicht mehr gesehen. Wird Zeit für eine Schmutzzulage.«

»Habt ihr auch etwas, was uns weiter bringt?« frotzelte Heinzel aus dem Hintergrund.

»Das will ich meinen«, entgegnete der Herrscher über die Fingerabdrücke. »Tausende Prints von mindestens fünfzehn verschiedenen Personen. Wird eine Heidenarbeit, die zuzuordnen. Außerdem haben wir so was wie eine Brieftasche gefunden. Der Tote hieß Klaus Krömer, war dreiunddreißig Jahre alt, Versicherungskaufmann mit eigener Filiale bei der *Weststern*. Das mit der Versicherung haben wir von einer Visitenkarte. Ansonsten gibt das Lederdings nichts preis. Da war noch nicht mal 'ne Scheckkarte, geschweige denn persönliche Notizen oder sonstige Unterlagen. Ungewöhnlich.«

»Beraubt?« fragte Hinrichsen-Hennerke mit wachsbleicher Nase.

»Keine Spur«, kam die Antwort. »Hab zwar nur flüchtig in die Scheintasche geschaut, aber der hatte mindestens sechshundert Mark in der Patte. Schön säuberlich sortiert, erst die kleinen Scheine, dann die Fünfziger und Hunderter.«

»Das kommt mir bekannt vor«, murmelte Katharina,

die wußte, daß Hofmann sein Bares ebenfalls so stapelte. Namen gab er den einzelnen Scheinen aber noch nicht.

»Können wir jetzt rein?« drängelte Gassel, der endlich an die Arbeit gehen wollte.

»Nur zu. Allerdings würd ich wenigstens noch warten, bis die Leiche weg ist. Der Anblick nervt mit der Zeit.«

Westhoff nickte abwesend. Offensichtlich hatte er bereits vergessen, warum er hier war. Ausdruckslos musterten seine Augen einen unsichtbaren Punkt am Horizont. Der Staatsanwalt zeigte ein großes Herz und nahm sich des obersten Kriminalbeamten an. Kurze Zeit später erfreute sich Westhoff an den verwackelten Schnappschüssen von Hinrichsen-Hennerkes Enkeln.

Wie es schien, hatten die Sargträger bereits gewartet. Mit der Blechwanne im Schlepptau stürmten sie die Laube und gingen ans Werk. Die Kripobeamten verließen widerwillig die Schattenplätze und plazierten sich vor dem Laubeneingang.

Hofmann quetschte sich ein Kaugummi zwischen die Lippen und postierte sich im Türrahmen. Fasziniert sah er den Einsargern zu, während sich Katharina neben ihm aufbaute.

»Erwacht dein Interesse für das Morbide?« fragte sie knapp.

»Mhm? Ach was. Ich hab nur ein beschissenes Gefühl in der Magengegend.«

»Kein Wunder. Bei dem Anblick.«

Hofmann schüttelte langsam den Kopf. »Das meine ich nicht. Entweder war das hier ein fein inszenierter Racheakt, oder ein Wahnsinniger hat irgendwo ein Schlachtermesser gefunden und ausprobiert, was er damit anrichten kann. Und bei der zweiten Möglichkeit sehe ich die Gefahr, daß wir hier nur den Anfang vor uns haben.«

Katharina spitzte die Ohren. »Du meinst, wir finden bald noch einen?«

Ihr Kollege zuckte die Achseln und antwortete nicht. Statt dessen heftete er seine Augen wieder auf die Bestatter, die bereits die wasserdichte Plastikfolie neben der Leiche ausgebreitet hatten. Behutsam faßten sie den Toten an Armen und Beinen und hoben ihn an. »Vorsicht, der Kopf ... ach, Scheiße ...«

Schuldbewußt sahen sie zu den Polizisten herüber.

Katharina winkte würgend ab. »Hauptsache, ihr vergeßt nicht die Hälfte, Jungs.«

7

»Himmeldonnerwetter noch mal, ich hab die Nase voll. Wie viele haben wir noch?« Katharina ließ sich erschöpft auf den Beifahrersitz des Vectra fallen und zog die Beine an. Ihre Füße schmerzten mörderisch. Wie hatte sie auch nur auf die blöde Idee kommen können, diese flachen, offenen Sandalen anzuziehen.

»Reg dich ab. Noch einer, dann gibt's Pommes«, tröstete sie Hofmann, der den Zündschlüssel bereits in die Lenksäule donnerte.

»Scheiß was auf Pommes«, nörgelte Katharina. »Wie kannst du bei dem Wetter nur an dieses ölige, fettige Zeug denken.«

»Ist doch herrlich«, schwärmte Hofmann, während er den Gurt anlegte. »Mit 'nem dicken Klecks Mayo und dazu noch 'ne angegammelte Currywurst. Spätestens morgen hast du dann 'ne Lebensmittelvergiftung und damit einen Krankenschein. Zieh die Füße ein, ich will losfahren.«

»Warte. Ich hab eine Blase unter der Ferse.«

»Die hast du auch, wenn die Mauken im Wagen sind.«

Widerwillig setzte sich Katharina mit dem Gesicht zur Windschutzscheibe. Als Hofmann anfuhr, zog sie mit schmerzverzertem Gesicht den rechten Schuh aus und massierte die wundgelaufene Stelle.

»Puuuh«, ekelte sich Hofmann und kurbelte das Fenster herunter. »Ich dachte, chemische Waffen seien verboten.«

Sie verpaßte ihm einen Ellenbogencheck. Hofmann zuckte zurück und konzentrierte sich wieder auf den Verkehr.

Thalbach kurbelte ihre Scheibe ebenfalls herunter und rutschte in ihrem Sitz herum. Nach einigen Verrenkungen gelang es ihr endlich, ihren Fuß in den Fahrtwind zu bugsieren. »Das tut gut«, seufzte sie erleichtert.

Ihr Kollege setzte den Blinker und bog in die Feldsieper Straße ab, die die kürzeste Verbindung zwischen den beiden großen nördlichen Ausfallstraßen Bochums, der Dorstener und der Herner Straße, darstellte. Amüsiert blickte er neben sich.

»Deine Kondition war früher auch mal besser. Seit du mit diesem Sozialarbeiter zusammen bist, verweichlichst du mehr und mehr.«

Katharina sah mit offenem Mund herüber. »Verweichlicht? Ich hab eine Blase am Fuß. Und überhaupt, was hast du gegen Ulli?«

»Gar nichts«, antwortete Hofmann. »Die Frage ist eher, was hat er gegen mich?«

Katharina zog den Fuß zurück und schlüpfte wieder in ihre Sandale. »Auch nichts. Wenn du ihn ein wenig besser kennen würdest ...«

»Ich weiß, ich weiß«, unterbrach er sie. »Hier vorne ist es, Nummer achtundfünfzig.«

Ohne ein weiteres Wort parkte er den Wagen auf dem Seitenstreifen und stieg aus. Katharina beeilte sich, ihm zu folgen. Erst, als er bereits vor der anvisierten Haustür stand, hatte sie ihn eingeholt.

»Henke«, murmelte Hofmann abwesend. »Da haben wir ihn ja.« Energisch betätigte er den Klingelknopf.

Seit gut vier Stunden kreuzten Thalbach und Hofmann kreuz und quer durch Bochum, um jeden einzelnen Gartenbesitzer der Anlage *Karolinenglück* zu fragen, ob er zufällig am Wochenende im Garten gewesen war und genauso zufällig etwas Ungewöhnliches gesehen hatte. Abgesehen von den üblichen Beschwerden über die zu lauten Halbstarken und die saufende Rentnerbrigade hatten sie jedoch nichts Interessantes zu hören bekommen.

Als nach etwa zwanzig Sekunden niemand geöffnet hatte, hieb Hofmann erneut auf den Klingelknopf, ohne mehr Erfolg zu haben. Achselzuckend wand er sich schließlich ab. »Damit steht die Quote siebzehn zu vier. Gar nicht so schlecht für einen Montag.«

»Egal«, quengelte Katharina. »Ich hab keine Lust mehr.«

»Du wiederholst dich«, meinte Hofmann und wies mit dem Kopf zur Dorstener Straße, die vielleicht noch hundert Meter entfernt war. »Da vorne ist ein Chinese. Hunger?«

»Meinetwegen«, stimmte sie mürrisch zu.

Das Lokal war wie leergefegt und in einem schrecklichen Rot gehalten. Neben der Theke langweilte sich die Bedienung. Als die beiden Beamten zielstrebig einen Ecktisch ansteuerten, erschrak die Frau ein wenig und schulterte freudig überrascht zwei Speisekarten.

»Warst du hier schon mal drin?« fragte Thalbach.

»Nee. Scheint nicht gerade ein Geheimtip zu sein. Noch können wir uns verdrücken.«

»Keinesfalls. Meine Füße bringen mich um.«

»Ich sag's ja, verweichlicht und degeneriert«, schmunzelte Hofmann.

Katharina streckte ihm die Zunge heraus und äugte neugierig in die Speisekarte. Schnell hatte sie sich für eine Frühlingsrolle und die gebratene Ente entschieden, während Hofmann eher dem scharf gewürzten Rindfleisch zugeneigt war.

Als die zierliche Chinesin abgedackelt war, lehnte sich Thalbach zurück. »Hast du das vorhin ernst gemeint?« erkundigte sie sich.

Hofmann sah stirnrunzelnd auf. »Was meinst du?«

»Na ja, daß wir vielleicht noch eine Leiche finden, die ihre eigenen Genitalien spazieren führt.«

Ihr Kollege schüttelte unmerklich den Kopf, da die Kellnerin mit einem Tablett und ihren Getränken zurückkam. Erst, als er den ersten Schluck von seinem Pils intus hatte, bequemte er sich zu einer Antwort. »Natürlich. Ich befürchte fast, daß wir es hier mit einem perversen Triebtäter zu tun haben oder irgend so etwas in der Richtung.«

Katharina nuckelte an ihrem Mineralwasser. »Muß nicht sein. Vielleicht hatte der Mörder nur einen enormen Haß auf das Opfer. Hoffe ich zumindest.«

Hofmann winkte ab. »Schön wär's. Überleg doch mal, Katharina. Einen Menschen zu töten, ist an sich schon wesentlich schwerer, als du es freitags abends in den Krimis siehst. Aber jemanden quasi abzuschlachten und den Schwanz abzuschneiden, dafür mußt du krank sein. Der Tote sah so aus, als wäre er vor seiner Ermordung übel zusammengeschlagen worden. Egal, welches Motiv der Täter letztendlich hatte, der hat Spaß gehabt – ich befürchte, das war nicht der letzte.«

Thalbach spielte nachdenklich mit dem Glas in ihrer Hand, als plötzlich eine Frühlingsrolle in ihrem Blickfeld auftauchte. Ihr Appetit war schon wieder verschwunden. Lustlos tränkte sie die aromatische Vorspeise mit Sojasoße, verteilte einen gehörigen Klecks Sambal-Oleg auf dem Teig und trennte abwesend die erste Portion mit der Gabel ab. Hofmann schlürfte bereits geräuschvoll seine Hühnersuppe.

»Und wie geht's jetzt weiter?«

Hofmann tupfte sich mit der Serviette die Mundwinkel ab und sah auf. »Um drei treffen wir uns mit Heinzel und Gassel in der Wohnung des Toten. Danach müssen zwei von uns in die Gerichtsmedizin. Dreimal darfst du raten, wer das sein wird.«

Angewidert puhlte Katharina die Sojasprossen aus ihrer Frühlingsrolle. »Wir natürlich. Ich hasse diese Gerichtsmedizin.«

»Schmeckt's dir nicht?«

»Mhm? Doch, aber irgendwie ist mein Hunger weg.«

»Dein Pech«, kommentierte Hofmann und angelte sich einen großen Teil der Frühlingsrolle von ihrem Teller. Gleich darauf bekam er einen knallroten Kopf, als ihm das scharfe Gewürz die Tränen in die Augen trieb.

»Geschieht dir recht«, lächelte Katharina.

Die Ente und das Rindfleisch waren ausgezeichnet. Hofmann bezahlte, denn er war an der Reihe. Als sie den Vectra wieder erreicht hatten, war es Viertel vor drei.

»Wo wohnte dieser Krömer noch mal?« fragte Thalbach, während sie den Motor anspringen ließ.

Hofmann rastete den Beifahrersitz in der letzten Position ein und drehte die Lehne zurück. »Hattinger Straße, ziemlich weit außerhalb. Muß fast schon in Hattingen liegen. Gib also ruhig Gas.«

Katharina ließ sich nicht bitten. Die Maschine des Vectra hatte gut neunzig PS, ihr kleiner Fiesta gerade mal fünfzig. Mit quietschenden Reifen donnerte sie los, brachte das Heck, als sie die enge Kurve zur Dorstener mit viel zu hoher Geschwindigkeit nahm, kurz zum Schwanken und bretterte auf einer nicht vorhandenen zweiten Spur stadteinwärts. Hofmann hielt sich wortlos am Seitengriff fest und verfluchte das zweite Bier, das er bei dem Chinesen getrunken hatte.

»Wann geht denn am Samstag deine Feier los?« fragte er schüchtern, da er hoffte, sie würde die Geschwindigkeit verringern, wenn sie ihm antwortete.

»Gegen acht«, gab Katrharina Auskunft.

»Hast du eigentlich einen besonderen Wunsch?«

»Ach was. Vielleicht bringst du noch ein bißchen was zu trinken mit. Ich weiß nämlich nicht, wie viele Leute kommen.«

»Ich ganz bestimmt, wenn ich die Fahrt hier überlebe.«

Katharina sah abfällig zur Seite, drosselte das Tempo aber nicht.

Sie waren beinahe pünktlich. Als Katharina den Vectra (heil, aber mit wesentlich weniger Profil auf den Reifen) schließlich an den Straßenrand steuerte, war es gerade fünf nach drei. Gassel und Heinzel waren schon an der Arbeit. Ihr Wagen stand verlassen knapp zehn Meter von ihnen entfernt.

Der so spektakulär abgetretene Krömer residierte in einem schmucken, geräumigen Mehrfamilienhaus. Katharina tippte sofort auf Eigentumswohnungen, die in dieser Gegend für einen Polizeibeamten knapp dreihunderttausend Mark zu teuer sein dürften.

»Der Versicherungsbranche scheint es recht gut zu gehen«, bemerkte Hofmann, als hätte er ihre Gedanken erraten. »Sieh mal, da oben die Videokamera. Und da, Bewegungsmelder.«

Wenig beeindruckt steuerte Katharina die Haustür an. Krömer hatte im Erdgeschoß gewohnt, die Wohnungstür stand weit auf. Undeutlich hörten sie Geräusche.

Leise betraten die beiden die Wohnung und sahen sich aufmerksam um. Von einer kleinen Diele zweigten mehrere Türen ab, Heinzel und Gassel hielten sich offenbar im Wohnraum auf. Hofmann legte den Zeigefinger vor die Lippen. Dann sprang er in den Eingang. »Hände hoch, Polizei«, brüllte er.

Heinzel ließ vor Schreck einen Aktenordner fallen, den er gerade durchstöbert hatte, während Gassel nur zusammenzuckte. Katharina kam grinsend um die Ecke.

»Ihr seid mir zwei schöne Polizisten«, kommentierte sie. »Euch könnte man den Dienstwagen klauen, während ihr drinsitzt.«

Heinzel hob den Ordner wieder auf und runzelte die Stirn. »Ja ja, die Jugend von heute. Kein Respekt mehr vor dem Alter«, seufzte er.

»Warte noch ein paar Tage«, empfahl Hofmann mit einem Seitenblick. »Wenn unsere Kollegin schon jammert, nur weil sie dreißig wird, begeht sie zu ihrem vierzigsten bestimmt Selbstmord.«

Gleichzeitig plumpste er in einen der bequemen Ledersessel und pfiff leise durch die Zähne. »Mein lieber Mann, hier läßt es sich wohnen. Sogar 'nen offenen Kamin und 'ne eingebaute Bar.«

»Schick, nicht wahr?« bestätigte Gassel, seine beschlagene Brille putzend. »Für einen kleinen Versicherungsvertreter gar nicht schlecht.«

»Klein?« fragte Katharina.

»Jawohl, klein. Gisbert und ich haben, bevor wir in diese Wohnung fuhren, die Agentur von Krömer besucht. Der war Vertreter im Außendienst, hat Lebensversicherungen und sowas verkauft. Sein Boß war, glaube ich, gar nicht mal böse, daß der jetzt nicht mehr kommt.«

»Versteh ich nicht«, gab Hofmann zu. »Die Bude hier ist doch bestimmt sauteuer.«

»Stimmt. Eigentum. Krömer lebte hier seit zwei Jahren. Soviel seine Nachbarin weiß, hat er die Hütte bar bezahlt.«

»Und wieviel?«

»Etwas mehr als fünfhunderttausend. Krömer hat wohl häufig Besuch bekommen, aber es gab anscheinend niemanden, der regelmäßig zu ihm kam. Abgesehen von ein paar flüchtigen Begegnungen im Treppenhaus hat hier aus dem Haus keiner engeren Kontakt zu ihm gehabt.«

Katharina lehnte sich an einen massiven Mahagonitisch und schüttelte den Kopf. »Das fängt ja schon gut an. Habt ihr sonst noch was?«

Heinzel, der sich langsam von dem Schrecken, den Hofmann ihm eingejagt hatte, erholte, zwirbelte die kunstvollen Enden seines Schnäuzers. »Sein Chef und die Kollegen wußten gerade mal, wie Krömer hieß und daß er weit hinter den Erfolgen der anderen Vertreter hinterherhinkte. Wenn ich das richtig verstanden habe, wäre er spätestens Ende des Jahres rausgeflogen. Die Umsätze waren viel zu schlecht.«

»Na klasse«, meinte Hofmann. »Habt ihr hier schon was gefunden?«

»Ebenfalls Fehlanzeige«, antwortete Gassel. »Keine private Post, ein paar geschäftliche Unterlagen, nichts über irgendwelche privaten Kontakte, keine Fotos, gar nichts. Im Schlafzimmer steht ein Kleiderschrank, der so sauber und ordentlich wie die Schweiz ist. Farblich sortierte Wäsche, alles auf Bügeln, die Hosen auf Spannern, die Schuhe frisch geputzt und eingecremt. Im Badezimmer einige Handtücher, eine Zahnbürste, ein Rasierer, zwei Flaschen Duschgel, ein teures Herrenparfüm und eine Packung Medikamente gegen Sodbrennen. Menschenskind, sogar eine Gefängniszelle hat mehr persönlichen Charakter als diese Wohnung.«

Einen Moment sahen sich die Beamten ratlos an. Dann klemmte Gassel den Aktenordner, der nichts anderes als ein paar Rechnungen über das spärliche Mobiliar enthielt, zurück in das wenig gefüllte Regal über dem Schreibtisch und wandte sich dem Bücherbrett zu.

»Gisbert und ich machen hier weiter. Seht ihr euch doch in der Küche und im Gästezimmer um, die beiden Räume haben wir noch nicht.«

Hofmann stand seufzend aus dem herrlich bequemen Ledersessel auf und tippte Katharina leicht an. »Dann laß mal sehen, was unser Freund im Kühlschrank hat.«

Sie verließen die vielleicht fünfzig Quadratmeter große Wohnhalle und schauten sich in der Diele um. Vier Garderobenhaken direkt neben der Eingangstür, gleich daneben ein kleiner Schuhschrank. Routiniert sahen sie alles durch, um sich danach der Küche zuzuwenden.

»He, sieh mal. Der hat die gleiche Dunstabzugshaube wie meine Mutter«, rief Hofmann überrascht.

Katharina warf einen anerkennenden Blick auf die Einrichtung. Gegeizt hatte dieser Krömer bei der Auswahl seiner Kochstelle nicht, das mußte man ihm lassen. Die Küchenwände waren von makellos glänzenden Hängeschränken übersät, der Herd und der Arbeitsbereich waren L-förmig angeordnet und trennten den Eßbereich ab. Kein normaler Küchentisch, sondern selbstverständlich eine Anrichte, vor der drei lederne Barhocker standen.

Sie nahm sich den ersten Hängeschrank vor, während Hofmann den Kühlschrank öffnete.

»Ach du Schande, ein Vegetarier«, bemerkte er leise, während er den Inhalt inspizierte. »Nur Obst, Gemüse, Käse und Vollwertsüßigkeiten.«

»Was hast du erwartet?« erkundigte sich Katharina, indem sie einen Blick in jeden der Töpfe und Behälter warf, die sie fand. »Überreste von geschlachteten Kleinkindern? Oder zwölf Dutzend deiner geliebten Milchschnitten?«

»Unsinn. Aber wenn der mich zum Essen eingeladen hätte ...«

Für die Inspektion der Küche benötigten sie höchstens zwanzig Minuten, ohne etwas Ungewöhnliches zu finden. Das Gästezimmer war noch unergiebiger. Ein älteres französisches Bett, ein kleiner Kleiderschrank, zwei Sessel und ein Beistelltisch.

Resignierend betraten sie wieder die Diele, in der sich Hofmann gegen die Stirnwand lehnte. »Und jetzt?«

Gassel und Heinzel verließen das Wohnzimmer und gesellten sich zu ihnen. Nachdem Heinzel seine dünnen Gummihandschuhe, die sie selbstverständlich alle vier vor der Durchsuchung angezogen hatten, von den Fingern gestreift hatte, rümpfte er lustlos die Nase. »Jetzt? Jetzt können die Spürhunde hier rein. Vielleicht paßt ja einer von den Prints aus der Laube zu Abdrücken hier in der Wohnung.«

Hofmann zuckte die Achseln und stieß sich mit dem Rücken von der Wand ab, die dabei leicht knarrende Geräusche von sich gab.

»Was war das denn?« fragte Katharina überrascht.

»Was?« meinte Gassel.

»Na, hast du das nicht gehört? Als Berthold sich abgestoßen hat, hat die Wand ein Geräusch abgegeben.«

Hofmann gönnte ihr stirnrunzelnd einen Seitenblick und knallte seine Faust gegen den Wandabschnitt. Der erzitterte sichtlich, das Aufprallgeräusch war nicht dumpf und kurz, sondern laut und nachhallend. Hinter der Wand befand sich offenbar ein Hohlraum.

»Eine Tür«, bemerkte Heinzel verdutzt.

Der Klopfer ging in die Hocke und betrachtete die mit schwarzem Rollputz verkleidete Wand genauer. Triumphierend verzog sich sein Gesicht schließlich zu einem Lächeln.

»Sieh mal einer an, hier haben wir das Schlüsselloch. Gar nicht dumm gemacht, wenn man nicht genau hinsieht, bemerkt man das überhaupt nicht.«

Katharina hockte sich neben ihn und nahm die winzige Aussparung in der Wandverkleidung in Augenschein. Hofmann hatte recht, der Öffnungsmechanismus war kaum zu sehen. »Und nun? Schlüsseldienst oder Muskelkraft?«

Gassel lächelte Katharina an und winkte sie beiseite. Dann holte er tief Luft und setzte seine zweihundertfünfzig Pfund in Bewegung. Mit der Schulter rammte er das Hindernis, welches sofort nachgab. Mit einem leisen

Krachen flog die Tür auf und donnerte schließlich gegen die Seitenwand.

»So was«, schmunzelte Heinzel. »Auf diesen gefließten Böden kann man wirklich verdammt schnell ausrutschen.«

Hofmann patschte an der Innenwand des bisher verborgenen Zimmers herum, bis er den Lichtschalter gefunden hatte. Als er den Schalter betätigte, glommen in der Deckenverkleidung verborgene Lampen auf.

Es handelte sich um eine kleine schlauchartige Kammer, vielleicht zehn Quadratmeter groß. Die Seitenwände waren ebenfalls schwarz gestrichen, auf dem Boden lag anstatt der in der übrigen Wohnung befindlichen Fliesen ein schwarzer Teppichboden. Möbel standen nicht in dem Raum.

Katharina wagte sich als erste in das Zimmer. Nach ein paar Schritten drehte sie sich hastig um.

»Da hinten ist noch eine Tür«, flüsterte sie den anderen zu.

»Bitte?« erkundigte sich Gassel, wobei er die Hand hinters Ohr legte.

Katharina lachte unsicher auf. »Ich sagte, da hinten ist noch eine Tür«, wiederholte sie in normaler Lautstärke.

»Dann mach sie auf«, empfahl Gassel. Ganz geheuer war ihm die Angelegenheit allerdings auch nicht.

Vorsichtig näherte sich die Blonde der Tür. Der Drang, ihre Dienstwaffe aus der Handtasche zu zücken, war übermächtig. Widerwillig riß sie sich zusammen und drückte die Klinke herunter.

Die Beamten hatten mit allem gerechnet, nur nicht mit dem, was sie nun sahen. Vor ihnen lag ein lichtdurchflutetes Zimmer, das nicht nur durch die einfallende Sonne ausgeleuchtet wurde. In den vier Ecken und jeweils auf halber Höhe der Wände des ganz in Weiß gehaltenen Zimmers befanden sich insgesamt acht starke Halogenfluter, die trotz des Tageslichtes auf voller Leistung liefen und zusätzlich hellweißes Licht in den Raum powerten. Vor den Fenstern waren weiße Jalousien angebracht, die so eingestellt waren, daß zwar ein Maximum an Licht eindringen konnte, aber neugierige Blicke von außerhalb abgeschirmt wurden. Die schmalen Sichtschlitze verrieten, daß der Raum zum Garten hinaus lag. An der linken Wand, direkt vor einer der Lampen, war ein futuristisches Stahlgerüst errichtet, bestehend aus vier fast zwei Meter langen, weißlackierten Stangen, die von ihrer Verankerung aus pyramidenförmig zusammenliefen. Auf der Spitze der vier sich berührenden Stangen war ein kugelförmiges Gebilde aus milchigem Kristallglas befestigt, vom Durchmesser her etwa so groß wie ein Basketball; der Fußboden war mit einem musterlosen, ebenfalls schneeweißen PVC-Belag bedeckt.

Ansonsten war der Raum leer.

8

»Meine Lieblingskriminalen. Hereinspaziert, ich habe Sie schon erwartet.«

Brettschneider, der Gerichtsmediziner, breitete gutgelaunt seine langen Arme aus und pustete riesige Rauchwolken aus seinen Lungen hervor. Wie immer klemmte ein Zigarillo in seinem linken Mundwinkel und stank erbärmlich.

Hofmann tippte sich an die Stirn und trat schnell einen Schritt zur Seite. »Könnte Ihnen so passen. Wie ich Sie kenne, kommen sie ungewaschen direkt aus dem OP.«

Der Exilbayer rümpfte empfindlich die Nase. »Wann kapieren Sie endlich, daß ich einen OP schon seit zwanzig Jahren nicht mehr betreten habe. Sezierraum, Hoffmann, Sezierraum.«

Brettschneider grinste noch breiter. Das Doppel-F nahm Hofmann so gelassen wie Mike Tyson eine linke Gerade von Rita Süßmuth.

Katharina wedelte verzweifelt die Qualmwolken des Arztes weg, verkniff sich aber jeden Kommentar. Eine ihrer ersten Lektionen in Bochum war die Erfahrung gewesen, daß Brettschneider in seinen Räumlichkeiten Heimrecht hatte und dieses rücksichtslos ausnutzte. Aber er war eine Koryphäe auf seinem Gebiet. Wenn an einer Leiche etwas merkwürdig war, Brettschneider wurde darauf aufmerksam. Schon vor Jahren hatten die Kripobeamten und er vereinbart, daß die für beide Seiten lästige Anwesenheitspflicht eines Beamten bei der Sektion ignoriert wurde. Die Beamten sparten kostbare Zeit, der Leichenfledderer konnte sich ganz auf seine Opfer konzentrieren.

»Schon was herausgefunden?« fragte Katharina. »Oder haben Sie bei dem Nebel die Leiche nicht gefunden?«

»Für eine Blondine gar nicht schlecht, was? 'tschuldigung, nehm ich zurück.«

Der Riese aus dem Süden der Republik zwinkerte Thalbach zu und grapschte eine dünne Mappe von seinem Schreibtisch.

»Endlich mal wieder was Interessantes«, begann er den dienstlichen Teil. »Als wir den Leichnam auf den Tisch bekamen, war er etwa zwölf Stunden tot, das heißt, die Todeszeit liegt sehr wahrscheinlich in der Nacht von Sonntag auf Montag um Mitternacht plus minus zwei Stunden. Todesursache war der Schnitt durch die Kehle, aber der hat das Werk eigentlich nur noch abgerundet. Gestorben wäre Krömer sowieso.«

Hofmann wollte Brettschneider über die Schulter blinzeln, aber da der Mediziner gut zwanzig Zentimeter größer war als er, gelang das bereits im Ansatz nicht. »Und was ist so interessant?« drängelte er.

»Das Drumherum, Mensch. Der Tote sieht aus, als wäre er unter eine Dampfwalze geraten. Aber wissen Sie, wieviel interpretierbare Spuren wir gefunden haben? Eine.«

»Und was?«

»Nichts.«

Thalbach sah den Doc ausdruckslos an. »Wie meinen Sie das?«

»Nun, erinnern Sie sich zum Beispiel an die Schnittverletzung am Hals? Die war enorm tief, für so etwas brauchen Sie ein großes scharfes Messer oder, wenn Sie es brachialer anstellen, eine Axt oder ein Beil. Egal, was Sie nehmen, bekanntlich bestehen diese Gegenstände aus Metall. Nehmen wir an, der Täter hat ein Messer benutzt. Und egal, wie scharf es geschliffen ist, es bleiben bei jedem Einschnitt feine Metallrückstände zurück. Weiche Röntgenstrahlen müßten die sichtbar machen. Und was war hier? Nichts – keine Partikel, absolut nichts.«

Thalbach und Hofmann sahen sich einen Moment an. Schlimmer hätte es fast nicht kommen können.

Hofmann kratzte sich resignierend am Ohrläppchen. »Wollen Sie uns damit klar machen, daß wir es mit einem ausgebufften Profikiller zu tun haben?«

Brettschneider hob die Schultern und pfefferte das Mäppchen, aus dem er seine vorläufigen Ergebnisse abgelesen hatte, wieder auf den Schreibtisch. »Entweder ein Profi – oder ein Irrer, der sich bestens in Anatomie und diversen Kampftechniken auskennt. Suchen Sie sich aus, was wahrscheinlicher ist.«

Katharina rieb die Augen und seufzte leise auf. »Ich befürchte, du hattest recht, Berthold. Egal, ob Irrer oder Profi. Der Tote hier war bestimmt nicht der letzte.«

9

Ulf Gäbler räusperte sich unbewußt und erschrak über das hohle Echo, welches von den Wänden des Lagerraumes zurückprallte. Die blaue Mine seines Kugelschreibers pausierte auf der Hälfte der Liste, in der er die Mängel der Gemüselieferung des Vormittages notierte.

Grunzend riß sich der sechsunddreißigjährige Abteilungsleiter für Obst und Frischgemüse zusammen und konzentrierte sich wieder auf die Paletten mit Karotten, Zwiebeln und Bohnen. Überall lachten ihm braune Stellen entgegen. Am Morgen hatte er keine Zeit gehabt, die angelieferte Ware genau zu begutachten, während der Urlaubszeit war das spärliche Personal noch ausgedünnter als sonst. Erst nach der Mittagspause, als in der Auslage die ersten bedrohlichen Löcher entstanden und er Nachschub aus dem Lager holen wollte, fiel ihm die mangelhafte Qualität der Lieferung auf. Natürlich hatte er sofort erbost die Zentrale der Supermarktkette angerufen und reklamiert, aber der heutige Tag würde seine zur Zeit sowieso stagnierende Umsatzkurve noch mehr in den Keller reißen. Gleich morgen früh sollte er Ersatz erhalten. Bis dahin mußte die Mängelliste vollständig sein.

Zehn Minuten später hatte er seine Inventur beendet. Bevor er das Lager verließ, löschte er das Licht, versperrte die Tür mit seinem Generalschlüssel und machte sich auf den Weg in die muffigen Büros, um seine Notizen säuberlich abzutippen.

Im Prinzip war ihm der Supermarkt scheißegal. Früher hatte ihm seine Arbeit Spaß gemacht, die laufende Kontrolle der Lagerbestände und der Ware in den Regalen, die Einteilung des Personals, das Knechten der Auszubildenden, die Erstellung von Urlaubsplänen und die Vertretung des Chefs, wenn der Marktleiter Urlaub hatte oder krank wurde. Gäblers Gehalt war nicht schlecht, natürlich hätte es besser sein können, aber eigentlich war er zufrieden. Irgendwie gelang es ihm aber nie, diese Zufriedenheit in sein Privatleben hinüber zu retten, besonders nicht in bezug auf Frauen. In seinem Alter war man normalerweise längst glücklicher Familienvater, doch er hatte mit seinen Verabredungen lange Zeit kein Glück gehabt. Zuerst die ständige Kontrolle durch seine Mutter, der keines seiner Mädchen gut genug war und die hinter seinem Rücken Verabredungen absagte, so daß er meistens alleine am vereinbarten Treffpunkt auftauchte. Statt dessen hatte seine über alles dominierende Mutter ihn für andere Dinge zu interessieren versucht. Fußball war ihm zu öde, auch andere Sportarten wurden ihm langweilig. Dann, als er volljährig wurde, hatte ihm seine Mutter eine Kamera geschenkt, ein sündhaft teures Gerät japanischer Herkunft. So hatte er endlich etwas, womit er seine Freizeit verbringen konnte, ohne ständig unter der Kontrolle seiner alten Dame zu stehen.

Als sie schließlich starb, änderte dies weder etwas an seiner inzwischen glühenden Begeisterung für das Fotografieren noch an seinen Hemmungen, Frauen anzusprechen. Trotzdem hatte er geheiratet, vor mehr als zehn Jahren. Allen Schwierigkeiten zum Trotz lernte er seine Frau kennen, die eine unscheinbare, ruhige Vertreterin ihres Geschlechts war. Sie waren sich während der Ausbildung begegnet. Es war zwar nicht die große Liebe, aber irgendwie hatten sie sich zusammengeschüchtert und sich getraut, schließlich auf dem Standesamt das Aufgebot zu bestellen. Die Ehe mit Barbara war harmonisch verlaufen, sie waren füreinander da, wenn der andere es wollte, und sie stritten sich so gut wie nie. Allerdings redeten sie auch kaum miteinander, er verdiente das Geld, Barbara versorgte den Haushalt, kochte sein Essen und leistete ihm abends vor dem Fernseher Gesellschaft, meistens in alberne Frauenblättchen vertieft oder mit langweiligen Handarbeiten beschäftigt. Im Bett waren sie auch nicht die ideale Kombination, sie absolvierten wöchentlich ihre Pflichtübungen, meistens lediglich zu seiner Zufriedenheit. Wenigstens verlor er das Gefühl, ein ewiger Versager zu sein. Mit Barbara hatte er genau die Frau geheiratet, die er brauchte, weil sie noch schwächer war als er. Sie widersprach nicht, machte sich nicht über ihn lustig und verhalf ihm so dazu, Selbstbewußtsein zu entwickeln.

Vor acht Jahren war sie dann bei einem Autounfall lebensgefährlich verletzt worden. Aphallisches Syndrom, Wachkoma. Direkt aus dem Krankenhaus war sie in ein Pflegeheim verlegt worden, in dem Gäbler sie jeden zweiten Tag besuchte.

Also war er wieder zu einem ständigen Besucher der Bordellviertel der Ruhrgebietsstädte geworden, genau wie vor seiner Ehe. Das sexuelle Verlangen hatte sich im Laufe der Zeit jedoch fast zu einer Sucht entwickelt. Auf seinem Konto türmten sich ob seines kostspieligen Hobbys die roten Zahlen, notgedrungen mußte er sich etwas anderes einfallen lassen. Und dann hatte er die Idee mit diesen Kirchenfritzen gehabt.

Gäbler war absolut unreligiös. Mehr durch Zufall war er auf die Sekte gestoßen, als er eines Abends auf Krömer traf. Sie saßen sich in dem Speisewagen eines Intercitys gegenüber, unterhielten sich zunächst spärlich, später wie alte Bekannte. Nachdem beide in Bochum den Zug verlassen hatten, tranken sie noch in einer der Kneipen im Bermuda-Dreieck ein Bier und trafen sich anschließend regelmäßig.

Krömer war es auch gewesen, der ihn bei einem ihrer Treffen belatscherte, in seine Kirche einzutreten. Gäblers erste Reaktion war ein herzlicher Lachanfall gewesen, bis ihm die Berichte einer von solchen Phantasiegeschichten abhängigen Presse über ausschweifende Sexorgien auf Altären und in abgelegenen Waldstücken in lauschigen Mondnächten einfielen. Da hatte er dann doch zugesagt, Krömer zu einem Gottesdienst zu begleiten.

Zunächst wurde er bitter enttäuscht. Statt schwarzer Messen mit einer knackigen Priesterin in Strapsen bot man ihm Meditation, innere Einkehr und den Weg zu Gott. Krömer ließ ihn nicht aus den Augen, studierte seine Blicke während der gemeinsamen Veranstaltungen, die nicht auf das Symbol der Kirche, sondern auf die Brüste der weiblichen Gemeindemitglieder gerichtet waren. Es hatte nicht lange gedauert, und Krömer hatte ihn beiseite genommen und gefragt, ob er ein wenig nebenbei verdienen und dazu ein bißchen Spaß haben wolle. Als Gäbler begriff, was Krömer ihm vorschlug, wähnte er sich im siebten Himmel.

Das Blatt in der elektrischen Schreibmaschine war fast vollgeschrieben. Prüfend schossen Gäblers Augen über die Aufstellung. Alle schadhaften Mengen und Artikel waren aufgelistet, für heute konnte er Feierabend machen.

Er riß das Papier aus der Maschine und legte es in die Postmappe für die Zentrale. Dann verschloß er seinen Schreibtisch, musterte sich kurz in dem Spiegel über dem kleinen Waschbecken und betätigte den Lichtschalter. Vorbei an den Umkleideräumen lief er gutgelaunt zum Hinterausgang, an dem sein Kleinwagen in der rotgolden glühenden Abendsonne döste. Er wohnte zwar ganz in der Nähe, aber weil er im Supermarkt den ganzen Tag auf den Beinen war, legte er die Strecke nur ungern zu Fuß zurück.

Gäbler stieß die Metalltür an der Rückseite des Gebäudes auf und sah die Karosserie seines Importwagens bereits in der Sonne blitzen, als sich eine kräftige Hand von hinten auf seinen Mund preßte. Bevor der Supermarktangestellte registrieren konnte, was mit ihm geschah, spürte er einen scharfen Gegenstand an seinem Hals.

Überrascht beobachtete Gäbler die rote Fontäne, die im Rhythmus seines Herzschlages aus der klaffenden Wunde sprudelte. Er fühlte keine Schmerzen, nur eine merkwürdige Leichtigkeit. Dies hier konnte nicht wahr sein, so etwas geschah doch nur im Fernsehen. Aber doch nicht ihm.

Wie in Zeitlupe drehte er sich um und starrte seinem Mörder in die Augen. Das Gesicht über der schwarzen Kleidung hatte er noch nie gesehen. In der mit einem hauchdünnen Gummihandschuh überzogenen rechten Hand erblickte der Sterbende das weiße Stilett, von dessen Klinge ein paar Tropfen Blut auf die Erde fielen. Langsam wich er vor diesem Bild zurück, bis er das Gleichgewicht verlor und über das Geländer der kleinen Zugangsrampe in die hinter dem Markt beginnende Wildnis kippte.

Vor Gäblers Augen bildeten sich die ersten Schleier, nur undeutlich nahm er wahr, daß sein Mörder über das Geländer sprang und sanft neben ihm im Gras landete. Ohne zu zögern, bückte der Mann sich, nestelte so lange an dem Verschluß von Gäblers Hose, bis er sie geöffnet hatte und riß dann das Kleidungsstück mit einem Ruck herunter. Das letzte, was Ulf Gäbler sah, bevor er starb, war, wie sich die Klinge seinen Genitalien näherte.

Der Killer war in Eile. Natürlich war er hier, quasi in aller Öffentlichkeit, ein großes Risiko eingegangen, aber wie es schien, hatte er Glück gehabt. Es wäre ihm lieber gewesen, auch Gäbler leiden zu sehen, aber dazu hatte er keine Zeit. Hauptsache, das Schwein war tot.

Vor seinem Rückzug checkte er, ob er Spuren zurückgelassen hatte. Seine Schuhsohlen waren profillos, zudem hatte es seit etlichen Tagen nicht geregnet. Hastig warf er einen letzten Blick um die Gebäudeecke zur Hasenwinkler Straße hin. Niemand war zu sehen. Mit zwei, drei großen Sätzen erreichte er das abfallende Dickicht hinter dem Supermarkt. Sorgfältig achtete er darauf, nicht mit den dornigen Sträuchern in Kontakt zu kommen, damit keine Faser seiner Kleidung hängenblieb. Als er endlich wieder ebenen Boden unter den Füßen hatte, schlug er den Weg zu seinem in sicherer Entfernung geparkten BMW ein.

10

»Hallo, Schlafmütze. Rappel dich mal langsam auf.«

Ulli Zander nahm einen neuen Anlauf und rüttelte den Torso, der sich unter der Bettdecke abmalte, heftig hin und her. Keine Chance, Katharina war noch im Reich der Träume.

»Aufstehen. Die Arbeit wartet.«

Selbst die liebliche Aussicht auf einen weiteren Tag in den stickigen Büros an der Uhlandstraße konnte die Kriminalkommissarin nicht motivieren, mehr als ihren blonden Haarschopf aus der Bettdecke zu schälen. Wie sich jemand im Hochsommer dermaßen unter einem dicken Federbett vergraben konnte, war Zander schleierhaft.

Leicht verärgert griff der ungeduldige Sozialarbeiter zum letzten Mittel. Energisch riß er die Decke weg und begann, seine Freundin in der Hüfte und auf dem Bauch zu kitzeln. Einen Moment blieb Katharina regungslos, dann setzte die Gegenwehr ein.

»Laß das, ich steh ja auf«, murmelte sie verschlafen.

»Glaub ich dir nicht. Los, hoch mit den Knochen.«

Dabei setzte er seinen unfairen Weckversuch unerbittlich fort. Schließlich hatte Zander sein Ziel erreicht. Unwirsch schüttelte Katharina seine Hände ab und schwang die Beine über die Bettkante.

»Du bist ein Ekel«, konstatierte sie, während sie mit

dicken Augen auf den Wecker schielte. Es war gerade mal Viertel vor sieben.

»Bist du wahnsinnig?« fuhr sie fort. »Ich denke, du hast Urlaub?«

Zander feudelte gutgelaunt die Bettdecke auf und blinzelte ihr zu. »Eben. Und ich habe nicht die Absicht, diesen zu verschlafen. Ich will nachher mit Simone und Thilo nach Haltern, an den Stausee. Schönen Arbeitstag, übrigens.«

Mit einem Reflex angelte sich Katharina eins ihrer kleinen Knautschkissen, aber Zander war schneller. Hastig verließ er die Gefahrenzone und rettete sich in die Küche.

»Beeil dich mit dem Duschen«, rief er aus sicherer Entfernung.

Katharina trat an ihren Kleiderschrank. Mit ein paar Griffen hatte sie ihre Kleidung für den heutigen Tag hervorgekramt und schlenderte Richtung Badezimmer. Als sie die Mischbatterie aufdrehte, startete ihr Freund im Wohnzimmer gerade sein Morgenkonzert, indem er die neueste CD von Stoppok aufjaulen ließ.

Das lauwarm temperierte Wasser vertrieb in Sekundenschnelle ihre letzte Müdigkeit. Während sie noch dabei war, genießerisch mit dem Kaltwasserhahn zu experimentieren, knallte Zanders Faust gegen die Duschkabine. »Der Kaffee wird kalt.«

Knapp fünf Minuten später kam Thalbach, halbwegs komplett angezogen und mit einem Badetuch über dem Kopf, aus dem Badezimmer und quetschte sich in Zanders Wohnzimmer in dessen Ohrensessel. Ulli saß bereits vor seinem Frühstück: eine Dose Ölsardinen, ein hartgekochtes Ei, eine kleingehackte Zwiebel und Tubenmayonaise.

»Igitt«, stöhnte Katharina. »Ölsardinen am frühen Morgen.«

»Du hast doch keine Ahnung, was gut schmeckt«, antwortete Zander fröhlich, wobei er die Ölsardinen mit einer Gabel in eine kleine Schüssel quetschte, die Zwiebeln dazu gab und einen gehörigen Klecks Mayo aus der Tube preßte. Schließlich köpfte er sein Ei, pellte es vollständig ab und schnitt es in kleinen Scheiben in die gräulich weiße Masse.

Katharina hatte dem Schauspiel angewidert zugesehen. »Du bist pervers. Haben deine Eltern dich im Zwinger gehalten, oder ist das eine andere Entwicklungsstörung?«

Ulli zuckte mit den Achseln. »Seit mir in Vollmondnächten keine Reißzähne mehr wachsen, hab ich meine Ernährung halt ein bißchen umgestellt. Probier mal, ist echt lecker.«

»Gott bewahre, eher verhunger ich.«

Zander löffelte mit großem Appetit seinen Fisch-Ei-Mayo-Zwiebel Salat, während sich Katharina mit einem Kaffee begnügte.

»Wann bist du denn heute wieder zurück?« erkundigte sie sich beiläufig.

»Keine Ahnung. Bis mittags bleiben wir bestimmt in der Sonne, danach wollte ich mit zu Simone und Thilo. Warum?«

Wehmütig dachte Katharina an die ihr bevorstehende Katastrophe des nahenden Geburtstages. »Langsam muß ich ja mal einkaufen, zumindest schon ein paar Knabbersachen und die Getränke. Den Rest hol ich dann am Freitag nach Feierabend.«

»Muß ich da wirklich mit?«

Herausfordernd zog sie ihre Brauen in die Höhe. »Soll ich vielleicht die ganzen Bierkästen alleine hier hochschleppen?«

»Warum nicht? Das Trinken übernehm ich dann. Gerechte Arbeitsteilung.«

Katharina wollte gerade etwas erwidern, als Zander sie angrinste. »Um fünf hier?«

»Hol mich besser im Präsidium ab, sonst vergeß ich wieder den Feierabend.«

Zander angelte sich scheinbar gleichgültig die WAZ und vertiefte sich in den Teil mit den Mietangeboten, der mittwochs recht vielversprechend aussah. Zu Beginn ihrer Beziehung hatten sie vereinbart, sich nicht gegenseitig mit den entbehrlichen Anekdötchen aus dem Berufsleben zu belästigen. Meistens gelang ihnen das auch ganz gut. Am Montag allerdings hatte Katharina von ihrem spektakulären Fall erzählt und einige knackige Details verraten. Nun brannte Zander innerlich vor Neugier.

»Seid ihr schon etwas weiter gekommen?« fragte er unschuldig, während er sie aus den Augenwinkeln beobachtete.

Katharina widmete sich gerade dem Zeitungsteil mit der Reklame. »Keinen Millimeter«, gab sie unwillig zurück.

Zander nahm sich ein Brötchen, von denen er eins mit einer riesigen Scheibe Gouda umwickelte, bevor er abbiß. Da er vor Katharinas Kampf gegen nicht vorhandenes Übergewicht inzwischen kapituliert hatte, kaufte er morgens lediglich für sein eigenes Frühstück ein.

»Deine Tischmanieren sind ekelhaft«, ärgerte sich Thalbach.

»Ich hab Urlaub«, antwortete er knapp. »Wißt ihr schon was über dieses komische Zimmer mit diesem Stahlgerüst?«

»Mhm? Ach was. Westhoff vermutet allen Ernstes, daß das ein Kunstwerk ist. Ich glaube eher, dieser Krömer war ein religiöser Spinner. Vielleicht hat das Ganze mit irgendeiner Sekte zu tun. Ich hab jedenfalls morgen einen Termin bei der Diözese in Essen.«

Zander riß die Augen auf. »Willst du ins Kloster?«

»Blödmann. Da sitzt so ein Sektenfachmann der katholischen Kirche. Vielleicht kann der mir ein bißchen was erzählen.«

Bevor Zander nachhaken konnte, klingelte es. Überrascht sahen sich die beiden an. Um zehn nach sieben hatten sie noch nie Besuch bekommen.

»Bestimmt schon Simone und Thilo. Freund Preuß hat wohl verlernt, die Uhr zu lesen.«

Mit seinem halb verzehrten Brötchen in der Hand schlurfte Zander zur Wohnungstür und betätigte den Öffner. Kurz darauf waren im Hausflur Schritte zu hören. Hofmann schob seine Gestalt durch das Treppenhaus.

»Was machst du denn hier?« fragte Zander überrascht.

Hofmann blinzelte vergnügt auf das Brötchen in Zanders Hand.

»Ich dachte, ihr habt noch ein Häppchen für mich übrig. Nein, im Ernst. Ist Katharina noch da?«

»Klar«, antwortete Ulli. »Komm rein.«

Der frühe Gast zwängte sich in die enge Diele und lüftete die Sonnenbrille, die er in die Brusttasche seines Jeanshemdes verfrachtete. Dann betrat er Ullis Wohnzimmer. »Morgen, Frau Kollegin«, grüßte er.

»Morgen, Berthold ... Wie siehst du denn aus?«

Unsicher sah Hofmann an sich herunter. Seine Beine steckten in engen Röhrenjeans, zu denen das schwarze Hemd prima aussah. Unter der Hose lugte ein Paar brandneuer Tennisschuhe hervor.

»Ist irgendwas?«

Katharina rubbelte ein letztes Mal mit dem Handtuch über ihre Haare und brachte mit einigen geschickten Handgriffen ihre Frisur in Form. »Ich weiß nicht. Du siehst so ... verändert aus.«

»Ach das«, seufzte Hofmann erleichtert. »Sabrina hat gestern abend darauf bestanden, mit mir in die Stadt zu gehen. Sie sagt, Buntfalten- und Cordhosen könne sie auf den Tod nicht ausstehen. Der Look steht mir nicht, was?«

»Laß es mich einmal so ausdrücken«, mischte sich Zander ein. »Endlich siehst du mal aus wie ein normaler Mensch. Kaffee? Und wer, zum Teufel, ist Sabrina?«

Ruckartig drehte sich Hofmann zu Katharina um, aber die beschäftigte sich ausgiebig mit ihren Augenbrauen.

»Meine Freundin«, murmelte er schließlich leise. »Ja, gerne, einen Kaffee schaffen wir noch.«

Zander staunte: »Willkommen im Leben. Bring die bloß Samstag mit, die muß ich kennenlernen.« Damit stiefelte er in die Küche und kramte einen weiteren Trinkbecher hervor.

»Danke«, flüsterte Hofmann, während er sich auf die Couch fallen ließ. »Hast du Ulli nichts erzählt?«

»Du hältst mich wohl für eine Klatschtante, was?« schmunzelte Katharina. »Aber jetzt sag schon, warum du hier mitten in der Nacht aufkreuzt.«

Ulli warf Hofmann eine Tasse zu und deutete auf die Thermoskanne. »Bedien dich.«

»Danke. Ich hoffe, du hast einen widerstandsfähigen Magen. Wir haben noch eine Leiche.«

Der Sozialarbeiter knallte sich neben Hofmann auf das Sofa und war ganz Ohr. »Wieder mit appem Schwanz?« erkundigte er sich eifrig.

Katharina winkte ab. »Kusch dich und Hundeplatz, wenn Erwachsene sich unterhalten. Ist es so einer?«

Hofmann nahm einen kleinen Schluck und nickte. »Leider. Sieht ganz so aus, als ob ich recht behalten hätte. Gisbert hat mich zu Hause aus dem Bett geklingelt und mir gesagt, wir sollen sofort zum Fundort kommen. Da du auf dem Weg lagst, bin ich jetzt hier.«

Die Kommissarin nickte und stürzte ihren restlichen Kaffee hinunter. »Ich bin gleich fertig, muß nur noch kurz ins Bad. Dann können wir.«

Zander wartete verzweifelt auf Details, aber Hofmann schielte nur auf die beiden übriggebliebenen Brötchen. Ulli interpretierte den Blick richtig und schob ihm den kleinen Brotkorb entgegen.

Als Hofmann gerade seine beiden ergatterten Brötchen in eine Serviette wickelte, kam Katharina wieder aus dem Bad. Ein leichter Parfümgeruch strömte mit in den Raum, die noch feuchten Haare waren jetzt ordentlich nach hinten gekämmt.

»Los geht's. Und du holst mich Punkt fünf Uhr ab, sonst wird es wieder nichts mit dem Einkaufen. Versprochen?«

»Versprochen«, antwortete Zander und drückte ihr einen Kuß auf die Wange. »Und viel Spaß heute.«

11

Hofmann gab Katharina die Autoschlüssel und orientierte sich zur Beifahrertür. »Fahr du. Ich will nicht den ganzen Wagen vollkrümeln.«

»Wo geht es denn hin?«

»Dahlhausen, Hasenwinkler Straße. Ich sag dir, wie du fahren mußt.«

Katharina gab Gas und steuerte auf die Hattinger Straße. Aus Anstand wartete sie mit weiteren Fragen so lange, bis die Brötchen in Hofmanns Futterluke verschwunden waren.

»Sicher, daß es wieder unser Mann ist?«

Ihr Kollege nickte. »Sieht alles danach aus. Gisbert war schon am Fundort. Die Genitalien der Leiche befinden sich einen knappen Meter zu weit oben, die Kehle ist wieder bis zu den Ohren durchgeschnitten.«

»Wo liegt die Leiche?«

»Hinter einem Supermarkt, an einer ehemaligen Schule. Das muß man sich mal vorstellen! Da wird einer auf fast offener Straße nahezu zerfleischt, und keiner merkt was. Gisbert sagt, daß Blut am Fundort war schon fast eingetrocknet, der lag schon ein paar Stunden dort.«

»Name?«

»Ulf Gäbler, Abteilungsleiter für Obst und Gemüse in dem Supermarkt. Kollege Heinzel hat schon mit dem Marktleiter gesprochen. Gäbler war gestern abend der letzte im Laden.«

»Aber wieder kein Raubüberfall?«

»Nein, nichts gestohlen. Auf den ersten Blick zumindest nicht.«

»Schöne Bescherung. Wenn der Killer das Tempo beibehält ...«

»Beschwör es nicht.«

Gedankenversunken legten sie den Rest des Weges zurück. Den Ort des Geschehens konnten sie auch diesmal kaum übersehen.

»Meine Güte, die Schupos übertreiben wieder. Da steht ja gleich eine halbe Hundertschaft.«

Katharina parkte den Wagen auf der dem Supermarkt gegenüberliegenden Seite, da die kleine Einfahrt zu dem ehemaligen Schulgebäude direkt daneben von grünweißen Gefährten völlig blockiert war. Der Rest ihrer Truppe war bereits im Einsatz. Im Hintergrund zerzupfte sich Westhoff gerade den Rest seines ohnehin schon spärlichen Haarkranzes, während er mit dem Staatsanwalt leise über die schon seit Jahren anstehende Reform des Strafrechts diskutierte. Beide schienen entschiedene Befürworter der Einführung von Standgerichten zu sein. Bei Westhoff mochte man entschuldigend die Senilität gelten lassen; Hinrichsen-Hennerke war ein paar Jahre zu jung, um das gleiche in Anspruch nehmen zu können. Heinzel und Gassel sahen scheinbar unbeteiligt der Spurensicherung zu. Als Thalbach und Hofmann zu ihnen traten, hoben sie kurz die Köpfe.

»Morgen, ihr beiden. Holla, Kollege Hofmann hat sein Weihnachtsgeld von '89 endlich in neue Klamotten investiert. Sieht schick aus«, begrüßte sie Heinzel.

Gassel nickte knapp. Seine imposante Erscheinung war in seine Standardkleidung gepreßt; schnürsenkelfreie Slipper, ein makellos strahlendes Hemd, eine dezente Krawatte und ein dunkelblauer Anzug aus dem Schlußverkauf von C & A, der höchstens achtundneunzig Mark gekostet hatte.

Ihre Augen richteten sich kollektiv auf den Leichnam, der knapp zehn Meter entfernt in einem Gebüsch lag. Der Gerichtsmediziner und die Kollegen vom Erkennungsdienst waren schon beinahe fertig.

»Einen Zehner darauf, daß der Kopf wieder runterfällt«, bemerkte Gassel in einem Anflug von schwarzem Humor.

Heinzel schnaufte. »Halt ich.«

»Ihr seid widerlich«, stellte Katharina fest. »Erzählt uns lieber was.«

»Da gibt es nicht viel«, antwortete Heinzel. »Gefunden hat ihn ein Lkw-Fahrer, der Ware anliefern wollte. War ein bißchen früh dran und wollte hier hinten warten. Beim Pinkeln hat er fast auf den Toten gestrullt.«

»Schon was von Zeugen gehört?«

»Nichts. Freut euch, ihr habt den Joker gezogen. Wir klappern die Anwohner ab, ihr nehmt euch die Wohnung vor.«

»Glück muß der Mensch haben«, entgegnete Hofmann wenig begeistert. »Obacht, Westhoff rollt an.«

Ihr Boß hatte seinen zwischenzeitlich begonnenen Disput mit dem Chef des KK 43 beendet. Sein knallroter Kopf gab Auskunft, wer gewonnen hatte.

»Ignorantes Pack«, tobte Westhoff, als er sich zwischen sie drängte. »Sagt der mir doch glatt ins Gesicht, vor morgen nachmittag könnten wir den Bericht vergessen.«

»Immer mit der Ruhe«, besänftigte Gassel, während er seine Krawatte durch die Finger streifen ließ. »Glaube kaum, das wir viel erwarten dürfen. Sieh dich doch mal um. Außer verrosteten Coladosen liegt hier doch rein gar nichts.«

»Und es ist eben deren Aufgabe, genau solche Kleinigkeiten zu untersuchen, weil eben doch etwas dabei sein könnte«, ereiferte sich der Staatsanwalt. »Herr Westhoff hat entschieden recht, wenn er den Kollegen Druck macht.«

Anläßlich der wohltuenden Unterstützung blähte sich der Chefermittler mächtig auf. »Steht hier nicht so untätig rum. Thalbach, Hofmann, Sie nehmen sich die Wohnung vor. Gassel hat die Adresse und, wie ich glaube, auch die Schlüssel. Und ihr beide klappert die Anwohner ab.«

»Einen Moment noch«, bat Heinzel, weil die beiden Bestatter ihres Amtes walteten. Sie schafften es tatsächlich, die Leiche nicht noch mehr zu beschädigen.

»Ich glaube, du schuldest mir zehn Mark«, freute sich Heinzel.

12

»Ich hoffe, es handelt sich nicht um einen Zufall«, sinnierte Hofmann, als sie den Wagen zum zweiten Mal an diesem Morgen verließen. »Die Hattinger Straße ist vielleicht fünf Minuten von hier entfernt. Wenn wir die Fahndung auf einen Stadtteilhasser beschränken könnten, wäre schon viel gewonnen. Zwei Morde derselben Art fast direkt nebeneinander, das ist mehr als ungewöhnlich.«

Katharina schloß bereits die Tür zu dem schicken Zweifamilienhaus auf. »Vielleicht hilft uns das ja. Irgendwie müssen die Toten miteinander in Verbindung gestanden haben. Wenn wir die erstmal haben, sind wir ein ganzes Stück weiter.«

Vor der weiß lackierten Wohnungstür lag eine der Fußmatten, die viele Leute für komisch halten. Eine grell grinsende, in der linken oberen Ecke plazierte Sonne lachte sie strahlend an, der Schriftzug daneben hieß die Beamten herzlich willkommen. Katharina angelte sich den Schlüsselbund. Bereits der erste paßte.

»Du rechts, ich links?« fragte sie, als sie die Wohnungstür wieder hinter sich geschlossen hatten.

»Ich nehm immer rechts«, antwortete Hofmann ernst. »Und unterlasse bitte diese politischen Fangfragen.«

Katharina orientierte sich in ihre Hälfte der Wohnung. Wie sie nach wenigen Schritten erkannte, durfte sie sich um Wohn- und Schlafzimmer kümmern, während Hofmann Küche, Eßzimmer und Gästezimmer vor sich hatte.

Die Untersuchung war kurz, aber gründlich. Genau wie der erste Tote hatte Gäbler wohl eine Vorliebe für spartanische Einrichtungen. Die Möbel waren nicht ganz so elegant wie die in Krömers Wohnung, konnten sich aber ebenfalls sehen lassen.

Zunächst durchstöberte Katharina das Schlafzimmer. Mit einigen Handgriffen überprüfte sie das ordentlich zurechtgemachte Doppelbett, von dem nur eine Seite bezogen war, unterzog den Schrank einer genauen Visite und guckte auch in die Nachtschränkchen. Nach vielleicht zehn Minuten schnaubte sie enttäuscht auf und wechselte ins Wohnzimmer.

Auch hier stieß sie zunächst auf nichts, was außergewöhnlich gewesen wäre. Die Rattangarnitur eignete sich sowieso nicht dazu, etwas darin zu verstecken; der Zeitungsständer enthielt lediglich zwei Fernsehzeitungen, das in der Schrankwand integrierte Bücherregal war fast völlig leer. Entmutigt begann Thalbach, die Schubladen und anderen Schrankfächer zu durchsuchen.

Erst im letzten Drittel der Schrankwand stieß sie auf die Fotoalben und die Kameraausrüstung. Die Fächer waren mit stoffbezogenen Alben vollgestopft, ein Fotokoffer mit einer, wie sie auf den ersten Blick vermutete, sündhaft teuren Ausrüstung stand ganz unten. Wahllos zog sie einige Alben heraus und begann zu blättern. Die Fotos zeigten überwiegend Momentaufnahmen von Bauwerken, Landschaften, Straßenszenen und Tieren. Nur ab und zu schienen gezielt Personen abgelichtet worden zu sein. Allerdings wirkten diese Bilder nicht wie Fotos von Familienfeiern. Auf alle Fälle konnte jeder, den Gäbler auf Zelluloid gebannt hatte, in irgendeiner Form mit den Morden in Verbindung stehen. Ob das so war, mußten sie in den nächsten Tagen klären; eine Heidenarbeit stand ihnen bevor.

»Ich hab was«, rief sie ihrem Kollegen zu, den sie in den angrenzenden Räumen rumoren hörte. Hofmann kam sofort herüber.

»Du lieber Himmel, was ist das denn?«

»Genau der richtige Lesestoff für dich. Dürfte deinem Niveau genau entsprechen.«

»Nein, bist du wieder nett zu mir. Nehmen wir das Zeug mit?«

Katharina runzelte die Stirn. »Selbstverständlich. Ich glaube nicht, daß die Auswahl der Opfer zufällig geschieht. Wenn wir Glück haben, hat Gäbler seinen Killer bei einer anderen Gelegenheit mal fotografiert. Nach Möglichkeit müssen wir die Identität jeder Person, die Gäbler abgelichtet hat, überprüfen. Vielleicht finden wir so eine Spur zu unserem Killer. Hast du vielleicht zwei Umzugskartons dabei?«

Hofmann schnippte enttäuscht mit den Fingern. »Jetzt weiß ich, was ich vergessen habe.«

»Vielleicht finden wir ja auch was im Keller.«

»Ich geh schon. Bevor du einen hysterischen Anfall kriegst, nur weil da vielleicht ein paar Spinnweben hängen.«

Thalbach setzte ihr freundlichstes Lächeln auf. »Lieb von dir. Hast du was gefunden?«

»Rein gar nichts. Kein weißlackierter Raum hinter einer Geheimtür, noch nicht mal so eine blöde Statue.«

»Na ja, hätte ja sein können. Ich warte hier oben.«

Während sich Hofmann auf den Weg in den Keller machte, durchstreifte Katharina noch einmal alle Räume der Wohnung. Wie ihr Kollege gesagt hatte, die einzige Gemeinsamkeit zwischen den Toten bestand offensichtlich in spartanischer Genügsamkeit.

Schließlich ließ sie sich im Eßzimmer auf einem der vier Stühle nieder und massierte ihren Nacken. Gedankenverloren wanderte ihr Blick durch das Fenster und dann über die Wände, bis sie Hofmann im Hausflur rumoren hörte. Sie sah zur Tür. Ihre Augen hefteten sich unwillkürlich auf das Bild, das über dem Türrahmen angebracht war.

»Ich hab was gefunden, wodrin wir den Kram transportieren können«, posaunte ihr Kollege und trat mit zwei Plastikwannen unter den Armen wieder in ihr Gesichtsfeld. Katharina antwortete nicht, sondern deutete mit einem leichten Nicken auf ihre Entdeckung. Hofmann sah irritiert auf, bis er das Bild ebenfalls erblickte.

In einem schwarzen Rahmen war auf weißem Hochglanzpapier das Ebenbild des weiß lackierten Stahlgerüstes zu sehen, welches sie in Krömers Wohnung gefunden hatten. Einen Moment zeigte Hofmann den Gesichtsausdruck einer vergewaltigten Frühlingsrolle, bevor er sich hörbar mit der rechten Hand an die Stirn patschte.

13

Hofmann haßte Westhoffs Büro. Wie meistens war er heute der erste gewesen, nach dem Chef natürlich. Auch wenn Westhoff senil wurde, das Aufstehen vergaß er noch nicht.

Donnerstags fand regelmäßig eine Besprechung statt, in der normalerweise die Geschehnisse der Woche noch einmal zusammengefaßt und danach vergessen wurden. Wenn jedoch, wie im Moment, aktuell ein Fall anlag, der über das normale Maß Streß verursachte, änderte sich der gewohnte Trott. Westhoff traktierte sie nicht wie üblich eine halbe Stunde mit Nichtigkeiten oder seinen unvermeidlichen Anekdötchen über die schwere Zeit nach dem Krieg, sondern hatte an jeder ihrer Aktionen etwas auszusetzen. Immer schrieben sie die Berichte zu spät und mit zu vielen Kommafehlern, davon abgesehen ging ihm die Arbeit zu langsam voran. Und wenn Westhoff einen Sündenbock brauchte, war Hofmann stets der Dumme. Gassel war mit dem Chef mehr oder weniger persönlich befreundet und jenseits aller Kritik, Heinzel der designierte Nachfolger, und Katharina verdankte ihren Bonus ihrer Weiblichkeit und den Vatergefühlen, die Westhoff in Hofmanns Augen mehr als einmal offenbart hatte. Blieb logischerweise nur er als der Bösewicht übrig.

Allerdings war sich der Kommissar sehr wohl darüber im klaren, daß Westhoff mitunter auch allen Grund hatte, ihn aufs Korn zu nehmen. Hofmann war sich durchaus bewußt, daß er teilweise, sogar in äußerst wichtigen Situationen, zum Phlegmatismus neigte. Ihm fehlte der Instinkt, intuitiv Sachverhalte zu erfassen, er hatte keinen »Riecher«, sondern mußte sich alle Ergebnisse hart erarbeiten. Und dann gelang es ihm immer wieder, durch einen gezielten Tritt ins Fettnäpfchen das mühsam Aufgebaute kaputt zu machen.

Um so glücklicher war er, daß er zur Zeit zumindest im privaten Bereich auf der Überholspur war. Den Gedanken, eine Kontaktanzeige aufzugeben, hatte er schon lange mit sich herumgetragen, sich aber nicht getraut, sein Vorhaben in die Tat umzusetzen. Und natürlich hatte er nicht damit gerechnet, so schnell jemanden zu finden, der so war wie Sabrina. Hofmann war bei all seinen Fehlern ein rationaler Mensch, der, bevor er etwas machte, lieber dreimal überlegte, welche Konsequenzen sein Handeln nach sich ziehen konnte. Sich bei der ersten Verabredung gleich zu verlieben, paßte überhaupt nicht zu ihm.

Gassel und Heinzel preßten sich, laut diskutierend in den Raum und rissen Hofmann aus seinen Gedanken. Westhoff, der die ganze Zeit an seinem Schreibtisch gesessen und mit seiner Frau telefoniert hatte, gebot den beiden mit einer knappen Handbewegung Stille, worauf sie sich mit einem kurzen Gruß neben Hofmann auf den Stühlen niederließen und noch einmal ihre Unterlagen durchsahen.

Als Westhoff fertig war und den Hörer zurück auf die Gabel legte, erschien schließlich auch Katharina. Der Chef nickte ihr zu und wuchtete sich in den freien Stuhl neben Hofmann. Thalbach pflanzte sich an das Kopfende.

»So, dann wären ja alle da. Können wir beginnen?«

Zustimmendes Gemurmel war die Antwort.

»Fangen wir mit dem ersten Toten an. Wer trägt vor?«

Gassel angelte sich seine Mappe, räusperte sich und lehnte sich ein wenig zurück. »Klaus Krömer, dreiunddreißig Jahre alt, ledig, Versicherungskaufmann im Angestelltenverhältnis. Wohnte Hattinger Straße in einer bereits vollständig abbezahlten Eigentumswohnung im Wert von mehr als einer halben Million. Zwei Konten, eines für das Gehalt, mit zweitausend im Minus, ein Sparkonto, Einlage etwas über fünfzehntausend. Keine Verwandte bis auf eine Tante, die bereits weit über Siebzig ist. Hat zu ihrem Neffen schon seit zehn Jahren keinen Kontakt mehr gehabt. Einen Freundes- oder Bekanntenkreis konnten wir nicht ermitteln. Alle Telefonnummern, die Krömer in seinem Notizbuch hatte, waren geschäftlicher Natur, entweder Kunden oder auch Mitarbeiter der Versicherung.«

»Was ist mit der Gartenlaube?« unterbrach Heinzel.

»Der Tote war seit Urzeiten Mitglied in diesem Kleingartenverein. Früher aktiv im Vorstand, der fleißig Festivitäten organisiert hat. Auch in der Jugendarbeit, was immer das bei Radieschenzüchtern auch heißen mag, hat er mitgewirkt. Vor ein paar Jahren dann hat er plötzlich damit aufgehört, kaum jemand hat noch näheren Kontakt zu ihm gehabt. Der Vorsitzende von dem Verein hatte Krömer schon mehrere Male angemahnt, daß sein Garten nicht den Bestimmungen entsprechend gestaltet sei und er das gefälligst ändern solle. Die Laube selbst ist recht interessant.« Gassel tauschte seine Hornbrille gegen ein etwas moderneres Lesegestell aus und griff sich den Bericht der Spurensicherung.

»Fingerabdrücke ohne Ende«, erklärte er. »Keiner unserer alten Bekannten, zumindest haben wir noch keinen in der Kartei gefunden. Mit Gartenlaube hat das alles nichts zu tun. Sieht eher nach einem mondän eingerichteten Konferenzraum aus. Für welche Art von Konferenzen, darüber gibt allerdings nichts Aufschluß. Offensichtlich wurde nichts gestohlen, Raubmord scheidet aus. Auf dem Teppich haben die Kollegen jede Menge Dreckspuren, Blut und Stoffpartikel von Kleidungsstücken gefunden. Und außerdem noch einen ganzen Haufen Ejakulat.«

»Was?« horchte Hofmann auf. Bisher war ihm nichts Neues erzählt worden, nur der letzte Punkt war ihm unbekannt.

»Ihr habt richtig gehört. Und wenn ich Haufen sage, meine ich das auch. Das Labor sagt, das Sperma stammt von mindestens drei verschiedenen Männern. Der Tote hatte Blutgruppe Null, daneben fanden sich noch die Blutgruppen B und AB negativ.«

»Gäbler hatte AB negativ«, warf Thalbach interessiert ein.

»Wer ist das?« erkundigte sich Westhoff dümmlich.

»Der zweite Tote«, erklärte Katharina ruhig.

»Neben dem Sperma waren noch jede Menge Haare auf dem Teppich, Kopfhaar und auch Schamhaare«, dozierte Gassel weiter. »Und da wird es richtig verwirrend. Laut Kriminaltechnik stammen die nämlich vom mindestens fünf bis sechs Personen.«

»Hört sich nach einer Orgie an«, bemerkte Heinzel.

»Und davon will niemand etwas bemerkt haben?« zweifelte Hofmann.

»Sieht so aus«, erklärte Gassel nach einem lautstarken Räuspern. »Keiner der Schrebergärtner hat mehr über Krömer zu sagen gehabt, als daß er zwar noch gegrüßt hat, sonst jedoch gar nichts von sich erzählte. Wenn er überhaupt in seinem Garten war.«

»Das ist ja nicht viel«, grunzte Westhoff lustlos. »Ist denn wenigstens schon etwas über dieses Kunstwerk bekannt? Dieses Stahlgerüst?«

Katharina antwortete: »Vielleicht hat das ja einen religiösen Hintergrund. Ich habe gleich einen Termin in Essen, bei der Diözese. Wie ich gehört habe, sitzt da ein Fachmann für Sekten. Wenn wir Glück haben, hilft uns das ja weiter.«

»Kollege Heinzel und ich haben uns gestern umgehört«, eiferte Hofmann. »Kunst ist es vermutlich nicht, wir haben zwei Galeristen die Fotos gezeigt. Und in den einschlägigen Lexika und Nachschlagewerken haben wir auch nichts gefunden.«

»Das ist immer noch sehr wenig«, erregte sich Westhoff plötzlich. »Verdammt noch mal, haben Sie in den letzten drei Tagen eigentlich geschlafen? Einen Menschen ohne Kontakte gibt es einfach nicht. Stellen Sie notfalls die ganze Wohnung noch mal auf den Kopf, klappern Sie meinetwegen alle Kunden persönlich ab. Wir brauchen Ergebnisse, bevor wir noch einen Toten finden.«

Gassel räusperte sich erneut. »Viel schlimmer ist, daß wir noch nicht einmal wissen, um was für eine Tatwaffe es sich handelt. Oder hat sich da etwas Neues ergeben?« wandte er sich an Thalbach.

»Brettschneider hat Vermutungen, sonst nichts. Er sagt, am wahrscheinlichsten war es eine Waffe aus Kunststoff, sowas Ähnliches wie ein Plastikmesser.«

»Wo gibt es denn so was? Jedes Plastikmesser bricht doch sofort ab«, sagte Gassel.

»Vielleicht besitzen ja irgendwelche Spezialeinheiten wie unsere Freunde von der schnellen Eingreiftruppe oder die GSG 9 solche Spezialwaffen«, mutmaßte Katharina.

»Zum nächsten Fall«, drängte Heinzel.

Hofmann beugte sich etwas vor. Sein Auftritt war gekommen. »Der Tote hieß Ulf Gäbler, sechsunddreißig Jahre alt. Abteilungsleiter in einem Supermarkt oben in Dahlhausen. Gäbler war im Gegensatz zu Krömer verheiratet ...«

»Verheiratet?« dröhnte Westhoff dazwischen. »Und warum war die Ehefrau noch nicht hier?«

»Liegt in einem Pflegeheim«, erklärte Hofmann ruhig.

»Aphallisches Syndrom, seit acht Jahren etwa. Gäbler hat, wie das Personal im Pflegeheim sagte, seine Frau jeden zweiten Tag für ein paar Stunden besucht und sich liebevoll um sie gekümmert. Persönliches von sich hat er bei diesen Gelegenheiten nicht erzählt, war aber immer sehr höflich und rücksichtsvoll. Seine Arbeitskollegen schildern ihn als verschlossen, hilfsbereit und eifrig. Wir haben so etwas wie einen Freund ermitteln können, mit dem er früher die Ausbildung zusammen gemacht hat. Die beiden sind regelmäßig zu den Heimspielen des VfL gegangen, hatten ansonsten aber so gut wie keinen Kontakt mehr.«

»In der Wohnung haben wir etwa achtzig Fotoalben gefunden«, kam ihm Katharina zur Hilfe. »Einige haben wir schon durchgesehen, aber bis wir alle ausgewertet haben, das wird wohl noch ein bißchen dauern.«

Westhoff kräuselte die Augenbrauen. »Fotoalben?«

Katharina stöhnte auf: »Vielleicht hilft es uns, wenn wir die Identität der Personen auf den Fotos ermitteln und diese befragen. Ist aber sehr langwierig und zäh.«

»Was sagt der Obduktionsbericht?« erkundigte sich Gassel.

»Im Prinzip nichts anderes als bei Krömer. Tatwaffe mysteriös, Gäbler wurde allerdings nicht verprügelt.«

»Nach dem vorläufigen Bericht der Spurensicherung war weder am Tatort noch in der Wohnung etwas Außergewöhnliches zu finden«, ergänzte Heinzel. »In beiden Fällen stimmen Tatort und Fundort im übrigen überein.«

Westhoff musterte seine Leute mit einem finsteren Blick und tippte aufgeregt mit einem seiner Zeigefinger an seiner Nase herum.

»Nun denn, ich denke, wir haben noch genug vor der Brust«, übernahm Heinzel schnell das Zepter. »Katharina, deine Idee mit diesem Kirchenfritzen ist gar nicht schlecht, vielleicht waren die beiden ja irgendwelche religiösen Spinner, die irgendeinen germanischen Kriegsgott anbeteten und einem alten Ritual zum Opfer gefallen sind. Berthold, du wirst dich noch einmal ausführlich um den Bekanntenkreis der Opfer kümmern. Ich akzeptiere einfach nicht, daß die im stillen Kämmerlein auf ihren Mörder gewartet haben. Karl-Heinz und ich gehen die Berichte durch und achten darauf, ob wir bisher irgend etwas übersehen haben. Dann stellen wir noch einmal die Wohnungen der Toten sowie diese Gartenlaube auf den Kopf.«

14

Benötigte man in Bochum als ortsfremder Autofahrer schon einen Scout, um sich zurechtzufinden, forderte die Verkehrsgestaltung in Essen einen ganzen Indianerstamm. Katharina hatte die Hoffnung, sich der Porschekanzel mehr als zehn Kilometer Luftlinie zu nähern, schon fast aufgegeben, bis sie schließlich in dem Gewirr der Essener Innenstadt doch einen einigermaßen legalen Parkplatz ergattern konnte, der ihr nicht mehr als zwanzig Minuten Fußmarsch aufnötigte. Daß ihre Verspätung dadurch mehr als eine Stunde betrug, war ihr nach dem Höllenritt völlig egal.

Der katholische Fachmann für Sektenfragen innerhalb der Diözese Essen residierte in einem schmucklosen Bau, welcher einen herrlichen Ausblick auf die Skyline der Betonbauten in der Einkaufsstraße bot. Ein unfreundlicher Pförtner nannte ihr eine Zimmernummer im vierten Stock. Natürlich war der Aufzug außer Betrieb.

Als Katharina endlich das Dachgeschoß erklommen hatte, sah sie sich suchend um. Auch die Kirche schien dem Seelenheil ihrer Schäfchen Sommerferien zu gönnen. Auf dem Flur war kein Mensch zu sehen. Vorbei an Plakaten mit solch sinnigen Sprüchen wie *Gott liebt auch dich* oder *Jesus, mein Retter* schlenderte sie an den schmierigen Milchglastüren vorbei, bis sie aus dem Zimmer vor Kopf leise Musik hörte.

Je näher sie kam, um so größer wurden ihre Augen. Heavy Metal-Musik hätte sie in diesen Räumen nicht erwartet. Katharina klopfte zweimal an die Glasscheibe und drückte unaufgefordert die Klinke herunter. Hinter dem Schreibtisch vor dem kleinen Fenster lungerte ein gutaussehender Mann von höchstens dreißig, der seine schlanke Gestalt in eine hautenge Jeans und ein schwarzes Seidenhemd gepreßt hatte. Seine dunkle Haarpracht stand in ungekämmten Stoppeln wirr durcheinander. Wäre sie nicht nahezu fest gebunden, bei dem Typen hätte sie schwach werden können.

Bevor sie endgültig eintrat, sah sie noch einmal auf die Zimmernummer und das Namensschild vor dem Eingang. Alles stimmte.

»Thalbach ist mein Name, guten Tag. Ich möchte gerne zu Herrn Doktor Brennecke.«

Der Jüngling, der sie bei ihrem Auftritt neugierig angestaunt hatte, stand auf und trat auf sie zu. »Ich hab schon gar nicht mehr mit Ihnen gerechnet. Kommen Sie doch rein.«

Katharina runzelte die Stirn und schloß die Tür hinter sich. »Doktor Brennecke?«

»In voller Größe. Setzen Sie sich doch.«

Immer noch irritiert steuerte sie, nach einem kräftigen Händedruck, den angebotenen Stuhl an. Ihr Gastgeber plazierte sich wieder hinter seinen Schreibtisch und drehte die Musik ein wenig leiser.

»Ich hatte nicht ... nun ja, ich hatte nicht mit jemandem gerechnet, der so jung ist«, meinte sie entschuldigend.

»Wieso? Dürfen bei der Kirche nur Leute jenseits der sechzig arbeiten?«

Die Beamtin schüttelte verlegen den Kopf. »Nein. Aber ...« Es kam selten vor, daß Katharina keine Worte hatte.

Brennecke zuckte die Achseln. »Wenn es Sie beruhigt, kann ich mir schnell irgendwo einen schwarzen Talar besorgen. Ist bei der Hitze zwar unangenehm, aber wenn es von mir erwartet wird ...«

»Ach was. Aber es ist nun mal schon lange her, daß ich mit jemandem von der Kirche gesprochen habe.«

Der Theologe sah sie herausfordernd an. »Sind Sie katholisch?«

»Wenn man aus Paderborn kommt, hat man wohl keine Alternative, oder?«

»Gehen Sie zur Messe?«

»Das letzte Mal vor fast zwanzig Jahren«, gestand die Blonde. »Schmeißen Sie mich jetzt raus?«

Brennecke lachte auf. »Fünf Minuten gebe ich Ihnen. Im Ernst, haben Sie mit Ihrem Glauben ein Problem?«

Unbehaglich lehnte sich Katharina zurück. Sie fühlte sich wesentlich wohler, wenn sie die Fragen stellte. »Als Kind nicht, jetzt erheblich. Ich habe noch mit keinem Theologen gesprochen, der den Widerspruch, den ich in der Religion sehe, aufklären konnte.«

Interessiert lehnte sich Brennecke vor. »Darf ich es mal versuchen?«

»Meinetwegen. Wissen Sie, ich habe vor Jahren was gelesen, was meine Zweifel gut zusammenfaßt. Ich hoffe, ich kriege das noch zusammen: ›Entweder will Gott die Übel der Welt beseitigen und kann es nicht, oder er kann es und will es nicht, oder er kann es nicht und will es nicht, oder er kann es und will es. Wenn er nun will und nicht kann, so ist er schwach, was auf Gott nicht zutrifft. Wenn er kann und nicht will, dann ist er mißgünstig, was ebenfalls Gott fremd ist. Wenn er nicht will und nicht kann, dann ist er sowohl mißgünstig als auch schwach und dann auch nicht Gott. Wenn er aber will und kann, was allein sich für Gott geziemt, woher kommen dann die Übel, und warum nimmt er sie nicht weg?‹«

Aus Brenneckes Gesicht war nach und nach der leicht arrogante Ausdruck des Fachmannes gewichen. Nachdem Katharina geendet hatte, kratzte er sich nachdenklich am Kinn und nickte. »Haben Sie mal Philosophie studiert?«

Katharina sah auf. »Warum?«

»Was Sie da, wenn ich mich recht erinnere, sogar fehlerfrei zitiert haben, stammt von Epikur, einem griechischen Philosophen, der etwa dreihundert vor Christus gelebt hat. Ganz schön schwer verdaulich.«

Triumphierend sah Katharina über den Schreibtisch. »Also können Sie das Knäuel auch nicht entwirren?«

Brennecke grinste. »Zum Glück nicht.«

»Wieso zum Glück?«

»Wenn es irgend jemand könnte, bräuchte man keine Theologen mehr. Und dann wäre ich arbeitslos.«

Jetzt war es Katharina, die hell auflachte. Dieser Brennecke gefiel ihr. »Vielleicht finden Sie die Antwort ja im Heavy Metal.«

Ihr Gesprächspartner hob mahnend die rechte Hand. »Vorsicht, junge Dame. In solcher Musik können viele Botschaften versteckt sein. Für den Sektenbeauftragten der katholischen Kirche ist solche Musik geradezu Pflichtprogramm.«

»Und was für Botschaften hören Sie da gerade?«

»Das da ist ›Grave Digger‹. Ich hör mir die Scheibe schon seit einer Stunde an und weiß immer noch nicht, wie der verdammte Gitarrist seinen Verstärker eingestellt hat, daß er diesen Wahnsinssound hinkriegt. Ich tippe am ehesten auf die Marshall Standardeinstellung. Alle Regler auf zehn, nur den Baß auf vier.«

Katharina verdrehte amüsiert die Augen, griff zu dem Leinenbeutel, den sie mitgebracht hatte, und zog ihre Arbeitsutensilien hervor. »Vielleicht können Sie sich einen Moment auf das Problem konzentrieren, weswegen ich hier bin.«

Der Theologe lehnte sich neugierig zurück. »Schießen Sie los, ich bin ganz Ohr.«

»Wir ermitteln in Bochum in zwei Mordfällen, bei denen wir auf etwas Merkwürdiges gestoßen sind. In der Wohnung des einen Toten haben wir ein Gebilde gefunden, mit dem wir bisher nichts anfangen können.«

Mit diesen Worten schob sie ihm einen Packen Fotos zu, die Brennecke sofort in die Hand nahm. Seine Augen flitzten über die Bilder, auf denen die merkwürdige Stahlkonstruktion, der gesamte Raum inklusive der Halogenstrahler und die davor befindliche Dunkelkammer aus mehreren Blickwinkeln abgelichtet waren. Nach gut zwei Minuten legte Brennecke die Bilder zurück und schoß auf eines seiner Bücherregale zu, die fast alle Wände des Büros bedeckten.

»Ich glaube, ich weiß, was Sie suchen«, murmelte er mehr zu sich selbst. »Warten Sie mal, hier müßte doch ... ja, genau, hier hab ich es doch schon.«

Mit einem dicken Aktenordner in der Armbeuge trat er den Rückweg an und setzte sich erneut Katharina gegenüber. Nach kurzem Blättern strahlte sein Gesicht hell auf. »Da haben wir es ja.«

»Wissen Sie wirklich, was dieses Dings bedeutet?« erkundigte sich Katharina erfreut.

»Ich glaube doch. Haben Sie schon einmal etwas von den *Befreiten des Lichtes* gehört? Diese Glaubensrichtung hat sich vor etwa dreißig Jahren in Deutschland, in der Schweiz, Österreich und in Norditalien ausgebreitet. Gründer war ein gewisser Marco van der Felde, der ist aber schon seit etlichen Jahren verblichen.«

»Und was haben die mit diesem Dings zu tun?«

Brennecke sah kurz auf, bevor er sich wieder auf seine Unterlagen konzentrierte. »Die *Befreiten des Lichtes* haben ihre Wurzeln in einer uralten Religion, den Quäkern und den ›Kindern des Lichtes‹, die sich etwa Anfang der fünfziger Jahre in England neugegründet haben. Chefideologe der Quäker war George Fox, ein Engländer, geboren 1624. Um es kurz zu machen, die Grundidee der Quäker war eine Religion ohne Dogma. Diese Leute verzichteten auf Sakramente, auf Glaubenssätze und auf Glaubensbekenntnisse, obwohl sie sich zu den Prinzipien des Christentums bekannten.«

Katharina faltete unbewußt ihre Hände. »Das ist ja alles hochinteressant, aber hilft mir kaum weiter.«

»Warten Sie es ab. Die *Befreiten des Lichtes* haben alte Ideen der Quäker wiederbelebt und sie mit etlichen anderen pseudoreligiösen Handlungen und Ansichten vermischt. Ein Gottesdienst besteht bei diesen Gläubigen in einem gemeinsamen schweigenden Warten auf Gott – eine Ursprungsidee der Quäker. Heute wird zusätzlich Meditation betrieben, erinnert also auch an fernöstliche Religionen. Wenn man einmal Mitglied bei den Befreiten ist, dann für immer und ewig, ein Austritt ist fast unmöglich. Und die Neugründer haben eine Art Abendmahl eingeführt, was bei den Quäkern streng verpönt war, eine Taufe gab es ursprünglich auch nicht.«

Thalbach sah enttäuscht zur Seite, obwohl sie sich innerlich für ihre Idee beglückwünschte. Wenn dieser Brennecke recht hatte, woran sie nicht zweifelte, hatte sie einen weiteren Ansatzpunkt für ihre Ermittlungen gefunden. Allerdings waren die Informationen, die sie erhalten hatte, nicht sehr ergiebig.

»Dieses Gebilde auf den Fotos«, fuhr Brennecke unbeirrt weiter, »symbolisiert für die Befreiten die Kraft des Lichtes, durch welche sie geführt werden. Dazu paßt auch dieser abgedunkelte Raum vor der, ich will mal sagen, Kapelle. Allerdings wußte ich nicht, daß die sich inzwischen auch in unserer Gegend verbreiten.«

Irritiert sah Katharina auf. »Sie können mir also nicht sagen, wo sich diese Befreiten versammeln?«

»Absolut nicht. Bisher haben die sich in irgendwelchen abgelegenen Bergdörfern im Süden herumgetrieben. Nördlich des Weißwurstäquators sind sie meines Wissens noch nie in Erscheinung getreten.«

»Aber wenn es diese Befreiten auch hier bei uns gibt, müßte man doch davon etwas mitbekommen, oder?« erkundigte sich Katharina. »Ich dachte, solche Sekten sind darauf aus, so viele Mitglieder wie möglich zu bekommen.«

»Nicht unbedingt. Wenn es darum geht, sich erst mal ein solides Standbein in einer neuen Gegend zu schaffen, ist ein unauffälliges Vorgehen nicht ungewöhnlich. Außerdem werben Sekten ihre Mitglieder ja sowieso nicht mit Zeitungsanzeigen oder Neonreklame. Das läuft alles subtil und per Mundpropaganda.«

»Hat denn diese Religion irgendwelche rituellen Gebräuche? So etwas wie zum Beispiel Voodoo?«

Brennecke schüttelte erstaunt den Kopf. »Warum das denn?«

Katharina druckste herum. Dann entschloß sie sich, die Bilder von den beiden Leichen aus der Tasche zu ziehen.

»Weil ich geglaubt habe, die Morde könnten auf der Basis irgendwelcher religiöser Abartigkeiten begangen worden sein. Könnte ein religiöser Fanatiker so etwas anrichten?«

Dabei schob sie ihm etwa ein Dutzend Schwarzweißaufnahmen herüber. Mit spitzen Fingern nahm Brennekke die Bilder an sich.

»Du lieber Himmel«, seufzte er kurz darauf. »Anhängern von Satanisten oder Naturreligionen wäre so etwas zuzutrauen. Aber das hier, und die *Befreiten des Lichtes*? Absolut unmöglich! Sehen Sie, diese Leute mögen vielleicht Spinner oder Fehlgeleitete sein, aber nach allem, was ich weiß, ist eine der hervorstechenden Eigenschaften dieser Sekte absolute Toleranz und Rücksichtnahme gegenüber den Mitgliedern der eigenen Gruppe und die Ignoranz anderer Kirchen und Glaubensrichtungen. Die Befreiten haben fast ausschließlich mit ihresgleichen Kontakt. Wenn sich andere Beziehungen nicht vermeiden lassen, dann sind sie zwar freundlich, aber völlig unzugänglich. Religiöse Motive für diese Morde da ... nein, undenkbar. Vielleicht ein Psychopath innerhalb der Sekte. Aber Psychopathen sind in allen Kirchen gleich unberechenbar.«

Mit geschickten Bewegungen sammelte Katharina die Fotos wieder ein und verstaute sie in ihrem Beutel.

Brennecke sah bedauernd zu ihr herüber. »Ziehen Sie wieder los?«

»Allerdings. Und haben Sie vielen Dank für Ihre Hilfe. Wir sind vielleicht ein ganzes Stück weiter als noch heute morgen.«

»Bitte, keine Ursache. Lassen Sie mir doch Ihre Telefonnummer da, wenn mir noch etwas einfällt, was Ihnen helfen könnte, klingel ich noch mal durch.«

»Gute Idee«, fand Katharina und kritzelte die Dienstnummer auf einen kleinen Zettel, den sie Brennecke zuschob. Dieser runzelte die Stirn.

»Nicht die Privatnummer?« fragte er scheinheilig.

»Wenn ich Feierabend habe, habe ich Feierabend.«

»Schade. Ich dachte, wir könnten mal ein Bierchen trinken gehen. Nur, wenn Sie Lust haben.«

Katharina schwang den Beutel über ihre Schulter und

stand auf. »Leider nicht drin, fest gebunden. Dürfen Sie das überhaupt? Ich meine, wegen des Zölibates?«

»Ich bin doch nicht bescheuert«, grinste der Theologe. »Meinetwegen kann sich der Papst den Freuden des Lebens enthalten. Ich nicht.«

»Tut mir leid, aber mein Freund hätte sicher was dagegen einzuwenden. Und vielen Dank noch mal.«

Brennecke hob grüßend seine Rechte und sah ihr abschätzend hinterher. Als die Tür hinter Katharina ins Schloß gefallen war, jaulte der Kassettenrecorder unter den Heavy Metal-Klängen wieder gequält auf. Leichtfüßig enterte die Kommissarin die Treppe und summte gedankenversunken mit, bis sie die Musik nicht mehr hören konnte.

15

»Herzlichen Glückwunsch zum Geburtstag«, brüllte Zander, während er mit einem Haufen Luftballons in der linken und einem riesigen Strauß Rosen in der rechten Hand ins Schlafzimmer stürmte. »Auf, auf, die Vögel lachen, die Sonne zwitschert.«

Katharina war schon wach. Mindestens zwanzig Minuten hatte sie mit geschlossenen Augen im Bett gelegen und über ihr unfaßbares Alter von dreißig Jahren nachgedacht. Dabei hatte sie Zanders Geräuschen aus der Küche gelauscht.

»Morgen«, antwortete sie schwach. »Danke für die Blumen.«

Zander blieb verdutzt stehen und räusperte sich verlegen. Dann deponierte er den Blumenstrauß auf seinem Nachttisch, ließ die Ballons an die Decke steigen und hockte sich zu ihr.

»Hee. Es ist Wochenende, du hast Geburtstag, und gleich gibt es den besten Samstagmorgen-Kaffee der Welt. Kein Grund, trübsinnig zu sein.«

Langsam drehte sich Katharina auf den Rücken und verschränkte die Hände über dem Bauch. Da sie nur ein enges weißes T-Shirt trug, genoß Zander den Anblick sichtlich.

»Tut mir leid, daß ich dir die Überraschung verderbe«, entschuldigte sie sich schwach. »Aber irgendwie ist mir nicht nach guter Laune.«

Ihr Freund wagte einen vorsichtigen Blick in ihre Augen. »Du hast echt Probleme mit den Dreißigern, was?«

Katharina winkte ab. »Halb so wild. Ich muß mich nur ein wenig daran gewöhnen.«

»Keine Ausrede.«

Verlegen wich sie seinem forschenden Blick aus. »Wenn du es genau wissen willst, ja. Alles geht so schnell. Ich habe das Gefühl, noch gar nicht richtig gelebt zu haben.«

Zander stupste ihr mit dem Zeigefinger auf die Nase. »Stimmt. Außerdem kriegst du schon überall Falten. Und deine Brüste hängen in zwei Monaten bestimmt schon bis zu den Kniekehlen.«

Sie funkelte ihn böse an. »Jetzt mal im Ernst, Kleines. Es ist mir scheißegal, ob du zwanzig, dreißig oder siebzig bist. Für mich bist du die wundervollste Frau der Welt.«

In gespielter Verzweiflung warf sie die Hände in die Luft. »Um Himmels willen, da spricht Johann Wolfgang von Zander. Ich hatte nicht vor, mir noch vor dem Zähneputzen das Leben zu nehmen.«

Zander blieb ernst. »Ich meine es aber so, wie ich es sagte. Herrgott noch mal, es ist doch völlig wurscht, wie alt du bist. Wenn du nicht bald mit deinem Gejammer aufhörst, nehm ich dich mit in die Klapse. Langsam wird diese Neurose behandlungsbedürftig. Jetzt kletter aus dem Bett, und zieh dir was weniger Gefährliches an. Ich hab noch ein Geschenk für dich.« Mit diesen Worten erhob er sich ächzend, klaubte die Blumen vom Nachttisch und orientierte sich Richtung Küche.

Katharina sah ihm nachdenklich hinterher und stand schließlich auf. Auf dem Weg zum Badezimmer warf sie einen flüchtigen Blick in den kleinen Spiegel neben dem mit allerlei Krimskrams angefüllten Setzkasten. Von wegen überall Falten.

Merklich erfrischt trat sie kurz darauf ins Wohnzimmer, in dem Zander bereits auf der Couch saß. Die lauwarme Dusche hatte ihr gutgetan, ihre düsteren Gedanken waren beinahe völlig verschwunden.

»Na, wo ist denn jetzt der Kaffee?«

»Kommt sofort«, bediente sie Zander eifrig. »Bevor du wie eine Irre alles in dich reinkippst, neben deiner Tasse liegt noch etwas für dich.«

Ihre Blicke flitzten über das ausnahmsweise saubere Tischtuch und fanden in dem Wirrwarr von Kaffeetassen, Isolierkanne, Milch und Zucker ein kleines, kunstvoll eingepacktes Päckchen.

»Was ist das denn?« fragte Katharina neugierig. »Vergoldete Kondome?«

Zander sagte nichts, sondern wartete gespannt auf ihre Reaktion. Mit fliegenden Fingern zupfte sie das Geschenkpapier ab und hielt ein kleines Schmuckkästchen in der Hand. Sie ließ den Verschluß aufklappen und traute ihren Augen nicht. In dem Kästchen befand sich ein Platinring mit feinen Ziselierungen auf der Oberseite. Vorsichtig nahm sie das Schmuckstück heraus, um es besser bewundern zu können.

»Du bist ja wahnsinnig«, hauchte sie. »Der ist doch viel zu teuer für dich.«

Ihr Gegenüber bekam rote Ohren. »Na ja, der eine ging ja noch. Ich hab aber gleich zwei gekauft.«

Verständnislos sah sie Zander an. »Zwei? Warum denn zwei?«

»Der andere ist für mich. Das heißt, wenn du willst.«

Katharina hatte immer noch nicht verstanden. »Wenn ich was will?«

Jetzt leuchteten nicht nur Ullis Ohren feuerrot. »Ich dachte, das wären vielleicht ganz nette Verlobungsringe.«

Seine Worte kreisten in ihren Ohren, ohne daß sie zunächst deren Sinn wahrnahm. Als sie endlich begriffen hatte, schoß sie aus dem Sessel.

»Du gottverdammter Blödmann, natürlich will ich«, stammelte sie aufgeregt, während sie wie eine Klette an seinem Hals hing.

Zander stöhnte, er bekam keine Luft mehr. »Langsam, du brichst mir ja alle Knochen. Ein einfaches Ja hätte auch gereicht«, versuchte er sie zu beruhigen. Dabei war er mindestens genauso überdreht wie sie.

In den nächsten Minuten plapperten sie völlig sinnloses Zeug, bis sie endlich wieder so weit auf dem Teppich zurück waren, daß sie die Kaffeetassen, die Katharina bei ihrem Sprung im Weg gewesen waren, wieder vom Boden aufsammeln konnten. Zander grinste glücklich.

»Sag mal, wann bist du denn auf die Idee gekommen?« wollte Katharina wissen.

»Schon vor einiger Zeit. Bisher habe ich aber nie den richtigen Zeitpunkt erwischt. Und dann dachte ich, dein Geburtstag wäre eine gute Gelegenheit.«

»Und du bist dir völlig sicher, was das bedeutet? So richtig mit irgendwann heiraten und vielleicht auch Kinder kriegen?«

Der Sozialarbeiter zuckte die Schultern. »Absolut. Was ich dir vorhin sagte, war mein voller Ernst. Wir müssen es ja nicht überstürzen, erst mal brauchen wir eine Wohnung. Der Rest wird sich schon ergeben.«

Katharina warf immer wieder verstohlene Blicke auf den Ring, den sie sich natürlich schon längst übergestreift hatte. Erst jetzt registrierte sie, daß Ulli das Gegenstück ebenfalls am Ringfinger trug.

»Was hättest du eigentlich gemacht, wenn ich nein gesagt hätte?«

»Dich erschossen«, erklärte er sofort.

16

In den bisherigen vierzig Jahren seines Lebens hatte er ständig unter dem Schild des Herrn gestanden. Auch jetzt, im Kreise dieser satanischen Katholiken, war Gott bei ihm. Er spürte es deutlich.

Heinz Rumpel pflückte sich eine weitere Weintraube aus dem Berg von Obst auf dem Bufett, legte das ausgezeichnet aussehende Roastbeef dazu und verzierte alles mit einem dicken Klacks Kartoffelsalat. Mit der für seine zu kurz gekommene Körpergröße von einhundertsiebzig Zentimetern imposanten Portion trottete er zurück zu seinem Stuhl, direkt neben seiner Mutter. Die alte Dame lächelte ihn fröhlich an, als ob er in seinem Alter noch wachsen würde. Sein Vater sah bereits den ganzen Abend angestrengt in eine andere Richtung, wenn sie sich zu nahe kamen.

Nein, auch seine Eltern waren gottlos, sein Vater doppelt so schlimm wie seine Mutter. Erschüttert erinnerte er sich manchmal an die Zeit, als er selbst noch ein Mitglied dieser verfluchten Papstbrut gewesen war. Sogar Priester hatte er einmal werden wollen. Lediglich seine erbärmlichen Noten auf der Schule hatten ihn davor bewahrt, dem Irrglauben der meisten Heiden in Deutschland zu folgen.

Die Bibel bestimmte sein Leben, Auge um Auge, Zahn um Zahn. Er fuhr recht gut damit, ganz im Gegensatz zu früher, als er die Worte der Hetzer von der Kanzel für bare Münze genommen hatte. Seine Ehe mit dieser katholischen Nutte war auch nur so lange gut verlaufen, bis er die Wahrheit erkannt und das Miststück entlarvt hatte. Vor ihrer Heirat hatte sie sich ja noch beherrscht, aber nachdem sie endlich vor dem Altar gestanden hatten, wollte sie ständig diese schmutzigen Sachen mit ihm machen. Nein, nicht mit ihm.

Aber konnte er seiner Ex-Frau einen Vorwurf machen? Sie lebte in einer Zeit, in der Moral und Ehrfurcht nichts mehr galten. Hatte der Herr ihn nicht selbst oft genug geprüft, wenn er ihn als Waschmaschinenmechaniker zu wildfremden Frauen geschickt hatte, die ihn oft genug bedrängt und ihm eindeutige Angebote gemacht hatten? Sehr oft sogar. Aber seine Liebe zu Gott stand über den Verlockungen des Fleisches.

Heute war doch fast jede Frau eine Nutte. Wenn er schräg über den Tisch blickte, sah er seine leibliche Schwester. Deren Tochter war auch eine dieser Schlampen, die dem Geschlecht der Jungfrau Maria Schande brachten. Diese laszive Kleidung, enge Hosen oder kurze

Röcke, dazu Hemdchen, durch die man alles sehen konnte. Kein Wunder, daß seine Schwester den Schandfleck der Familie nicht zur Goldenen Hochzeit ihrer Großeltern mitgenommen hatte. Wahrscheinlich schämte sie sich inzwischen selber für ihr mißratenes Gör.

Er haßte alle Frauen. Mit der Grotte des Teufels zwischen ihren Beinen brachten sie die Männer um den Verstand, verführten sie dazu, den Pfad der Tugend zu verlassen, aus sich hechelnde Idioten zu machen und das Wort Gottes aus den Augen zu verlieren.

Sie verdienten nichts anderes als Bestrafung. Vergaßen diese von Dämonen besessenen Wesen denn völlig, daß sie aus der Rippe Adams geschaffen worden waren und dem Manne untertan zu sein hatten? Mußte man sie wirklich züchtigen und ständig in die ihnen angeborene Rolle zurückweisen? Alles, was er in der Bibel gelesen hatte, sprach dafür. Und hatte der Herr es nicht geschafft, sogar Maria Magdalena seine Großmut zu zeigen, einer Frau, die für die von Gott gegebene Lust Geld nahm?

Aber wenn sein Gott all dieses für gerecht hielt, warum dann diese neuerliche Prüfung? Warum waren dann Bruder Krömer und Bruder Gäbler von einem dieser Teufelsanbeter getötet worden? War das wirklich wegen ihrer Liebe zum Herrn geschehen?

Zunächst hatte er es nicht glauben wollen. Von Krömers Tod hatte er erst durch die Berichterstattung über den Mord an Gäbler erfahren. Ausgerechnet Bruder Krömer, mit dem ihn mehr verband, als alle anderen glaubten. Der seine Ansichten teilte und der ihn letztlich dazu gebracht hatte, als Schwert des Herrn zu dienen. Gleich zwei Kerzen in der Düsternis des Lebens waren ausgelöscht worden. Konnte er wahrhaftig der nächste sein?

Der Alarm seiner Armbanduhr schlug an. In dem Getöse der Musiker, die seine Eltern für ihren Festtag engagiert hatten, drang der Summer nur undeutlich an sein Ohr. Es war Zeit für seine Medikamente.

Er konnte sich nicht mehr an den Namen seiner Krankheit erinnern. Sein Arzt hatte sie vor gut zehn Jahren diagnostiziert und ihm geraten, medikamentös dagegen vorzugehen. Er wußte noch, er litt an einer Fehlfunktion der Nebennierenrinde. Nachdem er seine Brüder – die Schwestern zählten für ihn nicht – im Glauben gefunden hatte, verstand er erst richtig. Eine Prüfung des Herrn war diese Krankheit, nichts anderes. Der Herr gab ihm die Krankheit, und der Herr gab ihm die Tabletten dagegen. Wie himmlisch mußte einst die Belohnung für all die ertragenen Leiden und all den gehörten Spott werden. Nur denen, die der Herr wirklich liebt, legt er die schwersten Steine in den Weg.

Suchend tastete Heinz Rumpel die Taschen seines Jacketts ab, ohne die kleine Schachtel mit den Pillen zu finden. Auch die Innentasche war leer, ebenso die schon leicht ausgebeulten Hosentaschen. Und dann fiel es ihm ein. Er war beinahe zu spät gekommen. Mittags hatte er sich zu einem kleinen Schläfchen hinlegen wollen und doch tatsächlich den Wecker nicht gehört. Vorher hatte er selbstverständlich bereits seine Kleidung zurechtgelegt, genau wie seine Geldbörse, seine Brieftasche und die Pappschachtel mit den Medikamenten. Nachdem er aufgewacht war, hatte er sich beeilen müssen. Auch wenn seine Eltern Anhänger dieses Polen in Rom waren, ihren Festtag wollte er nicht verderben. Die Tabletten lagen jedenfalls immer noch auf der Ablagefläche über dem Waschbecken im Badezimmer.

Mit kurzen Worten erklärte er seiner Mutter, daß er auf einen Sprung in seine Wohnung zurück müsse, wischte sich mit der Serviette den Mund ab und verließ das Lokal, ohne bei den anderen Gästen Trauer über sein Verschwinden auszulösen.

Seine Wohnung lag nur einen Steinwurf entfernt. Die höchstens hundertfünfzig Meter ging er zu Fuß. Im Hausflur war es mucksmäuschenstill, genau wie in seiner im Erdgeschoß gelegenen Wohnung. Aus seinem Badezimmer holte er seine Tabletten, drückte zwei der Pillen in die hohle Hand und schluckte sie mit einem Glas Wasser herunter. Dann nahm er seinen Schlüssel wieder in die Hand, blieb vor der nach wie vor geöffneten Wohnungstür stehen, überlegte und ließ die Tür dann von innen einrasten. Es war immer noch sehr heiß draußen. Besser, er wechselte das verschwitzte Oberhemd.

Zwei Minuten später lag das gebrauchte Kleidungsstück im Wäschekorb, in dem frischen Hemd fühlte er sich gleich bedeutend wohler. Gutgelaunt öffnete er erneut die Tür. Fast gleichzeitig explodierte eine Faust in seinem Magen.

Rumpel war völlig überrascht. Aber der Angreifer hatte nicht voll getroffen, zwar fühlte sich sein Unterleib wie Feuer an, er ging jedoch nicht zu Boden. Der Mann im Türrahmen trat über die Schwelle und holte zum zweiten Mal aus.

Der Überfallene reagierte blitzschnell. Instinktiv trat er einen Schritt zur Seite, der Schlag des Angreifers traf ihn nicht auf der Nase, sondern am Ohrläppchen. Der Weg nach draußen war versperrt, der Satan forderte ihn zum entscheidenden Gefecht. Heinz Rumpel stieß ein kurzes Stoßgebet gen Himmel und versprach seinem Herrn, sich so gut es ging zu wehren.

Der Killer war perplex, offensichtlich hatte er nicht mit entschlossenem Widerstand gerechnet. Der gut zwanzig Zentimeter kleinere Mann rammte ihm den Ellbogen vor die Brust und machte keine Anstalten, sich kampflos zu ergeben. Eine Welle zusätzlichen Adrenalins schoß durch den Körper des Eindringlings. Schnell ließ er die Tür zuschnappen und fixierte aufmerksam sein Opfer.

Der Kampf dauerte nicht lange, Rumpel hatte keine wirkliche Chance. Trotzdem wehrte er sich verzweifelt und brachte sogar einige gezielte Schläge an, die jedoch nichts bewirkten. Dafür wurde sein eigenes Gesicht mehr und mehr deformiert.

Mit einem Handkantenschlag gegen den Kehlkopf des Kleinen beendete der Killer das ungleiche Gefecht. Rumpel sank lautlos zu Boden, seine weit aufgerissenen Augen glänzten stumpf. Ein wenig außer Atem zückte der Angreifer sein Stilett und beendete sein Werk.

Anschließend ließ sich der Mörder auf der Kante eines der Sessel nieder und schnaufte durch. Eigentlich hätte er wissen müssen, daß seine Opfer alarmiert waren. Natürlich lasen auch sie Zeitung und zählten zwei und zwei zusammen. Bei seinen nächsten Ausflügen würde er vorsichtiger sein müssen.

Sein Atem beruhigte sich mehr und mehr. Langsam trabte er ins Badezimmer, um sich das Blut von den Händen zu waschen. Auf seiner Jacke prangte ein ziemlicher dicker Blutspritzer. Kein Wunder, das ganze Wohnzimmer, in dem der Kampf stattgefunden hatte, sah aus wie ein Schlachthaus. Kurzentschlossen riß der Mann den Reißverschluß herunter und stand gleich darauf im T-Shirt da. Die Jacke würde er zusammenrollen und unter den Arm klemmen müssen, um nicht aufzufallen, aber bei den warmen Temperaturen wäre er sowieso verdächtig gewesen, wenn er die Jacke getragen hätte.

Bevor er Rumpels Wohnung verließ, sah er sich wie immer aufmerksam um. Nein, Spuren hatte er auch dieses Mal nicht hinterlassen. Wie immer trug er die dünnen Plastikhandschuhe, die durch den Kampf jetzt auf den Knöcheln aufgeplatzt waren. Er wollte gerade den Flur betreten, als sein Blick auf die Wand mit den Fotos fiel.

Es war schon fast unerhörtes Glück, ihm lief es kalt den Rücken herunter. Entsetzt malte er sich die Folgen aus, wenn er die kleine Fotografie nicht entdeckt hätte. So umsichtig er bis jetzt auch agiert hatte, die Polizei hätte eine Verbindung zu ihm herstellen können. Er war zum ersten Mal in der Wohnung eines seiner Opfer gewesen, hoffentlich waren die Bullen bei den beiden ersten Opfern nicht auf etwas Ähnliches gestoßen.

Seine Finger zitterten leicht, als er den Glasrahmen vom Haken nahm und in seine zusammengerollte Jacke legte. Dann nickte er Rumpel wie zum Abschied noch einmal zu und machte, daß er zu seinem in einem Parkhaus in der Innenstadt abgestellten BMW kam.

17

»Mein Gott, was ist das denn?« fragte Katharina sprachlos.

Das Wohnzimmer ihrer Wohnung verwandelte sich langsam in eine Wartehalle. Zumindest kam es ihr angesichts der Menge der Leute, die sich seit den frühen Abendstunden hier versammelt hatten, so vor. In den letzten Wochen hatte sie zwar ihren Freunden und Bekannten gesagt, daß an ihrem Geburtstag eine Fete steigen würde und jeder, der Lust hatte, kommen solle. Aber sie hatte nicht damit gerechnet, daß auch alle erscheinen, darüber hinaus sogar Leute, die sie seit Jahren nicht gesehen hatte. Zander hatte sich alle Mühe gegeben, alte Schulfreundinnen von ihr auszugraben, sogar ein paar Kollegen ihres alten Dezernates aus Paderborn waren gekommen. Im Augenblick stand sie in der engen Diele und starrte auf ein riesiges Paket, hinter dem sie Michael Karst, dessen stärkere Hälfte sowie Thilo und Simone Preuß vermutete. Seit Karst und Preuß ihr bei der Lösung ihres ersten Falles in Bochum so spektakulär unter die Arme gegriffen hatten, war sie nahezu zwangsläufig in deren Freundeskreis gerutscht, zumal die beiden Arbeitskollegen von Zander waren.

Sie hatte richtig vermutet. Hinter dem Paket schob sich Preuß als erster in die Wohnung und setzte schnaufend sein Mitbringsel ab. Dann strich er sich mit der Rechten über seinen Stoppelhaarschnitt und packte mit der anderen die Polizistin.

»Ich wünsch dem Auge des Gesetzes alles Gute zum Geburtstag. Die nächsten dreißig Jahre bis zur Rente kriegst du auch noch rum.«

Katharina spannte instinktiv alle Musklen an, damit der zwei Zentner Riese ihr nicht versehentlich die Rippen brechen konnte. Für einen Sesselpupser, der in der Verwaltung der Psychiatrie akribisch Büroklammern sortierte, hatte Preuß beachtliche Kräfte.

Nach und nach gratulierten ihr auch die anderen.

Katharina schnappte sich das Paket und wollte es im Schlafzimmer deponieren, aber Karst erhob Einspruch.

»Nix da. Sofort auspacken«, hüstelte er, während er sich hinter seiner ihn um Haupteslänge überragenden Gattin versteckte.

Unter allgemeinem Gejohle der Gäste öffnete Katharina das Geschenk und fühlte sich auf einen Schlag um zwanzig Jahre älter. In dem Karton fand sie neben einer Unmenge an Zeitungspapier eine Familienpackung *Doppelherz*, ein Mittel gegen Arterienverkalkung, eine alte, gestopfte Stützstrumpfhose, die Preuß seiner Mutter abgeschwatzt hatte, eine Schnabeltasse, Gebißreiniger und einen Aufnahmeantrag für die *Grauen Panther*. Alle außer ihr hielten den Scherz für gelungen.

»Ich hab versucht, die Bengels davon abzuhalten«, entschuldigte sich Simone scheinheilig. »Aber die wollten ja nicht hören. Draußen steht dein richtiges Geschenk.«

Preuß öffnete noch einmal die Wohnungstür und drückte Katharina schließlich einen Geschenkkorb in die Hand, in dem sich alle Sachen, vor denen ihr Zahnarzt und ihre Diätberaterin sie immer gewarnt hatten, befanden.

Katharina stellte die circa zweihundertausend Kalorien zu den anderen Geschenken und stürzte sich wieder ins Getümmel.

»Sag mal, ist eigentlich dein bescheuerter Kollege schon eingetrudelt?« wollte Preuß kurze Zeit später wissen, als er sich mit einem frischen Pils zu Katharina und Ulli stellte.

»Vorsicht«, mahnte Ulli. »Heute abend ist nett sein angesagt. Auch zu Freund Hofmann. Der will übrigens in Begleitung kommen.«

»Und wen schleppt der mit? Seine Mutter?«

Katharina mußte gegen ihren Willen lachen. »Quatsch. Berthold hat jemanden kennengelernt und will die junge Dame heute abend mitbringen. Wundert mich, daß er noch nicht da ist. Normalerweise kommt der eher zu früh als zu spät.«

»Immer noch besser als gar nicht«, kommentierte Preuß trocken und fing sich dafür einen Ellbogencheck von Zander ein.

Katharina ließ die beiden stehen und versuchte, sich einen Weg zur Küche zu bahnen. Langsam knurrte ihr Magen, und da Alkohol ohne Grundlage eine verheerende Wirkung bei ihr hatte, wollte sie sich, ehe es zu spät war, etwas Eßbares angeln. Plötzlich erkannte sie Hofmanns Bürstenschnitt in der Diele.

Neugierig zwängte sie sich durch das Gedränge. Hofmann sah sich bereits suchend nach ihr um und strahlte, als er sie in dem Getümmel entdeckte.

»Hey«, grüßte er, als Katharina endlich vor ihm stand. »Und herzlichen Glückwunsch.«

Dabei drückte er ihr schüchtern einen Kuß auf die Wange und preßte ihr ein kleines Päckchen in die Hand. »Aber erst aufmachen, wenn alle anderen weg sind«, flüsterte er verlegen.

»Grüß dich erst mal«, bemerkte Katharina. »Wer hat dich denn reingelassen?«

»Kannte ich nicht. Ihr veranstaltet übrigens einen schönen Lärm.«

Ein wenig übertrieben sah sich Katharina suchend um. »Ich dachte, du wolltest in Begleitung kommen. Na, wo ist deine Angebetete?«

Hofmann kratzte sich verlegen an den Ohren. »Sie mußte mal für kleine Mädchen. Aber wenn mich nicht alles täuscht, steht sie schon hinter dir.«

Katharinas Kopf machte eine scharfe Wende. In ihrem Rücken stand eine hübsche, dunkelhaarige Frau in einen modischen Hosenanzug. Bevor ihr vor Überraschung der Unterkiefer herunter fiel, streckte sie gerade noch rechtzeitig die rechte Hand aus.

»Du mußt bestimmt Sabrina sein. Ich hab schon viel von dir gehört.«

»Und ich von dir auch, wenn du Katharina heißt. Glückwunsch zum Geburtstag.«

Die beiden drückten sich die Hand und fanden sich sofort sympathisch. Hofmann sprang der Stolz beinahe aus den Augen, als er seiner Begleitung den Arm um die Schulter legte.

»Holt euch was zu trinken, Essen steht auch in der Küche. Und dann stürzt euch in die Meute.«

Zander und Preuß tauchten auf und nickten Hofmann grüßend zu. Der spielte wieder den Gentleman. »Sabrina, das da sind Ulli Zander, der Freund von Katharina, und Thilo Preuß. Sabrina Clemens.«

Erstgenannter wischte sich die Hand am verschwitzten Jeanshemd ab und lachte. »Freund stimmt nicht mehr ganz. Seit heute morgen zehn Uhr dreißig sind Katharina und ich verlobt.«

»Ehrlich?« fragte Hofmann überrascht. »Na dann, mein Beileid.«

Zander überhörte den Seitenhieb und strahlte noch breiter. »Und du bist wirklich die Freundin von dem da? Ich faß es nicht.«

»Warum denn nicht?« gab Sabrina zurück. »Stille Wasser sind manchmal ganz schön tief.«

»Will ich ja gar nicht bestreiten«, antwortete Zander. »Aber bezahlen muß er nicht, damit du ihn begleitest, oder?«

»Passiert alles ganz freiwillig«, schmunzelte Hofmann, dem die Wirkung seiner Begleitung auf die beiden Lästermäuler gefiel. »Sie hat auch keinen Pferdefuß, ist nicht blond und auch keine Friseuse. Sabrina ist Dolmetscherin. Sie kann Englisch und Französisch.«

»Das mit dem blond hab ich nicht gehört«, bemerkte Katharina.

»Französisch kenn ich ja«, mischte sich Preuß ein. »Aber wie, zum Henker, geht Englisch?«

Hofmann riß entsetzt die Augen auf, aber als alle, inklusive seiner Freundin, schallend lachten, beruhigte er sich schnell wieder.

»Wenn du mal zehn Minuten Zeit hast, zeig ich's dir«, schmeichelte Sabrina, worauf Zander einen Schluck Bier in den falschen Hals bekam.

»Ich hol euch erst mal was zu trinken«, erklärte Preuß. »Ihr müßt ja schon halb verdurstet sein.«

Irgendwo klingelte ein Telefon. Katharina drängte sich an Hofmann vorbei in die Diele zurück, hielt sich das linke Ohr zu und griff den Hörer. »Thalbach«, meldete sie sich.

»Gisbert hier, grüß dich, Geburtstagskind.«

»Ach nee, Kollege Heinzel. Warum sind du und deine Frau noch nicht da?«

»Geht leider nicht«, kam die Antwort. »Und so leid es mir tut, ich muß dir den Abend versauen. Wir haben eine neue Leiche.«

Bevor sie weitersprach, schnappte sich Katharina das Telefon und verschwand im Badezimmer. »Das ist nicht dein Ernst, Gisbert. Nicht an meinem Geburtstag.«

»Leider doch. Unser Killer hat sich sein drittes Opfer gesucht. Ist besser, wenn du kommst.«

»Verdammt, muß das wirklich sein? Ich hab mindestens fünfzig Leute in der Bude.«

Trotz des Chaos, welches in ihrer Wohnung tobte, hörte sie Heinzel durch die Leitung schwer durchatmen.

»Und wenn Irene und ich da wären, hättest du zweiundfünfzig Gäste. Katharina, das ist hier eine Riesensauerei. Die Leiche liegt in ihrer eigenen Wohnung, und wir haben endlich einen Hinweis, daß die drei Opfer tatsächlich miteinander in Verbindung gestanden haben. Ich verspreche dir, du kannst so schnell wie möglich wieder abhauen, aber es ist besser, wenn du kommst.«

Verärgert krampften sich Thalbachs Finger um den Hörer, dann nickte sie. »Na gut. Hofmann bring ich gleich mit. Wo seid ihr?«

»Hermannshöhe zwanzig, ist direkt am Hauptbahnhof. Eigentlich könntest du zu Fuß gehen.«

»Wir sind gleich da«, antwortete sie und legte den Hörer auf. Mißmutig trat sie wieder in die Diele und sah sich nach Hofmann um. Ihr Kollege stand mit Preuß im Durchgang zur Küche. Offensichtlich unterhielten sich die beiden bestens.

Katharina kämpfte sich zu Hofmann durch und tippte ihm auf die Schulter. »Stell dein Bier weg und komm. Es gibt Arbeit.«

Hofmann sah sie einen Moment verständnislos an und begriff. »Unser spezieller Freund?«

»Genau der. Heinzel hat gerade angerufen.«

Bedauernd quetschte Hofmann Preuß sein Fläschchen in die Hand und ruckte mit dem Kopf Richtung Tür.

»Da hat dir Gisbert ja ein tolles Geschenk gemacht. Eigentlich hab ich ihn für ein wenig feinfühliger gehalten.«

»Thilo, wir sind nicht lange weg. Sag Ulli Bescheid, er soll die Leute bei Laune halten.«

Preuß schaute sich langsam um. »Glaube eher, hier merkt keiner, wenn ihr abhaut. Viel Spaß.«

»Witzbold«, quetschte Katharina hervor und steuerte den Ausgang an.

»Schade um deine Feier«, bedauerte sie Hofmann, als sie sich in ihren Fiesta quetschten. »Wohin geht's?«

»Anschnallen lohnt nicht, ist gleich um die Ecke.«

Hofmann schnappte sich demonstrativ den Gurt. »Bei deiner Fahrweise weiß man nie. Übrigens, herzlichen Glückwunsch zur Verlobung. War das deine Idee?«

Die Fahrerin sah flüchtig in den Rückspiegel und brauste mit qualmenden Reifen los. »Ullis. Ich hab ganz schön dumm aus der Wäsche gesehen. Und wann ist es bei dir so weit?«

»Nun mach mal halblang. Wir kennen uns gerade mal eine Woche.«

»Scheint aber sehr nett zu sein. Mit gefällt sie.«

Ihr Kollege zog die Augenbrauen hoch. »Hast du je an meinem Geschmack gezweifelt?«

Katharina zog den Fiesta reichlich schnell in die enge Kurve zur Hattinger Straße und steuerte gekonnt gegen. »Nein. Aber an ihrem Geschmack könnte man schon zweifeln.«

Hofmann streckte ihr die Zunge heraus und gönnte ihr keine Antwort. »Heute vormittag bin ich Gisbert mit einer Idee auf den Leib gerückt, die ihm wohl sehr gefallen hat«, wechselte er abrupt das Thema.

»Laß hören.«

»Ich habe mir in den letzten Tagen mal ein wenig Kriminalhistorie angetan. In fast ausschließlich allen Fällen, in denen den Opfern der Penis abgetrennt worden ist, war entweder der Täter oder der Tote homosexuell. Da Krömer und Gäbler, wenn überhaupt, über diese ominöse Sekte, die du aufgetan hast, in Verbindung gestanden haben, würde eher der Täter als Homosexueller in Frage kommen. Also hab ich vorgeschlagen, alle unsere Kunden, die in dieser Richtung orientiert und wegen Gewaltverbrechen vorbestraft sind, mal zu einer Unterhaltung ins Präsidium zu bitten.«

»Und wie sollen Krömer und Gäbler dann mit dem Täter in Kontakt gekommen sein?«

Hofmann schüttelte leicht den Kopf. »Weiß ich nicht. Vielleicht ist ein Sektenmitglied gleichgeschlechtlicher Natur und hat von den beiden eine Abfuhr kassiert. Ziemlich vage, aber besser als nichts.«

»Und was meint Gisbert dazu?«

»Ab Montag werden wir uns die entsprechende Klientel vornehmen.«

Thalbach bog verbotenerweise von der Unistraße direkt in die Hermannshöhe und peilte die Lage. In etwa fünfzig Meter Entfernung sah sie die kreisenden Blaulichter. Kurzentschlossen dirigierte sie den Fiesta in die nächstbeste Parklücke und öffnete den Verschluß des Sicherheitsgurtes.

Der unvermeidliche Menschenauflauf hielt sich in Grenzen. Katharina zeigte den beiden Schupos, die sich vor dem Eingang aufgebaut hatten, kurz ihre Marke, worauf die beiden Kommissare passieren durften.

Auf dem Namensschild vor der kleinen Wohnung prangte der Name Rumpel. Aus der kleinen Küche hörten sie verzweifeltes Schluchzen und leise Stimmen, die zu beruhigen versuchten.

Hofmann steckte den Kopf in die Küche und erkannte Heinzel und Gassel, die sich zusammen mit einem Paar etwa um die Fünfzig auf die billigen Küchenstühle gehockt hatten.

»'n Abend zusammen. Gisbert, kommst du mal?«

Das Paar sah noch nicht einmal auf, als sich Heinzel von seiner Sitzgelegenheit wuchtete und zu den Neuankömmlingen in die Diele trat. Mit einem kurzen Wink beorderte er sie außer Hörweite.

»Hoffentlich habt ihr nicht zu viel gegessen. Bisher eindeutig die größte Sauerei.«

»Wer sind die beiden in der Küche?« hakte Katharina sofort nach.

»Schwester und Schwager des Toten. Die haben ihn auch gefunden. Rumpels Eltern feiern heute Goldene Hochzeit, er ist zwischendurch nach Hause gegangen, weil er seine Medikamente vergessen hatte, irgend etwas mit der Nebennierenrinde. Als er nach zwei Stunden nicht wieder zurück war, haben die beiden nachgesehen.«

»Sonst schon etwas herausgefunden?«

»Von den beiden noch nicht, die Schwester ist total fertig. Aber wir haben definitiv den Beweis, daß die drei Opfer in Verbindung standen.«

»Warum?« erkundigte sich Hofmann gespannt.

»Seht euch das lieber selbst an, die Spurensicherung müßte gleich fertig sein.«

Alle drei gingen zurück in die Küche, in der Heinzel seinen alten Platz wieder einnahm. Die Schwester des Toten war inzwischen beim vierten Taschentuch und dem fünften Beruhigungsschnaps. Ihr Mann hielt sich wesentlich besser.

»Frau Rosenberg, sind sie in der Lage, uns einige Fragen zu beantworten?« bohrte Heinzel behutsam.

Statt einer artikulierten Antwort setzte die Angesprochene zu einem neuen Heulkrampf an. Ihr Gatte legte ihr beschwichtigend seine Hand auf den Arm.

»Meine Frau ist wohl nicht in der Lage«, antwortete er für sie. »Lassen Sie sie mich nach Hause bringen, wir wohnen gleich um die Ecke. Ich komme dann sofort zurück, wenn Sie wünschen.«

»Vernünftiger Vorschlag«, fand Heinzel. »Sollen wir einen Arzt rufen?«

Rosenberg schüttelte den Kopf. »Nicht nötig. Unsere Kinder sind zu Hause, meine Tochter ist Krankenschwester und kann sich um sie kümmern.«

Mit diesen Worten erhob er sich und führte seine Frau langsam zur Tür.

Heinzel stand ebenfalls auf. »Ich begleite Sie. Da draußen lungert bestimmt schon jemand von der Presse herum.«

Kurz nachdem die drei verschwunden waren, beendete die Kriminaltechnik ihre Arbeit. Endlich konnten Thalbach und Hofmann an den Ort des Geschehens.

Heinzel hatte nicht untertrieben. Im Wohnzimmer sah es aus, als wäre der Kanzler nach einer doppelten Portion Saumagen geplatzt. An den Wänden und den Möbeln klebten Blutspritzer, einige Einrichtungsgegenstände waren umgekippt, alles deutete auf einen Kampf hin.

Das Opfer lag zusammengekrümmt neben der abgeschabten Ledercouch. Heinz Rumpel war gerade vierzig Jahre alt geworden, bevor er in einer großen Blutlache sein letztes Stündlein erlebte.

»Hier, seht euch mal das Chaos neben dem Tisch an«, empfahl Gassel.

Automatisch wanderten die Blicke von Thalbach und Hofmann auf den Berg von Papieren, der offensichtlich während des Kampfes vom Tisch gefallen war. Rumpel hatte die Zeitungen der letzten Tage wohl noch nicht ins Altpapier gegeben. Die Artikel aus der Lokalpresse, die in großen Schlagzeilen über die beiden vorangegangenen Mordfälle berichtete, lagen fein säuberlich ausgeschnitten in einer Blutlache auf dem Teppich.

»Interessant«, murmelte Hofmann. »Scheinbar hat er Krömer und Gäbler gekannt.«

»Sieht alles danach aus«, bestätigte Gassel, seine obligatorische Krawatte glattstreichend. »In den Ausschnitten hat er mit Textmarker herumgemalt, die Namen der Opfer sind schön leuchtend angepinselt.«

Thalbach wanderte vorsichtig um den Tisch und ging neben den Zeitungsausschnitten in die Hocke.

»Mach dich bloß nicht dreckig«, flachste Hofmann, während er den Rest des Raumes in Augenschein nahm. Impulsiv tippte er Gassel auf die Schulter.

»Was ist denn das? Der Fleck da an der Wand?«

»Ist uns auch schon aufgefallen«, dämpfte Gassel seine Euphorie. »Der Täter hat wohl eines der Bilder abgenommen. Auf dem fehlenden Bild muß irgend etwas gewesen sein, was dem Mörder hätte gefährlich werden können.«

»Zumindest geht der Täter sorgfältig vor«, meldete sich Katharina, während sie ihre unbequeme Position verließ. »Einen Leichtsinnsfehler begeht der bestimmt nicht.«

»Kommt mal mit ins Schlafzimmer«, bat Gassel. »Katharinas Eingebung mit dieser Sekte war goldrichtig.«

Bevor Thalbach und Hofmann Gassel folgten, wechselten sie einen schnellen Blick. Vom Wohnzimmer zweigte eine weitere Tür ab, hinter der sich Rumpels Schlafgemach befand. Auf dem kleinen Beistelltisch am Fußende des Bettes stand in Miniaturausgabe das Gegenstück des Symbols, welches sie in Krömers Wohnung gefunden hatten.

»Wenn der Killer so weiter macht, können die ihre Kirche bald dicht machen«, meinte Hofmann angesichts dieses Fundes. »Zum Glück hat der sich 'ne kleine Sekte ausgesucht. Wenn der Mörder auf alle Katholiken losgehen würde, au weia.«

Sie hörten, wie Heinzel mit dem Schwager des Toten wieder die Wohnung betrat. Sofort gingen sie zurück in die Küche, im Moment dem einzigen Raum, von dem aus sie das Schlachtfeld nicht sehen mußten.

»Also, Herr Rosenberg, sehr betroffen sehen Sie ja gerade nicht aus«, begann Heinzel ohne Umschweife.

Rosenberg setzte sich erneut und sah in die Runde. »Warum sollte ich auch. Mein lieber Herr Schwager war ein Arschloch.«

Die Beamten sahen sich vielsagend an.

»Können Sie das ein wenig erklären?« bat Hofmann mit Engelsgeduld.

»Gerne. Heinz war ein Versager. Seit zwanzig Jahren Waschmaschinenmechaniker und auch noch zufrieden damit. Kein Wunder, daß seine Frau schon nach einem Jahr wieder abgehauen ist.«

»Ihr Schwager war verheiratet?« fragte Gassel nach.

»Geschieden, schon seit fast fünfzehn Jahren. Seine Frau hat danach 'nen Amerikaner geheiratet, wohnt jetzt in Übersee.«

»Und warum war er Ihrer Meinung nach ein Arschloch?«

Rosenberg verzog den Mund zu einer Schnute. »Heinz hat mit Ach und Krach die Hauptschule geschafft. Dabei wollte er früher unbedingt Priester werden, der Blödmann. Stellen Sie sich mal vor, er hat sein ganzes Leben nur nach der Bibel gelebt. Mit seiner Annegret ist er erst ins Bett gehüpft, als die beiden verheiratet waren. Und nach seiner Scheidung lief gar nichts mehr, Sex außerhalb der Ehe sei Sünde, hat er immer getönt. Deshalb hatte er bei uns auch Hausverbot.«

»Bitte was?« konnte Gassel seine Überraschung nicht verbergen.

Rosenberg nickte bekräftigend. »Er hat meiner Tochter mal 'ne riesige Szene gemacht, weil sie mit ihrem damaligen Freund allein in den Urlaub gefahren ist. Sie sei 'ne Nutte und die letzte Schlampe, so etwas gehöre sich nicht. Gott würde sie dafür strafen, wenn sie dieses Lotterleben weiterführe. Ich hab ihn am Kragen gepackt und vor die Tür gesetzt. Seitdem hat er meine Wohnung nicht mehr betreten.«

»Hat Ihre Frau zu ihrem Bruder noch Kontakt gehabt?« wollte Katharina wissen.

»Nur noch über die Eltern, bei Geburtstagen und so. Ganz schlimm wurde es mit ihm, als er dieser Sekte beigetreten ist.«

Hofmanns Augen blitzten auf. »Sie wissen davon?«

»Natürlich. Vor fünf Jahren war das. Das Arschloch war ganz euphorisch, jetzt hätte er endlich Brüder und Schwestern im Glauben gefunden, die so dächten wie er. Dabei haben die ihn ausgenommen wie 'ne Weihnachtsgans. Sogar 'nen Kredit hat Heinz aufgenommen für die, als die ihr Glaubenszentrum umgebaut haben.«

»Wo liegt dieses Zentrum?« fragten alle fast gleichzeitig. Ihre verzweifelten Versuche, den Sitz dieser Sekte zu eruieren, waren am Donnerstag und Freitag völlig ergebnislos verlaufen.

Bedauernd zuckte Rosenberg die Schultern. »Tut mir leid, aber das weiß ich nicht. Heinz hat daraus ein Staatsgeheimnis gemacht, erzählte was von Diaspora und der Oase der Gläubigen in der Ödnis. War aber, glaub ich, ganz hier in der Nähe. Er hat mal vier Wochen in dem Zentrum eine Glaubensreise gemacht, wie er es nannte. Wir hatten die Telefonnummer, meine Schwiegermutter war damals schwerkrank. Muß in der Nähe von Recklinghausen gewesen sein, wenn ich mich recht erinnere.«

»Haben Sie die Nummer noch?«

»Bestimmt nicht. Das ist doch alles schon ein paar Jahre her.«

Thalbach lehnte sich enttäuscht zurück. »Kennen Sie jemanden aus der Sekte mit Namen? Oder haben Sie mal einen von denen gesehen?«

»Leider auch nicht. Ich sagte ja, Heinz hat zwar immer von seiner Kirche geschwärmt, aber wirklich was erzählt hat er nie. Interessiert hat es sowieso keinen von uns.«

Heinzel wuchtete sein beachtliches Gewicht in die Senkrechte.

»Das war's fürs erste. Vielen Dank, Herr Rosenberg. Könnten Sie morgen ins Präsidium kommen und die Aussage protokollieren? Wäre nicht schlecht, wenn Sie Ihre Frau, sofern sie dazu in der Lage ist, mitbringen würden.«

»Selbstverständlich«, erklärte Rosenberg, während er seine Zigarette ausdrückte. Bevor er verschwand, drückte er jedem die Hand und wirkte erleichtert, die Wohnung verlassen zu dürfen.

»Endlich ein Ansatzpunkt«, schnaufte Heinzel, während er sich Leitungswasser in ein Glas laufen ließ. »Dann rann an den Feind. Wer nimmt welchen Raum?«

Gassel grinste, als er Katharinas enttäuschtes Gesicht sah. »Du Wohn- und Schlafzimmer, ich den Rest. Und ihr beiden haut ab«, meinte er zu den zwei jüngeren. »Aber morgen um neun seid ihr im Präsidium.«

18

Am Sonntag vormittag bot sich den Beamten ein Schauspiel, das sie schon lange nicht mehr gesehen hatten. Durch die schmierigen Scheiben konnten sie beobachten, wie es regnete.

»Gott sei Dank«, stöhnte Gassel. »Diese Hitze bringt mich irgendwann noch einmal um.«

Heinzel zwirbelte wieder gekonnt an seinem Schnäuzer. »Reduziere dein Gewicht etwa um die Hälfte, betreibe regelmäßig Sport, und du wirst sehen, alles halb so wild.«

»Armleuchter«, moserte das Schwergewicht zurück. »So wie meine Frau kocht, bin ich noch gertenschlank.«

Katharina hatte sich im Büro der beiden älteren Kollegen auf den Besucherstuhl gequetscht. Hofmann glänzte noch durch Abwesenheit, obwohl es schon knapp vor elf war. »Ist Gisbert immer so charmant zu dir?«

Gassel säuberte vor einer Antwort ausgiebig seine beschlagenen Brillengläser. »Manchmal. Wenn er bei Marianne und mir zum Essen eingeladen ist, erkennst du Freund Heinzel nicht wieder. Sprüht vor Menschenfreundlichkeit, bringt Blumen, Konfekt und jede Menge Sitzfleisch mit. Vor dem vierten Nachschlag steht der nicht auf.«

Heinzel sah an die Decke und nickte. »Sieh es als Kompliment an deine Gattin. Vor allem ihr Hackfleischauflauf mit Spinat ist eine Wucht, sage ich dir.«

Gleichzeitig stand er auf und öffnete das Fenster auf seiner Seite des Schreibtisches. Sofort kam ein Schwung schwülfeuchter Luft in das Büro.

»Glänzende Idee«, beschwerte sich Gassel. »Willst du hier eine Sauna aufmachen?«

»Wäre gar nicht so schlecht«, erklang es vom Eingang. »Schwitzen ist gesund.«

Berthold Hofmann musterte seine Mitstreiter aus kleinen, verklebten Augen. Unvorsichtigerweise hatte er die

Sonnenbrille abgenommen und über den obersten Hemdenknopf geschoben.

Katharina setzte zu einem bissigen Kommentar an, brachte aber keinen Ton heraus. Hofmanns Outfit verschlug ihr die Sprache. Über einer schneeweißen Jeanshose prangte ein blütenweißes Hemd, zu dem der schwarze Ledergürtel und die schwarzen Slipper auffällig kontrastierten.

»Hau wieder ab«, bat Heinzel. »Bei deinem Anblick wird man ja blind.«

Hofmann stieß sich vom beinahe schon antiken Türrahmen ab und trat zu ihnen ins Zimmer. »Sorry, aber ich hab ein bißchen verpennt. Hab ich was verpaßt?«

Gassel warf seine Stirn in Falten.

»Wenn ich es nicht besser wüßte, könnte man meinen, du wandeltest auf Freiersfüßen. Fehlt nur noch, daß du zur Kosmetikerin gehst.«

Katharina griente, hielt sich aber zurück. Hofmann lüftete das Geheimnis von sich aus. »Karl-Heinz, der Mensch lernt nie aus. Das mit den Freiersfüßen stimmt.«

Gassel und Heinzel tauschten einen schnellen Blick.

»Ist sie blind? Verkrüppelt? Oder vorbestraft?« erkundigte sich Heinzel nicht gerade charmant.

»Sie ist zweiunddreißig, heißt Sabrina und ist eine sehr nette Person«, klärte Thalbach die beiden Unwissenden auf. »Ich hab sie gestern kennengelernt.«

Gassel sprang auf und öffnete den Kühlschrank. Aus dem untersten Fach zauberte er eine Flasche *Mumm* hervor, der er sofort an den Kragen ging.

»Die hab ich hier eigens für sensationelle Anlässe deponiert«, erklärte er. »Wenn ihr beiden Gisbert und mich nicht furchtbar auf den Arm nehmt, ist es jetzt soweit.«

Hofmann hob abwehrend die Hände. »Es stimmt, aber für mich bitte keinen Sekt. Ich bin froh, noch zu leben.«

»Mir geht's genau so«, fügte Katharina hinzu. »Nur war ich pünktlich.«

Hofmann stellte sich mit schuldbewußter Miene an das offene Fenster. Gassel räumte die Flasche wieder weg und ging zurück zu seinem Stuhl.

»Und?« drängte Hofmann. »Wart ihr schon fleißig?«

»'türlich«, meinte Heinzel. »Die Schwester des Toten war mit ihrer gesamten Bagage hier und hat ihre Aussage gemacht. Seit gestern abend hatte die sich wieder gewaltig erholt. Hat auf ihren toten Bruder genauso eingedroschen wie gestern ihr Mann.«

»Hat sie denn was Neues erzählt?« wollte Hofmann wissen.

Katharina schüttelte den Kopf. »Nee, alle wußten über seine Mitgliedschaft in der Sekte Bescheid, aber mehr auch nicht.«

Hofmann zog die Augenbrauen nach oben. »Die Telefonnummer hatten die wohl auch nicht mehr. Ich meine, die Nummer der Sekte.«

»Nein. Wäre auch zu schön gewesen.«

»Aber zumindest muß der Laden hier in der Nähe sein. Vielleicht sollten wir mal die Kollegen in Recklinghausen ansprechen, ob denen der Laden schon mal aufgefallen ist.«

Heinzels Augen leuchteten auf. »Gar nicht so dumm. Außerdem spart uns das Arbeit.«

Damit griff er zum Telefon und instruierte den mürrischen Kollegen der Telefonbereitschaft, ihm eine Verbindung mit einem Kollegen aus Recklinghausen zu besorgen. Danach lehnte er sich zufrieden zurück. »Nee, was so 'n Hormonstoß nicht alles bewirken kann. Hofmann denkt mit.«

»Danach müßtest du schon lange in Rente sein«, konterte der Weißgekleidete lächelnd.

Gassel spendierte eine Runde Kaugummi und rieb sich die Augen. »Und nun?«

Katharina knatschte eine Blase und räusperte sich. »Ich hätte da noch jede Menge Fotoalben aus der Wohnung von Gäbler. Zwanzig hab ich schon durch, wenn ihr mir helft, geht's ein wenig fixer.«

Heinzel warf die Hände über den Kopf. »Ohne mich. Mir reichen schon die Diaabende meines Schwiegervaters. Wenn der mal in Fahrt kommt, sind vier Stunden lang Orchideenbildchen angesagt.«

Katharina schlüpfte mit Hofmann in ihr Büro, in dem sie sich eine der Kisten mit den Bilderalben aufluden. Kurz darauf hatte jeder der Beamten einen der klobigen Bände in der Hand und blätterte wild vor sich hin. Schnell gewannen ihre Bewegungen an Routine. Fotos, die augenscheinlich nur um des Fotografierens willen geschossen worden waren, blieben unbeachtet; alle Portraits oder Gruppenbilder wurden aus der Folie gezupft und wanderten auf einen Extra-Stapel.

Nachdem jeder etwa fünfzehn Seiten geschafft hatte, klingelte das Telefon. Gassel nahm ab.

»Gassel, Kripo Bochum ... Ja, guten Morgen, Frau Langer. 'tschuldigen Sie die Störung, aber es könnte sein, daß ihr uns ein wenig unter die Arme greifen könnt. Wir stecken hier in einem ziemlichen Schlamassel.«

Dabei zwinkerte er den anderen verschwörerisch zu. »Genau, diese Sache meine ich. Wir sind bei den bisherigen Ermittlungen auf eine Sekte gestoßen, die angeblich in Recklinghausen oder Umgebung ein Zentrum haben soll. Nennt sich die *Befreiten des Lichtes* ... Nie gehört? ... Wir haben uns gedacht, vielleicht könnt ihr euch mal umhören? Ihr habt in der Gegend doch eure Kontakte ... Das ist klasse, sehr nett von Ihnen ... Natürlich nicht mehr heute, aber morgen früh wäre nicht schlecht. Super. Ich gebe Ihnen noch meine Durchwahl.«

Gassel nannte der Kollegin die Zahlenkombination, verabschiedete sich übertrieben höflich und legte auf.

»Geteilte Arbeit ist halbe Arbeit«, lächelte er zufrieden. »Sollen sich die Provinzler mal drum kümmern.«

Darauf blätterten sie wieder in den wenig erheiternden Alben. Gäbler hatte sich wohl für einen bedeutenden Fotografen gehalten. Vor ihren Augen breiteten sich alle möglichen Motive aus, angefangen von einer Tankstelle im Sonnenuntergang über eine Mutter, die ihr Kleinkind zum Pinkeln über einen Gully hielt. Eine Heidenarbeit.

Plötzlich schrie Heinzel auf. Er klatschte das Album auf den Schreibtisch und schoß mit seiner Nase auf das Papier. Dann rieb er sich wieder die Augen und starrte erneut.

»Das gibt es doch gar nicht«, hauchte er.

Elektrisiert sahen die anderen zu ihm herüber. Als er das letzte mal einen solchen Ausbruch gehabt hatte, war seine Frau gerade schwanger geworden.

Mit leicht zitternden Fingern löste er eines der Bilder aus den Fotoecken. Auf dem Foto standen drei Männer zusammen. Einer von ihnen war Krömer, aber Heinzel legte seinen Finger auf den Mann in der Mitte. »Der Typ da, den in der Mitte. Den kenn ich.«

Hofmann sah zweifelnd auf das Bild. »Deswegen weckst du mich auf?«

»Quatsch«, haspelte Heinzel weiter. »Ich hab den Kerl vor etwa zwei Jahren auf dem vierzigsten Geburtstag meines besten Freundes kennengelernt. Bernd ... Bernd Schürmann heißt der.«

»Und wo bleibt die Pointe?«

»Der ist Ermittler beim BKA.«

Der Tiefschlag saß. Hofmann fiel das Album aus der Hand, Katharina verschluckte ihr Kaugummi, während Gassel eine leichte Gänsehaut bekam.

»Dann hat dieser Schürmann vielleicht im Umfeld der Sekte ermittelt?« fragte Gassel tonlos.

»Möglich. Wir haben uns damals ein wenig unterhalten, zuerst über ganz banale Sachen, später dann beruflich. Schürmann hatte erheblich mehr getrunken, als ihm guttat. Er sagte mir, er solle bald verdeckt an einer ganz großen Sache arbeiten, organisierte Kriminalität. Jetzt fällt es mir wieder ein. Er hat noch einen Scherz gemacht, den ich nicht verstanden habe. Ausgerechnet den Gottlosesten im ganzen BKA hätten sie dafür ausgesucht. Ich hab natürlich nachgefragt, aber er hat nur abgewunken.«

Katharina sah Gassel eindringlich an. »Sieh mal bitte vorne im Album nach.«

»Warum?«

»Gäbler hat jeweils das Datum eingetragen, wann er mit dem Album begonnen und aufgehört hat.«

Gassel blätterte gehorsam nach vorn.

»Paßt«, krähte er heiser. »Das Bild muß etwa anderthalb Jahre alt sein.«

»Menschenskind, das wäre ein Ding«, stöhnte Hofmann. »Überlegt mal, wenn das BKA diese Sekte auf dem Kieker hat ... Unter Umständen liegen wir bisher mit allem daneben, was wir haben. Organisierte Kriminalität paßt auch eher zu den brutalen Morden als ein durchgeknallter Homosexueller oder ein wahnsinniger religiöser Fanatiker.«

Noch bevor Hofmann geendet hatte, war Heinzel erneut aufgesprungen. Auf dem quietschroten Kleiderständer hing neben seiner leichten Sommerjacke auch die Handgelenktasche, die er, allen Modetrends zum Trotz, immer noch beständig mit sich herumschleppte. Aus dem hinteren Fach angelte er ein dickes Notizbuch.

»Schürmann hat mir damals seine Telefonnummer gegeben. Er hat mir seine Karte zugesteckt, weil wir beide gerne Jazz hören und mal die Plattensammlung des anderen durchstöbern wollten.«

Es dauerte eine Zeit, bis er sich durch die chaotische Ordnung seines Adreßverzeichnisses gekämpft hatte, aber schließlich war er soweit.

»Mannheimer Nummer«, erläuterte Heinzel und wählte. »Der Ruf geht durch.«

Mit gespanntem Gesichtsausdruck wartete er auf eine Reaktion am anderen Ende der Leitung. Kurz darauf zuckten seine Augen zusammen.

»Ja, hallo? Ist da nicht Schürmann?«

Während Heinzel das Telefon malträtierte, wechselten die drei übrigen aufgeregte Blicke.

»Nein, Herr Schürmann ist ein alter Freund von mir. Wollte den Kontakt nicht einschlafen lassen, kann sein, daß die Nummer nicht mehr stimmt. Vielen Dank.«

Enttäuscht legte er den Hörer zurück und zuckte die Schultern. »War einen Versuch wert.«

Katharina erhob sich langsam. »Hast du auch die alte Adresse?«

»Ja. Aber die stimmt dann doch auch nicht mehr.«

Ungehalten winkte sie ab. »Egal. Wofür haben wir die teure Computeranlage. Müßte doch mit dem Teufel zugehen, wenn wir nicht die aktuelle Adresse rauskriegen.«

Heinzel patschte sich an den Kopf. »Ich Riesenblödmann.«

Im Gänsemarsch stolzierten sie durch die ausgestorbenen Gänge des Präsidiums, bis sie endlich das elektronische Herzstück des Gebäudes erreicht hatten. Eine gelangweilte Beamtin dämmerte mit hochgelegten Füßen dem Ende ihrer Sonntagsschicht entgegen. Als sie die vier Kriminalen entdeckte, verschwand das Fachblatt über intrigante Königshäuser schnell in einer Schublade.

»Kein Problem«, beruhigte sie den Hühnerhaufen, nachdem Gassel ihr das Problem geschildert hatte. »Da haben wir schon ganz andere Nüsse geknackt.«

Mit flinken Fingern hämmerte sie auf ihrer Tastatur herum, fluchte leise, als sie sich vertippte, begann den Vorgang von vorn und strahlte auf. »Da haben wir es ja. Bernd Schürmann, geboren am vierten Dezember 1959.«

»Sind sie absolut sicher?« hakte Heinzel nach, der nicht glauben konnte, daß eine Maschine mehr konnte, als auf Tastendruck die Grundrechenarten auszuführen.

»Absolut«, entgegnete die junge Kollegin etwas beleidigt. »Die Adresse stimmte sogar. Kein Wunder, daß der nicht ans Telefon ging.«

»Warum?« fragten Gassel und Hofmann gleichzeitig.

»Weil Schürmann nicht umgezogen, sondern vor einem Monat gestorben ist.«

19

»Habt ihr schon gehört? Der Kanzler liegt schwerverletzt im Krankenhaus«, rief Heinzel atemlos, als er, bepackt mit der Post ins Büro kam.

Die drei anderen sahen auf.

»Attentat?« erkundigte sich Gassel erschrocken.

Heinzel feixte. »Nee. Kohl hat versucht, Lafontaine eine Briefbombe zu faxen.«

Hofmann hielt sich die Hand vor den Mund, während Katharina die Augen rollte. »Mann, der hat schon 'nen Riesenbart.«

Gassel strafte seinen Kollegen mit erbosten Blicken. »Ich weiß gar nicht, warum ihr immer gegen Kohl stänkern müßt. Das ist der beste Kanzler, den wir jemals hatten.«

Katharina setzte zu einer Antwort an, aber Heinzel legte ihr beruhigend eine Hand auf die Schulter.

»Beherrsch dich«, empfahl er todernst. »Karl-Heinz wählt den doch nur, weil Birne der einzige Mensch ist, der noch dicker ist als er.«

Gassel sparte sich die Antwort.

Katharina spendierte eine Runde Kaffee und verzichtete selbst auf den gewohnten Schuß Milch. Der Freßkorb vom Geburtstag zeigte Wirkung, zum ersten Mal seit vier Jahren hatte sich die Waage jenseits der fünfundfünzig Kilo eingependelt.

»Wann wollte dein Spezi noch mal eintrudeln?« wollte sie von Heinzel wissen.

»Etwa gegen neun. Müßte eigentlich gleich da sein«, antwortete er mit einem schnellen Blick auf seine Armbanduhr. Nach dem Tiefschlag am Sonntag hatte er seine Leute nach Hause gejagt und auf gut Glück seinen Freund beim BKA angerufen. Zu Heinzels eigener Überraschung hatte sein Kumpel fast sofort zugesagt, am nächsten Tag zu einer kurzen Stippvisite nach Bochum zu kommen.

»Wenn das BKA wirklich an dieser Sekte dranhängt, wimmelt es hier doch bald von Bundesbeamten«, gab Hofmann zu bedenken. »Wenn die eine Verbindung zu unseren Morden sehen, klinken die sich doch sofort in die Untersuchung ein.«

»Erst mal abwarten«, empfahl Gassel, der für die Ablenkung von seinem Leibesumfang äußerst dankbar war. »Bis jetzt vermuten wir nur, daß die Toten zu der Sekte gehörten. Ob die Morde damit in ursächlichem Zusammenhang stehen, ist doch gar nicht sicher.«

»Ich hab keine Lust, mir den Brei von diesen Heinis aus Wiesbaden versalzen zu lassen«, meldete sich Heinzel angewidert. »Die spielen sich als die großen Macker auf, für die du die Klinken putzen kannst.«

»Du hast ja eine tolle Meinung von uns«, ertönte eine Stimme vom Zimmereingang, in dem ein breitschultriger Hüne aufgetaucht war. »Eigentlich Grund genug, sofort wieder zu fahren.«

Heinzel sprang erfreut auf und ging mit ausgestreckter Hand auf den Besucher zu. »Leute, ich darf euch Oliver Schulte vorstellen, Unterabteilungsleiter organisierte Kriminalität beim BKA. Kriegt mindestens einen Tausender brutto mehr als wir. Seid also höflich.«

Schulte trat in voller Größe ins Zimmer. Mit seiner zu einem Zopf gebundenen Matte glich er eher einem Gründungsmitglied der Grünen als einem verbeamteten Bundespolizisten. Über seinen wachen, graugrünen Augen parkte eine Designerbrille, um seinen spitzbübischen Mund welkte ein gepflegter Dreitagebart. Nacheinander machte er sich mit den anderen Kollegen bekannt und setzte sich schließlich auf den Stuhl, den Heinzel kurzerhand aus Westhoffs Büro organisiert hatte.

»Wie geht's denn deiner Frau?« übte sich Heinzel in Konversation.

Schulte schüttelte den Kopf. »Wir haben wirklich lange nichts mehr voneinander gehört, stimmt's? Claudia ist zur Zeit, glaube ich, in Tunesien und begrapscht ihren neuen Lover.«

Heinzel zuckte zusammen. »Tut mir leid.«

»Halb so wild. Seit drei Monaten genieß ich wieder mein Singledasein. Keine Schlammschlacht und ein sauberer Bruch. Andere Leute schlagen sich wegen so etwas den Schädel ein.«

Hofmann gähnte. »Womit wir beim Thema wären.«

»Fall bitte nicht mit der Tür ins Haus«, bat Heinzel. »Auf fünf Minuten kommt es jetzt auch nicht mehr an.«

Schulte hob abwehrend beide Hände. »Schon in Ordnung. Eine Übernachtung hatte ich in Bochum eigentlich nicht eingeplant.«

Er zückte eine Zigarette aus seiner Hemdtasche. Nachdem das Feuerzeug wieder verschwunden war, lehnte er sich ächzend zurück. »So, jetzt geht's mir besser. Meinetwegen können wir.«

Katharina spielte die Tolerante und beschwerte sich auch nicht, als Hofmann die Gunst der Stunde nutzte und sich ein Pfeifchen gönnte.

»Wir hatten in der letzten Woche drei Morde, bei denen wir noch völlig im dunkeln tappen«, begann sie, während sie aufstand und sich an das in Kipposition eingerastete Fenster stellte. »Bevor wir jetzt mit allerlei wichtigen und unwichtigen Details rausrücken, lieber gleich eine direkte Frage. Was können Sie uns über diesen Schürmann sagen?«

Schulte zog gierig an seiner Kippe und grinste. »Bin ich hier im Verhör?«

Katharina sah irritiert auf. »'tschuldigung.«

Der Bundesbeamte nickte. »Ich weiß, ich weiß, die verdammte Routine. Aber der Reihe nach. Schürmann gehörte zu meiner Abteilung und hat seit fast zwei Jahren verdeckt an einer Sache ermittelt. Wie seid ihr auf ihn gekommen?«

Alle bis auf Schulte sahen automatisch Heinzel an, der unruhig auf seinem Stuhl hin und herrutschte.

»Bleibt das hier vertraulich?« fragte er leise.

Schulte hüllte sich wieder in Rauchwolken und nickte. »In Wiesbaden weiß keiner von deinem Anruf. Sobald ich hier raus bin, vergesse ich das, was ihr mir erzählt. Es sei denn, ihr habt eine Ahnung, wer einen meiner Leute umgebracht hat.«

Gassel schoß vor. »Umgebracht? Schürmann wurde ermordet?«

Bevor Schulte antwortete, drückte er sorgfältig seine Zigarette in dem schon lange unbenutzten Aschenbecher auf dem Schreibtisch aus. »Ich weiß es nicht. Bernd starb vor ungefähr einem Monat bei einem Autounfall. Auf gerader Strecke, einer Landstraße, ist sein Wagen in den einzigen Baum im Umkreis von zwei Kilometern gerast. Der Wagen ist völlig ausgebrannt, wir haben von ihm nur noch ein Häufchen Asche gefunden.«

Katharina schüttelte sich. »Anzeichen für Fremdeinwirkung?«

»Auf den ersten Blick nicht. Wir haben die Karre im

Labor auseinandergenommen, und ihr könnt euch vorstellen, wir waren gründlich. Nichts, absolut gar nichts. Keine technischen Defekte, keine Lackspuren eines anderen Fahrzeugs, kein Brandbeschleuniger. An und für sich ist die Sache sauber.«

»Aber?« Gassel hing gebannt an den Lippen ihres Besuchers.

»Der Wagen war okay. Aber die Leichen nicht.«

Einen Moment war die Stille unheimlich.

»Leichen?« wiederholte Gassel interessiert.

»Komm ich später noch drauf. Bei der Obduktion haben wir Reste von Barbituraten im Schürmanns Leichnam gefunden«, fuhr Schulte fort. »Er war voll wie eine Haubitze, als er den Crash gebaut hat. Der hatte so viel intus, daß er schon fast bewußtlos gewesen sein muß, als er starb.«

»Au Scheiße«, fluchte Hofmann leise. »Und ich wette meine Pension darauf, daß ihr keine Ahnung habt, ob er das Zeug alleine oder unter Druck genommen hat.«

»Exakt«, bestätigte Schulte. »Bernd war ein ausgezeichneter Autofahrer, bevor er zu uns kam, ist er deswegen öfter als Fahrer bei Staatsaktionen eingesetzt worden. Als Reagan seinen überflüssigen Besuch in Bitburg gemacht hat, saß Schürmann am Steuer des Mercedes.«

»Hatte er Drogenprobleme?« wollte Heinzel wissen.

»Ach was, kein bißchen. Von allen meinen Leuten hatte er mit die besten psychologischen Werte. Extrem belastbar, sehr ausgeglichene Persönlichkeit. Deshalb haben wir ihn ja für seinen letzten Job ausgesucht.«

»Und was war sein letzter Job?« meinte Gassel beiläufig.

Schulte lachte. »Nee, Freunde. Jetzt seid ihr erst mal dran. Ich weiß immer noch nicht, wie ihr überhaupt auf Schürmann gekommen seid.«

Heinzel räusperte sich und stand ebenfalls auf. »Wir arbeiten zur Zeit an einer Mordserie, drei Opfer in einer Woche. Allen Leichen hat der Mörder die Kehle durchtrennt und die Genitalien abgeschnitten. Bis jetzt sind wir kaum ein Stück weiter, wir wissen noch nicht einmal, welche Waffe der Täter genau benutzt hat. Aber einer der Opfer war ein Fotofreund, bei dem wir zig Fotoalben gefunden haben. Und auf einem der Bilder war Schürmann.«

Irritiert sah Schulte hoch. »Donnerwetter, Kompliment. Für so eine Identifizierung hätten wir länger gebraucht.«

Heinzel grinste bescheiden. »Ganz so doll war es nicht. Ich habe ihn auf deinem vierzigsten kennengelernt.«

Schulte nickte. »Stimmt, Bernd war ja damals auch da. Aber ihr habt doch schon mehr als das bißchen, was du erzählt hast, oder?«

»Ein wenig«, gab Katharina zu. »Es gibt mehrere Theorien, von denen zwei am wahrscheinlichsten klingen. Entweder ist hier ein durchgeknallter Irrer am Werk. Oder die Morde haben etwas mit einer Sekte zu tun, bei der alle drei Opfer Mitglied waren.«

Ihre Worte zeigten Wirkung. In den Fingern des BKA-Mannes zitterte die inzwischen neu angezündete Zigarette sichtlich. »Eine Sekte«, echote er. »Was für eine Sekte?«

Katharina biß sich auf die Lippen, um ihre Zufriedenheit nicht offen zu zeigen. Sie war auf dem richtigen Weg. »Die *Befreiten des Lichtes*. Sagt Ihnen das was?«

»Ganz so blöd sind wir auch nicht«, ergänzte Heinzel, dem die Überraschung ihres Besuchers ebenfalls nicht entgangen war.

»Hab ich auch gar nicht behauptet«, lächelte Schulte schwach. »Ja, die *Befreiten des Lichtes* sagen mir etwas.«

Die Bochumer wechselten schnelle Blicke.

»Dann kannst du uns vielleicht ein wenig mehr von diesen Leuten erzählen?« meinte Heinzel hoffnungsvoll.

Schulte zupfte nachdenklich an seinen Augenbrauen. »Natürlich. Zu Beginn unserer Ermittlungen sind davon ausgegangen, daß diese Leute nur südlich des Mains agieren. Erst, als Bernd eine Zeit bei denen herumgeschnüffelt hat, fanden wir auch Hinweise auf eine Verbreitung weiter nördlich.«

»Scheinen ganz schön clever zu sein«, kommentierte Gassel. »Bis jetzt wissen wir nur, daß die im Raum Recklinghausen sitzen sollen.«

»Irgendwo in Herten«, erklärte Schulte. »Schürmann war auf diese Sekte angesetzt. Einige dieser Leute stehen im Verdacht, die Sekte als Tarnung für organisierte Kriminalität zu nutzen. Drogenhandel, Förderung der Prostitution, wir vermuten sogar Waffenhandel im großen Stil. Allerdings konnten wir niemals etwas nachweisen. Deshalb haben wir Schürmann auf die Truppe gehetzt.«

»Mit Erfolg?« warf Gassel ein.

»Zunächst nicht. Bernd hatte ungeheure Mühe, überhaupt Kontakt zu der Sekte aufzunehmen. Wenn die Sekte dich nicht gezielt anspricht, hast du keine Chance, da rein zu kommen. Die Organisierer, also die Leute, die neue Mitglieder anwerben, gehen überaus umsichtig vor. Die treiben sich an Orten rum, an denen sie vorzugsweise Menschen antreffen, die solchen Rattenfängern fast hilflos ausgesetzt sind. Anonyme Alkoholiker, Selbsthilfegruppen, zum Beispiel von psychisch Kranken oder von Verbrechensopfern. Oder die selektieren die Todesanzeigen in den Zeitungen und wenden sich dann an die Witwe oder den Witwer und bieten ihre Hilfe an. Teilweise infiltrieren sie direkt kirchliche Gruppen und Vereine, picken sich labile Menschen heraus und bewegen sie zum Übertritt zur Sekte. Ganz schön gerissen.«

»Aber wenn die psychisch Kranke einsammeln, ist das doch ein potentiell nicht zu kontrollierender Haufen«, gab Katharina zu bedenken.

»Stimmt«, gab ihr Schulte recht. »Die nehmen auch keine Schizophrenen oder Psychotiker. Aber Neurotiker sind bei denen gerne gesehen, wenn man die richtig anpackt, kann man die herrlich beeinflussen. Die gehen für die Sekte schließlich durchs Feuer. Bernd hat sich, um überhaupt in die Sekte hereinzukommen, einer Selbsthilfegruppe für Eltern von drogenabhängigen Kindern angeschlossen. Wir haben uns eine richtig tränenschwangere Story ausgedacht, seine Tochter wäre angeblich an einer Überdosis gestorben, und als alleinerziehender Vater wollte er nun etwas für andere tun, bevor sie das gleiche Schicksal erleiden. Darauf sind die Sektenheinis natürlich voll abgefahren.«

»Klingt vielversprechend«, stimmte Heinzel zu. »Und was hat er rausgekriegt?«

Schulte goß sich noch einen Kaffee aus der Thermoskanne ein und sah beiläufig auf die Uhr. »Eine ganze Menge. Zunächst kam er, als er sich bereit erklärt hat, zur Sekte überzutreten, in ein sogenanntes Glaubenszentrum, ein ehemaliger, umgebauter Bauernhof in der Nähe von Würzburg. Vier Wochen mußte er die Glaubenslehre der Befreiten pauken, in einer kleinen Kammer hausen und durfte nichts außer Obst, Gemüse, Brot und Milch zu sich nehmen. Angeblich wurde sein Körper mit dieser Ochsentour von den Giften seines bisherigen, ungläubigen Lebens gereinigt. Dann folgten stundenlange Gespräche mit den Oberen der Sekte. Man wollte herausfinden, welchen Platz in der Gemeinschaft man ihm zuweisen konnte, ob er im Sektenzentrum bleiben und dort arbeiten oder ob er Organisierer werden sollte oder ob er schon gefestigt genug war, ein sogenanntes freies Mitglied zu werden, als welches er in seiner eigenen Wohnung leben konnte, seinem normalen Job nachgehen und nur zu den Gottesdiensten und zur Gemeindearbeit im Zentrum erscheinen mußte.«

»Hört sich alles sauber an«, erklärte Hofmann enttäuscht.

»Ist es auch«, bestätigte Schulte. »Schürmann war schon sieben Monate in der Sekte, ehe er die ersten Ergebnisse vorweisen konnte. Und das auch nur durch Zufall. Wir hatten ihm, um den Schein zu wahren, einen Job bei einer Spedition verschafft, als Fahrer. Bei einer Tour nach München ist ihm dann ein Sektenmitglied über den Weg gelaufen. Eine junge Frau, vielleicht Mitte Zwanzig. Die Kleine ging anschaffen.«

»Was?« rief Heinzel überrascht. Die anderen sahen sich nur wortlos an.

»Du hast richtig gehört«, setzte Schulte seine Ausführungen fort. »Die Frau war ungefähr zeitgleich mit Schürmann ins Glaubenszentrum gekommen. In den ersten drei, vier Monaten hat er sie oft gesehen, sogar einige Male mit ihr gesprochen. Plötzlich war sie weg.

Angeblich sei sie wieder aus der Sekte ausgetreten, Schürmann hat sich nichts dabei gedacht. Und dann trifft er sie in Netzstrümpfen und Reizwäsche wieder.«

»Hat er sie angesprochen?« fragte Katharina neugierig.

»Nein. Er saß im Wagen, als er an einer Ampel warten mußte. Sie lief auf dem Gehweg an ihm vorbei. Er hat seinen Lieferwagen geparkt und ist ihr gefolgt. Die Frau verschwand in einem kleinen Geschäftshaus. Im Erdgeschoß eine Drogerie, darüber die Büroräume der Drogerie und darüber ein ›Studio Jasmine‹. Schürmann ist ihr vorsichtig durch das Treppenhaus nachgelaufen und hat gerade noch gesehen, wie sie in dem Studio verschwand. Acht Stunden später kam sie wieder heraus, reichlich geschafft und ramponiert. Sah aus, als hätte sie einen harten Tag gehabt.«

Schulte war bereits bei seiner vierten Zigarette. »Unsere Kollegen in München haben den Schuppen mal unter die Lupe genommen. Eingetragenes Bordell, mit allen notwendigen Genehmigungen. Einige der Frauen waren sogar beim Gesundheitsamt gemeldet, aber die haben immer nur pro forma ihren Bockschein erneuert, gearbeitet haben die da längst nicht mehr. Wir haben vermutet, daß sie für eine gewissen Prämie regelmäßig dem Amtsarzt schöne Augen gemacht haben, um die Lizenz nicht zu gefährden. Gehört hat der Laden einer ominösen GmbH, deren Hintermänner wir bis heute nicht ermittelt haben. Interessant ist allerdings, das von den neuen Mädchen, die dort anfingen, seit wir den Laden beobachteten, drei aus dem Zentrum in Würzburg kamen.«

»Heiliges Blechle«, stöhnte Hofmann. »Natürlich wußte keiner aus der Sekte Bescheid, stimmt's?«

»Haargenau. Der Chef von dem Ganzen hat sogar, nach einem Gottesdienst, eine flammende Rede gehalten. Was den Gläubigen alles geschehen könnte, wenn sie nicht mehr im Schutz der Gemeinschaft stehen.«

»Eins verstehe ich nicht«, äußerte sich Heinzel stirnrunzelnd. »Ihr müßt doch eine Verbindung hergestellt haben können. Du sprachst doch von Ergebnissen.«

Schulte reckte die Arme in die Höhe und gähnte. »Haben wir doch auch. Schürmann hat sich ein Mäuschen aus der Sekte angelacht. Die ist übrigens mit ihm im Wagen verbrannt. Von der hat er sich die Schlüssel für die Büros ausgeborgt und ist in Würzburg in die Büros eingestiegen. Dort hat er die Karteikarten der Mitglieder durchgesehen. Alle drei Frauen, die in München als Prostituierte gearbeitet haben, waren ordentlich als ehemalige geführt, die wegen ihrer Glaubenszweifel ausgetreten sind. Im Büro des Stellvertreters hat er jedoch eine zweite Kartei gefunden, in einem verschlossenen Schreibtisch. Das war nicht so ein normales Ding, was du in jedem Büro findest. Die Schubladen hatten ein Spezialschloß. Schürmann hat es geknackt. Und in dieser Kartei wurden dann unter anderem die Mädels aus dem Münchener Puff und einige andere ehemalige Mitglieder geführt. Ex-Junkies, die im Süddeutschen ordentlich in der Drogenszene mitmischten, einige andere professionelle Nutten und zwei Männer, die sich nicht mehr in Deutschland aufhalten, sondern im asiatischen Raum. Krisengebiete, deswegen unser Verdacht mit dem Waffenschmuggel.«

»Wenn jeder, der nach Thailand fährt, im Waffenschmuggel engagiert sein soll, könnt ihr bald jeden zehnten Deutschen festnehmen«, wandte Heinzel ein. »Reichlich dünn.«

Schulte grinste. »Im Prinzip hast du recht. Aber einer der beiden war früher bei ›Krauss Maffay‹. Und der andere war ein ehemaliger Militärangehöriger, Waffenplanungsabteilung auf der Hardthöhe. Nicht mehr ganz so dünn, oder?«

»Zugegeben«, gab Heinzel klein bei. »Aber Beweise habt ihr keine.«

»Leider. Wir wissen bis heute ja noch nicht einmal, wo die beiden sich genau aufhalten. Schürmann hat die Unterlagen fotografiert und sich dann wieder aus dem Staub gemacht.«

»Sagen Ihnen die Namen Ulf Gäbler, Heinz Rumpel oder Klaus Krömer irgend etwas?« wechselte Katharina das Thema. »Tauchen die in einem von Schürmanns Berichten auf?«

»Nicht, daß ich wüßte«, schüttelte Schulte bedauernd den Kopf. »Sind das eure Leichen?«

Katharina nickte. »Ja. Hätte ja sein können, daß sie mal im Würzburger Hauptquartier eingelaufen sind.«

Der BKA-Mann winkte ab. »Keine Chance. Ich sagte ja, Diskretion geht bei denen über alles.«

»Habt ihr den Laden nicht hochgenommen, nachdem Schürmann starb?« wollte Gassel wissen.

»Was hätte das gebracht? Die Karteiunterlagen, die Schürmann fotografiert hat, wären wahrscheinlich verschwunden, der Laden wäre absolut sauber gewesen. Ich bin ziemlich sicher, die wußten am Ende, daß Schürmann sie ausspionierte, aber eben nicht, für wen er gearbeitet hat.«

Hofmann stieß sich von dem altersschwachen Aktenschrank ab und marschierte zur Kaffeemaschine. Leise ließ er frisches Wasser in die Kanne laufen, wechselte den Filter aus und löffelte fünf Kellen des aromatischen Pulvers in die Papiertüte.

»Kollege Schulte, wenn das BKA fast zwei Jahre einen Undercovermann an einer Sache arbeiten läßt, ohne ihn abzuziehen, dann hat das Amt doch mehr als die paar spärlichen Informationen, die Sie gerade ausgeplaudert haben. Ansonsten hätte niemand aus der Sekte einen Grund gehabt, Schürmann zu töten, wenn die den überhaupt umgebracht haben, was ja auch nicht sicher ist.«

Der Angesprochene drehte seinen Kopf langsam in Hofmanns Richtung und sah den Kriminalkommissar nachdenklich an. Nach einer langen Pause blinzelte er amüsiert. »Sie sind nicht auf den Kopf gefallen, werter Kollege. Aber so langsam kann meine Plauderei für mich gefährlich werden, wenn jemand in Wiesbaden davon erfährt.«

»Von mir ganz bestimmt nicht«, grinste Hofmann zurück.

»Vielleicht aber von Ihrem Boß. Wir haben, wie Sie sagten, für die Informationen zwei Jahre gearbeitet, einen meinen Männer hat es das Leben gekostet. Wenn eure Vorgesetzten nicht völlig dämlich sind, riechen die doch, daß euch jemand etwas gesteckt hat.«

Hofmann überlegte einen Moment und nickte. »Da ist was dran. Immerhin haben wir Schürmann auf dem Foto in Gesellschaft von Krömer, also einem unserer Opfer gesehen, sehr wahrscheinlich hat ein anderes unserer Opfer, nämlich Gäbler, das Foto geschossen. Gisbert kannte euren Mann zufällig. Können wir nicht, wenn jemand mißtrauisch wird, ein offizielles Amtshilfeersuchen daraus machen?«

Schulte richtete sich ruckartig auf. »Unmöglich, die Sache läuft bei uns unter Top Secret. Außerdem wimmelt es hier dann wirklich von meinen Kollegen.«

»Weißt du, Oliver, irgendwie glaube ich nicht, daß du alles, was du hier gehört hast, einfach vergessen willst«, lehnte sich Heinzel in seinem Stuhl zurück. »Ihr sitzt zwei Jahre an einer Sache, und ihr wollte nicht reagieren, wenn euch drei ungeklärte Todesfälle vielleicht die Möglichkeit bieten, ganz offen bei dieser Sekte einzutrudeln und zu ermitteln?«

Wieder wurde es unheimlich still, während sich die Anwesenden abschätzend musterten. Schließlich brach Schulte den Bann, indem er auflachte. »Junge, Junge, jetzt sag mir noch einer, bei der Kripo könnte man nicht zwei und zwei zusammenzählen.«

Dabei zündete er sich bestimmt schon die achte Zigarette an. Katharina bemerkte als einzige, daß seine Augen alles andere als fröhlich aussahen.

»Herr Schulte, ich finde das gar nicht zum Lachen«, sagte sie scharf. »Entweder spielen wir jetzt mit offenen Karten, oder wir lassen es ganz.«

Schulte sah sie über den Qualm seiner Zigarette an. »Meinetwegen«, meinte er nach einer weiteren Pause. Seufzend warf er einen hilfesuchenden Blick auf Heinzel und reckte das von der langen Fahrerei verstaubte Kreuz.

»Mein Boß hat den Fall begraben. Zumindest in den nächsten Monaten sollen wir diese Sekte in Ruhe lassen. Ein Toter reicht ihm wohl. Dabei leugnet er die offensichtliche Tatsache, daß Schürmann ermordet wurde. Für die Dauer der Ermittlungen haben wir angeblich zu wenig Ergebnisse erzielt, um den Laden hochgehen zu lassen. Also wird Schürmanns Tod unter den Teppich gekehrt. In ein paar Monaten will der Chef sich dann überlegen, eventuell einen zweiten Mann auf die Befreiten anzusetzen.« Schulte quetschte ärgerlich seine Zigarette in den Aschenbecher und stand auf.

»Verdammt noch mal, mir geht es wirklich nicht darum, euch die Arbeit abzunehmen«, fuhr er verstimmt fort. »Ich habe Schürmann auf diese Sekte angesetzt, versteht ihr? Ich bin schuld an seinem Tod.«

Einen Moment wußte keiner, ob Schultes Ausbruch ernst gemeint war. Erst, als er mit zitternden Fingern nach der nächsten Zigarette griff, meldete sich Hofmann zu Wort.

»Ich kann Ihre Gefühle verstehen«, sagte er. »Aber wir tragen bei dem Job alle ein gewisses Risiko. Ich weiß das, Sie wissen das, und Schürmann wußte das auch.«

Katharina trat an die Kaffeemaschine, in der das schwarze Gebräu in den letzten zischenden Geräuschen lag. Nacheinander versorgte sie ihre Kollegen und sich mit Kaffee und hielt die Kanne schließlich fragend hoch. »Sie auch noch, Herr Schulte?«

Dem Mann in der Mitte des Zimmers war anzumerken, wie er mit sich rang. Schließlich nickte er und setzte sich wieder auf seinen Stuhl. »Gerne. Wenn ich überhaupt noch etwas bekomme.«

»Wenn wir alles so viel hätten wie Kaffee«, erklärte Katharina philosophisch und schenkte nach.

»Jetzt noch mal von vorn«, befahl Heinzel. »Willst du etwa im Alleingang den Tod deines Kollegen aufklären?«

Schulte trank einen Schluck und atmete hörbar durch. »Nein. Darf ich auch gar nicht. Aber ich hatte gehofft, von euch etwas zu erfahren, was mit Bernds Tod in Verbindung stehen könnte. Vielleicht hätte sich mein Boß umstimmen lassen, wenn ihr auf eine Querverbindung gestoßen wäret. Allein die Tatsache, daß die Sekte in eurem Raum aktiv ist, bietet aus meiner Sicht schon genung Ansatzpunkte, die Ermittlungen sofort wieder aufzunehmen. Aber so wie es aussieht ...«

»Heißt das, ihr laßt uns wirklich in Ruhe?« fragte Gassel ungläubig.

»Scheint so«, bestätigte Schulte. »Wißt ihr, Schürmann hat angeblich die ersten handfesten Beweise dafür besessen, daß einige Leute aus der Sekte die labilsten Mitglieder aussortieren und sie für sich arbeiten lassen, sei es als Prostituierte oder im Drogenhandel. Bis jetzt hat es allerdings noch keinen einzigen Mord gegeben, schon gar nicht von eurer Preisklasse. Ich wette jeden Betrag, zwischen unseren Erkenntnissen und euren Toten besteht kein Zusammenhang.«

»Vorsicht«, mahnte Hofmann und rollte seine Tasse zwischen den Handflächen hin und her. »Immerhin müssen Krömer und Gäbler mal mit den Leuten im Süden Kontakt gehabt haben, sonst hätten sie niemals Schürmann getroffen.«

»Aber wenn die beiden in der Sache mit dringehangen haben, wären sie in einem von Schürmanns Berichten aufgetaucht«, entgegnete Schulte. »In Würzburg befindet sich das Zentrum der Sekte. Habt ihr eigentlich eine Ahnung, wie viele Leute da mitunter herumgelaufen sind?«

»Und alles unter strikter Geheimhaltung?« zweifelte Gassel.

»Nein«, widersprach Schulte ärgerlich, »der Kern, der uns interessiert, besteht höchstens aus zehn Leuten. Die Mitgliederzahl in ganz Süddeutschland schätzen wir etwa auf sechstausend; mit Hilfe der Kartei, die Schürmann gefunden hat, haben wir über dreitausend Leute überprüft. Vielleicht vier, fünf Vorbestrafte, die schon lange sauber waren. Ansonsten stinknormale Leute.«

»Sie sagten gerade etwas von Beweisen«, erinnerte Hofmann. »Wie sehen die aus?«

Schulte verzog das Gesicht. »Die sind mit Schürmann verbrannt. Er war gerade auf dem Weg zu einem Treffen mit mir, als er vor den Baum raste.«

»Und nun?« fragte Katharina, als die Stille nach Schultes Worten zu lange dauerte. »Was machen wir jetzt?«

Als sie keine Antwort erhielt, gönnte sie sich einen weiteren Kaffee. Schulte sah noch einmal in die Runde und schlug sich leicht auf die Schenkel.

»Ich muß los«, raunte er. »Hab euch schon lange genug aufgehalten.«

»Vielen Dank für die Informationen«, erklärte Heinzel mit seltsam belegter Stimme. »Bleiben wir in Kontakt?«

»Natürlich«, kam die Antwort. »Ich lasse nicht locker, solange ich nicht weiß, wie Bernd gestorben ist. Wenn ich etwas Neues erfahre, was euch helfen könnte, melde ich mich.«

»Dito«, ließ sich Heinzel vernehmen. »Wir müssen mal wieder ein Bier trinken gehen, wenn das hier vorbei ist.«

»Klar, machen wir«, stimmte Schulte abwesend zu. Er hob noch einmal grüßend die Hand und verschwand auf dem Flur.

»Scheiße«, konstatierte Hofmann, nachdem ihr Besucher verschwunden war. »Und was hat uns das gebracht?«

20

Katharina hatte die Nase voll.

Seufzend verschloß sie die Fahrertür ihres Wagens, schob die Antenne in die Halterung und kramte in ihrer großen Umhängetasche nach ihrem Haustürschlüssel. Beiläufig sah sie auf die Uhr. Zehn vor sieben.

Aus dem Briefkasten angelte sie sich ihre Post und sah sie noch auf den Treppenstufen flüchtig durch. Es war nichts Besonderes dabei, zwei Reklamesendungen, eine verspätete Geburtstagskarte und ein äußerst aufdringliches Kreditangebot einer Privatbank. Sie stopfte die Sendungen in ihre Tasche und lief weiter nach oben. An Zanders Wohnungstür klopfte sie zweimal an, ohne jedoch eine Reaktion hervorzurufen. Ihr Verlobter genoß seinen Urlaub wohl noch in vollen Zügen.

Erschöpft kletterte sie die letzten Stufen ins Dachgeschoß hoch und betrat ihre Wohnung. Die Schlüssel landeten auf der kleinen Kommode, die Tasche auf einem Haken der leergefegten Garderobe. Bevor sie in die Küche ging, um sich etwas Kaltes zu trinken zu holen, drehte sie im Badezimmer die Wasserhähne über der Badewanne auf.

Mit einem Glas Eistee bewaffnet wechselte sie schließlich ins Wohnzimmer. Müde trat sie an das Regal mit ihrer Kompaktanlage und suchte eine CD heraus. Preuß hatte ihr zu ihrem letzten Geburtstag die Mordballaden von Nick Cave geschenkt; wider Erwarten gefiel ihr die Musik sogar. Caves Stücke waren gespickt mit beißender Ironie und bösem Zynismus, wodurch die teilweise unerträgliche Musik sogar nebensächlich wurde.

Das Badewasser hatte genau die richtige Temperatur. Schnell postierte sie ihr schnurloses Telefon neben ihrem Eistee und streckte sich dann langsam in dem heißen Wasser aus. Augenblicklich begann sie zu schwitzen, nach etwa zwei Minuten war der erste Hitzeschock jedoch überwunden. Behaglich räkelte sie ihre Muskeln und entspannte sich.

Ihre Laune stieg ein wenig. Um kurz nach sechs war endlich der Anruf, auf den sie sehnlichst gewartet hatten, erfolgt. Die Kollegen aus Recklinghausen hatten die Adresse des Zentrums der *Befreiten des Lichtes* in Erfahrung gebracht. Ein altes, ehemaliges Firmengelände in Herten diente der Sekte als nordrhein-westfälisches Domizil. Heinzel und Hofmann wollten am nächsten Morgen gleich als erstes in die benachbarte Bergarbeiterstadt fahren.

Katharina seufzte erneut auf und griff nach dem Badeschwamm. Dabei fiel ihr Blick auf den blitzenden Platinring. Je länger sie über die Verlobung nachdachte, um so mehr gefiel ihr der Gedanke. Eigentlich wußte sie schon seit langem, daß sie es mit ihrem Lebensabschnittsgefährten gut und gerne die nächsten fünfzig Jahre aushalten könnte, aber sie selbst wäre nie auf die Idee gekommen, die Bindung zu verfestigen. Daß Zander von sich aus das Heft in die Hand genommen hatte, überraschte sie mehr und mehr. Zunächst waren sie nur Nachbarn gewesen, die sich gegenseitig halfen. Ulli mußte damals über den Verlust seiner tödlich verunglückten Freundin hinwegkommen, und Katharina war fremd in Bochum und kannte hier keinen Menschen. Dann hatte die Freundschaft eine andere Qualität bekommen. Bisher war eine Beziehung bei Katharina immer anders herum verlaufen, sie hatte immer erst nach ein paar Wochen oder Monaten erkannt, mit wem sie da eigentlich zusammen war. Als sie sich in Zander verliebte, wußte sie bereits fast alles von ihm und er von ihr ebenfalls.

Mit einem energischen Kopfschütteln verwarf sie ihre Gedanken, hielt sich die Nase zu und tauchte den Kopf einen Augenblick unter Wasser. Dann griff sie nach dem Shampoo und seifte sich die Haare ein.

Katharina blieb so lange im Wasser, bis die Haut an den Fingern schon zu schrumpeln begann. Erst dann griff sie nach dem Handtuch, stand auf, rubbelte ihren Körper trocken und wickelte sich das Tuch schließlich um die klatschnassen Haare. Als Nick Cave gerade die schaurige Moritat über die arme Mary Bellows besang, die geknebelt, ans Bett gefesselt und mit einer Kugel im Kopf endete, trat Thalbach wieder ins Wohnzimmer.

Inzwischen schlug die nicht weit entfernte Kirchturmuhr halb acht. In Windeseile streifte sie frische Shorts und eine dünne Bluse über, wirbelte mit dem Handtuch noch einige Male durch die Haare, bürstete sie ordentlich durch und beseitigte im Badezimmer die gröbste Unordnung. Schließlich ging sie in die Küche, um sich eine Kleinigkeit zu essen zu machen.

Mit einem Pappteller, auf dem vier Scheiben Knäckebrot mit fettreduziertem Käse lagen, kehrte sie wieder ins Wohnzimmer zurück. Kurzerhand drehte sie Cave den Hals ab und legte Celin Dion auf. Eine knappe Stunde depressiver Musik reichte ihr vollkommen.

Sie verzehrte ihr Abendbrot in aller Ruhe. Am Ende zählte sie vier Sahnetrüffel in Vollmilchschokolade ab und deponierte sie auf dem schon benutzten Teller. Da Zander ihr keine Nachricht hinterlassen hatte, wann er aufzutauchen gedachte, holte sie ihre Umhängetasche aus der Diele und stellte sie neben die Couch. Nach und nach breitete sie die restlichen vier Fotoalben von Gäbler, die sie noch nicht durchgesehen hatten, die drei Obduktionsberichte und die Berichte der Kriminaltechnik auf dem Rauchglastisch aus. Katharina schlug die Beine unter, schnappte sich den ersten Obduktionsbericht und begann zu lesen.

Als sie gerade mit Brettschneiders Ausführungen fertig war, klopfte jemand an ihre Tür. Während sie aufstand, sah sie auf die Wanduhr. Zwanzig nach acht. Zander hatte zwar einen Schlüssel zu ihrer Wohnung wie sie zu seiner, aber es war eine feste Abmachung, daß sie nicht einfach in die Privatsphäre des anderen platzten. Undeutlich erkannte sie einen Schatten hinter der Milchglasscheibe der Wohnungstür. Arglos öffnete sie.

Im nächsten Moment landeten zwei Pfoten mit zentimeterlangen Krallen auf ihrer Schulter und ein heißer, feuchter Lappen in ihrem Gesicht. Dann erst spürte sie das Gewicht des Aufpralls. Mit letzter Mühe konnte sie verhindern, die Balance zu verlieren.

»Laß das, Lady, immerhin bist du schwerer als Katharina.«

Preuß schnappte das Halsband seiner Dogge und riß sie von Katharina zurück. Der Hund gab die Polizistin frei, gleichzeitig begann das Tier vor Freude mit dem Schwanz zu wedeln. Auf Katharinas nackten Beinen knallten regelrechte Peitschenschläge.

»Hör auf damit, aua«, schrie sie auf. »Du Mistvieh bringst mich ja um.«

Lady gehorchte erst, als Katharina die gewünschten Streicheleinheiten verteilte. Dann lief sie an der Wohnungsinhaberin vorbei ins Wohnzimmer.

»Grüß dich«, meinte Zander, trat aus dem Hausflur und drückte ihr einen Kuß auf die Wange. Auf seiner Nase prangte ein dicker Sonnenbrand, der sich bereits zu pellen begann. Katharina schlug ihm leicht auf den Rükken, worauf er einen Satz machte.

»Nicht. Bitte nicht, ich überschreib dir alle meine Reichtümer, aber quäl mich nicht«, rief er verzweifelt.

Dabei krümmte er die Schultern nach hinten, als könne er den Schmerz dadurch lindern.

»Ich hab ihm ja gesagt, er soll sich eincremen«, schmunzelte Preuß, wobei auch er Katharina begrüßte. »Aber nein, Freund Superschlau kriegt ja keinen Sonnenbrand.«

»Wieder in Haltern den Schatz im Silbersee gesucht?« erkundigte sich Katharina, während sie hinter den beiden Männern die Tür schloß.

»Klar«, antwortete Preuß. »Geht doch nichts über 'nen schwermetallverseuchten Baggersee.«

»Und dann hetzt du deinen Hund da rein?«

»Natürlich. Im Gegensatz zu deinem Verlobten kann Lady schwimmen.«

Ulli stand derweil in der Küchentür und hielt Preuß fragend eine Flasche Orangensaft entgegen. Der nickte nur.

»Sieht ja gemütlich aus«, kommentierte Zander, nachdem er sich vorsichtig in einen Sessel gesetzt hatte.

Katharina zuckte mit den Achseln. »Fremde, gutgebaute Männer waren gerade nicht greifbar. Und da hab ich lieber noch ein wenig gearbeitet.«

Dabei pflanzte sie sich wieder auf die Couch. Mit einem Seitenblick kontrollierte sie den Teller, auf dem bis vor kurzem noch drei der Schokotrüffel gelegen hatten. Jetzt war er leer. »Dein Mistvieh hat meine Schokolade geklaut«, beschwerte sie sich bei Preuß. »Bring der endlich mal Benehmen bei.«

»Sollte dir eine Lehre sein, nicht alles achtlos rumliegen zu lassen. Außerdem hört Lady aufs Wort. Lady, Platz.«

Sofort setzte das riesige Tier eine Pfote neben Katharina und kletterte vorsichtig auf die Couch. Nach zwei Umdrehungen quetschte sie ihren Körper neben den der Polizistin, ihren Kopf kuschelte sie auf Katharinas Schoß.

»Na klasse, darauf hab ich den ganzen Tag gewartet«, grinste die Beamtin.

»Schönen Tag gehabt?« erkundigte sich Zander mit leidendem Gesicht. Erst jetzt war seine krebsrote Haut richtig sichtbar.

»Streßiger als deiner war er schon«, antwortete sie schadenfroh und kraulte den Hund an den langen Ohren. Lady grunzte zufrieden.

»Wißt ihr immer noch nicht, wer sich da als Jack the Ripper versucht?« bohrte Preuß. »Als normaler Bürger fühlt man sich ja nicht mehr sicher.«

»Als ob du normal wärst«, smilte Katharina zurück. »Außerdem, wenn du mit deinem Monster hier unterwegs bist, packt dich doch sowieso keiner an.«

»Hast du eine Ahnung. Letztes Jahr wurde unser Auto geknackt, während Lady auf der Rückbank saß. Wahrscheinlich hat sie sogar vor lauter Nettigkeit geholfen, das Radio auszubauen.«

Zander leerte sein Glas und holte Nachschub. »Was sind denn das für Staubfänger?« fragte er, indem er auf Gäblers Fotoalben wies.

»Haben wir in der Wohnung eines der Opfer gefunden. Manchmal können da ganz interessante Sachen bei rauskommen.«

»Was denn? Nacktfotos von Theo Waigel?« höhnte Preuß.

»Ih bäh«, machte Katharina. »Bis jetzt wissen wir nur sehr wenig über den Hintergrund der Opfer. Keine Freunde, keine Verwandten, noch nicht mal ein privates Telefonregister. Diese Bilder sind fast die einzige Chance, mehr über die Opfer zu erfahren.«

Interessiert angelte sich Zander eines der Alben. »Versteh ich nicht«, meinte er irritiert. »Wie kommt ihr denn an die Namen der Leute, die da abgebildet sind?«

»Das ist gar nicht so schwer«, erklärte Katharina. »Bei solchen Ermittlungen hilft uns PEZD.«

»Was ist das denn?« fragte Ulli. »Der Polizistenerziehungsdienst?«

»Nein«, lachte die Blonde. »Die Personenzentraldatei. Gehört eigentlich dem BND, umfaßte ursprünglich nur Personen mit Geheimdienstkontakten. Eine andere, harmlosere Version sammelt alle Daten und Fotos von Jedermann. Zum Beispiel geht in der Bundesdruckerei, bevor die einen neuen Personalausweis ausliefern, ein

Scanner über den Ausweis und speichert die Daten ein. Und dann haben wir noch Inpol, den Zentralcomputer des BKA. Speichert alle Leute, die mal mit der Justiz im Clinch lagen. Dauert zwar seine Zeit, ist aber eigentlich sehr zuverlässig. Und die polizeiinternen Möglichkeiten sind mittlerweile ebenfalls nicht zu verachten.«

»Ach, habt ihr jetzt Rechenmaschinen mit Tippstreifen?« fragte Preuß arglos.

»Ist ja allerliebst«, ließ sich Zander vernehmen. »Sieh mal, putzige kleine Kinder, die im Sandkasten spielen. Gehören die auch zu euren Verdächtigen?«

»Aus kleinen Kindern werden vielleicht mal große Terroristen«, spottete Preuß grinsend.

»Ihr seid beide bescheuert«, meinte Katharina verärgert. »Wenn ihr eine bessere Idee habt, laßt hören.«

Zander blätterte weiter in dem Album. »Reg dich ab. Wenn ich für Bildkes kucken deine Kohle verdienen würde, wäre ich heilfroh.«

»Aha, jetzt kommt es raus. Ulli will dich nur deines Geldes wegen«, warnte Preuß hinterhältig. »Hast du eine gute Lebensversicherung abgeschlossen?«

Katharina schnappte eines der kleinen Sofakissen und pfefferte es in Richtung des Lästermauls zu ihrer Linken. Preuß wich geschickt aus.

Zander war derweil mit dem Album auf seinen Knien durch. Vorsichtig beugte er sich vor, um es auf den Tisch zu legen, stutzte dann einen Moment und schlug das Album wieder auf. »Sag mal, bei wem habt ihr das Album gefunden?«

»Alben, Mehrzahl«, korrigierte ihn Katharina mürrisch. »Waren insgesamt bestimmt achtzig Stück.«

»Scheißegal, meinetwegen auch zweihundertachtzig. Aber das gehört doch einem von den Schwanz-ab-Typen, oder?«

Katharina nickte stumm. Zander war unter seinem Sonnenbrand eine Spur blasser geworden.

»Ich meine ja nur«, fuhr er fort, »ist schon komisch, daß der ein Foto von dieser Selbstmörderin geschossen hat. Die von vorletzter Woche.«

Katharina schoß nach vorn, wobei Lady verärgert grunzte. Blitzschnell hatte die Polizistin das Album in der Hand. »Das gibt es nicht«, konstatierte sie atemlos. »Das kann kein Zufall sein.«

»Du meinst die Tussi, die an der Präsidentstraße vor eine Lok gehüpft ist?« erkundigte sich Preuß bei seinem Freund.

Zander sah herüber. »Genau die. Ich müßte mich sehr täuschen, wenn ich daneben liege.«

»Du hast recht, ohne Zweifel«, bestätigte Katharina. »Das ist sie.«

Auf dem Foto auf einer der letzten Seiten des Albums war die junge Frau abgebildet, bei der Katharina bei dem Versuch, sie zu retten, eine Spur zu langsam gewesen war. Der Eindruck, den die Beamtin durch das kleine Bild auf dem Personalausweis gewonnen hatte, war korrekt, die Frau war extrem hübsch. Die Haare waren ein gutes Stück länger als auf dem Abbild des Ausweises, aber sie war es unverkennbar.

»Wenn die auch in dieser Sekte war ...« überlegte Katharina laut. Dann klappte sie das Album zu, schob Ladys Kopf vorsichtig von ihrem Schoß und stand auf.

»Ich muß noch mal weg«, erklärte sie, wobei sie schon auf dem Weg ins Schlafzimmer war, um ihre Kleidung zu vervollständigen.

»Wo willst du denn jetzt noch hin?« fragte Zander enttäuscht.

»Zu den Eltern der Toten. Mensch, wenn sich da eine Verbindung zu unseren Morden ergibt, das wäre undenkbar.«

Lady erhob sich gähnend von der Couch und trabte neugierig ins Schlafzimmer, um zu prüfen, wo Katharina abgeblieben war. Bevor der Hund auch nur die Schnauze hatte durch die Tür schieben können, stand die Beamtin komplett umgezogen bereits wieder im Wohnzimmer. Die Shorts hatte sie gegen einen Jeansrock getauscht, statt der Bluse trug sie einen leichten, cremefarbenen Pullover.

»Warte nicht auf mich, vielleicht fahr ich noch mal ins Präsidium.«

Zander quetschte sich resigniert wieder in seinen Sessel und schmollte. »Langsam nerven deine ewigen Überstunden«, ätzte er verstimmt.

»Hast du noch Lust auf ein Bier im Jago?« versuchte Preuß ihn aufzumuntern. Widerwillig erhob sich der Angesprochene und nickte.

Katharina war startklar. Mit einem schnellen Griff angelte sie sich Wohnungs- und Autoschlüssel. Als Zander sich wortlos an ihr vorbeiquetschte, griff sie seinen Oberarm. »Ulli, sei nicht sauer. Ich mach, so schnell ich kann.«

»Schon gut. Laß dir Zeit.«

»Trink nicht soviel. Mal sehen, was ich nachher gegen deinen Sonnenbrand machen kann«, erklärte sie mit einem Augenzwinkern.

Im ersten Moment verstand Zander nicht, was sie meinte, aber dann grinste er breit.

21

Abwechselnd schossen seine Augen von der rechten zur linken Straßenseite. Außer einem turtelnden Pärchen im Teenageralter war niemand zu sehen. Er war sicher.

Rainer Fastnacht zog wie bei einem heftigen Regenschauer den Kopf zwischen die Schultern und ging los. Sein Magen knurrte fürchterlich, den ganzen Tag über hatte er außer einem Brötchen zum Frühstück nichts zu sich genommen.

Eilig wieselte er zwischen den geparkten Autos hindurch, überquerte die stark befahrene Herner Straße unbeschadet und hastete in die kleine Stehpizzeria. Er bestellte sich eine Calzone und eine Cola, bezahlte sofort und drängte sich dann mit der lokalen Tageszeitung in eine Ecke des Lokals, von der er sowohl die neu eintretenden Kunden als auch den Straßenverkehr und das Haus seiner Eltern im Blick hatte.

Nach der Ermordung Krömers war er bestürzt gewesen, als ihn die Nachricht von dem Verbrechen an Gäbler erreichte, entsetzt; und seit er wußte, daß auch Rumpel umgebracht worden war, wuchs seine Panik nahezu minütlich. Irgend jemand war ihnen auf die Schliche gekommen und versuchte, sie aus dem Verkehr zu drängen. Und Fastnacht hatte mit seinen erst vierundzwanzig Jahren genug Phantasie, um sich auf der Liste möglicher weiterer Opfer ganz weit oben einzuordnen.

Heute morgen hatte er mit der Chefin telefoniert. Niemand wußte, daß er die Nummer ihres Handys für Notfälle besaß, auch Krömer hatte keinen blassen Schimmer gehabt. Die Chefin traute niemandem, die Zahlungen, die Krömer an sie weitergeleitet hatte, ließ sie sich von Fastnacht bestätigen. Für einen kleinen Extrabonus war er gerne bereit gewesen, Krömer und die anderen bei der geringsten Unregelmäßigkeit zu verpfeifen. Unwillkürlich legte sich ein Grinsen auf seine Lippen. Er war der Kassierer, ihn überprüfte niemand.

Aber auch die Chefin konnte ihm nicht helfen. Selbst die großen Bosse in Würzburg hatten ihre Grenzen. Nach der Enttarnung und Beseitigung dieses BKA-Spitzels war von dort keine Unterstützung mehr zu erwarten. Bestimmt warteten die Bundesbeamten auf den kleinsten Fehler, um den ganzen Laden auffliegen zu lassen. Die Chefin hatte Fastnacht empfohlen, in seinem Versteck bei seinen Eltern zu bleiben und einfach abzuwarten.

Von der Theke winkte ihm der schwarzgelockte Pizzabäcker zu, sein Abendessen war fertig. Fastnacht klemmte sich den Teller mit der dampfenden Pizza zwischen die Finger, nahm Messer, Gabel und seine Dose Cola in die andere Hand und postierte sich wieder an seinem Ecktisch. Sein Magen schrie nach fester Nahrung. Doch bereits beim ersten Bissen mußte er sich beherrschen, nicht alles wieder auf den Teller zu spucken. Widerwillig kaute er den Teig sorgfältig durch und zwang sich, weiter zu essen.

An allem war natürlich sein Vater schuld. Immer war sein Vater an allem schuld. Anstatt in einem angemessenen Haus wohnten seine Eltern in einem Dreckloch zur Miete. Als selbständiger Kaufmann verdiente sein Erzeuger ein Schweinemoos. Doch fast die gesamte Kohle landete auf den Konten dieser beschissenen Sekte. Und was ihm dieser Penner im Monat in die Hand drückte, reichte gerade eben für das Nötigste.

Schon als kleines Kind hatten ihn seine Eltern mit in ihre Kirche geschleppt, er durfte keinen öffentlichen Kindergarten besuchen, nicht mit den anderen Kindern aus der Nachbarschaft spielen. Später, nach dem Umzug nach Bochum, mußte er natürlich eine Privatschule besuchen, auf der lauter aufgeblasene Wichtigtuer neureicher Eltern zusammengepfercht waren. Wie er die Jahre bis zum Abitur überlebt hatte, war ihm schleierhaft. Fastnacht hatte sich sogar auf die Bundeswehr gefreut, um endlich der Knute seines Vaters entkommen zu können, aber selbst dieses Glück war ihm verwehrt worden. Er war untauglich. Der nächste Streit entbrannte bei der Wahl seines Studienfachs. Er hätte am liebsten Psychologie oder Medizin studiert, aber seinem Alten war das zu profan. Philosophie mußte es sein, zur Schärfung des Geistes und des Denkvermögens. Lächerlich! Angesichts der ewigen Versuche, sich Freiräume von seinen Eltern zu erarbeiten, hatte Klein-Rainer schon als Jugendlicher enorme Geistesgaben entwickeln müssen.

Die Pizza war zur Hälfte vernichtet, prustend schob er noch eine weitere Gabel nach und kreuzte das Besteck auf dem Teller. Er war satt, ein unangenehmes Völlegefühl zwang ihn, laut aufzustoßen. Automatisch entschuldigte er sich und griff zu der knallroten Getränkedose, von der kleine Wassertropfen auf den Tisch kullerten.

Seine Reaktion war anerzogen, eigentlich war es ihm scheißegal, ob er rülpste wie ein Heckenpenner oder nicht. Fastnacht hatte zu lange am Tropf seiner Eltern gehangen, so daß er selbst heute noch den braven Sohn spielte, der seine Eltern regelmäßig zum Abendessen besuchte und in die Kirche begleitete. Er berichtete bei diesen Gelegenheiten von den Fortschritten seines Studiums, obwohl er im gerade vergangenen Semester allerhöchstens zum Kaffeetrinken an die Uni gefahren war, diskutierte mit seinem Vater über dessen verschrobene religiöse Ansichten, half seiner Mutter beim Abwasch und bedankte sich überschwenglich für das Taschengeld, welches ihm die Alten jeden Monatsersten überwiesen. Als er Sonntag bei ihnen angerückt war, mit einem Stapel Lehrbücher unter dem Arm, um sich in seinem alten Zimmer zu verstecken, hatten sie ihn erfreut empfangen, sein Vater hatte stolz einige Bemerkungen über sein Pflichtbewußtsein fallen lassen. Wenn der alte Stinker die Wahrheit gekannt hätte, hätte er bestimmt sein Gebiß verschluckt.

Als Krömer ihn nach und nach in seine eigentliche Tätigkeit innerhalb der Sekte eingeweiht hatte, sah Fastnacht endlich eine Möglichkeit, aus dem goldenen Käfig auszubrechen. Bereitwillig hatte er erklärt, mitzumachen, in den verschwörerischen Zirkel einzutreten, der die Knallköpfe aus der Sekte, allen voran Buderus, bestens als Deckmantel benutzte. Die Aussicht auf ein wenig Abwechslung, Aufregung und Nervenkitzel hatte ihn aufblühen lassen, ganz abgesehen von der Möglichkeit, ohne große eigene Anstrengung Geld zu verdienen. Viel Geld. Doch wenn er ehrlich war, reizte ihn das Illegale ihres Tuns am meisten.

In den ersten Monaten hatte er fast gehofft, erwischt zu werden, nur um seinem Vater einen Stich zu versetzen, von dem er sich nie mehr erholen würde. Rainer Fastnacht im Gefängnis, das wäre was. Natürlich wäre er nie auf den Gedanken gekommen, kriminell zu werden, wenn sein Vater ihm das gegeben hätte, worauf er aus seiner Sicht Anspruch hatte. Ein Leben in einem angemessenen Rahmen, genug Geld, um sich den Alltag so schön wie möglich zu machen.

Aber nach und nach genoß Fastnacht das, was er tat, in vollen Zügen. Er kaufte sich das Auto, das er schon lange haben wollte; nur sechs Monate hatte er gebraucht, dann war das Geld zusammengespart. Sein Alter glaubte tatsächlich, er hätte sich den Alfa von den fünfzehnhundert abgespart, mit denen er ruhig gehalten wurde. Doch dann war Fastnacht wieder vorsichtiger geworden, klemmte sich die Extratouren wie den spontanen Trip nach Mexiko und lebte so unauffällig wie früher, um nicht auf sich aufmerksam zu machen. Die Sparverträge und die Immobilienfonds, in die er investiert hatte, versprachen langfristig ein angenehmes Leben.

Mit einem gezielten Wurf feuerte er die Coladose in den Müll, brachte seinen Teller und das benutzte Besteck zur Theke und verließ grußlos das Lokal. Der Verkehr auf der Herner hatte nachgelassen.

Auf den letzten Metern sah sich Fastnacht immer wieder unsicher um. In seinem Rücken hallten zwar keine Schritte, kein undeutlicher Schatten schob sich an ihm vorbei, aber er konnte nicht vorsichtig genug sein. Gäbler hatte es an seiner Arbeitsstätte erwischt, in aller Öffentlichkeit, Rumpel starb in seiner Wohnung. Einzig Krömer hatte sein Ende an einem abgelegenen Ort erlebt. Dieser Killer mußte verdammt abgebrüht sein.

Ängstlich betrat Rainer Fastnacht den Hausflur. In dem Halbdunkel konnte er nach dem noch kräftigen Sonnenlicht sekundenlang nur Schemen erkennen, dann atmete er auf. Er war allein, niemand lauerte ihm auf. Hastig nahm er die Stufen in die zweite Etage. Keuchend stand er vor der Wohnungstür und holte den Schlüssel hervor, als er erstarrte.

Die Tür war offen, zumindest lag sie nicht ganz im Rahmen. Er hatte seinem Vater schon oft empfohlen, das defekte Schloß reparieren zu lassen, selbst ein Kleinkind hätte das Ding mit einem Dietrich innerhalb von Sekunden aufsperren können. Fastnacht war sicher, bei seinem Verlassen die Tür kraftvoll zugezogen und abgeschlossen zu haben. Oder doch nicht? War er nicht wie ein Wiesel die Treppe heruntergespurtet, nur um schnell wieder zurück sein zu können? Er wußte es nicht mehr.

Auf jeden Fall überlegte er zu lange. Plötzlich wurde die Tür von innen aufgerissen, eine Hand packte ihn am Kragen und riß ihn brutal in die Diele. In Panik quiekte er auf, doch der Schock ließ seine Stimmbänder versagen. Seine Augen musterten ein ihm unbekanntes Gesicht, aus dem ihm haßerfüllt die blanke Mordlust entgegenschimmerte.

Aus den Presseberichten hatte Fastnacht zwar erfahren, daß seine Kumpane auf sehr ekelhafte Weise ins Jenseits befördert worden waren, über die genaue Methode hatten die Journalisten allerdings keine Informationen erhalten; deshalb kursierten die wildesten Gerüchte.

Fastnacht entdeckte sehr schnell, daß die Art und Weise, in der er sterben sollte, noch viel schlimmer war, als er befürchtet hatte.

22

Katharina kaperte den erstbesten Parkplatz und eilte mit Riesenschritten an der Eisdiele vorbei. Energisch drückte sie auf den Klingelknopf neben dem Namen Jaworski.

Der Summer ertönte fast augenblicklich. Die Polizistin warf sich gegen die Haustür, nahm die Treppen im Zweierpack und stand, etwas außer Atem, im zweiten Stock. Eine kleine, unscheinbare dunkelhaarige Frau sah ihr fragend entgegen. »Ja bitte?« fragte sie kaum hörbar.

Katharina ließ ihre Marke aufblitzen. »Thalbach von der Kripo. Es tut mir leid, ich komme noch einmal wegen des Selbstmordes Ihrer Tochter.«

Die Jaworski zuckte sichtlich getroffen zusammen, machte aber nicht ein bißchen den Weg frei.

»Ich hab Sie erst gar nicht erkannt«, entschuldigte sie sich. »Mein Mann ist aber nicht da.«

»Das macht nichts«, beschwichtigte die Beamtin. »Sie können mir bestimmt auch weiterhelfen. Bitte, ich habe nur ein paar kurze Fragen.«

Offensichtlich rang die Frau in der Tür mit sich und gab dann doch unwillig den Eingang frei. »Bitte, kommen Sie rein.«

Katharina folgte der Einladung, wobei sie die um einen Kopf kleinere Gastgeberin genau musterte. Die Ähnlichkeit war nicht zu übersehen. In ihrem Gesicht waren die gleichen Züge wie im Gesicht der Toten zu entdecken. Die Mutter wirkte wie die vielleicht fünfundzwanzig Jahre ältere Ausgabe der Selbstmörderin.

»Bitte, in die Küche. Das Wohnzimmer ist nicht ordentlich.«

Zumindest plärrte nicht WDR 4 aus dem angrenzenden Zimmer. Katharina betrat erneut die Küche und nahm auf dem angebotenen Küchenstuhl Platz.

»Wissen Sie jetzt, warum Danuta das getan hat?« überrumpelte die trauernde Mutter Katharina.

»Sie meinen das Motiv?« entgegnete die Gefragte hüstelnd. »Nun, wir haben immer noch keinen Abschiedsbrief gefunden.« Allerdings habe ich auch nicht besonders sorgfältig danach gesucht, gestand sie sich im stillen ein.

Frau Jaworski nickte und sah sie ausdruckslos an.

»Wo ist eigentlich ihr Mann?« wollte Katharina wissen.

»Eugen? Mit Freunden ein Bier trinken. Seit Danutas Tod ist er nicht mehr so wie früher. Er lacht nicht mehr.«

Unbehaglich rutschte die Beamtin auf ihrem Stuhl nach vorn. Die Fassade der Mutter bröckelte bedenklich. »Frau Jaworski, ich möchte Sie bitten, mir etwas mehr über Ihre Tochter zu erzählen. Wir finden einfach keinen Grund, warum sie sich das Leben genommen hat.«

Die Lüge kam leicht über ihre Lippen, wofür sie sich etwas schämte. Hoffentlich dachte das Häufchen Elend ihr gegenüber nicht an die naheliegende Frage, warum das abends um Viertel nach neun sein mußte.

»Danuta? Eine gute Tochter. War immer sehr still, in der Schule nicht sehr gut.«

Geduldig wartete Katharina auf die Fortsetzung, ohne zu drängen.

»Ist vor neun Jahren ausgezogen, als sie achtzehn wurde. Hat viel gearbeitet, aber immer Zeit für mich gehabt. Wir sind zusammen in die Stadt gegangen, wenn sie frei hatte.«

Katharina mobilisierte den letzten Rest an Geduld, um nicht loszuplatzen. Mit diesem zusammenhangslosen Gestammel war sie mehr als unzufrieden. »Als was hat sie denn gearbeitet?« gab sie behutsam eine Richtung vor.

»Verkäuferin, in einer Boutique. Irgendwo in der Innenstadt.«

»Sie wissen es nicht genau?«

Die Mutter schüttelte den Kopf. »Nein. Hat oft Stelle gewechselt, war auch immer mal arbeitslos.«

»War sie eigentlich gläubig?«

Die Augen der Frau schossen hoch. Einen Moment flammte in der Polizistin die Hoffnung auf, den richtigen Nerv getroffen zu haben; sie wurde aber schnell auf den Boden der Tatsachen zurückgebracht.

»Natürlich«, antwortete Frau Jaworski vorwurfsvoll. »Wir sind alle sehr gläubig, mein Mann und ich gehen jeden Sonntag zur heiligen Messe. Manchmal ist Danuta mitgekommen; als sie noch hier wohnte, sogar jeden Sonntag. Freiwillig.«

»War sie am Schluß nicht Mitglied in einer Sekte?« fragte Katharina arglos.

Als Reaktion auf ihre Frage füllten sich die Augen ihrer Gesprächspartnerin mit Tränen. »Leider, bei den *Befreiten des Lichtes*. Ich war ja so dagegen. Kind, hab ich gesagt, überleg dir das. Aber sie wollte nicht hören. Eugen, also mein Mann, war richtig böse, die beiden hatten zum ersten Mal richtig Streit.«

»Wann ist sie denn da eingetreten?«

Frau Jaworski dachte einen Moment nach. »Vor einem Jahr etwa. Sie war gerade wieder arbeitslos gewesen. Eine Freundin hat sie dann zu dieser Sekte mitgenommen, die war da selbst Mitglied.«

»Kennen sie den Namen dieser Freundin?«

»Claudia. Claudia Soundso. Den Nachnamen weiß ich nicht. Danuta wollte sie mal mitbringen, aber Eugen hat getobt. Danach ist Danuta bestimmt zwei Monate nicht mehr hiergewesen.«

Katharina war hin- und hergerissen. Allmählich erhielt sie zwar nun brauchbare Informationen, aber ihr fehlte absolut jede Verbindung zu den Morden. »Kannten Sie einen Ulf Gäbler?« erkundigte sie sich leichthin.

»Nein«, antwortete die Frau sofort. »Wer soll das sein?«

Katharina winkte ab. »Ist nicht wichtig. Sagen Sie, wissen Sie, wo der Hauptsitz der Sekte ist?«

»Danuta hat nie gesagt, wo das ist. Auch, wenn sie ein paar Wochen bei diesen Leuten war. Sie hat dann immer nur mal angerufen, aber besuchen durften wir sie nicht.«

»Und diese Claudia haben Sie nie gesehen?«

Frau Jaworski nestelte nervös am Saum ihres Rocks. »Nein, diese Claudia kenn ich nicht. Die hat mal angerufen, als Danuta eine Woche hier geschlafen hat, als in ihrer Wohnung dieser Rohrbruch war. Aber das ist Monate her.«

»War Ihre Tochter in den letzten Tagen vor der Tat irgendwie verändert?«

Die Blicke der Mutter wanderten nervös auf die schmucklose Küchenuhr. »Ich weiß es nicht. Wir hatten uns einige Tage nicht gesehen, sie hatte ja erst vor kurzem eine neue Stelle angetreten, und es war so viel zu tun.«

Resigniert gab Katharina auf. Eher hätte sie Rudolf Scharping dazu gebracht, sich wieder einen Bart wachsen zu lassen, als dieser Frau eine strukturierte Aussage zu entlocken. Aus einem Seitenfach ihrer Geldbörse fingerte die Polizistin einen kleinen Zettel und schrieb ihre Nummer vom Büro auf.

»Vielen Dank, Frau Jaworski, ich will Sie nicht weiter belästigen. Wenn Ihnen noch etwas einfällt, rufen Sie mich bitte an. Vor allem, wenn Sie noch etwas über diese Sekte zu erzählen wissen.«

Der Zettel landete in der Schürzentasche ihrer Gastgeberin. Katharina wollte sich gerade erheben, als aus dem Hausflur Schritte auf die Wohnung zukamen. Gleich darauf bohrte sich ein Schlüssel in die Tür, und Jaworski stürmte in die Diele. Seine Wangen glühten vor Erregung, doch als er die Küche betrat und Katharina erblickte, verabschiedete sich seine gute Laune augenblicklich.

»Was machen Sie denn hier?« fragte er erstaunt.

»Guten Abend, Herr Jaworski. Ich hatte noch einige Fragen wegen des Selbstmordes Ihrer Tochter. Ihre Frau war so freundlich, sich mit mir zu unterhalten.«

»Jetzt? Um diese Zeit?«

Katharina lächelte ihm freundlich zu. »Ich träume

schon seit langem von geregelten Arbeitszeiten. Wir waren gerade fertig, ich wollte nach Hause, als Sie kamen.«

Jaworski trat neben sie und gönnte ihr einen flüchtigen Händedruck. »Sind Sie denn schon weiter gekommen?« fragte er.

»Nein«, antwortete Thalbach leise. »Ich kann mir immer noch nicht erklären, warum Ihre Tochter Selbstmord begangen hat. Sie?«

Jaworski sah auf. »Leider nein. Wir verstehen das Ganze immer weniger, je länger es zurückliegt. Ich vermute, Sie haben auch keinen Abschiedsbrief oder etwas Ähnliches gefunden?«

Aus seinem bunten Sommerhemd pellte er eine zerknitterte Packung Zigaretten, irgendeine polnische Marke, die man entweder nur durch Beziehungen zu Osteuropa oder durch einen zufälligen Fund in einer Mülltonne ergattern konnte. Das Kraut stank wie Katharinas Socken nach zwei Stunden Dauerlauf um den Kemnader Stausee.

»Nichts, noch nicht mal eine kleine Notiz«, gab die Polizistin zu. »Wissen Sie eigentlich Näheres über diese Sekte, in die Ihre Tochter eingetreten ist?«

»Hören Sie bloß mit diesen Spinnern auf«, erregte sich der Vater sofort. »*Befreite des Lichtes*. Wenn ich das schon höre ...«

»Und? Was dann?« drängte Katharina, als Jaworski seinen Satz unbeendet ließ.

»Ich habe Danuta verboten, über diese Leute in meiner Gegenwart zu sprechen«, erklärte er ein wenig ruhiger. »Meine Familie war immer katholisch. Ich weiß nicht, wie sie auf diese blöde Idee gekommen ist.«

»Also wissen Sie auch nicht, wo die Sekte ihr Zentrum hat?«

»Nein. Ich will es auch gar nichts wissen.«

»Demnach haben Sie auch niemals jemanden aus der Sekte kennengelernt, vermute ich.«

Jaworskis Frau sprang in die Bresche. »Wir wollten diese Leute nicht im Hause haben. Danuta hat sich furchtbar aufgeregt, aber irgendwann hat sie es akzeptiert. Wenn sie kam, haben wir uns über alltägliche Dinge unterhalten. Die Sekte war bei uns nie ein Thema.«

Katharina sah auf ihre Uhr und gähnte hinter vorgehaltener Hand. Langsam kroch der kleine Zeiger auf die Zehn. Höchste Zeit, in die Falle zu klettern.

»Ich will Sie nicht länger aufhalten«, erklärte sie erneut. »Sollte ich noch weitere Fragen haben, melde ich mich noch mal bei Ihnen.«

Jaworski nickte stumm. Seine Frau brachte Katharina in die Diele, lächelte verlegen und knallte ihr schließlich die Tür vor der Nase zu.

23

»Na klasse«, ätzte Heinzel. »Ich hab dir doch gleich gesagt, nimm die Autobahn. Aber nein, Kollege Hofmann kennt eine Abkürzung.«

Der Fahrer sah verärgert zur Seite. »Kann ich ahnen, daß die Bekloppten hier am Dienstag morgen 'ne Demo gegen die neue Klapse veranstalten? Herrgott nochmal, bin ich Jesus?«

Heinzel sah irritiert nach links. Hofmann verlor nur selten die Contenance, ihm gegenüber schon gar nicht. Seine Position als ungekürter Kronprinz sorgte gezwungenermaßen für den nötigen Respekt, trotz des recht jovialen Tones, der zwischen ihnen herrschte.

Seit gut zehn Minuten stand ihr Wagen still. Die Hertener Bevölkerung lief immer noch gegen den geplanten Bau einer supermodernen forensischen Klinik Sturm. Zwar waren die Pläne vorerst gestoppt worden, aber hinter vorgehaltener Hand hielt sich hartnäckig das Gerücht, daß das letzte Wort noch nicht gesprochen sei. Ausgerechnet an diesem Morgen war eine der achtundneunzig Bürgerinitiativen auf die Idee gekommen, die Hauptstraße lahmzulegen, auf der die Bochumer Beamten fuhren.

»Eigentlich kann ich die Leute verstehen«, sinnierte Heinzel, um abzulenken. »Die Stadt geht sowieso vor die

Hunde, und dann noch diese Aufbewahrungsanstalt. Als ob die Zechenschließung nicht schon reicht.«

»Die sollten doch froh sein, wenn neue Arbeitsplätze geschaffen werden«, antwortete Hofmann verstimmt. »Ewig dieses Gejammer. Menschenskind, jedes Jahr werden etwa zweihunderttausend Kinder von ihren eigenen Eltern oder irgendwelchen Perversen mißhandelt oder mißbraucht. Das interessiert keine Sau. Aber wehe, einer büchst aus 'ner Geschlossenen aus und schnappt sich ein Kind. Dann schreien alle nach der Todesstrafe. Ekelhaft.«

Der frischgebackene Vater schluckte eine scharfe Erwiderung herunter, weil er genau wußte, wie recht Hofmann hatte. Statt dessen blinzelte er forschend zu seinem Kollegen herüber. »Schlecht geschlafen? So kenn ich dich ja gar nicht.«

Hofmann knallte den ersten Gang ins Getriebe, da sich Anzeichen auf eine Lücke auftaten. »Schlecht nicht. Nur ein bißchen zu wenig«, gab er zurück.

Heinzel grinste wissend. »Deine neue Flamme hält dich ganz schön in Trab, was?«

Ruckend fuhr Hofmann an, nur um sofort wieder in die Eisen zu steigen. Ein korpulenter Mittvierziger taumelte unter dem Gewicht einer tragbaren Kamera über die Fahrbahn. Der Dicke zoomte auf die sich verstreuende Menge, wobei er das Gehupe hinter ihm geflissentlich ignorierte.

Hofmann kurbelte seine Seitenscheibe herunter. »Beweg dich, du Arschloch«, brüllte er.

Der Mann mit der Kamera ließ sich nicht beeindrucken, sondern beendete seine Filmarbeiten mit einem umfaßenden Schwenk. Dann spazierte er in aller Seelenruhe auf einen klapprigen roten Lada zu, in dem eine hübsche Rothaarige auf ihn wartete, und begann, seine Ausrüstung zu verstauen. Nebenbei zeigte er Hofmann die Länge seines Mittelfingers.

»Na warte, Bürschen, dich kauf ich mir«, fluchte Hofmann und löste den Verschluß seines Sicherheitsgurtes. Heinzel legte ihm eine Hand auf den Unterarm.

»Laß den Unsinn«, beruhigte er den Heißsporn. »Beim

nächsten Mal kannst du den Heini meinetwegen in putativer Notwehr erschießen. Wir haben noch was vor.«

Grummelnd machte sich der Polizist wieder startbereit und gab Gas. Nachdem sie die Menge der Demonstranten hinter sich gelassen hatten, kamen sie zügig vorwärts.

»Wir müßten gleich da sein«, überlegte Heinzel, während er die Wegweiser zum nahegelegenen Gewerbegebiet musterte. »Nächste rechts.«

Hofmann nickte und setzte den Blinker. Wenig später zog er den Vectra in eine scharfe Kurve. Gemeinsam hielten sie nach dem Domizil der Sekte Ausschau.

»Mist«, konstatierte Hofmann kurz darauf. »Die Trulla aus Recklinghausen hat uns wohl 'nen Floh ins Ohr gesetzt. Außer Firmen, die kurz vor der Pleite stehen, gibt's hier doch rein gar nichts.«

Langsam fuhren sie an der Ansammlung kleiner Betriebe vorbei, von denen kein einziger so aussah, als würde er die *Befreiten des Lichtes* beherbergen. Von einem stillgelegten Firmengelände keine Spur, nur kleine Fertigbauten und ein, zwei Bürocontainer. Hofmann fuhr an den Straßenrand.

»Und jetzt?« wollte er von Heinzel wissen.

Der zuckte mit den Achseln und griff in die Seitenablage der Tür. Zwischen ungeordnetem Krimskrams wie Fahrtenbuch und vergilbten Klümpchenpapier zog er den Revieratlas heraus.

»Schauen wir doch mal in den Stadtplan«, schlug er vor. »Die Straße müßte eigentlich noch ein gutes Stück weitergehen. Fahr einfach weiter, mal sehen, wo wir hinkommen.«

Hofmann gab erneut Gas. Langsam wurden die Lükken zwischen den Betrieben größer, aus dem Asphalt wurde ein befestigter Feldweg.

Sie fuhren auf eine kleine Baumgruppe zu, der Weg führte mitten hindurch. Die beiden wechselten einen schnellen Blick, dann verschwand der Vectra zwischen den Bäumen.

Die Fahrt durch die Miniaturausgabe des Schwarzwaldes dauerte höchstens dreißig Sekunden. Als sie wieder freie Sicht hatten, gingen Heinzel die Augen über. »Lieber Himmel, sieh dir das an. Ich glaube, wir sind richtig.«

Vor ihnen lag keine Ansammlung von Lagerhallen und einem heruntergekommenen Verwaltungsgebäude, wie man bei einem ehemaligen Gewerbebetrieb erwarten durfte, sondern eher die Überreste eines Großgrundbesitzes. Umgeben von einer vielleicht drei Meter hohen Steinmauer erstreckten sich auf einer Länge von gut hundertfünfzig Metern mehrere verschieden große Gebäude, alle aus altem, solidem Steinwerk errichtet. Vereinzelt entdeckten sie Menschen zwischen den Häusern, die bei dem Erscheinen des Wagens neugierig stehen geblieben waren.

»Hat was von Haus Kemnade, oder?« bemerkte Hofmann treffend, während er vorsichtig auf das Gut zusteuerte. In der Mitte des Anwesens war ein freier Platz von circa zwanzig Metern Durchmesser sorgfältig mit Kies ausgestreut. Während der Wagen knirschend auf den Platz rollte, winkten ihnen zwei Mädchen von höchstens zwanzig höflich zu.

»Willkommen in der Höhle des Löwen«, zischte Heinzel, bevor er sich aus dem Auto schwang. Hofmann drehte die Zündung auf Null und stieg ebenfalls aus.

Die Sektenmitglieder blieben unschlüssig stehen und musterten sie mit unverhohlener Neugier. Ihre Körper steckten ausnahmslos in sackartigen Gewändern, einige grün, einige rot, nur einer trug einen blauen Sack. Heinzel sah einmal in die Runde und marschierte zielstrebig auf den nächstbesten Befreiten zu.

»Guten Tag«, rief er fröhlich. »Wir sind hier doch im Glaubenszentrum, oder?«

Vor ihm stand ein Mann von vielleicht Vierzig und sah ihn aus einem bleichen, schmalen Gesicht ausdruckslos an, die Arme hielt er in den weiten Ausschnitten seiner Ärmel verborgen. »Das sind Sie. Was möchten Sie?«

Seine Stimme war leise, aber eindringlich. Er ließ Heinzel nicht aus den Augen. Der Beamte zückte seine Dienstmarke und baute sich vor dem Rotgewandeten auf.

»Wir möchten gerne mit dem Leiter dieses Zentrums sprechen. Heinzel ist mein Name, Kripo Bochum.«

Unauffällig musterten die Augen des Sackträgers die Metallplakette. »Folgen Sie mir bitte. Bruder Werner müßte gerade mit seiner Meditationsübung fertig sein.«

Gleichzeitig drehte er sich um und lief auf ein schmukkes, zweistöckiges Gebäude zu. Auf dem Vorbau über der Eingangstür prangte das Wahrzeichen der Sekte, das sie in dreidimensionaler Ausführung schon in Krömers Wohnung gefunden hatten.

Seite an Seite folgten Heinzel und Hofmann ihrem Führer und betraten gespannt das Hauptgebäude. Sie gelangten in eine recht großzügige Eingangshalle, von der mehrere Türen abzweigten und eine Treppe in den ersten Stock führte.

Der Befreite vor ihnen steuerte die Tür gegenüber dem Eingang an und klopfte an das dunkle Holz. Dann drückte er die Klinke und ging weiter.

»Bruder Werner, hier sind zwei Herren von der Polizei, die dich sprechen möchten«, hörten die Besucher ihn sagen. Aus dem Inneren des Raumes erklang eine undeutliche Antwort, worauf ihr Erstkontakt sie zu sich winkte.

»Bruder Werner hat Zeit für Sie. Kommen Sie.«

Wenig beeindruckt, enterten die Beamten das Chefbüro und erblickten einen kleinen, unscheinbaren Mann kurz vor dem Rentenalter, der sich in einem weißen Gewand auf einem für ihn viel zu großen Schreibtischstuhl lümmelte. Die Arbeitsfläche vor ihm war überhäuft mit Papierbergen, Aktenordnern und einem wuchtigen PC. Hofmann erhaschte noch einen Blick auf das elektronische Kartenspiel, mit welchem sich Bruder Werner beschäftigt hatte, bevor er gestört wurde. Mit einem Mausklick beendete der Oberbefreite seine Meditation und sah seine Besucher erwartungsvoll an.

Heinzel wartete, bis ihr Führer die Tür von außen geschlossen hatte, und wiederholte das Vorstellungsritual von eben. Das Männchen schoß um den Schreibtisch herum und streckte ihnen seine Hände entgegen.

»Brüder, ich heiße euch willkommen. Nehmt bitte Platz.«

Hofmann erwiderte den laschen Händedruck und sah sich um. Das Büro machte nicht viel her, die Einrichtung hätte ohne weiteres vom Sperrmüll stammen können. Alte, verstaubte Schränke, die dringend der Pflege einer versierten Reinigungskraft bedurft hätten, einige halbvertrocknete Pflanzen und eine kleine Sitzgruppe, deren Polster schon bessere Tage erlebt hatten.

»Ich glaube kaum, daß wir verwandt sind«, konterte Heinzel trocken, worauf das Männchen sichtlich zusammenzuckte. »Wie heißen Sie?«

Mit einer hilflosen Geste bot der Sektenobere erneut Platz an. »Ich bin Bruder Werner, der erste Hirte unseres Glaubens. Bitte, setzen Sie sich doch.«

»Ist Bruder der Vor- oder Nachname?« amüsierte sich Hofmann.

»Äh, stimmt ja. Entschuldigen Sie, aber wir im Zentrum haben sehr wenig Kontakt mit den Ungläubigen. Das sollte keine Beleidigung sein. Ich heiße Buderus. Werner Buderus.«

Die Beamten quetschten sich in die unbequeme Garnitur, und Buderus hockte sich auf die Kante des nächstgelegenen Sessels. Seine Augen wanderten unruhig zwischen den beiden Beamten herum.

»Verraten Sie mir, warum Sie uns besuchen? Es ist, wie gesagt, selten, daß sich jemand zu uns verirrt.«

Hofmann zückte seine Pfeife nebst Tabaksbeutel und sah den Oberhirten fragend an.

Der nickte abwesend.

»Herr Buderus«, wurde Heinzel dienstlich, »sagt Ihnen der Name Klaus Krömer etwas? Oder Heinz Rumpel? Oder Ulf Gäbler?«

Sichtlich getroffen richtete sich der Oberkörper ihres Gastgebers für einen Moment kerzengerade auf. »Natürlich. Ihr Tod ist ein schwerer Verlust für uns.«

»Sie wissen davon?« erkundigte sich Hofmann.

»Natürlich. Wir haben zwar wenig Kontakt mit Menschen außerhalb unserer Kirche, aber Tageszeitungen lesen wir allemal. Wissen Sie schon, wer unsere Brüder getötet hat?«

Hofmann entflammte gerade seine Pfeife, so daß Heinzel übernahm. »Leider haben wir noch nicht einmal einen Verdacht. Es war auch ziemlich schwierig, etwas über die Toten herauszufinden. Und die Existenz, geschweige denn die Adresse Ihrer Sekte zu ermitteln, war genauso umständlich.«

»Bitte«, wehrte Buderus ab. »Nennen Sie uns nicht Sekte. Dieser Modebegriff der Altkirchen soll uns doch nur abqualifizieren.«

»Haben Sie ein Problem damit?« fragte Hofmann hinter dichten Qualmwolken.

»Nein. Aber sie werfen uns mit Spinnern zusammen, denen es nicht um die Religion geht. Der Glaube, dem wir uns verpflichtet fühlen, ist schon sehr alt, er entspringt sogar den etablierten Kirchen. Wir haben diese Form, Gott zu dienen, lediglich wiederbelebt.«

»Ich habe nicht vor, eine Werbebroschüre für Ihre Kirche herauszugeben«, bemerkte Heinzel trocken. »Konzentrieren wir uns doch wieder auf Ihre drei ehemaligen Mitglieder.«

Buderus rutschte ganz in seinen Sessel, wodurch er noch einmal gut zehn Zentimeter kleiner wirkte. »Meinetwegen. Klaus Krömer war, glaube ich, der erste, der getötet wurde, nicht wahr? Sein Tod hat mich persönlich tief getroffen. Bruder Klaus sollte, wenn ich die Leitung dieser Mission abgebe, mein Nachfolger als Hirte werden. Er hat nicht im Zentrum gelebt, wir brauchen hier nicht sehr viele Brüder und Schwestern. Meistens halten sich neue Gläubige hier auf, um unseren Glauben und unseren Gott zu erfahren, bis sie stark genug sind, in einer Welt voller Ungläubiger zu leben. Bruder Klaus war einer der stärksten von uns.«

»Gehört Ihnen der Laden eigentlich?« platzte Hofmann heraus. »So ein prachtvolles Anwesen ist doch bestimmt nicht billig.«

Buderus nickte verträumt. »Ein Bruder hat der Kirche sein Hab und Gut überschrieben, bevor er zu Gott befohlen wurde. Dieses Anwesen, wie Sie sagen, war ebenfalls unter den weltlichen Besitztümern. Wir haben die Chance genutzt, hier ein großes Zentrum zu errichten. Unser Hauptsitz war zu klein geworden.«

»Sie meinen die Zentrale in Würzburg?« fragte Heinzel nach.

»Genau die. Hier in Herten sind wir erst seit etwa fünfzehn Jahren.«

»Zurück zu Krömer«, drängte Hofmann. »Warum sollte jemand ein Interesse daran haben, ihn umzubringen. Oder die anderen beiden?«

Der Sektenchef sprang hoch und baute seine unterentwickelte Statur vor einem der Fenster auf. »Ich habe keine Ahnung. Wie ich schon mehrfach sagte, wir meiden Kontakte mit anderen. Mir fällt kein einziger Grund ein, warum jemand etwas gegen die Mitglieder unserer Kirche haben könnte.«

»Gibt es keine Rivalitäten zwischen Ihren Leuten?« gab Heinzel zu bedenken. »Soll in den besten Familien vorkommen. Vielleicht war jemand neidisch auf Krömer, weil er Ihr Nachfolger werden sollte.«

»Kommissar, dies wäre ein Grund, denjenigen vor allem Bösen zu beschützen. Wissen Sie, was es für eine Verantwortung ist, in der heutigen Zeit eine Kirche wie diese zu führen? Von niemandem anerkannt, von den Ungläubigen ausgelacht, ständig angefeindet. Nein, es ist keine Ehre, unsere Kirche zu führen. Es ist eine Pflicht, ein schwer zu tragende Pflicht.«

»Mir kommen die Tränen«, murmelte Hofmann, aber Buderus war zu sehr in Fahrt, um auf ihn zu achten.

»Außerdem wäre das immer noch kein Grund, Bruder Ulf und Bruder Heinz zu töten. Sie waren freie Mitglieder unserer Gemeinde, die im einfachen Glauben ihre Erfüllung fanden. Sie hatten kein Amt inne. Natürlich, sie haben Bruder Klaus dann und wann geholfen. Seine Aufgabe war es unter anderem, die übrigen freien Mitglieder zu besuchen und im Glauben zu bestärken. Gäbler und Rumpel haben ihn dabei unterstützt. Neid kann es also keinesfalls gewesen sein.«

»Hat Krömer noch mit anderen aus Ihrer Kirche zusammengearbeitet?« hakte Heinzel sofort nach.

Buderus kehrte langsam zu seinem Platz zurück. »Warum?«

»Mann, haben Sie denn noch darüber nachgedacht, daß die drei Morde nicht die letzten waren?«

Das Männchen blieb entgeistert stehen. »Ja, glauben Sie etwa, das könnte weitergehen? Daß jemand weitermordet?«

Hofmann griff in die Innentasche seines leichten Leinenjacketts und holte die Fotos von den Tatorten ans Tageslicht.

»Jemand, der anderen Menschen so etwas antut, hört nach drei Morden nicht auf. Alle drei Opfer waren Mitglieder Ihrer Kirche. Mit Sicherheit alles andere als ein Zufall.«

Buderus trat vorsichtig an den Tisch und schielte auf die Fotos. Sein Gesicht wurde bleich. »Mein Gott«, stammelte er. »Brutal. Wie brutal.«

Fassungslos ließ er die Bilder durch seine Finger gleiten. Als er bei einer Großaufnahme von Rumpel angelangt war, warf er die Fotos angewidert zurück auf den Tisch.

»Entsetzlich«, jammerte er schockiert. »Satan selbst könnte nicht so grausam sein.«

»Bitte nicht den Gehörnten ins Spiel bringen«, warnte Heinzel. »Jede Wette, unser Täter ist aus Fleisch und Blut.«

»In der Wohnung des Herrn Gäbler fanden wir jede Menge Bilder, auf denen uns unbekannte Personen abgebildet sind«, holzte sich Hofmann durch die deutsche Sprache. Gleichzeitig drapierte er neben die Horrorfotos einen dicken Stapel, der das Ergebnis ihrer Wühlarbeit in Gäblers Hinterlassenschaft darstellte. »Wenn das Mitglieder Ihrer Kirche sind, brauchen wir die Namen und die Adressen.«

Buderus riskierte vorsichtig ein Auge. Als Hofmann die Bilder der Leichen wieder an sich genommen hatte, atmete er hörbar durch.

»Können Sie bitte eine Liste aufstellen?« bat Heinzel und schob dem Papstersatz einen Bogen Papier und einen Stift zu. »Vorwiegend interessieren uns die Leute aus Bochum und näherem Umkreis.«

Bruder Werner nickte und machte sich an die Arbeit. In weniger als einer halben Stunde schaffte er es tatsächlich, beide Seiten des vor ihm liegenden Blattes mit seiner krakeligen Handschrift zu füllen. Dabei nutzte er jede Gelegenheit, die Beamten über die Ideale und die Vorzüge seines Glaubens aufzuklären.

»Haben Sie hier auch so etwas wie eine Mitgliederkartei?« erkundigte sich Hofmann genervt, während er schließlich die Liste zusammen mit den Bildern verstaute.

»Selbstverständlich«, nickte Buderus. »Warum?«

»Wir suchen potentielle Opfer oder potentielle Täter«, erklärte Hofmann. »Auf jeden Fall wäre es gut, wenn wir uns mit allen Mitgliedern Ihrer Kirche aus der Region mal unterhalten könnten, Kleinkinder vielleicht ausgenommen.«

Auf Buderus Gesicht erschien der Anflug eines Lächelns. »Verstehe. Augenblick.«

Mit seinen bleistiftdünnen Fingern angelte er den Telefonhörer und wählte eine kurze Nummer. Leise bat er den anderen Teilnehmer, in sein Büro zu kommen.

»Meine Frau wird Sie gleich zu unserer Verwaltung führen«, versprach er den Beamten.

»Wie viele Mitglieder hat Ihre Gemeinde eigentlich«, wollte Heinzel die Größe der vor ihnen liegenden Aufgabe abschätzen.

»Etwa dreitausend«, antwortete Buderus stolz. »Und das sind nur die hier im Umkreis von Herten.«

Hofmann nahm entsetzt die Pfeife aus dem Mund. »Dreitausend?« echote er.

»Bis zur nächsten Olympiade haben wir die durch«, machte ihm Heinzel Mut.

An der Tür klopfte es. Gleich darauf schoß eine massige Frau in den Raum, ebenfalls in ein weißes Gewand gepreßt.

»Meine Herren, ich darf Ihnen meine Frau vorstellen,

Hildegard Buderus, oder Schwester Hilde, wie wir hier sagen. Schwester, das sind die Kommissare Heinzel und Hofmann.«

Höflich erhoben sich die Beamten. Die Gattin des Oberhirten maß knapp einen Meter achtzig und wog mindestens zweihundertzwanzig Pfund. Energisch stemmte sie ihre breiten Hände in die Hüften und musterte die Polizisten mißtrauisch.

»Tag. Sie kommen sicher wegen der Morde an unseren Brüdern. Wird ja auch Zeit.«

Heinzel konnte seine Überraschung nicht zurückhalten. »Bitte was? Wenn Sie sich mit Ihrer Kirche so gelungen verstecken, ist es kein Wunder, wenn wir Sie nicht finden. Außerdem hätte ich eher Ihren Besuch bei uns erwartet. Immerhin gehen Ihnen irgendwann die Gläubigen aus.«

Hilde Buderus breitete empört die Arme aus, als wolle sie Heinzel für seinen unverschämten Widerspruch ohrfeigen. Ihr Mann kam ihr zuvor.

»Schwester, wärest du wohl so freundlich, die beiden Herren zur Verwaltung zu bringen? Sie möchten sich unsere Mitgliederliste ansehen.«

»Meinetwegen«, knurrte der Racheengel genervt. »Hier entlang.«

Gleichzeitig machte sie auf den Absätzen kehrt und stürmte behende auf die Treppe zu. Die Beamten nickten Buderus noch einmal zu und eilten der Frau nach.

»Frau Buderus, wie war eigentlich Ihr Verhältnis zu den drei Toten?« rief Hofmann, als sie den Abstand auf höchstens vier Meter verringert hatten.

Ohne ihr Tempo zu verlangsamen, drehte der weiße Engel den Kopf zur Seite. »Gut. Wie zu jedem hier. Warum auch nicht? Wir verstehen uns nicht nur als Kirche, wir sind eine große Familie. Krömer und die beiden anderen gehörten dazu. Die Bezeichnung Bruder ist mehr als eine bloße Floskel für uns.«

»Aha«, stellte Heinzel fest. »Und warum jemand in ihrer Familie ein Blutbad anrichtet, ist Ihnen völlig unerklärlich?«

Tatsächlich blieb Schwester Hilde auf der obersten Stufe stehen und sah von ihrer erhöhten Position auf die Beamten herab. Hoffentlich kommt die jetzt nicht ins Stolpern, ging es Hofmann durch den Kopf.

»Nein. Ist doch wohl eher Ihre Aufgabe, Gründe für die Morde zu finden. Ich kann nur sagen, alle drei haben unserer Sache gut gedient, ihr Tod ist ein großer Verlust.«

»Scheint ein geflügelter Satz bei den Befreiten zu sein«, flüsterte Hofmann seinem Kollegen zu.

Endlich hatten sie das obere Ende der Treppe erreicht. Die Matrone winkte sie mit dem Kopf weiter und stürmte unaufhaltsam den Gang entlang. Kraftvoll stieß sie die Tür zu dem Raum am Kopf des Flures auf.

»Frau Bourrier und Herr Tilkowski stehen zu Ihrer Verfügung«, posaunte sie mit ihrer unangenehm schrillen Stimme, welche so gar nicht zu dem Rest ihrer Erscheinung paßte. »Die Herren sind von der Polizei und haben einige Fragen an euch.«

Sprach es und wälzte ihre Kilos wieder Richtung Erdgeschoß. Hofmann verstaute seine Pfeife in einem kleinen Beutel und folgte Heinzel in das Büro.

Nun waren die beiden Kripobeamten wirklich perplex. Hatte das bisher Gesehene eher einen verstaubten Eindruck auf sie gemacht, so war in der Schaltzentrale der Sekte schon das nächste Jahrtausend spürbar.

In dem hell und freundlich gestrichenen Zimmer standen aufeinander abgestimmte, verchromte Möbel, hinter denen moderne Managersessel montiert waren. Ein Mann und eine Frau, jeweils bekleidet mit teueren Designerklamotten, sahen von ihren Monitoren auf.

Hofmann pfiff leise durch die Zähne, als die weibliche Besatzung der Verwaltung aufstand und auf sie zukam. Auf den ersten Blick wirkte die Frau einfach perfekt, in ihren gleichmäßig geformten Gesichtszügen tauchten zwei Reihen blitzend weißer Zähne auf. Aus dem Minirock ragten gerade, schlanke Beine hervor.

»Gabriele Bourrier«, stellte sie sich lächelnd vor. »Bitte, kommen Sie doch.« Mit einer einladenden Geste wies sie auf die futuristisch anmutenden Besucherstühle, wobei sie den Bochumern das Profil zuwand. Hofmanns erste Begeisterung verschwand augenblicklich. Unter dem Pulli wölbte sich unverkennbar der Buckel eines mißgestalteten Schultergelenks, durch die glatten, langen Haare schossen Segelohren nach oben wie die eines Vulkaniers.

Hinter dem zweiten Schreibtisch erhob sich nun auch ihr Kollege, ausnahmslos in Stoffe von Armani gehüllt. Sein sonnengebräunter Teint kontrastierte wohltuend zu dem dezenten Gelb seines Jacketts.

»Roman Tilkowski«, gab er mit einer sonoren Stimme zum besten. Sein Mund verzog sich strahlend und legte mehrere Goldkronen frei.

Heinzel erledigte die Formalitäten für sich und Hofmann. Dann pflanzte er sich vorsichtig in eine Mischung aus Chrom und Leder. »Schönes Büro«, meinte er anerkennend. »Da sollten Sie mal unsere Verschläge sehen.«

»Zeigt auch jedesmal Wirkung«, erklärte Tilkowski herablassend. »Manchmal haben wir hier Verhandlungen mit Lieferanten oder Termine mit Bankern. Die sind so beeindruckt, daß sie sich gar nicht auf die vor ihnen liegenden Papiere konzentrieren können.«

Hofmann beugte sich interessiert vor. »Sie scheinen nicht gerade ein begeistertes Kirchenmitglied zu sein, stimmt's?«

Bourrier und Tilkowski sahen sich erschrocken an. »Wie kommen Sie denn darauf?« fragte die Frau.

»Sie wirken so ganz anders als Buderus und seine Frau. Besonders was die Kleidung angeht«, ergänzte nun Heinzel. »Sie gehören doch zur Kirche?« Sein letzter Satz war mehr eine Feststellung als eine Frage.

»Selbstverständlich«, nickte Tilkowski. »Sehen Sie, eigentlich legen wir keinen großen Wert auf Äußerlichkeiten. In unserer Kirche gibt es keine Standesunterschiede, auch nicht aufgrund der Funktion, die jeder einzelne ausübt. Deswegen bevorzugen wir normalerweise praktische Kleidung wie die Gewänder, die Sie schon kennen. Frau Bourrier und ich haben allerdings heute nachmittag einen Termin. Da verkörpern wir lieber das gängige Klischee von erfolgreichen Managern.«

»Eben«, bekräftigte seine Kollegin. »Bruder Roman und ich betreuen den Mitgliederbestand, ordnen die Finanzen, stellen die Bilanzen für das Finanzamt auf und so weiter und so weiter. Wir dienen der Kirche halt auf unsere Weise.«

Für Heinzel geriet die Erklärung ein wenig zu lang. »Uns interessieren zur Zeit vor allem die drei toten Angehörigen Ihrer Gemeinschaft«, erklärte er.

Tilkowski lehnte sich zurück. »Kann ich verstehen. Haben Sie schon eine Spur?«

»Nein«, bemerkte Hofmann. »Deshalb hätten wir gerne eine Kopie der Mitgliederliste. Wahrscheinlich müssen wir mit jedem Mitglied Ihrer Kirche ein kleines Gespräch führen.«

Bourrier stand sofort auf. »Du lieber Himmel, wir haben etwa zweitausendachthundert Mitglieder. Viel Spaß.«

»Danke«, parierte Hofmann trocken, während die Frau bereits an dem kleinen Tischkopierer stand. »Kannten Sie die Verblichenen?«

»Eigentlich nur dem Namen nach«, antwortete Tilkowski sofort. »Krömer war einige Male hier oben, wenn wir Unterschriften für Überweisungen oder andere Vollmachten brauchten. Schien ein ganz patenter Kerl zu sein. Mehr als zwei, drei private Worte hat der aber nie gesagt.«

»Und Sie?« wandte sich Heinzel an die Bourrier.

»Krömer hat sich nie mit mir unterhalten, Frauen gegenüber war der wohl etwas gehemmt. Rumpel und Gäbler kannte ich nur von den Mitgliederlisten und den monatlichen Überweisungen.«

»Was für Überweisungen?« spitzte Hofmann sofort die Ohren.

»Na, die Beiträge eben«, fuhr Bourrier fort. »Die Gläubigen zahlen das, was sie wollen und können.«

»Lohnt sich das?«

Tilkowski zögerte einen Moment. »Wir kommen mit dem Geld aus. Einige halten sich strikt an die Bibel, von wegen, gebe deinen Zehnten. Andere überweisen das, was sie erübrigen können. Da kommt schon was zusammen.«

»Und was macht die Sekte mit dem Geld?« drängte Hofmann. Im Gegensatz zu Buderus schienen die zwei gegen den Begriff Sekte nichts einzuwenden zu haben.

»Einen Teil bleibt hier, um die laufenden Kosten zu decken. Verpflegung, Steuern, andere Anschaffungen. Der größte Teil wird an die Zentrale abgeführt.«

»Nach Würzburg«, tippte Heinzel.

»Exakt«, bestätigte Tilkowski.

»Und was machen die mit dem Geld?«

»Ein Teil verschlingt natürlich der Apparat. Der Rest wird angelegt. Meistens Immobilien oder Firmenbeteiligungen. Wir in Herten haben nicht den genauen Überblick.«

»Warum vergraben Sie sich eigentlich so?« wollte Hofmann wissen. »Wir haben Tage gebraucht, um an die Adresse zu kommen.«

Bourrier kopierte die beiden letzten Seiten ihrer Liste und kam zu den drei Männern zurück. Hofmann verstaute die Blätter sorgfältig.

»Aus gutem Grund«, offenbarte sie den Ermittlern. »Unsere Gemeinschaft kämpft um die rechtliche Anerkennung als Kirche und damit um die Gemeinnützigkeit. Was meinen Sie, was wir dadurch an Steuern sparen könnten. Solange das nicht durch ist, wollen wir jede negative Publicity vermeiden. Denken Sie doch nur an den Zirkus mit Scientology. Mit denen möchten wir nicht in einen Topf geworfen werden.«

»Und das zurecht nicht«, bekräftigte Tilkowski. »Wir wirken auf Sie vielleicht ein wenig sonderbar oder gar spleenig, aber Ganoven sind wir nicht. Wenn neue Mitglieder kommen und ihre vierwöchige Einweisung hier verleben, zahlen die pro Tag vierzig Mark für Unterkunft und Verpflegung. Nach meiner Meinung ein fairer Kurs.«

Heinzel gab Hofmann einen leisen Wink und erhob sich. »Vielen Dank für Ihre Mithilfe. Ihre Liste wird dafür sorgen, daß wir in den nächsten Tagen bestimmt nicht über Langeweile klagen müssen.«

»Gern geschehen«, schmunzelte Tilkowski. »Viel Glück bei der Suche.«

»Ich bringe Sie noch nach unten«, bot sich Bourrier großzügig an. Heinzel nickte freundlich und ließ die Frau vorgehen. Bevor er das Büro verließ, drehte er sich noch einmal zu Tilkowski um.

»Eins verstehe ich nicht«, überlegte er. »Wenn ich der Leiter einer solchen Sekte wäre, hätte ich spätestens nach dem zweiten toten Mitglied mit der Polizei Verbindung aufgenommen. Warum hat sich niemand bei uns gemeldet? Die Zeitungen haben doch ausführlich über die drei Morde berichtet.«

Tilkowskis Lächeln verschwand. »Stimmt schon. Im Moment sind wir aber heilfroh, daß der Name unserer Kirche in der Presse noch nicht in Zusammenhang mit den Morden genannt wurde.«

»Ich hoffe nur, wir müssen die Leichen nicht stapeln, bevor wir wissen, warum diese Morde geschehen«, sagte Heinzel entmutigt, bevor er auf den Flur trat.

24

»Auch das noch«, fluchte Katharina.

Der Tank ihres Fiestas war schon gut gefüllt gewesen, aber geistesabwesend hatte sie die Zapfpistole weiterlaufen lassen. Als Dank dafür war ihr ein Schwung Benzin auf die Espandrillos geschwappt.

Verärgert über sich selbst, donnerte sie die Pistole in die Zapfsäule und verschloß den Tankdeckel. Nachdem sie ihre Rechnung beglichen hatte, krabbelte sie wieder ins Auto und fuhr ins Präsidium.

Sie hätte sich selbst ohrfeigen können. Bei ihrem ersten Besuch in der Wohnung der Selbstmörderin war sie mehr als oberflächlich vorgegangen. Sie hatte damals gerade zehn Minuten auf die Besichtigung verwendet, später hatte sie wegen der beginnenden Mordserie nicht mehr daran gedacht. Zu ihrem eigenen Glück hatte sie inzwischen zwar die Leiche zur Beerdigung freigegeben, aber die Wohnung vergessen. Nun hatte sie das Vesäumte nachgeholt.

Jetzt wußte sie zweifelsfrei, Danuta Jaworski war Mitglied der *Befreiten des Lichtes* gewesen. In der Wohnung hatte sie, in einem Bücherfach des Wohnzimmerschrankes geordnet, mehrere Hefter mit Unterlagen gefunden. Darunter war auch eine Mappe mit der Aufschrift *Kirche*. Zuunterst hatte Katharina das Aufnahmeschreiben der Sekte entdeckt, mit der die Befreiten Danuta als neues Gemeindemitglied begrüßt hatten, dann folgten Überweisungsaufträge. Jeden Monat hatte die Tote unglaublich hohe Summen an die Sekte überwiesen; wie sie das angesichts eines Verkäuferinnengehalts aufbringen konnte, war Katharina schleierhaft.

Ihr Stammplatz vor dem Präsidium war frei. Sie parkte den Wagen, schulterte die Reisetasche, in die sie die wichtigsten Unterlagen gepackt hatte, und betrat das Hauptquartier. Ihre Kollegen waren komplett ausgeflogen. Froh über die ungewohnte Ruhe, besorgte sich die Blonde in der Kantine eine Flasche Mineralwasser und machte sich an die Arbeit.

Je mehr sie las, um so umfangreicher wurden die Notizen auf dem kleinen Block. Diese Jaworski gab der Beamtin ein Rätsel nach dem anderen auf. In einem Ordner fand sie sämtliche Lohnabrechnungen seit Danutas Eintritt ins Berufsleben, in einem anderen Verträge über Festgeldkonten, Sparverträge und Bundesschatzbriefe. Wenn sich Katharina nicht verrechnete, hatte die Tote zu ihren besten Lebzeiten etwas über hundertzwanzigtausend Schleifen besessen; seit sie jedoch der Sekte angehört hatte, war die Summe des Vermögens rapide geschrumpft. Die Befreiten hatten knapp hunderttausend Mark von der Selbstmörderin bekommen.

Thalbach wühlte sich gerade durch einen Wust Steuererklärungen, als ihre Ruhe empfindlich gestört wurde. Auf dem Flur ertönten schwere Schritte, gleich darauf schob Gassel sein Übergewicht in ihr Gesichtsfeld.

»Grüß dich, Katharina«, schnaufte er erschöpft. »Hast du etwas zu trinken da?«

Wortlos zeigte sie auf die noch ungeöffnete Flasche Mineralwasser und beobachtete, wie Gassel sich nahezu die Hälfte in ein großes Glas kippte.

»Mann, was ein Streß«, stöhnte er. »Diese Hitze bringt mich um.«

»Heute abend soll es noch regnen«, tröstete sie ihn uninteressiert. »Erfolg gehabt?«

»Ach was«, beschwerte sich Gassel. »Diese Schwuchteln können mich mal. Außer drei unsittlichen Angeboten hab ich mir völlig umsonst die Füße platt gelaufen.«

»Homosexuelle«, korrigierte ihn Thalbach.

»Wie?«

»Das sind Homosexuelle«, wiederholte Katharina. »Keine Schwuchteln.«

»Mir doch egal«, winkte Gassel ab und plumpste auf den leeren Stuhl vor Hofmanns Schreibtisch. Nachdem er sein Glas fast bis auf den Boden geleert hatte, seufzte er erleichtert. »Das tut gut. Sag mal, was stinkt hier eigentlich so?«

Katharina klatschte ärgerlich mit der flachen Hand auf den Tisch. »Ich. Das ist Benzin.«

Abwehrend rollte Gassel ein Stück zurück. »Mensch, deine Laune ist ja zum Eier abschrecken. Was ist dir denn für eine Laus über die Leber gelaufen?«

Kopfschüttelnd gab Katharina ihre Arbeit auf. Der Dicke auf der anderen Seite hatte wohl seine anhänglichen fünf Minuten. In kurzen Sätzen erzählte sie ihm von ihrer Panne mit der Selbstmörderin und deren Kontakte zu der Sekte. Gassel machte große Augen.

»Donnerwetter. Klingt vielversprechend. Aber mach dir keinen Kopp deswegen, kann jedem mal passieren.« Geräuschvoll stand er auf und stellte sein Glas auf die Ablagefläche des Kühlschrankes.

»Ich mach mich wieder auf den Weg. Bis morgen mittag dürfte ich die dringendsten Fälle abgehakt haben. Einzelheiten folgen.«

Trotz ihrer schlechten Laune mußte Katharina grinsen. »Aber nicht morgen. Ab zwölf bin ich weg. Hausfrauentag.«

Ihr Kollege sah sie einen Moment fragend an, bis es ihm dämmerte. Westhoff bestand darauf, daß bei Erreichen von achtzig Überstunden rigoros abgebaut wurde. Katharina hatte die magische Grenze erreicht. Die Einhaltung dieser Regel war ihrem Chef noch wichtiger als die Quote der aufgeklärten Strafsachen.

»Dann bis Donnerstag.«

Gassel verschwand endlich, so daß sie ohne weitere Störungen weiter machen konnte. Bevor sie um halb sechs Feierabend machte, waren auf ihrem Notizblock etliche Fragen vermerkt, die sie in den nächsten Tagen klären wollte.

25

Der Schlag kam völlig unerwartet. Überrascht orientierte sich Katharina zurück und drehte sich mit einer schnellen Körpertäuschung nach links. Im letzten Moment setzte sie zum Konter an, aber sie wußte sofort, das war viel zu schwach gewesen. Wie recht sie damit hatte, zeigte sich nur zwei Sekunden später. Ihr Kontrahent schlug erneut zu, abgehetzt lief sie ins Leere.

»Acht null«, stellte Preuß vergnügt fest. »Noch einen bis zur Höchststrafe.«

Katharina wischte sich den Schweiß von der Stirn und plazierte sich, höchstens eine Armlänge von der Rückwand entfernt, etwas rechts der Mittellinie des Squashcourts, bereit, den Aufschlag anzunehmen. Preuß setzte seine gesamte Kraft ein; der kleine, schwarze Ball schoß wie eine Rakete auf sie zu. Reflexartig zischte ihr Schläger nach unten und erwischte die Kugel, aber ihr Return landete knapp im Aus.

»Jau«, jubelte ihr Gegner knapp. »Ich weiß gar nicht mehr, wann ich dir das letzte Mal einen Satz zu Null abgenommen hab.«

Dabei tupfte er sich mit seinem T-Shirt durchs erhitzte Gesicht. Trotz seines deutlichen Sieges hatte Katharina ihn gehörig über den Platz gescheucht.

»Glückwunsch«, meinte sie knapp. »Schaffen wir noch einen Satz?«

Preuß schüttelte mit einem Blick auf die Hallenuhr den Kopf. »Nächstes Mal kriegst du deine Revanche.«

Nach Atem ringend, verließen sie den Court und fielen schnaufend in die Rattansessel. Seit dem vorangegangenen Abend hatte die Hitzewelle vorübergehend ein Ende gefunden, und der Himmel hatte sich mit Wolken und leichtem Nieselregen bedeckt. Aber die Luft in der Halle glich der eines subtropischen Urwalds.

»Kleiner Saunagang gefällig?« erkundigte sich Katharina, als ihr Herzschlag sich etwas beruhigt hatte.

»Klar«, antwortete der Sieger. »Wenn ich schon gegen dich nicht ins Schwitzen komme, dann wenigstens nach dem Sport.«

Impulsiv schlug sie mit ihrem Handtuch nach dem vor Schweiß tropfenden Angeber. Dann erhoben sie sich und enterten die Umkleideräume.

Als Katharina, schon ein wenig erfrischt, in die Sauna kam, hatte Preuß bereits einige Minuten Vorsprung. Länger als fünf Minuten hielt sie es nach einer Stunde Squash eh nicht bei hundert Grad aus, Preuß schaffte gerade mal die doppelte Länge.

Die Sauna war nahezu leer, außer ihnen lümmelten sich nur zwei schon etwas vom Zahn der Zeit angenagte Hausfrauen auf den Holzbänken. Thalbach legte sorgfältig das Badetuch über die Sitzfläche und setzte sich neben Preuß. »Eigentlich sind wir verrückt«, flüsterte sie leise. »Anstatt sofort in den Pool zu hüpfen, lassen wir uns den letzten Rest Gehirn weichkochen.«

»Hitze hilft enorm gegen Rinderwahn«, erwiderte Preuß mit geschlossenen Augen.

Die beiden Hausfrauen warfen ihnen einen bösen Blick zu und tauschten weiter Rezepte aus.

»Na, schon was Neues über deine abgehackten Pimmel?« fragte Preuß in normaler Lautstärke.

»Nichts Wesentliches«, gab die Polizistin zurück. »Allmählich kommen wir dieser Sekte auf die Spur. Berthold und Gisbert waren gestern in deren Hauptquartier.«

»Und?«

»Keine Ahnung, wir haben uns danach noch nicht gesehen. Morgen früh ist erst wieder Lagebesprechung.«

»Ihr habt ja einen tollen Informationsfluß«, moserte Preuß, während er dem Elektroofen der Sauna einen neuen Aufguß gönnte. »Kein Wunder, daß eure Erfolgsquote so weit unten liegt.«

»Bei Mord sind wir sensationell gut«, widersprach Katharina. »Nur bei den kleinen Delikten könnte es besser aussehen.«

»Kleine Delikte«, schnaufte ihr Begleiter. »Erzähl das mal einem, dem die Wohnung aufgebrochen und verwüstet wurde.«

»Für Einbruch bin ich nicht zuständig«, erklärte sie wahrheitsgemäß.

»Hast du eigentlich was über deine Selbstmörderin erfahren?«

Unwillig richtete sich Katharina ein wenig auf. Eigentlich durfte sie außerhalb des Präsidiums kein Wort über ihre jeweiligen Fälle verlieren, aber wie jeder ihrer Kollegen hielt sie sich nur sporadisch an diese Vorschrift. Oft hatten ihr gerade Leute wie Preuß, die nicht bei der Polizei arbeiteten, entscheidende Tips gegeben.

»Ein wenig«, nickte sie. »Sieht so aus, als ob die ebenfalls in dieser komischen Sekte war. Ich sehe noch keinen Zusammenhang zu den Morden, aber ich werde das Gefühl nicht los, das mit dem Selbstmord die ganze Geschichte angefangen hat.«

Preuß' Interesse war geweckt. »Inwiefern? Habt ihr einen Abschiedsbrief gefunden?«

»Nee, leider nicht. Aber die war nicht ganz koscher. Ihre Eltern waren die ganze Zeit der Meinung, ihre Tochter arbeitete gelegentlich als Verkäuferin in Boutiquen. Dabei hatte die ein Sparkonto, von dem ich nur träumen kann. Und bis vor einem Jahr sind regelmäßig Überweisungen von einer Videofirma auf ihrem Konto eingegangen, Beträge zwischen vier- und fünftausend Mark.«

»Werbung?«

»Weiß ich nicht. Ich hab die Firma in keinem Branchenverzeichnis und keinem Telefonbuch gefunden. Wäre ja auch ein Wunder, wenn das in diesem Fall sofort zu klären wäre.«

Preuß zog die Beine an und faßte sich an die Knöchel. »Vielleicht hat die Pornos gedreht«, überlegte er. »Glaube kaum, daß die entsprechenden Produktionsfirmen in den Gelben Seiten zu finden sind.«

»Hab ich auch schon dran gedacht«, stimmte Katharina zu. »Irgendeine Firma irgendwo in Deutschland.«

»Wolf Maahn 1986. Im Ernst, warum rufst du nicht bei der *Güfa* an?«

Katharina sah neugierig zur Seite. »Bei wem?«

»Der *Gesellschaft zur Überwachung von Filmaufführungsrechten*. Sitzt meines Wissens in Düsseldorf. Ist das Gegenstück zur *Gema* bei Musikstücken. Die müßten dir weiterhelfen können.«

Thalbach lachte auf. »Eigenartig. Ich hab zwar viele Videos bei euch gesehen, aber keine Pornos. Die hast du wohl extra verschlossen, was?«

»Quatsch. Geh doch mal in eine Videothek. Zehn Prozent Neuerscheinungen, zehn Prozent Kriegsfilme, zwanzig Prozent Karateschinken und sechzig Prozent Holzauktion auf Lesbos.«

Protestierend schnappten sich die beiden anderen Saunabesucherinnen ihre Handtücher und flüchteten schimpfend aus der Hitze.

»Du könntest richtig liegen«, überlegte Katharina. »Los geht's, genug geschwitzt. Ich muß mal telefonieren.«

Preuß sah auf. »Du spinnst doch. Ich denke, du mußt Überstunden abbauen.«

»Mein Chef kann mich mal. Äh, hast du zufällig eine Telefonkarte dabei?«

»Klar, in der Umkleide. Kannst sie dir ja holen«, empfahl Preuß.

»Arschloch«, bescheinigte ihm die Polizistin.

Katharina erledigte ihre Restaurierungsarbeiten nur flüchtig. Normalerweise ließ sie Preuß mit ihrer Körperpflege nach der Sauna Zeit für mindestens vier Zigaretten in der dem Sportcentrum angegliederten Kneipe. Heute traten sie fast gleichzeitig aus den Kabinen. Preuß steuerte sofort die Tränke an, aber Katharina zog ihn mit sich zum Ausgang, an dem ein Kartentelefon montiert war. Ein wenig aufgeregt steckte sie die Karte in den Schlitz und wählte die Nummer der Auskunft.

»Stimmt, die sitzen in Düsseldorf«, bestätigte Thalbach, nachdem sie die gewünschte Nummer erhalten hatte. »Wollen wir doch mal sehen.«

Erneut hasteten ihre Finger über die Tasten. Katharina brachte ihr Anliegen vor, wartete einen Moment, weil sie weiterverbunden wurde, sagte ihren Spruch erneut auf, wartete wieder und strahlte plötzlich auf. Triumphierend hakte sie den Hörer wieder auf die Gabel.

»Ich hab sie«, strahlte sie.

»Dann steht deiner zweiten Karriere ja nichts mehr im Wege«, grinste Preuß, wobei er seine Telefonkarte wieder in seine Geldbörse steckte.

»Scherzkeks. Die sind gar nicht so weit weg, in Gelsenkirchen. Leihst du mir wohl deinen Wagen?«

Preuß trat einen Schritt zurück. »Keinesfalls. Bei deinem Fahrstil krieg ich doch höchstens mein Lenkrad zurück.«

»Ach komm, sei nicht so. Ulli hat meinen Fiesta, der kommt nicht vor heute abend zurück.«

Schamlos blinkerte sie Preuß von unten herauf an. Der schulterte seine Tasche und atmete durch. »Kennst du dich überhaupt in Gelsenkirchen aus?«

»Nee, aber ich find das schon.«

»Nix da. Ich fahr dich hin, keine Diskussion.«

»Meinetwegen«, gab sich Katharina gutgelaunt geschlagen. Da sie keine Ahnung hatte, was sie erwartete, kam ihr die männliche Begleitung ganz gelegen.

Der Feierabendverkehr war noch gut anderthalb Stunden entfernt. Ohne Schwierigkeiten erreichten sie über die A 43 und die A 2 keine halbe Stunde später die Abfahrt Gelsenkirchen-Buer, die im Schatten der Flutlichtmasten des Parkstadions lag. Ohne in den Kreisverkehr überzuwechseln, bog Preuß sofort rechts Richtung Zoo ab. Kurze Zeit später hatten sie die Bahnstraße erreicht.

»Welche Hausnummer?« fragte Preuß, sorgsam seinen Wagen abschließend. Sie waren nicht gerade in der feinsten Ecke der Nachbarstadt gelandet.

»Vierundzwanzig«, antwortete Katharina, die Häuserzeile absuchend. »Da haben wir es ja.«

Sie standen vor einem Flachdachbau, der ein wenig zurückgezogen vom Gehweg lag. An der Einfahrt prangte ein mikroskopisches Schild, welches das Gebäude als Sitz der *Quick-Video-Produktion* auswies. Direkt vor dem Haus stand ein dicker BMW, offensichtlich war jemand bei der Arbeit.

»Anscheinend hat dieses Kaff neben Schalke 04 noch andere Exportschlager«, bemerkte Preuß.

Langsam gingen sie auf den Eingang zu, der hinter einer sauber lackierten Wellblechwand lag. Schüchterne Besucher waren so vor den Blicken der Passanten geschützt. Katharina atmete durch und drückte auf den Klingelknopf, über dem eine pompöse Gegensprechanlage montiert war. Doch statt eines Knacken im Lautsprecher wurde die Tür beinahe sofort aufgerissen.

»Da seid ihr ja endlich«, empfing sie ein hektisches, männliches Etwas. Unter der unvermeidlichen Dauerwelle musterten sie zwei dunkle, zu Schlitzen verengte Augen abschätzend. Der Rest des Türstehers verschwand unter einem schmuddeligen weißen Bademantel.

»Mein Gott, schon wieder so 'ne blonde Puppe. Ich hab doch extra 'ne Rothaarige bestellt. Egal, beeilt euch, wir sind sowieso schon zu spät.«

Damit gab er den Eingang frei. Als die beiden Besucher nicht sofort reagierten, brüllte er los. »Bewegt eure Hintern endlich. Maske ist gleich vorne rechts, und dann ab ans Set. Los, macht schon.«

Endlich hatte Katharina ihre Sprachlosigkeit überwunden. Mit einem schnellen Griff hatte sie ihre Marke in der Hand. »Sorry, aber ich hab nur ein paar Fragen an Sie. Thalbach, Kriminalpolizei. Mein Kollege.«

Dem Bademantel fiel fast der Unterkiefer herunter. Dann griff er sich irritiert in seine Locken. »Soll das ein Witz sein?«

»Keineswegs«, half Preuß aus. »Und die Marke ist auch nicht aus einem Kaugummiautomaten.«

Jetzt war es an dem Leichtbekleideten, sprachlos zu sein. Wortlos ging er einen weiteren Schritt zurück und hielt sich an der Messinggarderobe fest.

»Ich weiß wirklich nicht, warum Sie noch einmal auftauchen«, jammerte er kleinlaut. »Ihr Kollege hat mir gesagt, die Sache wäre ausgestanden.«

»Welchen Kollegen meinen Sie?« hakte Katharina nach.

»Na, diesen Heini, entschuldigung, diesen Beamten, der vor drei Wochen hier war. Wegen der Kleinen aus Rumänien. Die Illegale.«

Katharina und ihr ›Kollege‹ traten über die Schwelle und sahen sich neugierig um. Auf den ersten Blick gab es nichts, was auf die Machwerke dieser Firma Rückschlüsse zuließ.

»Erklären Sie mir das mal ein wenig genauer«, bat Thalbach.

Bademantel versenkte die Hände in den Taschen. »Zum tausendsten Mal, ich hab nicht gewußt, daß die kein Visum hatte. Meine Agentur hat mir die Kleine vermittelt, wie die anderen Schauspieler auch. Ich kann doch nicht bei jeder Tussi, die hier antanzt, den Paß überprüfen.«

»Demnach sind Sie der Besitzer dieser Firma?« fragte Katharina eher rhetorisch.

»Ja. Klaus Meitert.«

Katharina verstaute ihre Marke und sah dem Videoproduzenten in die Augen. »Wir kommen wegen einer anderen Sache«, klärte sie ihn auf. »Mordkommission.«

Meiterts Finger auf der Garderobe wurden weiß. »Mordkommission?« wiederholte er. »Wieso das denn?«

»Beruhigen Sie sich erst mal«, empfahl Preuß, dem seine Beförderung zum Staatsdiener sichtlich Spaß machte. »Wir möchten Sie als Zeugen befragen, nicht als Verdächtigen.«

Falls er den Besitzer des Schuppens damit aufgeheitert hatte, konnte der das meisterhaft verbergen. Wenigstens war er in der Lage, seine Besucher ins Büro zu bitten.

Das Büro bestand aus einem kleinen Schreibtisch, einer Schreibmaschine, einigen Sitzmöglichkeiten und aus zahlreichen großformatigen Fotos, auf denen Meitert die gelungensten Szenen seiner Werke zur Schau stellte. Etliche Akteure verbogen und verrenkten sich unbekleidet zu den unmöglichsten artistischen Übungen, zum Teil in Gruppen, zum Teil paarweise. Katharina entschied sich für einen Sessel, von dem aus sie nur das kurze Stück der Stirnwand mit dem Fenster im Blick hatte. Trotzdem entging sie nicht dem auffordserndem Lächeln eines protzig bestückten Jünglings, dem eine zierliche Frau höflich zur Hand ging.

»Herr Meitert, sagt Ihnen der Name Danuta Jaworski etwas?«

Der Angesprochene tigerte nervös zwischen den Sesseln und seinem Schreibtisch auf und ab. »Was? Jaworski? Nee«, antwortete er nach kurzem Überlegen.

Thalbach verfluchte sich dafür, vor ihrem Trip nicht ein Foto der Toten aus dem Büro geholt zu haben.

»Immerhin hat sie bis vor etwa einem Jahr regelmäßig Geld von Ihrer Firma erhalten«, half ihr Preuß. »Beträchtliche Summen, die zahlt man nicht seiner Putzfrau.«

»Schon möglich«, gab Meitert zu. »Aber der Name sagt mir trotzdem nichts. Wissen Sie eigentlich, wie viele Leute hier durchwandern? Hunderte, sag ich Ihnen, Hunderte. Und da ist kaum einer bei, der mit richtigem Namen im Vorspann genannt wird.«

»Was produzieren Sie eigentlich für Filme?« wechselte Katharina das Thema. In seinem augenblicklichen Zustand wußte Meitert sicher noch nicht mal sein Geburtsdatum.

»Pornos natürlich. Stinknormale, nichts Perverses. Ab und zu mal 'ne Lesbennummer. Aber mehr ist nicht.«

»Und davon kann man leben?« wunderte sich Preuß.

»Klar. Sie glauben gar nicht, wie hoch der Anteil der Pornos bei den Kaufvideos ist. Und dann gibt's natürlich noch die Videotheken.«

Katharina hatte zwar schon selbst den einen oder anderen Streifen gesehen, mehr als ein müdes Gähnen hatte sich allerdings bei ihr nicht geregt. »Aber das ist doch immer dasselbe«, warf sie ein. »Kennt man einen, kennt man alle.«

Meitert grinste. »Stimmt. Aber solange das keinen interessiert, zahl ich meine Brötchen davon.«

Preuß beäugte die abgelichteten Filmszenen. »Seit wann machen Sie das schon?«

»Ach, das ist 'ne lange Geschichte«, wehrte Meitert ab. »Eigentlich wollte ich, als ich anfing, ja nur Tierfilme oder Dokumentationen drehen. Aber beim WDR und den anderen Sendern kommste ohne Beziehungen nicht rein. Von irgend was muß der Mensch ja leben.«

»Ich weiß nicht«, zweifelte Preuß. »Irgendwann muß einem das doch zum Hals raushängen.«

Meitert zuckte die Achseln. »Mir nicht. Wenn ich nicht drehe, drehen andere. Der Absatz stimmt. Meine Frau sagt immer, jedes Land hat die Pornographie, die es verdient.«

»Sie sind verheiratet?« platzte Katharina überrascht heraus.

»Sicher«, antwortete Meitert, während er sich endlich auch setzte. »Hab sogar Kinder, zwei Stück. 'nen Jungen und 'nen Mädchen.«

Katharina zog angewidert die Beine an. »Wie dem auch sei, können Sie sich wirklich nicht an Frau Jaworski erinnern?«

»Ich kann ja mal in der Kartei nachsehen«, erbot sich Meitert. Seine nicht mehr ganz so schlimm zitternden Finger öffneten eine Schublade des Schreibtisches, aus dem er einen kleinen Kasten aus Metall hervorzog. Mit zusammengekniffenen Augen sah er die Kärtchen durch und nickte schließlich.

»Da haben wir sie ja, Danuta Jaworski. Wohnt in Bochum, ne?«

»Genau die«, bestätigte Katharina.

»Stimmt, die hat mal hier gedreht. Ist aber schon 'ne Zeit her. Jetzt fällt es mir wieder ein, die Kleine war 'ne Zeitlang ganz heiß drauf, Kohle zu machen. Hat jeden Monat bestimmt eine Woche hier gearbeitet.«

»Auf den Überweisungsbelegen waren stets vier- bis fünftausend Mark ausgewiesen«, zweifelte Katharina.

»Na und?« gab Meitert zurück. »Hören Sie, ich bezahle meine Leute anständig. Pro Drehtag 'nen Tausender. Dafür müssen die aber auch zwölf bis vierzehn Stunden ran, je nachdem, wieviel zu tun ist.«

»Ich laß mich umschulen«, bemerkte Preuß trocken.

»Warum hat sie aufgehört?« fragte Thalbach.

Zum ersten Mal, seit sie seine Firma betreten hatten, verzog sich Meiterts Gesicht zu einem Lächeln. »Weiß ich doch nicht. Aber Sie haben Glück, Kimba war, glaub ich, ganz gut mit der befreundet.«

Preuß riß seinen Blick von den Fotos los. »Kimba? Macht die Zeichentrickfilme?«

»Künstlername«, erklärte Meitert. »Wollen Sie mit ihr sprechen? Sie dreht gerade.«

Erfreut wuchtete sich Katharina aus dem Sessel. »Aber klar doch«, meinte sie. »Worauf warten wir noch.«

Meitert war sichtlich froh, die Plagegeister los werden zu können. Eifrig führte er sie zu einer unscheinbaren Tür, auf der in protzigen Buchstaben *Studio* geschrieben stand.

Im Studio war die Produktion in vollem Gange. Undeutlich erkannten die beiden Besucher hinter einem kleinen Pulk von Menschen ein Pärchen in Aktion. Ein pickeliges Milchgesicht mit einem breitkrämpigen Wildwesthut auf dem Schädel rackerte sich redlich auf seiner gelangweilt an die Decke blickenden Partnerin ab. Erst, als die Kamera auf das Gesicht der Akteurin schwenkte, kam Leben in ihre Züge. Sie keuchte hingebungsvoll und versicherte dem Kleinen auf ihr, wie toll er doch sei.

Thalbach und Preuß mischten sich in die Anhäufung von Kameraleuten, Beleuchtern, Regieassistenten und Kabelträgern. Der Cowboy schwitzte wie ein Schwein, schwenkte seinen Hut wie irre durch die Luft und stieß dabei gegen die Marmorsäule aus Pappmaché, auf der ein hübsches Blumengesteck stand. Die dunkelhaarige Schönheit fluchte laut auf, als ihr das Gestrüpp ins Gesicht fiel.

»Aus!« brüllte der Kameramann. »Kriegst du Arschloch eigentlich gar nichts auf die Kette? Meine Fresse, so bescheuert kann einer alleine doch nicht sein.«

»Gibt mir mal einer ein Handtuch?« nuschelte die Begossene undeutlich. Immer wieder spuckte sie kleine Brocken Blumenerde auf die Matratze, bis der gröbste Dreck aus ihr heraus war. Verärgert stieß sie den Cowboy von sich herunter und stand auf. Die Regieassistentin reichte ihr einen großen Waschlappen, mit dem sie notdürftig ihre Brüste säuberte.

»Viertelstunde Pause«, brüllte der Kameramann erneut. »Angie, mach ma die Sauerei weg. Und du, Bürschchen, reißt dich beim nächsten Mal ein bißchen mehr zusammen.«

Der Cowboy nickte stumm und trollte sich. Katharina nutzte die allgemeine Verwirrung und näherte sich der Schauspielerin.

»Sind Sie Kimba?« fragte sie freundlich.

Die Frau war immer noch dabei, sich den Dreck vom Leib zu schütteln.

»Bin ich«, antwortete sie knapp. »Und wer bist du?«

Katharina faßte sie am Arm und führte sie in den Hintergrund des garagengroßen Studios. Preuß gesellte sich zu ihnen.

»Mein Name ist Thalbach. Ich bin von der Kripo und möchte Ihnen ein paar Fragen stellen.«

»Weswegen?« fragte Kimba uninteressiert zurück. »Ich hab nichts angestellt. Kann sein, daß ich gleich diesen Blödmann kaltmache, der mich schon seit zwei Stunden bearbeitet. So gesehen, sind Sie etwas zu früh dran.«

»Geht doch nichts über ein gutes Arbeitsklima«, grinste Preuß.

Kimba bekam rote Ohren.

»Dieser Blödmann ist wirklich zu bescheuert. Erst schmeißt der mich zweimal vom Bett, dann tritt er mir mit seinen Stiefeln auf die bloßen Füße und benutzt mich schließlich als Blumenvase.«

Katharina biß sich auf die Lippen. »Ich komme wegen einer alten Freundin von Ihnen, Danuta Jaworski.«

In den Augen des Nackedeis zeigte sich Verwirrung. Langsam glitt sie herab und hockte sich auf die Fersen, wobei sie den Rücken an die mit Schaumstoff verkleidete Wand lehnte.

»Dany? Ist sie in Schwierigkeiten?«

»Wann haben Sie sie das letzte Mal gesehen?« ignorierte Katharina die Frage.

»Warten Sie mal, muß bestimmt schon ein halbes Jahr her sein. Nachdem sie hier aufgehört hat, ist unser Kontakt allmählich eingeschlafen. Besonders, seit sie diesen Kirchentick entwickelt hat.«

»Sie wußten davon?«

»Von der Sekte? Klar doch, Dany hat doch gar nichts anderes mehr erzählt. Wollte mich ständig überreden, auch da einzutreten. Na ja, 'n bißchen gespinnt hat sie ja schon immer.«

»Inwiefern?« mischte sich Preuß ein. Langsam schien er sich wirklich als Bulle zu fühlen.

»Na, von wegen der Kirche. Einmal haben wir hier die ganze Samstag nacht durch gedreht, weil so ein Idiot 'ne Kassette mit Kaffee getränkt hat. Dany ist von hier aus sofort zur Kirche gefahren, weil sie den Gottesdienst nicht verpassen wollte. Da war sie aber noch nicht lange bei diesem seltsamen Haufen.«

Langsam zog sich Kimba einen leichten Morgenmantel über die Schultern, aus dessen Seitentasche sie eine lange Zigarette fingerte. Preuß gab ihr Feuer und zündete sich eine seiner eigenen Fluppen an.

»Hat sie mal erzählt, wie sie mit dieser Sekte in Kontakt gekommen ist?« bohrte Katharina weiter. »Oder hat sie mal Namen genannt?«

Kimba inhalierte tief und ließ den Rauch in kleinen Ringen wieder entweichen. »Kann mich nicht erinnern. Ist für sie aber irgendwie gar nicht so schlecht. Ich hab nie verstanden, wie die in den Laden hier gerutscht ist.«

Preuß hockte sich neben die Schauspielerin auf den Teppich. »Ist das denn so ungewöhnlich? Bei den Verdienstmöglichkeiten könnten noch ganz andere schwach werden.«

»Schon. Aber Dany ist anders. Sehen sie, manchmal sind wir nach den Drehs noch was essen gegangen oder in eine Diskothek. Mir hat's immer Spaß gemacht, wenn mich die Böcke, die sich für unwiderstehlich halten, angebaggert haben. Aber Dany ist sofort stocksteif geworden, als hätte sie 'nen Besen verschluckt. Privat hat die keinen an sich rangelassen. Hier im Studio war sie völlig hemmungslos, hat alles mit sich machen lassen, sogar die abartigen Nummern, vier oder fünf Männer mit einer Frau. Nachdem die Klappe fiel, war bei ihr tote Hose.«

»Eigenartig«, überlegte Katharina.

»Mehr als eigenartig«, bestätigte Kimba. »Ich hab sie mal gefragt, ob sie nur vor der Kamera könne. Sie ist rot geworden, war ihr scheinbar peinlich, darüber zu reden. Also hab ich's gelassen.«

»Kimba, noch fünf Minuten«, brüllte der Kameramann aus der anderen Ecke des Studios.

»Ich muß so langsam wieder. Wollten Sie noch etwas wissen?«

Katharina zog die Stirn in Falten. »Hat sie mal erzählt, was die Sekte so treibt?«

Kimba sog hastig an ihrer Zigarette und zerquetschte den Stummel sorgfältig. »Ohne Ende sogar. Endlich hatte sie Leute gefunden, denen Gott genausoviel bedeutet wie ihr selbst. War richtig happy, die Kleine. Sie hatte noch für zwei Filme unterschrieben, die hat sie schnell abgedreht und dann tschüs gesagt. Ich hab's ja schon gesagt, gelegentlich haben wir uns noch getroffen, aber das wurde immer seltener. Ich hab's nicht so mit Kirchens, verstehen Sie. Sie war genauso wie 'ne Schwangere, 'n anderes Thema als ihr Balg kennen die plötzlich nicht mehr. Und so war es auch mit Dany und ihrem Kirchenverein.«

Katharina stand auf und gab Preuß ein Zeichen, sich ebenfalls zu erheben. »Das war's fürs erste. Ich gebe Ihnen meine Nummer, wenn Ihnen noch etwas einfällt, rufen Sie mich bitte an.«

»Woher stammt eigentlich Ihr merkwürdiger Name?« fragte Preuß, während er ächzend auf die Beine kam.

Kimba grinste. »Ich heiße mit Nachnamen Singer.«

Preuß sah sie einen Moment verständnislos an und lachte verstehend los. Kurz nach ihm hatte auch Katharina das Wortspiel kapiert.

»Sie sind wirklich Blitzmerker«, schmeichelte die Videodarstellerin anerkennend. »Von den Spinnern hier hat das noch keiner begriffen. Sagen Sie mir jetzt, was mit Dany ist?«

Katharina schluckte den leichten Kloß in ihrem Hals herunter. »Sie ist tot. Sieht wie ein astreiner Selbstmord aus, aber ich bin mir da nicht mehr so sicher.«

»Tot?« wiederholte Kimba entsetzt. Fröstelnd zog sie ihr Mäntelchen zusammen.

»Tut mir leid, es stimmt.«

»Aber doch nicht Dany«, protestierte die Frau, die plötzlich einen ganzen Kopf kleiner wirkte. »Sie hatte doch noch so viel vor. Scheiße.«

Abrupt drehte sie sich zur Seite, trotzdem sahen Preuß und Thalbach, daß ihr die Tränen in die Augen schossen. Katharina legte ihr mitfühlend die Hand auf den Ellbogen. Der Kameramann bat zum Dreh.

Bevor sie endgültig das Studio hinter sich ließen, beobachteten sie aus den Augenwinkeln, wie der Cowboy seinen aufpolierten Hauptdarsteller wieder in Fahrt brachte. Kimba jubelte vor Entzücken und strampelte euphorisch mit den Beinen.

»Nicht mal für zehntausend am Tag«, flüsterte Katharina unhörbar und machte, daß sie an die frische Luft kam.

26

»Ich hab sie«, triumphierte Gassel gutgelaunt.

Die anderen Beamten drehten überrascht ihr Köpfe. Um halb acht morgens war keiner von ihnen voll aufnahmefähig.

»Was denn?« murrte Heinzel. »Die ideale Diät, ohne zu hungern?«

»Nein«, widersprach der Wohlbeleibte. »Die Tatwaffe.«

Schlagartig waren die drei wach.

»Kompliment«, lobte Hofmann. »Wo ist sie?«

»Wir kriegen im Laufe des Vormittages ein Modell«, erläuterte Gassel. »Ist noch nicht hundertprozentig sicher, daß bei unseren Morden die gleiche Waffe benutzt worden ist, aber es spricht verdammt viel dafür. Und wenn das so ist, sehen wir ganz schön alt aus.«

Katharina runzelte die Stirn. »Versteh ich nicht.«

»Weil«, klärte sie der Dicke nach einer Kunstpause auf, »das Ding, das ich meine, vor knapp zwanzig Jahren mal zur Standardausrüstung einer Spezialeinheit der US-Armee gehört hat, einem Sonderkommando.«

Nach und nach wurde allen klar, welche Bedeutung Gassels Entdeckung haben könnte.

»Herr im Himmel«, stöhnte Hofmann. »Wie viele gibt es denn von dem Gerät?«

»Höchstens tausend. Sind bald wieder ausgemustert worden, waren den Amis wohl zu teuer. Bestehen aus einer speziellen Kunststofflegierung, überzogen mit Teflon. Um mal eine bekannte Werbung zu zitieren: Unkaputtbar.«

»Woher hast du deine Weisheiten eigentlich?« erkundigte sich Katharina zweifelnd. »Hast du deine Glaskugel befragt?«

»Nee, das Landeskriminalamt Düsseldorf. Die haben so einen Dolch. Vor mehr als zehn Jahren hat ein ehemaliger amerikanischer Soldat einen deutschen Diplomaten, der was mit seiner Frau angefangen hatte, damit erstochen. Seitdem verschimmelt das Teil in der Asservatenkammer.«

»Na toll«, fluchte Heinzel. »Damit können wir die Sektenheinis abhaken. Woher sollen die so eine Waffe haben?«

»Besagt doch gar nichts«, meinte Hofmann energisch. »Wer weiß, vielleicht kann man solche Waffen ja auf dem Flohmarkt kaufen.«

Gassel sah ihn mitleidig an und setzte sich zu ihnen. »Jetzt erst mal der Reihe nach, bevor wir nur noch wilde Vermutungen absondern. Wer fängt an?«

Als die Männer schwiegen, räusperte sich Katharina und setzte ihre Kollegen über ihre Aktivitäten während der letzten anderthalb Tage in Kenntnis.

»Ich vermute«, schloß sie ihren Vortrag, »dieser Selbstmord steht in Zusammenhang mit unserer Mordserie. Ich hab zwar nicht den blaßesten Schimmer, in welchem, aber diese Anhäufung von Todesfällen innerhalb einer relativ kleinen Gruppe kann kein Zufall sein. Danuta Jaworski stand mit Sicherheit mit Krömer und mindestens einem anderen unserer Opfer in Verbindung, das wissen wir von Gäblers Fotos.«

»Gute Arbeit«, erklärte Hofmann. »Meine Schule macht sich wohl doch bemerkbar.«

Heinzel warf ihm einen vielsagenden Blick zu und blickte zu ihrem Schwergewicht.

»Absolut gar nichts«, erklärte Gassel. »Von unseren homosexuellen Kunden im Bochumer Umkreis haben wir nichts zu erwarten. Vier hatten ein wasserdichtes Alibi, zwei sitzen zur Zeit in der Krümmede, und einer ist spurlos verschwunden, sehr wahrscheinlich Richtung Ostblock. Die anderen, die ich mir vorgenommen habe, waren sowieso leichteren Kalibers. Tut mir leid.«

»Nun zu der Sekte«, fuhr Heinzel selbst fort. »Berthold und ich haben die Vögel mal in Augenschein genommen. Wirkt alles auf den ersten Blick ziemlich harmlos, die Liste der Mitglieder haben wir durch den Computer jagen lassen. Von den zweitausenachthundert Namen sind nur fünf bei uns bekannt, alles leichtere Vergehen, keine Kapitalverbrechen. Am interessantesten waren natürlich die Personen, die der Sektenchef auf den Bildern von Gäbler erkannt hat. Insgesamt achtunddreißig, fünfundzwanzig haben wir durch. Der Rest folgt heute und morgen.«

»War was dabei?« fragte Katharina.

»Tote Hose«, gab Hofmann zurück. »Erst wollte keiner etwas wissen, dann redeten sie doch, als sie die Bilder sahen. Krömer kannten alle, der war ein reichlich hohes Tier. Gäbler und Rumpel sagten den meisten angeblich gar nichts.«

»Glaubhaft?« zweifelte Gassel.

»In der Regel schon«, nickte Heinzel. »Durchschnittliche Leutchen, denen diese Sekte wirklich etwas bedeutet. Auffällig hat sich jedenfalls keiner benommen.«

Verärgert sah er zum Schreibtisch, weil in diesem Moment das Telefon läutete. Dabei hatte er der Zentrale Anweisung gegeben, vor neun keine Gespräche durchzustellen. Da der Apparat keine Ruhe gab, schwenkte er schließlich auf seinem Stuhl herum und griff den Hörer.

»Ja«, bellte er wütend.

Katharina saß ihm direkt gegenüber. Erschrocken bemerkte sie, wie Heinzels Gesichtsfarbe einer ungesunden Blässe wich.

»Was?« brüllte er seinen Gesprächspartner an. Und nach einer weiteren Pause: »Wir kommen sofort.«

»Laß mich mal raten«, bat Gassel, bevor Heinzel den Mund öffnen konnte. »Nummer vier.«

»Volltreffer«, bestätigte Heinzel tonlos. »Los jetzt, bevor Westhoff auftaucht. Wenn der Alte dabei ist, steht der uns doch nur im Weg rum.«

Schnell machten sich die Beamten abmarschfertig.

»Wo geht's denn hin?« wollte Hofmann wissen, während sie sich auf ihre Autos verteilten.

»Riemke, direkt am Markt. Wir fahren vor.«

Katharina griff nach den Schlüsseln, aber Hofmann lächelte bedauernd. »Von wegen. Ich hab grad erst gefrühstückt.«

»Weichei«, entgegnete sie mit Galgenhumor. »Besser, du kotzt dich jetzt aus als gleich am Tatort.«

Heinzel gab Vollgas, patschte das magnetisch haftende Blinklicht aufs Dach und stellte die röhrende Sirene an.

»Holla, Gisbert hat's eilig«, seufzte Hofmann. Mit der linken Hand tastete er nach seiner eigenen Reklame, die ihm von den schwitzigen Finger rutschte. Reflexartig griff er nach unten und verlor für einen Moment den Wagen vor ihm aus den Augen.

»Brems«, schrie Katharina, weil Heinzel voll in die Eisen steigen mußte, um nicht einen Rentner mit AOK-Chopper über den Haufen zu fahren.

Hofmann reagierte, ohne zu überlegen. Er donnerte seinen rechten Fuß auf die Bremse und riß das Lenkrad nach links. Beinahe hätte er es geschafft, aber ein Streifenwagen mit einer entsetzt starrenden gemischten Besatzung parkte einen Meter zu weit vorne.

Der Aufprall war nicht übermäßig stark, reichte aber, daß sich der Airbag mit einem Knall entfaltete und sich ein gehöriger Teil Staatseigentum verbeulte.

»Ist dir was passiert?« fragte Hofmann heiser.

Katharina öffnete vorsichtig ihre Augen und sah an sich herunter. Alles noch dran. »Glaub nicht. Und dir?«

Ihr Chauffeur verzog den Mund zu einer Schnute und schlug wütend auf das Lenkrad. »Nein, alles klar.«

Langsam drückte er die Fahrertür auf und stieg aus. Die Kollegen aus dem Streifenwagen waren ebenfalls mit dem Schrecken davongekommen. Mit zitternden Knien standen sie bereits neben ihrem Wrack und begutachteten den Schaden.

»Ich hab ja schon viel gesehen, aber so wie du hat sich noch keiner vor der Arbeit zu drücken versucht«, höhnte Heinzel aus dem heruntergekurbelten Fenster. Gassel saß auf dem Beifahrersitz und klatschte anerkennend Beifall.

»Scheiße«, kommentierte Hofmann leise. »Ausgerechnet mir muß das passieren.«

»Kommt schon«, kommandierte Heinzel lautstark. »Auf der Rückbank ist noch ein Plätzchen frei. Den Papierkram erledigen wir später. Kollege, fahren Sie den Wagen bitte zurück auf den Hof«, bat er den Uniformierten, der noch immer seine Knochen zählte.

»Aber das geht doch nicht«, beschwerte sich das Streifenhörnchen. »Sie können doch nicht einfach abhauen.«

»Und wie das geht«, herrschte ihn Heinzel energisch an. »Los, ihr beiden, steigt endlich ein.«

Katharina nutzte Hofmanns Niedergeschlagenheit und ergatterte den einigermaßen bequemen Platz hinter dem Fahrer. Ihr Testpilot quetschte sich ächzend hinter Gassel.

Während Heinzel Richtung Tatort fuhr, sah Hofmann angestrengt aus dem Seitenfenster. Die anderen ließen ihn zwar mit weiteren Sticheleien in Ruhe, aber Westhoff würde den kleinen Crash mit Sicherheit als Anlaß für einen zweistündigen Vortrag über den pfleglichen Umgang mit durch Steuergelder finanzierten Arbeitsmaterialien nehmen.

Der Stadtteil Riemke zeichnete sich durch viele hervorstechende Eigenschaften aus. Zunächst war die direkte Nähe zu Bochums nördlichem Nachbarort Herne zu nennen, welcher nostalgisch verklärt auch die goldene Stadt genannt wurde. Grund hierfür war die strikte Weigerung der Alliierten, gegen Ende des zweiten Weltkrieges ihre Bomben für ein derart unwichtiges Ziel zu verschwenden. Gleichzeitig wurde damit jedoch der Niedergang des Ortes eingeläutet. Ohne kapitalkräftige Investoren dämmerte Herne bis zum Jahr 1976 im Dornröschenschlaf. In dem Jahr mußte der VfL anläßlich des Umbaus des Bochumer Ruhrstadions ins Schloß Strünkede umziehen. Doch kurz darauf ging es wieder bergab, so daß Herne in den letzten zwanzig Jahren maßgeblich dazu beigetragen hatte, die Arbeitslosenquote zu versauen.

In Riemke selbst stand zum einen der Tippelsberg, anerkanntermaßen der höchste Punkt Bochums. Einige verwegene Zeitgenossen behaupteten sogar, dieser kleine Pickel in Bochums Stadtbild wäre der höchste Punkt des gesamten Ruhrgebietes. Zweitens existierte dort, versteckt und durch keine Hinweisschilder ausgezeichnet, das Zillertal. Keine Touristenattraktion wie die gleichgenannte Gegend in den Alpen, sondern der Ort, an dem Bochum seine Obdachlosensiedlungen und Notunterkünfte verbarg. Letztlich hatte der Vorort sogar eine eigene Autobahnabfahrt.

Seine Daseinsberechtigung erhielt dieser Stadtteil allein schon als Zonenrandgebiet zu Herne; transitwilligen Bochumern wurde als letzte Warnung ein Vorgeschmack auf die Nachbarstadt gegeben, den einreisebereiten Hernern wurde gleich an der Grenze vor Augen geführt, daß es in Bochum auch nicht besser aussah

Heinzel steuerte nicht die Ansiedlung der Sozialverlierer, sondern eine stinknormale Wohngegend mit vielen

Reihenhäusern an, von denen eins wie ein Ei dem anderen glich. Direkt vor den Wohnhäusern breitete sich der Riemker Markt aus, hinter dem die Herner Straße die beste Gelegenheit bot, diese unwirtliche Gegend so schnell wie möglich zu verlassen.

Die Abschirmung des Tatortes war vorbildlich. Fünf Uniformierte bildeten vor der schmalen Haustür einen undurchdringlichen Wall, zusätzlich durch zwei Streifenwagen geschützt, welche quer auf dem Gehweg standen.

Einige Reporter hatten es geschafft, vor der Mordkommission auf der Bildfläche zu erscheinen. Die gräßlich verstümmelten Leichen waren im Sommerloch der große Knaller.

»Zieht den Kopf ein und durch«, empfahl Heinzel. Gleichzeitig nahm er seine Schultern nach vorn und quetschte sich durch die zuckenden Blitzlichter, die Augen fest nach vorn gerichtet. Die Fragen der Reporter ignorierte er meisterhaft.

Im Hausflur roch es nach Schweinebraten und einer dem derzeitigen Regierungschef gleichnamigen Gemüsesorte. Mit angelegten Nasenflügeln stürmten die Kripobeamten in den zweiten Stock, in dem sich weitere uniformierte Kollegen versammelt hatten.

»Ist eigentlich noch einer von euch draußen auf der Straße?« keuchte Gassel erschöpft. »Mann, sieht ja fast aus wie bei eurer Weihnachtsfeier.«

Hofmann gelang es, als erster nah genug an den Ort des Geschehens zu gelangen, um einen Blick auf das Opfer werfen zu können. Sofort erkannte er die Handschrift ihres aktuellen Stammkunden.

»Sieh mal auf das Namensschild«, empfahl ihm Heinzel heiser. »Fastnacht.«

Hastig fingerte Hofmann in der Innentasche seiner saloppen Lederweste und kramte die Liste mit den Namen der Sektenmitglieder hervor, die Buderus auf den Fotos identifiziert hatte. *Rainer Fastnacht,* vierundzwanzig Jahre alt, stand als drittletzter auf dem Papier, allerdings mit einer anderen Adresse.

»Wenigstens habt ihr euch einen Weg gespart«, heiterte sie Katharina tonlos auf. »Können wir schon rein?«

Heinzel reckte seinen Hals um die Türfüllung eines kleinen Gästezimmers und zwinkerte Brettschneider fragend zu. Der Bayer klappte gerade seine Tasche zu und mischte sich unter sie.

»Morgen, die Herrschaften. Allmählich könnte sich unser Freund mal 'ne neue Masche ausdenken. Langsam wird es langweilig.«

»Kehle durch und das Übliche?« erkundigte sich Hofmann.

»Voll ins Schwarze«, grinste Brettschneider freudlos. »Ich nehm ihn mir gleich vor, wenn ich wieder im Institut bin. Ach ja, die Todeszeit. Montag abend, halb zehn.«

Sprachlos starrten ihn die Beamten an. Normalerweise gab Brettschneider ohne seinen Anwalt nicht einmal sein Wunschgericht zum Mittagessen bekannt.

»Donnerwetter«, wunderte sich Gassel. »Sie springen ja über Ihren eigenen Schatten, Doc.«

Der Hüne lachte. »Keineswegs. Die Armbanduhr ist zerbrochen. Der kleine Zeiger steht zwischen der neun und der zehn, der große fast exakt auf der sechs. Und das Datum ist von Montag.«

»Wenigstens kann er eine Uhr lesen«, bemerkte Hofmann lakonisch. »Und Sie schließen den Montag morgen als Zeitpunkt des Todes aus?«

»Vollkommen«, antwortete Brettschneider leicht beleidigt. »Da hat er noch gelebt. Sagen zumindest seine Eltern.«

Automatisch schossen Heinzels Augen durch die Wohnung, in der sich außer dem Tross der Polizei niemand aufhielt.

»Nebenan, bei den Nachbarn«, erklärte der Gerichtsmediziner. »Ich verschwinde jetzt. Morgen früh gibt's dann was zu lesen für euch.«

»Wie schaffen Sie es eigentlich, ständig vor uns zu erscheinen?« wollte Heinzel wissen.

»Ich bau auf dem Weg zum Tatort eben keinen Unfall«, bekam Hofmann zu hören.

»Man sollte den Straßenbullen die Funkgeräte abnehmen«, ärgerte sich der mit rotem Kopf.

Bevor die Leiche in der wasserdichten Plastikfolie verschwand, verknipste der Anführer des Erkennungstrupps einen ganzen Film. Heinzel und seine Kollegen musterten die Szene wortlos, bis der Sondermüll verklappt wurde.

»Sieht nicht so aus, als ob der ständig hier gewohnt hätte«, bemerkte Hofmann langsam. »Sieht mir eher nach 'nem Kinderzimmer als nach einer Bude für einen Mittzwanziger aus.«

»Du hast doch auch Stofftiere auf der Couch«, bemerkte Katharina scheinheilig.

»Meine Frau hat sogar noch welche im Schlafzimmer«, half Gassel unverhofft dem Jüngeren.

»Wahrscheinlich alles Steiftiere«, mischte sich Heinzel boshaft ein.

»Schluß jetzt«, befahl Hofmann ungewohnt autoritär. »Wer macht was?«

»Für die Drecksarbeit meldet sich eh keiner freiwillig«, stöhnte Heinzel. »Katharina, nimmst du dir die Eltern vor? Und nimm Karl-Heinz mit, wir können uns ja sonst nicht einmal umdrehen.«

Gassel drehte pikiert ab und schob Katharina aus dem Raum. Die Tür der Nachbarswohnung war nur angelehnt. In der Diele wartete ein blutjunger Uniformierter, der unwillkürlich die Hacken zusammenriß, als die Kripo erschien.

»Noch neu bei dem Haufen, was?« spottete Gassel. »Wo sind die Eltern?«

Auf den Fingerzeig des Frischlings trotteten sie in den angrenzenden Wohnraum. Erschlagen von dem Gelsenkirchener Barock blieb Katharina einen Augenblick auf der Schwelle stehen, bis Gassels Bauch sie weiterdrängte.

Auf den Sitzgelegenheiten verteilt tummelten sich zwei Ehepaare mittleren Alters. Ein eleganter, graumelierter im dunklen Zweireiher tröstete flüsternd seine zusammengesunkene Gattin.

»Herr und Frau Fastnacht?« fragte Katharina leise.

Der Graumelierte sah auf.

»Thalbach, mein Kollege Gassel. Unser Beileid.«

»Danke«, antwortete der für diese Wohngegend um zwei Klassen zu teuer gekleidete Trauernde. »Ich vermute, Sie sind von der Polizei.«

»Sind Sie in der Lage, uns einige Fragen zu beantworten?«

Mit einem abschätzenden Seitenblick auf seine Frau nickte der Vater. »Frau Engels, wären Sie wohl so nett, meiner Frau ein Glas Wasser zu holen?« bat er. »Und mir vielleicht auch?«

»Selbstverständlich«, erklärte die Dame des Hauses beflissen. Als sie Katharinas Blick bemerkte, hakte sie ihren Mann unter die Achseln und trollte sich in die Küche.

»Fragen Sie ruhig«, bot Fastnacht tapfer an.

»Danke. Wann haben Sie Ihren Sohn zuletzt gesehen?«

»Am Montag, gegen Nachmittag. Es muß etwa fünfzehn Uhr gewesen sein.«

»Wohnte er ständig bei Ihnen?«

»Nein. Rainer hatte seine eigene Wohnung. Er bat uns überraschend am Sonntag, ob er nicht vorübergehend in seinem alten Zimmer übernachten könnte.«

Gassel und Thalbach wechselten einen schnellen Blick.

»Hat er ihnen gesagt, warum?«

»Sicherlich. Rainer studiert ... studierte Philosophie, im sechsten Semester.«

Mit einem grellen Schluchzer übertönte die Mutter des Toten die Worte ihres Mannes. Gassel reagierte sofort, bot ihr seinen Arm an und führte sie zu den Nachbarn in die Küche. Als er wieder den Raum betrat, nickte ihm Fastnacht senior dankbar zu.

»Entschuldigen Sie bitte meine Frau«, bat er. »Dieser Schicksalsschlag hat sie sehr mitgenommen.«

»Da gibt es nichts zu entschuldigen«, beschwichtigte Katharina. »Um ehrlich zu sein, ich bewundere Sie für Ihre Ruhe.«

»Gott gibt mir die Kraft, diese Prüfung durchzustehen«, erklärte Fastnacht ernsthaft. »Auch, wenn es eine schwere Prüfung ist. Davon gab es für unsere Kirche in der letzten Zeit leider mehr als genug.«

Gassel kratzte sich lautstark am Ohr und kam zum Thema zurück. »Warum wollte Ihr Sohn bei Ihnen einziehen?«

»Er sagte, er müsse an seiner Hausarbeit arbeiten«, erklärte Fastnacht. »Seine eigene Wohnung liegt in einer ziemlich unruhigen Gegend, in der er nicht ungestört lesen und studieren könne. Ich habe mich natürlich über seine Strebsamkeit gefreut, aber gewundert hat es mich schon.«

»Inwiefern?« unterbrach ihn Katharina, wobei sie sich über die gewählte Vokabel ärgerte. Dieser Fastnacht erzählte ihr eine Spur zu blasiert.

»Immerhin dauern die Semesterferien noch bis in den Oktober. Zeit hatte er so genug. Nun, meine Frau und ich wollten ungeachtet dessen zwei Tage nach Hamburg. Wir haben ihm die Wohnung nur zu gern überlassen.«

»Hatten Sie einen bestimmten Grund, nach Hamburg zu fahren?«

»In der Tat. Wissen Sie, ich bin selbständiger Kaufmann und hatte einen Termin bei einem Geschäftspartner, und zwar am Dienstag. Meine Frau und ich fuhren bereits am Montag, weil wir uns gerne *Cats* ansehen wollten. Dann besuchten wir noch Freunde in Münster und fuhren heute ganz früh zurück.«

»Hatte er Feinde?«

Fastnacht sah empört auf.

»Feinde? Wie meinen Sie das?«

»Wie ich es sagte«, bekräftigte Katharina verärgert. »Ihr Sohn ist das vierte Mitglied Ihrer Kirche, das auf diese spektakuläre Weise getötet wurde. Darum möchte ich wissen, ob er sich mit jemandem überworfen hat.«

»Davon ist mir nichts bekannt«, antwortete Fastnacht langsam. »Neben seinem Studium hat er Herrn Krömer bei der Gemeindearbeit geholfen. Für Rainer gab es nichts außer der Kirche und seinem Studium.«

»Keine Freunde? Oder eine Freundin?« mischte sich Gassel ungläubig ein.

»Natürlich hatte er Kontakte zu anderen jungen Menschen aus der Kirche«, erklärte Fastnacht. »Er kam regelmäßig mit uns zum Gottesdienst, einmal in der Woche besuchte er uns zum Abendessen. Wenn er Schwierigkeiten gehabt hätte, wäre mir das bekannt gewesen. Rainer hatte ein gutes Verhältnis zu uns, Geheimnisse gab es nicht.«

»Haben Sie ihn finanziell unterstützt?« versuchte Katharina die aufkommende Spannung zu zerstreuen.

»Aber sicher. Jeden Monat habe ich ihm fünfzehnhundert Mark überwiesen, neben der Miete für seine kleine Wohnung. Der Junge war ja so sparsam, er hat sich von dem bißchen Geld sogar sein Auto zusammengespart. Und in Urlaub konnte er davon auch fahren.«

Die Beamtin dachte an die Summe, die von ihrem kärglichen Gehalt nach den Abzügen übrig blieb. Noch zwei Beförderungen, und sie hatte im Monat die gleiche Summe wie der Verblichene zur Verfügung.

»Steht sein Wagen vor der Tür?« preßte sie mühsam beherrscht hervor.

»Ja. Das schwarze Cabriolet. Warum?«

»Wir müssen das Fahrzeug auf Spuren untersuchen«, erwiderte Gassel.

»Verstehe«, antwortete Fastnacht. »Kann ich sonst noch etwas für Sie tun? Ich möchte gerne zu meiner Frau.«

»Wir sind gleich fertig«, nickte Katharina. »Wurde Ihr Sohn durch Sie Anhänger der Befreiten?«

»Ja. Wissen Sie, wir haben früher im Süden gelebt und waren dort schon Mitglieder dieser Kirche. Vor einigen Jahren liefen meine Geschäfte nicht mehr so gut, ich verlagerte den Standort nach Bochum. Unsere Gemeinde in Herten hatte gerade eröffnet. Rainer war schon als kleines Kind in Würzburg in der Gemeinde. Als wir nach Bochum zogen, war er gerade zehn Jahre alt, er konnte hier eine gute Schule besuchen und anschließend studieren.«

»Aber gab es denn nie eine Auseinandersetzung über seinen Glauben?« beharrte Katharina. »Wenn Kinder in die Pubertät kommen, erleben die Eltern doch vielfach ihr blaues Wunder.«

Fastnacht lächelte nachsichtig. »Mit normalen Kindern vielleicht. Rainer besuchte eine Privatschule, in der er vor diesen liberalen Bildungsideen bestmöglich geschützt war. Und als er zur Universität ging, war seine Persönlichkeit bereits reif genug, um mit der bedauernswerten Moral und der Ungläubigkeit seiner Kommilitonen umgehen zu können. Wir haben ihm die bestmögliche Erziehung angedeihen lassen.«

Katharina würgte ihren Mageninhalt zurück und stand auf. »Herr Fastnacht, vielen Dank zunächst mal. Wir werden Sie sicherlich noch einmal belästigen müssen, aber das hat Zeit. Kümmern Sie sich jetzt um Ihre Frau.«

Gassel kämpfte sich mühsam aus dem engen Sessel. Trotz seiner überzähligen Körperpolster war er schneller an der Tür als die mindestens siebzig Kilo leichtere Thalbach.

»Meine Güte, ist das eine Marke«, stöhnte er erleichtert, als sie wieder im Hausflur standen. »Die bestmögliche Erziehung, wenn ich das schon höre. Bestimmt hat der sich ein verzogenes Bengelchen großgezüchtet.«

»Wäre besser gewesen, er hätte ihm einen Kurs in Selbstverteidigung spendiert«, entgegnete Katharina unkonzentriert. Nach Gesprächen wie eben bekam sie immer Kopfschmerzen.

Heinzel streckte gerade seinen Kopf aus der angrenzenden Wohnung, Hofmann im Schlepptau. Sofort setzte er zum Sprechen an, aber Katharina brachte ihn mit einem Wink zum Schweigen. Hintereinander trotteten sie die Stufen herab. Erst, als sie den Pulk der Streifenbeamten hinter sich gelassen hatten, lehnte sich Thalbach erschöpft an die Hauswand.

»Laßt mich mal raten«, bat sie müde. »In der Wohnung habt ihr jede Menge schlaue Literatur über Kant, Nietzsche oder Hegel gefunden, unberührt und fast schon mit einem Staubhäubchen drauf.«

»Stimmt genau«, gab Hofmann ihr recht. »Und wie waren die Alten?«

»Hör bloß auf«, meinte Gassel. »Die Mutter hat außer Rotz und Wasser nichts von sich gegeben, und der Vater ist eine Type für sich. Ein riesiger Widerling. Schiebt dem Sohnemann jeden Monat fünfzehn Blaue in den Hintern, damit der Herr Student den lauen Lenz genießen kann.«

»Sind die Eltern auch in der Sekte?« wollte Hofmann wissen.

»Natürlich«, bestätigte Katharina. »Haben ihren Nachwuchs systematisch zu einem Vorbildgläubigen erzogen. Damit er gegen die schlechte Moral und die Heiden um ihn herum gewappnet ist. Schwachsinn! Glaube eher, der hatte es faustdick hinter den Ohren. Am Sonntag ist er Hals über Kopf aus seiner eigenen Wohnung geflüchtet und hat sich bei Mama und Papa verkrochen. Ich gehe jede Wette ein, der wußte, was ihm blühte. Nachdem Rumpel, Krömer und Gäbler abgeschlachtet wurden, dachte er sich wohl schon, er könne die Nummer vier sein. Mit Krömer soll er übrigens gemeinsam Gemeindearbeit gemacht haben, was immer das auch heißen mag.«

Heinzel verschränkte die Arme hinter dem Rücken und seufzte. »Also gut«, meinte er schließlich. »Auf geht's.«

»Moment noch«, bat Katharina. »Fastnachts Auto. Die Kollegen von der Spurensicherung sollen die Karre mal auseinandernehmen. Wenn wir Glück haben, finden die dort etwas.«

»Meinetwegen«, gab Heinzel sein Okay. »Wir gehen schon mal zum Wagen.«

Katharina nickte und hastete erneut die Treppe hinauf. Mit kurzen Worten erklärte sie den Kollegen ihr Anliegen, und rannte, nachdem sie eine ganz persönliche Bitte hinzugefügt hatte, wieder zu dem noch unbeschädigten Dienstwagen.

27

Irritiert sah Hofmann an der Fassade des Bochumer Polizeipräsidiums hoch. Das Fenster des Büros, in dem Thalbach und er einer Beförderung entgegendämmerten, stand auf Kippe. Um zwanzig nach sieben war das mehr als ungewöhnlich.

Eigentlich war er nur noch einmal hierher zurückgekehrt, um seinen Wagen abzuholen, der brav auf dem Parkplatz schlummerte. Seine Schuhe drückten entsetzlich, es waren nagelneue Treter einer bekannten Sportartikelfirma. Bei der Anprobe hatten sie wie angegossen gepaßt, aber nach den etlichen Kilometern, die er anläßlich der Befragungen heute abgerissen hatte, waren seine Füße gefährlich angeschwollen.

Keiner hatte etwas gesehen oder gehört, weder die Mitbewohner des Hauses, in dem die letzte Leiche gefunden worden war, noch die Nachbarn in unmittelbarer Umgebung. Am Montag abend schien sich gesamt Riemke bereits um acht Uhr abends schlafen gelegt zu haben. Von brauchbaren Beobachtungen keinen Schimmer.

Impulsiv betrat Hofmann den Eingangsbereich des Präsidiums, grüßte mit einem Kopfnicken die Besatzung der Telefonzentrale und schlug den Weg zum Aufzug ein. Müde lehnte er sich gegen die Rückwand der Kabine und ließ sich aufwärts tragen.

Aus ihrem Büro dudelte leise das nervtötende Gewäsch des Bochumer Lokalsenders. Katharina hing tief über Aktenberge gebeugt am Schreibtisch, ihre langen Haare bildeten einen undurchsichtigen Vorhang.

»'n Abend«, gähnte Hofmann. »Noch nicht am heimischen Herd?«

Thalbach sah überrascht auf. »Grüß dich. Wie spät ist es denn?«

»Gleich halb acht.«

»Oh Schande, Ulli und ich wollten doch essen gehen«, ärgerte sich Katharina. »Ich hab gar nicht auf die Uhr geachtet.«

Hofmann schlenderte langsam zu seinem Stammplatz. »Ich sag's ja immer, 'nen schlimmeren Job als wir haben höchstens noch Krankenschwestern und Fernfahrer.«

Katharina angelte das Telefon und tippte die Nummer ihres Verlobten in die Tasten. Schnell rasselte sie ihren Standardspruch angesichts von Überstunden in die Muschel und versprach wie immer, gleich nach Hause zu kommen. Dann begann sie, ihre Unterlagen zusammenzusuchen und die Mappen und Hefter in diversen Schubladen zu verstauen.

»Haben wir noch was zu trinken im Haus?« fragte Hofmann.

»Weiß nicht, ich glaub, der Kühlschrank ist leer. Aber Kaffee müßte noch da sein.«

Prüfend schwenkte er die Kanne durch die Luft und nickte erfreut. Als seine Tasse voll war, sah er fragend zu Katharina herüber, ob sie den Rest wolle.

»Schenk ein«, bat sie, »auf die zehn Minuten kommt es jetzt auch nicht mehr an.«

Schweigend hielten sie sich an ihren Tassen fest.

»Ich hab mich noch gar nicht für euer Geburtstagsgeschenk bedankt«, fiel Katharina unpassenderweise ein. »War das deine Idee?«

Hofmann errötete leicht. »Sabrinas. Ich hoffe, wir haben dir nicht auf den Schlips getreten.«

»Geht so. Erst wußte ich gar nicht, was ich sagen sollte, aber Ulli fand es toll.«

Hofmann atmete insgeheim auf. Seine Freundin hatte ihn überredet, Katharina mal etwas anderes als Obstschalen aus echtem Bleikristall oder die letzte CD von Pur zu schenken. Gegen ihre Argumentation, daß drei Schalen pro Haushalt ausreichend seien und es in bezug auf Pur noch so etwas wie Menschenrechte gab, war er machtlos. Verlegen hatte er schließlich die Dessousabteilung des teuersten Bochumer Fachgeschäftes für abgeschlaffte Familienschätze aufgesucht und für Katharina einen Traum aus weicher Seide gekauft.

»Kannste ja mal vorführen«, schlug er erleichtert vor.

»Das hättest du wohl gerne«, giftete die Blonde amüsiert zurück. »Im Ernst, normalerweise steh ich nicht auf Reizwäsche, aber es hat tatsächlich gewirkt.«

»Wenigstens sollte bei unserem Streß das Sexualleben stimmen«, behauptete Hofmann.

»Hat Sabrina auch solche Hilfsmittelchen?« erkundigte sich Katharina arglos.

Hofmann leuchtete noch stärker. Immerhin war es das erste Mal, daß sie sich über dieses Thema unterhielten.

»Weiß ich nicht«, gab er verlegen zurück. »Bisher sind wir noch nicht dazu gekommen, in die Kiste zu hopsen. Ob du es glaubst oder nicht, wir sitzen bis tief in die Nacht zusammen und reden, bis wir heiser werden.«

»Ihr habt noch nicht miteinander geschlafen?« bohrte der Teufel in Katharina weiter.

»Nein«, antwortete Hofmann beinahe trotzig. »Sabrina meint, wenn wir wirklich beide ernsthaft eine Beziehung wollen, hätten wir die nächsten vierzig Jahre immer noch genug Zeit, alles nachzuholen. – Und weißt du was? Etwas Schöneres als die kurze Zeit mit ihr habe ich bisher noch nie mit einer Frau erlebt.«

Überrascht klappte Thalbachs Unterkiefer nach unten. Das Geflöte des Telefons ersparte ihr eine Antwort.

Hofmann riß nach den ersten Worten des Anrufers die Augen auf. Geistesgegenwärtig schaltete er den Zimmerlautsprecher ein, damit Katharina mithören konnte.

»... bearbeiten doch die Mordserie, ne?«

»Richtig«, antwortete der Beamte. »Haben Sie eine Aussage zu machen?«

»Weiß nicht, ob das damit zusammenhängt«, tönte eine unsichere weibliche Stimme. Vom Klang her mochte die Frau gerade mal zwanzig sein, aber die Beamten hatten schon oft erlebt, daß Telefonleitungen trügen können.

»Mit wem spreche ich denn überhaupt?« fragte Hofmann behutsam.

»Es ist weniger wegen des Killers«, ignorierte die Anruferin seine Frage. »Es geht mir eher um Danuta. Danuta Jaworski.«

Eine Sekunde irrten Hofmanns Augen ab, aber dann hatte er sich wieder in der Gewalt. »Sie meinen die junge Frau, die sich umgebracht hat?«

»Ja. Vielleicht ist das ja was ganz anderes, aber ich hab mir gedacht, da die ja auch in der Kirche war, ist das vielleicht für Sie wichtig, ne?«

»Kommen Sie doch am besten sofort im Präsidium vorbei«, schlug Hofmann vor.

»Nee, da will ich nicht hin«, erklärte die Anonyme. »Können wir uns nicht woanders treffen?«

»Meinetwegen. Schlagen Sie etwas vor.«

Offensichtlich überlegte die Frau am anderen Ende. »Kennen Sie das Eiscafé im Plaza Center? Hinterm Rathaus?«

Hofmann guckte reichlich blöde aus der Wäsche, aber Katharina formte mit Daumen und Zeigefinger der rechten Hand einen Kreis.

»Selbstverständlich«, gab Hofmann zurück. »Sagen wir, in einer Viertelstunde?«

»Bis gleich«, kam die Antwort, dann wurde der Hörer aufgehängt.

»Das ist ja ein Hammer«, schnaufte Katharina. »Meinst du, das ist ein Witz?«

»Schwer zu sagen«, überlegte Hofmann. »Immerhin scheint sie mit diesen Befreiten was zu tun zu haben.«

»Warum?«

»Sie hat von Kirche gesprochen, nicht von einer Sekte. Und sie scheint auch zu wissen, daß unsere drei, nein vier Toten in der Sekte waren.«

»Von dem vierten kann sie doch nichts wissen«, widersprach Thalbach stirnrunzelnd.

»Dann eben die ersten drei«, gab Hofmann klein bei. »Kommst du mit, oder soll ich das alleine erledigen?«

Katharina kämpfte sichtlich mit sich. »Meinetwegen, ich bin dabei. Ich muß aber noch mal telefonieren.«

»Sag Ulli 'nen schönen Gruß von mir.«

Während Katharina erneut ihr Abendessen verschob, erledigte Hofmann die restlichen Aufräumarbeiten. Sie konnten ihre Erregung kaum unterdrücken, als sie Seite an Seite durch das Treppenhaus nach unten hasteten.

»Mit deinem oder mit meinem?« brachte Hofmann die Autofrage auf.

»Ich bin doch nicht bescheuert«, wehrte Katharina ab. »Ein Crash am Tag reicht mir.«

»Ich fahr ganz bestimmt vorsichtig.«

»Laß mal, ich fahr selbst, dann kann ich gleich nach Hause rutschen, wenn wir fertig sind.«

Kurze Zeit später schlenderten sie auf die Eisdiele zu, vor der sich unter den buntbemalten Sonnenschirmen die letzten Einkaufsbummler auf ein gemischtes Eis oder einen Capuccino niedergelassen hatten.

»Drinnen oder draußen?« fragte Hofmann.

»Drinnen«, kommandierte Katharina sofort. »Je weniger Ohren in der Nähe sitzen, um so besser.«

Das Innere der Eisdiele war beinahe leergefegt. In dem schlauchartigen Raum, der sich um den Aufgang der Tiefgarage ringelte, waren höchstens drei Tische besetzt. Die Polizisten entschieden sich für einen Platz in einer der Nischen und studierten abwesend die Eiskarte.

Hofmann war schon bei seinem zweiten Kaffee, als ihn Katharina leicht anstupste. Vor dem Geschäft flanierte unsicher eine junge Frau, höchstens dreißig, und suchte mit schnellen Blicken die Tische auf dem Pflaster ab. Auch als sie durch die Ladentür trat, sah sie sich nach allen Seiten um.

»Ich glaub, das ist sie«, flüsterte Hofmann durch die geschlossenen Zähne und stand auf. Freundlich lächelnd trat er auf die Frau zu und faltete seine Arme aus.

»Haben wir gerade miteinander telefoniert?« begrüßte er sie heiter.

Die Frau zuckte kurz zurück. »Herr Hofmann?« fragte sie schüchtern.

Der nickte.

»Wer ist die Frau? Warum sind Sie nicht alleine gekommen?« haspelte die Zeugin mißtrauisch.

»Mein Name ist Thalbach. Ich war zufällig auch noch im Büro, als Sie anriefen.«

Augenscheinlich beruhigte sich das Nervenbündel ein wenig. »Kann ich wohl Ihre Ausweise sehen?« bat sie.

Die beiden taten ihr den Gefallen.

Eine Bedienung trat an den Tisch. Die zuletzt erschienene Besucherin orderte ein Mineralwasser und kramte nervös Zigaretten aus ihrer Handtasche. Hofmann gab ihr Feuer.

»Verraten Sie uns jetzt Ihren Namen?«

Nach einem tiefen Zug hatte sich die größte Aufregung bei der Frau gelegt. »Glombotzki«, erklärte sie mit einem Hustenanfall. »Ulrike Glombotzki.«

Katharina fand sich langsam in dem Gewirr der beutegermanischen Namen nicht mehr zurecht. Für ihren Geschmack hatten sie in der letzten Zeit zuviel mit irgendwelchen -kis zu tun gehabt.

»Sie sagten am Telefon, Sie riefen wegen Frau Jaworski an«, gab sie die Richtung vor.

»Danuta, ja. Wir kannten uns seit gut einem Jahr. Zum Schluß haben wir in demselben Laden angeschafft.«

Hofmann rutschte vor Schreck die Tasse aus der Hand. Auf dem Unterteller und der kunststoffbeschichteten Oberfläche des Tisches breitete sich eine dunkle Lache aus.

»Sie haben was?«

»Ja, wir haben angeschafft«, wiederholte Glombotzki beinahe trotzig. »Das heißt, nicht sofort, ne. Erst vor ein paar Wochen ist Danuta in die Absteige gerutscht und war auch noch drin, als ich mich da verabschiedet hab, ne. Eigentlich kennen wir uns aus dem Glaubenszentrum.«

»Jetzt mal ganz langsam«, bat Katharina. »Sie gehören auch zu den Befreiten?«

»Gehörte. Ich mach das nich mehr mit, ne.«

Hofmann hatte inzwischen den gröbsten Teil seiner Bescherung mit den Servietten aufgewischt. Nur auf seiner Hose prangte ein frischer Kaffeefleck.

»Ich bin vor vier Jahren da eingetreten«, fuhr Glombotzki fort. »Hatte gerade 'nen Selbstmordversuch hinter mir, ne. War ziemlich im Arsch. Krömer hat mich in der Selbsthilfegruppe, in die ich zweimal die Woche gelatscht bin, aufgegabelt.«

»Was für eine Gruppe war das?«

»Ach, ich weiß schon gar nicht mehr. Mein Alter ist mit sonner anderen abgezogen, hat mich mit den ganzen Schulden sitzen lassen. Irgendwann bin ich dann durchgeknallt. Hab Tabletten geschluckt, waren aber nicht genug. Mein Arzt hat mich dann an die Gruppe vermittelt.«

»Und Krömer hat Sie dann in den Schoß der Sekte gelotst?« vermutete Hofmann.

»Genau. Die erste Zeit war das auch prima, mir ging es richtig gut. Aber vor 'nem Jahr kriegte ich wieder Depressionen. Krömer oder einer von den anderen hat mir irgendwelches Zeug gegeben, ich weiß nicht was. Wurde richtig abhängig davon. Und dann war Feierabend, dieser Oberwichser Buderus hat mich rausgeschmissen, von wegen Drogen kämen in seiner Kirche nicht in Frage, ne.«

»Jetzt versteh ich gar nichts mehr«, erklärte Katharina verwirrt. »Sie sind aus der Sekte rausgeworfen worden?«

»Offiziell ja. Das heißt, meine Karteikarte wurde abgeheftet, ich durfte das Zentrum nicht mehr betreten. Aber dann kam Krömer wieder an, mit einem anderen, ne. Erzählte mir was, Buderus hätte sich das überlegt, und sie würden mir 'ne Therapie anbieten. Ich war ja inzwischen völlig abhängig von dem Zeugs, das die mir gegeben haben.«

»Eine Entziehungskur? In dem Zentrum?«

»Quatsch. Der Kumpel von Krömer, noch so ein ganz junger, hat mich von zu Hause abgeholt und mich nach Köln in 'ne Absteige verfrachtet. Die Therapie war dann, das am Tag bis zu zwanzig Kerle über mich drüber gestiegen sind. Und von der Kohle hab ich keinen Pfennig gesehen, ne.«

Kraftlos bestellte sich Hofmann einen neuen Kaffee und schaute zu Katharina herüber. Die Eiswaffel, die sie die ganze Zeit zwischen ihren Fingern gerollt hatte, war schon längst zerbröselt.

»Aber wie sind Sie denn dann in die Sekte zurückgekommen?« wollte Hofmann wissen. »Angeblich kannten Sie die Jaworski doch aus der Kirche.«

Glombotzki nickte. »Stimmt auch, ne. Nach zwei Monaten war meine ›Therapie‹ vorbei, Krömer schaffte mich aus Köln weg und lagerte mich irgendwo auf dem flachen Land zwischen. Die Bude in Köln wurde aus irgendeinem Grund dichtgemacht, und die hatten wohl so schnell keinen Ersatz, ne. Danach kam ich eines der gemieteten Appartements. Zwei, drei Mädchen pro Salon. Ich war zu der Zeit schon so fertig, daß ich alles mit mir hab machen lassen. Krömer nahm mich wieder mit zur

Kirche, hat aber aufgepaßt wie ein Schießhund, was ich da erzähle. Einer von seinen Wachhunden war immer in der Nähe.«

»Kennen Sie die mit Namen?«

»Klar, die werd ich nie vergessen. Krömer war die Obersau, der hat alles gemanagt. Dann Gäbler und Rumpel, das waren richtige Sadisten. Und dieser junge, Fastnacht hieß der, glaub ich, der ist mit 'nem anderen immer zu den Studios kassieren gefahren. Ich weiß nicht mehr, wie der andere hieß, Bieger oder so ähnlich.«

»Diener«, trompetete Hofmann prompt.

»Ja, genau, Diener«, bestätigte Glombotzki eifrig. »Kennen Sie den etwa?«

»Nein«, erklärte Hofmann und wandte sich an seine Kollegin: »Ist einer von denen, die Buderus auf den Fotos erkannt hat und mit dem wir noch nicht gesprochen haben. Wie es aussieht, ist er verschwunden.«

»Das glaub ich gern, ne. Drei seiner Kumpane sind ja schon tot.«

»Vier«, korrigierte Katharina automatisch. »Fastnacht haben wir heute morgen gefunden.«

Die Glombotzki lutschte mit einem zufriedenen Gesichtsausdruck die Eiswürfel aus ihrem Glas. »Is nicht schade um den, können Sie mir glauben, ne. Hat immer den großen Macker markiert.«

»Wie war das jetzt genau mit Frau Jaworski?« erinnerte Katharina.

Der Eiswürfel war vernichtet, da sie keinen Nachschub fand, zog die Frau hastig eine neue Zigarette aus der verknüllten Packung. »Vor etwa einem Jahr kam Krömer mit ihr an. Ich weiß nicht, wo er sie aufgegabelt hat, auf jeden Fall war sie völlig ausgebrannt, ne. Irgendwie fertig. Alle haben sich um sie gekümmert, aber Danuta hatte 'nen Dachschaden. Heulte ständig und kriegte hysterische Anfälle. Einen Sonntag, nach einem Gottesdienst, erzählte sie, daß sie Pornofilme gedreht habe. Sie schämte sich dafür. Krömer bekam ganz heiße Ohren. Vor ein paar Wochen, als sie sich wieder ein bißchen eingekriegt hatte, brachte er sie zusammen mit Fastnacht in den Salon, in dem ich gearbeitet hab, ne. War aber keine große Nummer, lag immer nur ganz still unter den Freiern und hat sich nicht gerührt. Fastnacht und dieser Diener haben immer 'nen Aufstand gemacht, wenn sie kassieren kamen. Weil Danuta so wenig an Kohle gebracht hat, ne. Die wollte ja irgendwann keiner mehr.«

Auf Katharinas Oberarmen kroch eine Gänsehaut bis unter die Ärmel ihres T-Shirts. »Ich kann immer noch nicht begreifen, daß sie dann trotzdem noch mit ins Glaubenszentrum gebracht wurden«, sagte sie mit zitternder Stimme.

»Da war kein Risiko, ne. Die anderen und ich standen völlig unter Stoff, Danuta war so neben der Spur, die brauchte keine Drogen, die war naturstoned. Ich glaube, Krömer wollte die Kirche bald übernehmen, dieser Buderus steht ja kurz vor der Rente. Wahrscheinlich wollte er sich bei den anderen in der Kirche damit profilieren, daß er die verlorenen Schäfchen zurückgeholt hat.«

»Und wie sind Sie da rausgekommen?« erkundigte sich Hofmann. Der Kaffee vor ihm war inzwischen so kalt wie Theo Waigel bei Verkündung seiner Steuerreform.

»Ob Sie's glauben oder nicht, durch 'nen Freier, ne. Ich kannte den, von der Schule noch. Tanzte irgendwann in unserem Laden an. Dem sind fast die Augen aus dem Kopf gefallen, als der mich gesehen hat. Jedesmal, wenn der in den Schuppen kam, hat der auf mich eingeredet, ich solle da doch abhauen, wieder ein vernünftiges Leben anfangen. Als der gecheckt hatte, daß ich unter Drogen stand, hat er mir versprochen, mich mitzunehmen und bei sich zu Hause zu verstecken, sobald ich von den Drogen runter wäre. Das war vor drei Monaten, ne. War 'ne Scheißzeit, aber ich hab den Dreck einfach nicht mehr genommen. Nach ein paar Wochen war ich clean, mein Bekannter hatte mir 'ne Wohnung besorgt, und dann bin ich einfach rausmarschiert. Der Aufpasser hat ganz schön blöd geguckt.«

»Was für ein Aufpasser?« hakte Hofmann nach.

»Na, da hockte ständig so ein Typ rum, immer ein Ausländer, aus Rumänien oder Polen, auf jeden Fall außem Ostblock. Krömer hat die immer angeschleppt. Die haben die Freier reingelassen, die Kohle kassiert und abgecheckt, wer wann wieviel an Kohle gebracht hat.«

»Seien Sie froh, da rausgekommen zu sein«, nickte Katharina. »Frau Jaworski hat allerdings bis zuletzt noch da gearbeitet?«

»Ja, klar. Aber ich glaub, lange hätte die das eh nicht mehr ausgehalten. Ist einmal sogar bei 'nem Freier ausgerastet, hat auf den eingeschlagen und dem fast in die Eier gebissen. Das war an dem Tag, als ich noch mal mit ihr telefoniert hatte. Kurz vor ihrem Tod.«

Als die Beamten sich nicht regten, schaute die Glombotzki auf. Die dritte Zigarette folgte unmittelbar der zweiten.

»Das war vor gut zwei Wochen, da hab ich mit Danuta gesprochen«, fuhr die Glombotzki leise fort. »Mir tat das Mädchen leid, und ich wollte ihr anbieten, daß sie zu mir kommt. Vor allem, weil sie ja schon mal versucht hat, sich umzubringen, ne.«

Diesmal paßte Hofmann mit seinem Kaffee auf und vermied eine erneute Überschwemmung. »Wann war das?« quetschte er statt dessen hervor.

»Ach, das muß schon Urzeiten her sein. An einem Abend, als kein Geschäft war, hat sie mal ein wenig von sich erzählt, ne. Auch, daß sie mal in der Klapse war.«

»Davon wußten wir ja noch gar nichts«, hauchte Katharina gespannt. Automatisch wurde nach einem unerklärlichen Selbstmord geprüft, ob die Toten in den einschlägigen Krankenhäusern bekannt waren, aber in diesem Fall hatte es keine Rückmeldung gegeben.

»Und was war mit Ihrem Telefonat?« bohrte Hofmann weiter.

»Hm? Ach so, Danuta war sofort selbst am Apparat. Wenn Freier anriefen, um Termine abzusprechen, mußten wir das selber machen, diese Aufpasser haben ja kaum ein Wort Deutsch verstanden. Ich sagte ihr also, sie könne jederzeit bei mir einziehen, wenn sie da raus wollte, aber sie lehnte ab, ne. Angeblich wollte sie am selben Abend noch mit Krömer sprechen und von sich aus aussteigen. Das war, glaub ich, zwei Tage vor ihrem Tod.«

»Es war eindeutig Selbstmord«, ließ sich Katharina nicht beirren. »Ich habe mit eigenen Augen gesehen, was passierte.«

»Sie hat sich selber vor die Lok gestellt, ja. Aber die Schweine müssen etwas mit ihr gemacht haben, was sie dazu getrieben hat. Bestimmt haben die sie zugeritten.«

Hofmann wollte gerade in den Mürbekeks beißen, der ihm zu seinem Kaffee kredenzt worden war. Angewidert legte er das Gebäck wieder zur Seite. »Zugeritten?«

»Wenn die Frauen nicht gespurt haben, sind Krömer und seine Kumpels auch selber handgreiflich geworden, ne«, erklärte die Glombotzki angeekelt. »Ich weiß nicht, wie oft die sich zu zweit oder zu dritt ein Mädchen ausgesucht und dann regelrechte Orgien veranstaltet haben. Kam aber regelmäßig vor, ne.«

Ihr bis dahin flüssiger Vortrag stockte, die Stimme verlor mindestens die Hälfte der Standfestigkeit. Hofmann sah betreten zur Seite, Katharina legte ihr eine Hand auf die Schulter. Die Glombotzki schneuzte sich in ein zerfasertes Papiertaschentuch und machte ein klägliches Gesicht.

»Geht schon wieder«, meinte sie. »Verstehe nicht, wie ich das ausgehalten habe.« Dann brachen bei ihr alle Dämme. Hemmungslos begann sie zu schluchzen und verkroch sich wie ein kleines Mädchen in Katharinas Armbeuge.

»Scheiße«, stellte Hofmann leise fest.

Mit einem Fingerzeig winkte er der Bedienung und orderte zwei Mineralwasser und einen Cognac. Als die Getränke vor ihnen auf dem Tisch standen, schob er Katharina die zweite Wasserflasche und dem heulenden Elend den Alkohol vor die Nase.

»Danke«, schniefte Glombotzki matt. »Entschuldigung, aber ich konnte nicht mehr. Nach dem ganzen Mist brauch ich wohl 'ne Zeit, um das zu verdauen.«

Katharina reichte ihr das Glas. Mit einem Zug war der Schnaps verschwunden.

»Als ich dann von Danutas Tod in der Zeitung las«, erzählte sie langsam weiter, »hab ich auch erst gedacht, die ist mit dem Ganzen nicht mehr fertig geworden. Erst als nach und nach Krömer und die anderen Schweine dran glauben mußten, hab ich vermutet, da ist vielleicht ein Zusammenhang, ne.«

»Das vermuten wir auch«, bestätigte Hofmann. »Allerdings hatten wir bis heute keine Ahnung, was sich tatsächlich in dieser Sekte abspielt.«

»Das ist ja weniger die Kirche«, meinte Glombotzki kopfschüttelnd. »Dieser Buderus und die anderen sind zwar bekloppt, aber die haben doch keine Ahnung, was Krömer und seine Kumpels da getrieben haben. Die haben sich gezielt Frauen mit riesigen Problemen ausgeguckt, ne. Entweder Leute, die psychisch fertig waren wie ich oder Danuta. Oder Mädchen mit Drogenproblemen. Krömer hat die doch nur zu den Befreiten geholt, damit er Nachschub für den Puff hatte.«

»Aber die hätten sich doch Mädchen aus dem Ostblock besorgen können«, zweifelte Katharina. »Die kriegt der für einen Spottpreis und fast völlig risikolos. Warum also der ganze Umstand?«

»Viele Männer gehen nicht zu Ausländerinnen. Soviel ich weiß, haben die einige ihrer Läden auch mit Mädchen aus dem Osten bestückt. Aber in unserem Studio ... bei uns konnten sie alles bekommen. Jede Stilrichtung. Sie verstehen ...« Ihre Stimme zerbrach erneut bei der Erinnerung an die Sachen, die Krömer und die anderen teuren Dahingeschiedenen den Frauen abverlangt hatten.

»Und Krömer war der Kopf der Truppe?« fragte Katharina vorsichtig.

»Keine Ahnung«, antwortete Glombotzki nach einer Weile. »Eigentlich schien der mir nicht genug auf dem Kasten gehabt zu haben, ne. Brutal und skrupellos war der auf jeden Fall, aber besonders schlau eigentlich nicht.« Ihr Make-up war restlos zerflossen, aber allmählich versiegten die Tränen.

»Gehörten ihm die Studios?« fragte Thalbach nun anders.

»Nie im Leben. Nee, das war nicht der Chef. Ich glaub, die Läden sind von einem Strohmann angemietet worden.«

»Kennen Sie eigentlich seine Gartenlaube?« platzte Hofmann heraus.

Die Stimmungslage der Frau wechselte überraschend schnell. Grell lachte sie auf. »Gartenlaube? Sie meinen wohl Folterkammer, ne. Da haben die Schweine die Kohle gezählt und ihre Orgien veranstaltet. Fastnacht hat mir gesagt, ich könne schreien, soviel ich wolle, hören würde mich eh keiner. Die haben den ganzen Laden schallisoliert.«

In Gedanken nahm sich Katharina vor, am nächsten Tag ihrer Kriminaltechnik vors Schienbein zu treten. Die Heinis hatten nichts von einer solchen Schalldämmung in ihren Bericht gekritzelt.

»Für heute lassen wir es, glaube ich«, meldete sich Hofmann wieder zu Wort. »Frau Glombotzki, Sie wissen gar nicht, wie richtig es war, sich mit uns zu treffen.«

»Hab ich Ihnen weitergeholfen?« fragte sie schüchtern.

»Stoff zum Nachdenken haben wir jedenfalls jetzt in Hülle und Fülle«, nickte Katharina müde. »Sollen wir Sie nach Hause bringen?«

»Danke, nein, aber ich wohne nicht weit von hier. Am Hellweg, gleich beim Hauptbahnhof. Ein Spaziergang wird mir ganz gut tun.«

»Können Sie morgen nachmittag um drei bitte zu uns ins Präsidium kommen, um eine protokollierte Aussage zu machen«, bat Hofmann.

»Ja, klar.«

Hofmann zückte seine Geldbörse und legte einen Zwanziger und einen Zehner neben seine Tasse. Die letzte halbe Stunde war ihm ein generöses Trinkgeld wert.

»Wo war eigentlich das Bordell, in dem Sie und Frau Jaworski gearbeitet haben?« fragte Katharina, nachdem die Bedienung wieder abgezogen war.

»Hier in Bochum, in der Nettelbeckstraße. Kennen Sie die Ecke?«

Hofmann nickte. Feinste Wohngegend mit irrsinnigen Preisen. Eine Gegend, in der man ein Bordell niemals vermuten würde.

Ulrike Glombotzki verschwand für einen Moment in den Toilettenräumen und restaurierte ihr Gesicht. Als sie sich wieder unter Menschen traute, sah man ihr den Gefühlsausbruch von gerade kaum noch an. Die Frau lächelte den Kripobeamten noch einmal schüchtern zu und verschwand durch den Haupteingang, während die Beamten sich durch eine Seitentür zwängten.

»Mein liebes bißchen, da tun sich ja Abgründe auf«, stöhnte Hofmann.

»Mehr als das«, bestätigte Katharina mit belegter Stimme. »Höllenschlunde. Das muß ich erst mal verdauen.«

Hofmann nickte bedächtig und ging wortlos neben ihr her, bis sie ihre Autos erreichten.

»Guten Hunger wünsch ich dir noch«, rief Hofmann, während er seinen Golf bestieg.

»Keine Chance«, antwortete Thalbach ernst. »Mir ist der Appetit gründlich vergangen.«

28

»Das ist ja wohl der absolute Hammer«, behauptete Heinzel mit roten Ohren. Gutgelaunt blinzelten seine Augen den beiden Jüngeren am Tisch zu. Endlich hatten sie brauchbare Informationen.

»Wie glaubwürdig ist diese Frau Glombotzki?« mahnte Gassel.

»Sollte sie gestern geschauspielert haben, war das oscarreif«, erwiderte Hofmann.

Westhoff, der sich während der vergangenen fünfzehn Minuten schweigend in den Ohren gepult hatte, beendete seine Bohrarbeiten und lehnte sich mit den Unterarmen auf den Tisch.

»Langsam kommen wir ja wohl vorwärts«, resümierte er. »Langt der Kram für einen Durchsuchungsbefehl?«

Heinzel wurde blaß. »Bloß nicht. Den Wisch könnten wir zwar kriegen, aber dann gehen die doch alle auf Tauchstation.«

Gassel strich sich über den ausladenden Bienenkorb unter seinem Hemd und sah Heinzel ruhig an. »Gisbert, wir sollten uns die Sekte endlich richtig vornehmen.«

Heinzel rieb sich unwillig über die Nase.

»Nach meiner Meinung rechtfertigen unsere bisherigen Ermittlunsergebnisse auf jeden Fall die Maßnahme einer Durchsuchung«, fuhr Gassel fort. »Vier Mitglieder dieses Vereins, die eine beachtliche kriminelle Energie entwikkelt haben, wurden bereits getötet, ebenso ist der Zusammenhang zwischen diesen Morden und der Bordellkette nicht von der Hand zu weisen. Woher sollen wir denn wissen, ob nicht der ganze Haufen in die Machenschaften vertrickt ist? Und selbst, wenn wir keine Beweise für illegale Aktivitäten finden, vielleicht wird der Mörder, wenn wir heftig aufs Gras schlagen, nervös und begeht einen entscheidenden Fehler.«

»Vorausgesetzt, er ist Mitglied der Befreiten«, warf Heinzel immer noch skeptisch ein.

»Sehr wahrscheinlich«, erwiderte Gassel. »Ein Außenseiter hätte erhebliche Schwierigkeiten gehabt, genug Informationen zusammenzutragen, um genau die richtigen Leute über den Jordan zu schicken. Überleg doch nur, wie lange es gedauert hat, bis *wir* die ersten Hinweise hatten. Und das BKA hat ebenfalls eine Ewigkeit im Trüben gefischt.«

»Scheiß was auf die Ermittlungen vom BKA«, ergänzte Hofmann. »Wenn die sauber gearbeitet hätten, wären die schon wesentlich weiter als jetzt. Hauptsache, wir kriegen unseren Killer, bevor die Presse uns völlig in den Boden stampft und er noch mal zuschlägt.«

Katharina hielt ihren Mund, nickte aber zustimmend.

»Also abgemacht«, meinte Westhoff. »Ich kümmere mich um den Durchsuchungsbefehl.«

»Nehmen wir die Trachtengruppe?« fragte Gassel.

Ihr Boß stand bereits pflichtbewußt am Telefon und kontaktierte die Staatsanwaltschaft.

»Ist wohl das beste«, erklärte Heinzel langsam. »Das Areal der Sekte ist sehr weitläufig, zu dritt oder zu viert bräuchten wir Tage.«

»Ich komm eh nicht mit«, warf Katharina ein. »Um drei macht die Glombotzki ihre Aussage. Vorher hätte ich mir gerne mal dieses Studio angesehen, von dem sie erzählt hat.«

Westhoff hatte heute einen seiner besseren Tage. Seine Argumentation gegenüber Staatsanwalt Hinrichsen-Hennerke war nachvollziehbar. Der Jurist versprach, innerhalb einer Stunde das Papier vorbeizubringen.

»Einverstanden«, nickte Heinzel Thalbach zu. »Berthold, du solltest mit Katharina fahren. Männliche Puffmütter sind manchmal recht unkooperativ.«

Hofmann nickte. Große Lust, zwischen den *Befreiten des Lichtes* herumzukriechen und in benutzter Wäsche herumzuwühlen, hatte er sowieso nicht gehabt.

Gassel klemmte sich an das zweite Telefon im Raum und orderte die notwendigen Leute für die Durchsuchung. Sobald der Beschluß da war, konnten sie loslegen.

Katharina schob ihren Stuhl zurück und blinzelte Hofmann zu.

Ohne ein weiteres Wort starteten sie durch. Wie selbstverständlich kletterte Hofmann auf den Beifahrersitz, Katharina übernahm das Steuer.

Das Sektenbordell lag in einer der teuersten Gegenden Bochums, in Stiepel. Die Straßen waren frei, und die Blonde ließ die Tachonadel nicht unter achtzig sinken.

»War Ulli gestern sehr sauer?« brach Hofmann die Stille, als sie die Kreuzung am Schauspielhaus passierten.

»Ging so«, antwortete Katharina. »Allmählich wird ihm deutlich, was es heißt, mit einer Polizistin zusammenzuleben.«

Hofmann seufzte verstehend. »Hoffentlich macht Sabrina diese ekelhaften Arbeitszeiten mit. Ich meine, wenn die ersten rosaroten Wochen vorbei sind.«

Erstaunt zupfte Thalbach ihre Augen von der Fahrbahn. »Du planst aber ganz schön weit vor«, wunderte sie sich. »Wann läuten denn bei euch die Glocken?«

»Dieses Jahr nicht mehr«, antwortete Hofmann ernst. »Mal sehen, vielleicht schaffen wir es noch vor Ulli und dir.«

»Du bist ja bescheuert«, platzte Katharina heraus. »Jagt euch doch erst mal über die Rumpelstrecke. Unter zwei, drei Jahren Testfahrt läuft bei mir zumindest nichts.«

»Und Ulli hat den Hunderttausendkilometertest überstanden?«

Die Fahrerin beschleunigte auf schlappe einhundert, um Bochums rote Welle zu überlisten. »Verbeult, aber geschafft«, grinste sie schwach. »Ehrlich, Berthold, laßt euch Zeit. Oder kriegst du Torschlußpanik?«

Ihr Kollege antwortete nicht, sondern schaute scheinbar gelangweilt aus dem Seitenfenster. Als Katharina schon gar nicht mehr mit einer Antwort rechnete, setzte er erneut zum Sprechen an. »Ich bin es einfach leid, abends in eine leere Wohnung zu kommen, mir 'ne Tiefkühlpizza in den Ofen zu schmeißen und am Wochenende bei meiner Mutter den Sonntagskaffee zu schlürfen«, erklärte er verbittert. »So eine Beziehung wie die mit Sabrina hatte ich noch nie.«

Katharina war froh, sich auf die Straße konzentrieren zu müssen. Zu einer Diskussion über Beziehungskisten hatte sie keine Lust.

»Sieht Sabrina das genauso?« hörte sie sich trotzdem fragen.

»Ich hoffe es«, gab Hofmann sofort zurück. Er setzte zu einer weiteren Äußerung an, besann sich jedoch anders. Katharina bemerkte seine Bedrückung und wechselte das Thema.

»Gestern abend hab ich noch mit dem Thilo Preuß gesprochen«, erzählte sie leichthin. »Wegen der Standardabfrage bei den Klapsmühlen.«

»Und?«

»Thilo hat mir 'nen ganz guten Tip gegeben. Danuta Jaworski war erst siebenundzwanzig, als sie starb. Die Glombotzki sagte doch, daß sie schon mal 'nen Selbstmordversuch gemacht hat, vor ziemlich langer Zeit. Wenn die damals noch keine achtzehn war, ist sie in der

Kinder- und Jugendpsychiatrie gelandet. Und die sind natürlich nicht überprüft worden.«

»Könnte was dran sein«, überlegte Hofmann. Sein Anflug von Selbstmitleid war vorbei. »Schon die Anfragen rausgejagt?«

Katharina nickte. »Gleich heute früh, als ich zum Dienst kam. Erst die Kliniken mit der höchsten Wahrscheinlichkeit, die in Marl und Hamm, dann die den normalen Krankenhäusern angegliederten Psychiatrien.«

Einen Augenblick runzelte Hofmann nachdenklich die Stirn, verscheuchte seine Gedanken jedoch unwillig. Wenn einer von ihnen beiden befördert würde, dann war es ganz bestimmt die Blonde neben ihm. Seit sie in Bochum das Büro mit ihm teilte, war es immer das gleiche. Sie erhielt die wichtigsten Tips quasi im Vorbeigehen, während er sich krampfhaft abstrampelte. Wenigstens war er so fair, ihr diesen Umstand nicht vorzuwerfen. Nicht zum ersten Mal dachte er darüber nach, daß es auch außerhalb des Polizeidienstes ein Berufsleben gab. Allerdings wußte er nicht, welche Rolle er darin spielen könnte.

Katharina setzte den Blinker nach rechts und bog in die Nettelbeckstraße ein. Langsam fuhr sie an den eleganten ein-, höchstens zweistöckigen Gebäuden vorbei, bis die von ihrer Informantin genannte Hausnummer auftauchte. Auf den ersten Blick verriet das aufwendig verklinkerte Haus nichts über sein Innenleben, keine geschwungene, dunkelrot glühende Neonreklame wies auf die zweifelhafte Amüsiermöglichkeit hin. Katharina zog den Wagen an den Straßenrand und schaltete den Motor ab.

»Hoffentlich hat uns die Glombotzki keinen Bären aufgebunden«, stöhnte Hofmann, als sie auf dem gepflasterten Weg durch den mit Gartenzwergen verunstalteten Vorgarten liefen.

Von den zwei Klingelknöpfen war nur der untere mit einem Namen versehen. Trotzdem legte Katharina ihren Zeigefinger zunächst auf den oberen Knopf. Als nach dem dritten Klingeln immer noch niemand geöffnet hatte, versuchte sie es mit der unteren Schelle.

Vornehm ertönte ein leichter Summer. Thalbach lehnte sich mit der Schulter gegen die Tür und erblickte, als sie in den Hausflur kam, eine freundlich dreinblickende, ältere Dame.

»Sie kommen sicher wegen der Wohnung«, begrüßte sie die Beamten, bevor die ihre Dienstausweise zücken konnten. »Merkwürdig, die Annonce wird doch erst am Samstag in der Zeitung erscheinen. Haben Sie vielleicht jemanden bei der WAZ bestochen?«

Der Hausflur stank nach Geld. Auf dem Boden lag ein dichter Perser, lediglich auf den ersten Metern war der Marmor frei sichtbar, damit Besucher ihre dreckigen Schuhe auf dem kunstvoll verzierten, handgeschnitzten Schuhknecht säubern konnten, ohne die dicksten Brocken in die gute Stube zu schleppen. Die höchstens fünf Meter bis zur Wohnung der älteren Dame waren überhäuft mit Ölgemälden. Gekrönt wurde das Ensemble durch die aus echten Tiffanylampen bestehende Deckenbeleuchtung. Für die zwei Leuchter hätte Hofmann mindestens seinen Golf abdrücken müssen.

»Wir kommen von der Kripo«, enttäuschte Katharina die Hoffnung der Rentnerin. »Thalbach mein Name, mein Kollege Hofmann.«

»Was?« erhob die Frau ihre Stimme und legte die linke Hand hinter ihr Ohr, an dem ein Hörgerät klemmte. »Sprechen Sie bitte etwas lauter, ich höre schlecht.«

Katharina wiederholte ihre Ansage, um etliche Dezibel verstärkt.

Das Gesicht unter den kunstvoll frisierten weißen Locken verlor keine Spur an Freundlichkeit. »Werde ich gleich verhaftet? Oder darf ich mir noch etwas überziehen?«

Hofmann lachte. »Keine Spur, Frau Herbold.« Den Namen wußte er von dem protzigen Messingschild neben der Türfüllung. »Wir möchten Ihnen nur einige Fragen stellen.«

»Man weiß ja nie«, zweifelte die höchstens anderthalb Meter große Person. »Wenn der Blüm sein Rentenloch stopfen will, ist dem doch jedes Mittel recht.«

Katharina biß sich auf die Lippen und folgte Frau Herbold in die eine große Wohnhalle. Unter einem röhrenden Hirschen bot die Ledergarnitur Platz für die Anfangself des VfL. Die beiden Beamten kamen sich ziemlich verloren vor.

»Möchten Sie vielleicht auch ein Täßchen Tee?« erkundigte sich die Gastgeberin. »Mandelblüten, mit einem Schuß Ingwer. Gut für den Kreislauf.«

Hofmann lehnte dankend ab, aber Katharina ließ sich auf das exotische Gesöff ein.

Frau Herbold drückte ihr eine zierliche Porzellantasse mit einem nach Reaktorkühlwasser duftenden Gebräu in die Hand. Dann erst verschwand die Pensionärin in ihrem Lieblingssessel.

»Frau Herbold«, schrie Hofmann. »Seit wann ist denn die obere Wohnung zu vermieten?«

Während Katharina schon durch den ersten Schluck Tee beinahe außer Gefecht gesetzt wurde, schien er der Rentnerin zu schmecken.

»Seit einer Woche«, schrie sie zurück. »Ich hatte an eine Werbeagentur vermietet. Die müssen wohl in Konkurs gegangen sein. Hals über Kopf hat der Besitzer gekündigt, die nächste Monatsmiete noch bezahlt, und dann sind die ausgezogen.«

Katharina stellte die Tasse so weit wie möglich von sich weg. »Könnten Sie uns den Mietvertrag zeigen?«

Frau Herbold beugte sich vor und erschien wieder in ihrem Gesichtskreis. »Leider nicht, wir hatten nichts Schriftliches. Der Herr hat immer bar bezahlt, egal, ob die Miete oder die Nebenkostenabrechnung.«

Hofmanns Hände verkrampften sich unbewußt. »Wie hieß denn der Besitzer?«

»Asbach oder so ähnlich. Nein, Fastnacht. War noch ein junger Mann, immer sehr höflich und zuvorkommend. Auch seine Mitarbeiter und die Kunden, die den Tag über kamen.«

Insgeheim atmeten die Polizisten auf. Wenigstens hatte ihnen die Glombotzki nicht die Hucke vollgelogen.

»Hatte die Agentur viele Kunden?«

»Oh ja«, erklärte Frau Herbold. »War mir auch ganz recht. Wissen Sie, ich lebe alleine hier, seit mein Mann vor vier Jahren gestorben ist. Da ist es beruhigend, wenn viele Leute im Haus sind.«

»Dürfen wir uns die Wohnung mal ansehen?« bat Hofmann. »Nur für einen Augenblick.«

»Aber selbstverständlich«, erklärte Frau Herbold. »Der Schlüssel hängt auf dem Schlüsselbrett ganz rechts. Mit meinen achtzig Jahren schaffe ich die Treppen nicht mehr so gut. Gehen Sie nur.«

Augenblicklich rappelten sich Thalbach und Hofmann auf. Ihre Schritte auf den fünfzehn Stufen bis in den ersten Stock wurden von dem dicken Teppichboden sanft geschluckt.

»Würde mich nicht wundern, wenn da noch die Präser an der Wand kleben«, unkte Hofmann. »Ziemlich überstürzter Aufbruch.«

»Die arme Frau«, ging Katharina nicht auf seinen Kommentar ein. »Glaubt tatsächlich, Fastnacht und Konsorten haben da oben eine Werbeagentur betrieben. Na, bei der Schwerhörigkeit hat die garantiert nichts gehört.«

Der zweite Schlüssel paßte. Schon nach den ersten Schritten war zu erkennen, daß der Schauplatz sauber geräumt war. Die Wohnung erstreckte sich über zwei Ebenen, im ersten Stock befanden sich ein großer Wohnraum, von dem eine riesige Terrasse abzweigte, eine Küche, ein Kinderzimmer, eine Toilette und ein luxuriös ausgestattetes Badezimmer. Über eine Wendeltreppe gelangte man in den ausgebauten Dachboden, der zwei Schlafzimmer und eine Gästetoilette beherbergte. Kein Raum erinnerte an die ehemaligen Mieter. Die Wände hatten zum Teil Bekanntschaft mit frischer Farbe gemacht, in der Luft hing noch ein deutlich wahrnehmbarer Chemiegeruch. Es gab kein einziges Möbelstück; der Parkettboden schien erst kürzlich mit Bohnerwachs bearbeitet worden zu sein.

»Scheiße«, erklärte Katharina, obwohl sie solche Kraftausdrücke nur selten gebrauchte. »Die Spurensicherung müssen wir gar nicht erst bemühen.«

»Ganz meine Meinung«, bestätigte Hofmann resigniert. »Gründliche Arbeit, daß muß man unseren Freunden lassen.«

»Vielleicht kennt die Glombotzki ja auch die Adressen der anderen Puffs«, antwortete Katharina.

»Und du glaubst wirklich, da sieht es nicht genauso aus? Mensch, die haben die Schotten dichtgemacht und sind abgetaucht. In einigen Wochen haben die neue Schlupflöcher angemietet, und dann geht der ganze Zirkus von vorne los.«

Sorgfältig verschloß Katharina die Wohnung hinter ihnen. Frau Herbold saß immer noch freundlich lächelnd in ihrem Sessel und schenkte sich gerade ein weiteres Täßchen Sondermüll ein.

»Gefunden, was Sie suchen?« krähte sie fröhlich. »Kind, Sie haben ja noch gar nicht ausgetrunken. Ich schütte ein wenig nach, kalt schmeckt der nicht.«

Bevor Thalbach abwehrend die Hände heben konnte, war ihre Tasse wieder bis zum Rand gefüllt. Tapfer nahm sie einen Schluck.

»Frau Herbold, ist Ihnen nie etwas an den Bewohnern oben aufgefallen?« schrie sie. »Ungewöhnliche Geräusche oder Kunden, die spät nachts kamen?«

»Tut mir leid«, antwortete die alte Dame. »Nachts hab ich mein Hörgerät nie eingeschaltet. Außerdem sind das hier noch richtige Mauern.«

Hofmann begutachtete nachdenklich durch das Panoramafenster den herrlichen Ausblick auf das Ruhrtal; schließlich klopfte er sich leicht auf die Oberschenkel und stand auf. »Frau Herbold, wir wollen Sie nicht länger belästigen. Vielen Dank für Ihre Freundlichkeit und vor allem für den Tee.« Amüsiert musterte er seine Kollegin, deren Gesichtsfarbe bereits leicht ins Grünliche changierte. Mit einem letzten Kraftakt kippte Katharina den Rest des Tees, dachte an die rettende Luft vor der Haustür und schluckte die Brühe herunter.

»Sagen Sie mal, was nehmen Sie eigentlich an Miete für die Wohnung da oben?« erkundigte sie sich schnell, bevor die Flüssigkeit sie ins Koma befördern konnte.

Die Augen der Kräuterhexe blitzten neugierig auf. »Sind Sie interessiert?«

Leicht schwindelig hielt sich Thalbach an Hofmanns Ellbogen fest. »Mein Verlobter und ich suchen eine Wohnung, in der wir uns nicht ständig auf den Füßen stehen«, erklärte sie schwach lächelnd. »Wäre schon das Richtige für uns.«

Einen Augenblick verzog Frau Herbold das Gesicht. »Wissen Sie, in meinem Alter wäre es schon eine Beruhigung, die Polizei direkt im Haus zu haben. Könnten Sie tausend Mark alles inklusive im Monat bezahlen?«

Der Tee verursachte Halluzinationen. Anders konnte sich Katharina das Angebot nicht erklären. »Ist das Ihr Ernst? Tausend im Monat? Mit allen Nebenkosten?«

»Na ja, neunhundert wäre die Wohnung allemal wert. Sie könnten auch erst in Ruhe renovieren, bevor Sie einziehen.«

Thalbachs Kreislauf spielte erneut verrückt, allerdings nicht wegen des Giftes in ihrem Magen. Ungläubig hielt sie der Frau ihre Rechte hin. »Abgemacht. Können mein Verlobter und ich heute abend vorbeikommen und so etwas wie einen Mietvertrag machen?«

»Aber sicher«, bestätigte Frau Herbold freundlich. »Vor neun Uhr gehe ich nie schlafen.«

Katharina verabschiedete sich überschwenglich von ihrer neuen Vermieterin und folgte Hofmann in die Sonne. Ihr Kollege wartete kopfschüttelnd neben dem Gartenzwerg mit dem Messer im Rücken.

»Hoffentlich weißt du, worauf du dich einläßt«, grinste er breit. »Die füllt dich mindestens einmal in der Woche mit ihren chemischen Experimenten ab.«

Lachend boxte die Blonde Hofmann in den Rücken. »Egal. Menschenskind, neunhundert im Monat. Ulli wird ausflippen, wenn ich ihm das erzähl.«

»Wenigstens war das Geburtstagsgeschenk dann doch passend. Immerhin ziehst du ja in 'nen ehemaligen Puff ein.«

Katharina winkte ab. »Einmal gut durchlüften, dann riechst du da nichts mehr von.«

29

»Das sind ja die reinsten Nazimethoden.« Werner Buderus stand zitternd vor Erregung hinter seinem Schreibtisch und starrte ungläubig auf den Durchsuchungsbefehl. Sein strahlend weißes Säckchen flatterte wie ein Windspiel.

»Bleiben Sie mal auf dem Teppich«, empfahl Heinzel. »Unter dem Beschluß ist der Stempel der Staatsanwaltschaft, kein Hakenkreuz.«

»Sie wissen genau, was ich meine«, fauchte das Männchen in überraschender Schärfe. »Niemand darf wegen seines Glaubens und seiner Religion benachteiligt werden. Steht sogar im Grundgesetz. Und Sie rücken mit zwei Mannschaftswagen an, verstören unsere Gemeinde und wollen unsere ganze Kirche auf den Kopf stellen. Vergasen Sie uns doch am besten an Ort und Stelle.«

Gassel schob sein Lebendgewicht neben Heinzel und fingerte Buderus den Beschluß aus der Hand. »Glauben Sie, was Sie wollen«, erklärte er kühl. »Das Grundgesetz schützt zwar Leute wie Sie, nicht aber Ihre sauberen Freunde, die wehrlose Frauen gegen ihren Willen in Bordellen arbeiten lassen.«

Nach seiner Ansprache ging er in die Eingangshalle zurück und teilte den fünfzehnköpfigen Untersuchungstrupp ein. Heinzel und Buderus folgten ihm.

»Was soll das heißen?« giftete Buderus.

»Ihr Freund Krömer hat sich als Zuhälter eine goldene Nase verdient«, erklärte Heinzel. »Und Gäbler, Rumpel und Fastnacht haben ihm dabei geholfen.«

»Lüge«, kreischte das Männchen.

»Von wegen. Wir haben die Aussage eines Ihrer ehemaligen Mitglieder. Krömer hat sie mit Drogen abgefüllt und dann in einen Puff verfrachtet.«

»Wer sagt das?« fragte Buderus' bessere Hälfte seelenruhig. Trotz ihrer Leibesfülle war sie unbemerkt zu ihnen gestoßen.

Gassel war platt. Er traf selten jemanden, der in der gleichen Gewichtsklasse wie er kämpfte. Die Matrone hätte selbst ihn mit einem Schwinger ihrer linken Brust auf die Bretter schicken können. »Namen sind nebensächlich«, entgegnete er ebenso ruhig.

Buderus versteckte sich halb hinter seiner Göttergattin und schöpfte neuen Mut. »Das wird Konsequenzen für Sie haben, meine Herren. Ich werde an die Öffentlichkeit gehen, an die Presse und ans Fernsehen. Sie suchen doch nur einen Grund, uns fertig zu machen.«

Gassel gönnte Buderus einen mitleidigen Blick und deutete mit einem Kopfnicken nach oben. Heinzel nickte und zusammen erkletterten sie die Treppe in den ersten Stock. In der Tür zum Verwaltungsbüro warteten bereits Bourrier und Tilkowski.

»Heute kommen Sie aber mit der großen Besatzung, was?« empfing sie der Yuppie, heute ganz im typischen sackartigen Sektenlook gewandet.

»Außergewöhnliche Umstände erfordern außergewöhnliche Maßnahmen«, antwortete Heinzel knapp. »Arbeiten Sie in dem Schuppen auch mal?«

Erschrocken über den unzugänglichen Tonfall trat die Bourrier einen Schritt zur Seite und ließ die beiden Beamten passieren. Gassel zerquetschte sie fast am Türrahmen, aber wenn er sich einmal in Bewegung gesetzt hatte, war sein Bremsweg länger als der eines Öltankers.

»Frau Bourrier, Herr Tilkowski, ich muß Sie bitten, uns alle Unterlagen auszuhändigen, die sich in Ihrem Büro befinden«, wurde Heinzel noch dienstlicher. Dabei präsentierte er den richterlichen Beschluß.

»Alles?« fragte Tilkowski zweifelnd.

»Alles«, bestätigte der Kommissar nickend. »Sie erhalten die Unterlagen schnellstmöglich zurück, aber vorerst müssen wir sie in Gewahrsam nehmen.«

»Können wir uns von den wichtigsten Sachen wenigstens Kopien machen?« bat die Bourrier. »Montag wollten wir mit dem Monatsabschluß anfangen.«

»Meinetwegen«, gab Gassel sein Einverständnis.

Die beiden Angestellten setzten sich in Bewegung.

Unter den wachsamen Augen der Polizisten wetzten sie abwechselnd mit einigen Unterlagen zu dem kleinen Tischkopierer. Dabei tauchte nicht die geringste Spur Hektik oder Unsicherheit in ihren Bewegungen auf.

Schließlich legte die Bourrier einen Stoß Kopien auf die Fensterbank hinter ihrem Schreibtisch, wischte sich die Hände an ihrer Toga ab und lächelte Heinzel freundlich zu.

»So, das Wichtigste haben wir. Bedienen Sie sich.«

»Schön. Karl-Heinz, sag den Kollegen Bescheid, die können mit den Kartons anrücken.«

»Brauchen Sie auch die Akten aus den zurückliegenden Jahren?« fragte Tilkowski eifrig. »Die müßten wir aus dem Archiv holen. Ist nur zwei Türen weiter.«

»Selbstverständlich«, bestätigte Heinzel. »Wo genau ist der Raum?«

»Ach, lassen Sie nur«, meinte Bourrier lächelnd, wobei sie sich aus Versehen auf ihrem Telefon abstützte. »Das sind nur drei oder vier Kartons. Wir können die eben herausstellen.«

»Sehr freundlich von Ihnen. Ich gebe Ihnen einen Kollegen mit, der Ihnen beim Tragen hilft.«

»Unsinn«, wehrte Tilkowski ab. »Wir stellen das Zeug auf den Flur. Die Tür können wir offen lassen, damit Sie nicht meinen, wir hätten was unterschlagen.«

»Meinetwegen«, nickte Heinzel. Augenblicklich schoben die Verwaltungsakrobaten ab in den Flur.

»Hoffentlich hat uns die Glombotzki die Wahrheit gesagt«, seufzte Gassel, als sie allein waren. »Mensch, Gisbert, wenn das einen Schlag ins Wasser gibt, können wir uns warm anziehen.«

»War doch deine Idee«, gab Heinzel zurück.

»Prinzipiell Westhoffs«, verteidigte sich das Schwergewicht. »Aber im Ernst. Ich seh schon die Schlagzeilen über rohe Polizeigewalt gegen harmlose Gottesmänner.«

»Haben wir einen zusammengeschlagen?« keifte Heinzel aufgebracht. »Dicker, selbst wenn das ein Schuß in den Ofen wird, laß ich mir lieber übereifrige Ermittlungen vorwerfen als gar keine. Und wenn wir hier was finden, das uns zu unserm Killer führt, dann gratuliert uns sogar der Innenminister zu unserem Spürsinn.«

Bourrier und Tilkowski tauchten wieder auf, letzterer mit einem kleinen Schmutzfleck auf seiner leuchtend weißen Bekleidung.

»Steht alles draußen auf dem Flur. Ihre Kollegen haben das Zeug schon umzingelt.«

»Vielen Dank für Ihre Mithilfe, Herr Tilkowski. Ich hoffe, Sie haben auch die Listen mit den Namen der ausgeschiedenen Kirchenmitglieder nicht vergessen?«

»Natürlich nicht. Finden Sie alles in dem roten Ordner, rechts neben den Bilanzunterlagen.«

Die Bourrier beugte sich über ihren Schreibtisch und lächelte Heinzel an. Wenn nicht die Segelohren und der Buckel gewesen wären, der Komissar hätte sich direkt geschmeichelt gefühlt.

»Brauchen Sie mich noch?« flötete sie zuckersüß. »Freitags verschwinde ich gewöhnlich gegen Mittag. Wenn Sie nichts dagegen haben ...«

Gassel blinkerte charmant zurück. »Gehen Sie ruhig, wir sind hier gleich fertig. Ihr Kollege bleibt ja noch.«

Tilkowski pflanzte sich wie zur Bestätigung hinter seinen Designertraum von Schreibtisch.

»Hab ich das gerade richtig gehört?« schaltete er seine Lauschlappen auf Empfang. »Krömer soll ein Bordell betrieben haben?«

»Nicht eins, mehrere«, bestätigte Heinzel widerwillig. »Besetzt hat er die mit Frauen hier aus der Sekte.«

»Unglaublich«, wunderte sich der Angestellte. »Traut man dem gar nicht zu. Aber wenn ich mir das richtig überlege, so geheimnisvoll, wie der immer getan hat, kann da schon was dran sein. Buderus hält am liebsten stundenlange Vorträge über den moralischen Verfall der Gesellschaft oder was ihm gerade einfällt. Krömer dagegen hat meistens den Mund gehalten. Der hörte lieber zu.«

»Gehen Sie auch regelmäßig zu den Gottesdiensten?« fragte Heinzel angewidert.

»Na klar«, bestätigte Tilkowski.

»Ist Krömer da manchmal mit einer Gefolgschaft junger Damen aufgetaucht?«

Tilkowski verschränkte die Unterarme auf der Schreibtischplatte und nickte. »Ja, jetzt, wo Sie es sagen. Ich hab mich immer gewundert, der kam ständig mit einem ganzen Trupp angerückt. Die haben immer zusammengesessen und sind sofort nach Schluß des Gottesdienstes wieder gegangen.«

Müde quetschte sich Heinzel auf den Stuhl der Bourrier und legte den Kopf in den Nacken. Morgen war Samstag, aber an ein erholsames Wochenende war nicht zu denken. Der Berg von Unterlagen, den sie hier im Büro beschlagnahmt hatten, würde sie alle vier bestimmt bis morgen abend beschäftigen, wenn nicht sogar noch den kompletten Sonntag.

Voller Tatendrang klaubte er einen Packen Disketten aus seinem Aktenmäppchen und machte sich daran, die Computer von Tilkowski und Bourrier zu checken. Katharina hatte ihm in endlosen Sitzungen die Grundbegriffe des Umgangs mit einem PC beigebracht, trotzdem tat er sich schwer. Tilkowski stand ihm hilfreich zur Seite und erklärte geduldig den Aufbau seiner Dateien.

»Seit wann sind Sie eigentlich in Herten?« erkundigte sich Gassel beiläufig, während aus dem Laufwerk des Computers beängstigende Geräusche knarzten.

Tilkowski hob den Kopf. »Seit zehn Jahren etwa«, erklärte er. »Vorher habe ich in Würzburg in der Verwaltung der Kirche gearbeitet. Bis dahin hat Bruder Werner alles alleine hier gemacht, aber dann wuchs ihm der Papierkram über den Kopf.«

»Und Sie sind natürlich sofort gesprungen und haben den Laden übernommen«, vollendete Heinzel mürrisch.

»Natürlich. Wo ich der Kirche diene, ist doch letztendlich egal.«

Als der Chef der mobilen Einsatzkapelle seinen Quadratschädel ins Büro schob, lagen vor Heinzel gut zwanzig bespielte Disketten.

Der Einsatzleiter riß sich die Mütze vom Kopf und steckte eine Zigarette ins Gesicht. »Hast du schon einen

Job für die Zeit nach der Rente?« stichelte er mit schweißüberströmten Gesicht.

»Quatsch nicht«, moserte Heinzel. »Wie weit seid ihr?«

»Durch. Es sei denn, wir sollen jede Wiese umgraben oder mit Metalldetektoren abklabastern.«

Gassel winkte ab.

»Wenigstens was gefunden?«

»Jede Menge«, schnaubte der Uniformierte. »Aber alles schön legal und unverdächtig. An Waffen führen die hier nur Gabeln und Obstmesser. Um es mal klar auszudrükken: dumm gelaufen.«

»Mist«, stöhnte Heinzel. »Also dann, Abmarsch. Schick mal ein paar von deiner Truppe nach oben, die Akten hier und die im Flur müssen mit zu uns.«

Dabei schaute er flüchtig auf das Telefon vor ihm. Unsinnigerweise fiel ihm auf, daß die Geräte identisch mit den Apparaten im Präsidium waren.

»Könnt ihr bei der Kripo überhaupt schon lesen?« ätzte der Truppenführer hinterhältig.

»Wenn genug Bilder drin sind ...« antwortete Gassel schwach.

30

»Ach, Ulli, neunhundert warm sind doch nicht zu teuer«, beharrte Katharina. »Und denk doch mal an die Wohngegend. Stiepel, direkt an der Ruhr. Ich sag dir, die Wohnung ist ein Traum.«

In Momenten wie diesen verstand sie, wie jemand zum Raucher werden konnte. Flugs griff sie sich einen der Kugelschreiber, der gleich darauf wildeste Kunststückchen in ihre Fingern vollführte.

»Die Miete ist auch in Ordnung«, tönte Zanders Stimme aus dem Telefonhörer. »Aber ist die Alte überhaupt noch richtig im Kopf?«

»Welche Alte?« fragte Katharina.

»Na, diese Vermieterin«, wiederholte Zander sein Anliegen. »Ich hab keinen Bock, da einzuziehen und zwei

Wochen später die Kündigung zu kriegen, weil es sich Frau Großgrundbesitzerin anders überlegt hat. Oder daß der Mietvertrag ungültig ist, weil die Frau nicht mehr geschäftsfähig ist.«

»Oder weil du heute abend noch von einem Lkw überfahren wirst«, äffte ihn Katharina nach. »Herrgott, Ulli, du hattest doch die Idee mit der gemeinsamen Wohnung. Stinkt es dir, weil *ich* eine aufgegabelt hab?«

»Natürlich nicht. Das Angebot muß einfach einen Haken haben.«

Seufzend angelte Thalbach nach der Kaffeetasse, die mal wieder bis auf den Grund geleert war. Wild gestikulierend versuchte sie, Hofmann auf ihr Dilemma aufmerksam zu machen. Ihr Kollege spielte jedoch Hase und vertiefte sich zum xten Mal in einen der Berichte.

Katharina klemmte sich den Hörer hinters Ohr und schlingerte waghalsig so weit um den Schreibtisch herum, daß sie die Kanne selbst erreichen konnte.

»Ulli, laß uns die Butze in Augenschein nehmen. Wenn sie dir gefällt, schließen wir einen Mietvertrag ab, und dann ist der Fisch gegessen. Einverstanden?«

»Meinetwegen«, entgegnete Zander. »Wär zu schön, um wahr zu sein.«

»Hol mich um halb acht ab«, bat Katharina. »Vorher komm ich aus diesem Affenstall sowieso nicht heraus.«

Sie legte den Hörer auf die Gabel und widmete sich nachdenklich ihrem Getränk. Die Nachwirkungen des Tees waren allmählich verebbt, in ein, zwei Stunden konnte sie bestimmt schon wieder feste Nahrung zu sich nehmen.

»Krach im Gebälk?« fragte Hofmann, ohne aufzusehen.

»Ach was. Ulli hat im Moment seine pessimistische Phase.«

Hofmann bediente sich ebenfalls aus der Kanne und reichte Katharina zwei eng beschriftete Blätter, die eine Schreibkraft hereingereicht hatte. »Herzlichen Glückwunsch«, erklärte er neidisch. »Hast du den Spürhunden den Tip gegeben, den Wagen von Fastnacht auf ganz bestimmte Merkmale zu untersuchen?«

Katharina bekam einen trockenen Mund. »Ich hatte so eine wilde Idee«, antwortete sie vorsichtig.

»Genau ins Schwarze. In dem Wagen fanden sich Textilrückstände, die höchstwahrscheinlich von der Kleidung deiner Selbstmörderin stammen. Und außerdem hat Kommissar Rex eine winzige Menge Blut von Danuta Jaworski auf dem Beifahrersitz gefunden.«

Aufgeregt riß Katharina ihrem Kollegen die Blätter aus der Hand. Es stimmte, auf den Bezügen von Fastnachts Beifahrersitz fanden sich Spuren der schwarzen Stoffhose, die die Jaworski am Tag ihres Todes getragen hatte.

»Sie hat in seinem Wagen gesessen, okay«, dämpfte Thalbach ihre Begeisterung. »Das beweist noch gar nichts.«

»Und die Blutspuren?«

»Schmarrn. Offiziell lautet die Todesursache Selbstmord. Vergiß nicht, es gibt eine prima Augenzeugin. Mich.«

»Apropos Augenzeugin«, erinnerte Hofmann. »Wann wollte die Glombotzki nochmal hier sein?«

»Um drei. Mensch, das war ja schon vor einer Stunde.«

Hofmann kontrollierte die Uhrzeit auf seiner Armbanduhr. Ihre Zeugin war tatsächlich seit gut sechzig Minuten überfällig.

»Hat wahrscheinlich kalte Füße gekriegt«, vermutete er.

»Die? Nachdem die sich gestern die Seele aus dem Hals geheult hat?«

»Kann doch sein? Wir wissen doch gar nicht, ob es nicht noch Hintermänner gibt. Krömer war vielleicht nur ein Befehlsempfänger.«

Nachdenklich griff Katharina erneut zum Telefon und hämmerte die Nummer von Ulrike Glombotzki ein. Nach dem dritten Läuten schaltete sich der Anrufbeantworter ein.

»Da stimmt was nicht«, unkte Thalbach zähneknirschend. »Komm, wir fahren da vorbei.«

»Spinnst du? Wegen einer Stunde Verspätung? Die ist bestimmt gerade auf dem Weg zu uns.«

Unschlüssig setzte sich Katharina wieder auf ihre vier Buchstaben. »Na gut«, erklärte sie kompromißbereit. »Wir warten noch bis halb fünf. Wenn sie dann nicht da ist, fahren wir.«

Für eine Sekunde schien Hofmann ein Veto einlegen zu wollen, aber auf dem Flur polterte in diesem Moment Heinzels Organ los.

»So eine gottverdammte Scheiße«, bölkte er lautstark. »Kapier endlich, das war Zeitverschwendung.«

Gassel wagte undeutliche Widerworte. Da Heinzel seine überlegene Kondition ausspielte, ging die Antwort des Wohlbeleibten in einem Keuchen unter.

Heinzel stürmte als erster über die Schwelle, Gassel gab den eingeschüchterten Uniformierten Order, wo die beschlagnahmten Unterlagen abzuladen seien. Dann gesellte er sich ebenfalls zu den Jüngeren.

»Erfolg gehabt?« wollte Hofmann wissen.

»Keine Spur«, donnerte Heinzel. »Entweder war die Platte schon sauber geputzt, oder es hat wirklich niemand sonst von der Sekte etwas mit den Geschäften von Krömer und seinen Kumpanen zu tun.«

»Sehen wir uns doch erstmal die Unterlagen an«, wandte Gassel ein. »Mit ein bißchen Glück ...«

»Mit ein bißchen Glück mußt du dein Abendessen nicht aus der Schnabeltasse schlürfen«, fauchte Heinzel kampfeslustig. »Dicker, sieh es doch endlich ein. Das war nichts.«

»Ich hab auch einen Vornamen«, erinnerte Gassel spitz.

Bevor Schlimmeres passieren konnte, stand Katharina auf, zauberte die Flasche Sekt aus dem Kühlschrank und drückte jedem ihrer verdutzten Kollegen einen Pappbecher in die Hand. Mit einem lauten Plopp flutschte der Korken aus der Flasche.

»Was soll das denn?« fragte Heinzel immer noch auf hundertachtzig.

»Ich hab eine Wohnung gefunden«, erklärte sie seelenruhig. »Und ihr beide solltet euch mal auf einen Dachschaden untersuchen lassen. Ihr benehmt euch wie pubertierende Blagen.«

Sprachlos starrten sie Gassel und Heinzel an, bis sich das Schwergewicht lautstark räusperte.

»Eigentlich ist das ja auch Bertholds Rolle«, meinte er schon wesentlich ruhiger. »Prost dann.«

Hofmann verzichtete auf Einspruch, sondern leerte seinen Becher auf einen Zug. Heinzels Kopf nahm wieder normale Farbe an. »Entschuldigt, aber langsam geht mir der Scheiß auf die Nerven.«

Nachdem alle ihre Becher zurück auf den Schreibtisch gestellt hatten, berichtete Hofmann von ihren neuesten Erkenntnissen. Allmählich stellte sich wieder ein ruhiges Arbeitsklima ein.

»Fahrt am besten sofort zu dieser Glombotzki«, empfahl Gassel. »Wir können es uns nicht leisten, diese Zeugin zu verlieren.«

»Ganz meine Meinung«, bekräftigte Heinzel sofort. »Nehmt die Aussage meinetwegen in ihrer Wohnung auf, falls sie eine Allergie gegen das Präsidium haben sollte. Anschließend tanzt ihr wieder hier an. Wir haben jede Menge Papierkram für euch.«

Es war ziemlich genau halb fünf, als Katharina und Hofmann den Weg in die Innenstadt einschlugen. Obwohl der Hellweg Luftlinie nur einen Steinwurf vom Präsidium entfernt war, verzichteten sie nicht auf den Dienstwagen.

Daß sie besser zu Fuß gegangen wären, wurde spätestens nach vier Runden um den Südring klar. Katharina löste ihr Dilemma höchst unbürokratisch. Nach der fünften Runde stieß sie in der falschen Richtung in die als Einbahnstraße getarnte Fußgängerzone vor und parkte direkt vor dem schmalen, weißgetünchten Haus, in dem die Glombotzki Zuflucht gesucht hatte. Bevor sie ausstiegen, klemmte Thalbach das Blaulicht aufs Dach. Übereifrigen Knöllchenschreibern wurde damit jeder Grund genommen, die Stadtkasse aufbessern oder den Vectra abschleppen lassen zu wollen.

»Natürlich ganz oben«, bemerkte Hofmann nach einem Blick auf die Klingelleiste.

»Alter vor Schönheit«, gab Katharina zurück.

Als Hofmann klingeln wollte, sah er, daß die Tür einen Fingerbreit geöffnet war. Der Arztpraxis im ersten Stock war es wohl zu teuer, für jeden Besucher den Öffner abzunutzen.

Im vierten Stock endeten die Treppen. Lediglich zwei Wohnungen hatten sich in das schwülwarme Obergeschoß verkrümelt. Aus der linken Wohnung war kein Ton zu hören, Ulrike Glombotzki residierte auf der anderen Seite. Undeutlich wimmerte Peter Maffay durch die Türschlitze.

Katharina bummerte gegen das Holz und wartete. Keine Schritte hinter der Tür. Nach einer Pause klopfte sie ein zweites Mal.

»Scheint ausgeflogen zu sein«, meinte Hofmann.

»Bei Maffay würde ja wohl jeder abhauen.«

Ratlos sahen sie sich einen Moment an, dann gab Hofmann der Blonden ein Zeichen. Katharina trat einen Schritt zur Seite, während Hofmann elegant das Gewicht verlagerte und sein rechtes Bein in Hüfthöhe anwinkelte. Sekundenbruchteile später krachte sein Fuß gegen das Schloß.

Mit einem Knirschen sprang der Schnapper aus der Verankerung. Augenblicklich erhöhte sich der Pegel der maffayschen Qual, ohne daß sich die Wohnungsbesitzerin über den zusätzlichen Lärm beschweren wollte.

Zehn Sekunden später wußten sie, warum. Ulrike Glombotzki lag im Schlafzimmer auf ihrem Bett, bereits ausgehfertig angezogen. Warum sie bei den draußen herrschenden Temperaturen eine leichte Jacke über das T-Shirt gezogen hatte, konnte sie ihnen nicht mehr verraten. Zwei Handbreit unter ihren glasigen Augen war eine Strumpfhose um ihren Hals geknotet.

31

Ungläubig starrte Zander auf den provisorischen Mietvertrag in seiner Hand. Ab dem nächsten Ersten waren er und Katharina die stolzen Mieter einer einhundertzwanzig Quadratmeter großen Wohnung, aufgeteilt über zwei Etagen. Die alte Kräutermischerin war tatsächlich bei ihrem Angebot von neunhundert Mark warm geblieben.

»Absoluter Wahnsinn«, jubelte er vergnügt, als er zusammen mit seiner Verlobten zurück zum Wagen lief. »Wann sollen wir mit dem Renovieren beginnen?«

Katharina angelte müde die Autoschlüssel aus der Tasche. Ihr paßte es ganz und gar nicht, daß sie den Tatort am Hellweg nahezu fluchtartig verlassen und die Kollegen die Drecksarbeit allein machen lassen mußte. Heinzel mußte sie um Viertel nach sieben förmlich an die Luft setzen, damit sie ihren Termin nicht verpaßte.

»Immer mit der Ruhe«, dämpfte sie die Begeisterung ihres Begleiters. »Laß uns morgen darüber nachdenken. Ich muß noch mal ins Präsidium.«

Zander blieb wie angewurzelt stehen. »Es ist gleich neun Uhr«, erklärte er anklagend.

»Weiß ich«, stöhnte Thalbach. »Ulli, bitte keine Grundsatzdiskussion. Wir haben eine frische Leiche auf dem Tisch, und ich hab noch zu tun.«

Wütend donnerte Zander die Beifahrertür ins Schloß und klemmte sich sofort eine Zigarette ins Gesicht. Bevor Katharina protestieren konnte, zogen die ersten blauen Rauchschwaden durch das spärlich geöffnete Seitenfenster ins Freie.

»Du kannst mir ja ein Bild von dir dalassen«, spottete er aufgebracht. »Ursprünglich wolltest du während meines Urlaubs eigentlich Überstunden abbauen.«

Zügig reihte sich der Fiesta in den spärlichen Verkehr auf der Kemnader Straße ein. Die letzten Tagesausflügler kehrten dem Stausee abgeschlafft den Rücken.

»Vielleicht nächste Woche«, versprach die Blonde. »Ulli, versteh doch. Ich kann mich jetzt nicht auf die faule Haut legen.«

Hastig zog Ulli an seiner Kippe und lehnte sich auf die Seitenstütze der Tür. »Heißt das etwa, am Wochenende gehst du auch arbeiten?«

»Leider«, antwortete Katharina vorsichtig. »Ich seh zu, so schnell wie möglich rauszukommen.«

»Herrlich«, ätzte Zander. »Am besten, ich schaff mir 'ne Zweitfrau an. Du bist ja nie zu Hause.«

Wütend trat Katharina voll aufs Gaspedal. Erschrocken schoß der Fiesta nach vorn und hätte beinahe die Bekanntschaft mit einem gemächlich zockelnden Wohnmobil gemacht.

»Jetzt hab ich die Nase aber voll«, schimpfte Thalbach zurück. »In meinem Job kann ich den Griffel nun mal nicht um halb vier fallen lassen. Seit wir uns kennen, machst du regelmäßig einen Aufstand wegen meiner Überstunden. Akzeptier es oder laß es. Aber treib mich nicht in den Wahnsinn.«

Waghalsig scherte sie auf die Gegenfahrbahn und rauschte an dem Hindernis vor ihnen vorbei. Der entgegenkommende Benz flüchtete panisch auf den schmalen Seitenstreifen.

Zander flitschte die Zigarette aus dem Fenster und faßte sich ans Herz. Für eine Sekunde schien es ausgesetzt zu haben. »Ich mache dir Vorwürfe, stimmt«, antwortete er immer noch kreidebleich. »Deswegen mußt du mich aber nicht umbringen.«

In der langen, ansteigenden Rechtskurve rutschte das Heck des Kleinwagens gefährlich nach links, dann machte sich die geringe PS-Zahl bemerkbar. Die Tachonadel sank wieder unter sechzig.

»Ulli, zum letzten Mal. Sollte ich noch einmal auf die Welt kommen, werde ich Sozialarbeiterin. Es war deine Idee mit der Verlobung, obwohl du meine Arbeitszeiten kennst. Wenn du damit nicht leben kannst, sag es jetzt oder halt den Mund. Mir reichen deine ständigen Sticheleien.«

Entsetzt blickte Zander nach links. »Hey, komm wieder runter.«

»Nein«, schrie Katharina, »ich hab genug. Mir wäre es auch lieber, tagsüber mit dir in der Sonne zu liegen und abends ein Bier trinken zu gehen. Und kaum komm ich nach Hause, prügelst du auch noch auf mich ein, warum ich nicht früher Schluß gemacht habe.«

In ihren Augen zuckten wahre Blitze. Bevor sie vor

lauter Wut überhaupt nichts mehr erkennen konnte, steuerte sie den Wagen auf die Ausbuchtung einer Bushaltestelle.

Unbehaglich rutschte Zander näher zu ihr heran. Ihre Beziehung war selten an einem Punkt wie diesem gewesen. Katharina verlor so gut wie nie die Beherrschung.

Zärtlich legte er ihr seine Hand auf den rechten Arm. Der Kloß in seinem Hals verschluckte seine Worte und ließ nur ein heiseres Krächzen zu.

Widerwillig schüttelte Katharina die Berührung ab und atmete kräftig durch. Sie haßte es, derart aufzubrausen, aber ihr Nervenkostüm hing durch. Sie war mehr als urlaubsreif, dazu noch der Streß der letzten zwei Wochen. Knirschend donnerte sie den Schalthebel nach vorn und fuhr wieder an.

»Ich setz dich zu Hause ab«, bemerkte sie gleichgültig. »Du brauchst nicht auf mich zu warten, ich weiß nicht, wann ich wieder da bin.«

Zander verkrümelte sich in seinen Sitz und hielt den Mund. Stur richtete er seine Augen auf die Straße.

Über die leergefegte Königsallee hatten sie die Innenstadt schnell erreicht. Katharina bog hinterm Wiesental links ab, schleuste den Wagen durch Bochums einzigen richtigen Kreisverkehr am Romanusplatz, bog vor dem Bergmannsheil rechts ab und erwischte die Ampel an der Hattinger Straße gerade noch bei grün. Sekunden später zog sie den Wagen an den Straßenrand und ließ Zander an der Ecke zur Ehrenfelder Straße aussteigen.

»Bis nachher«, flötete er unsicher. Statt einer Antwort spielte Katharina ungeduldig mit dem Gashebel und schoß los, sobald er die Tür zugeschlagen hatte.

Noch bevor sie die Alleestraße einen knappen Kilometer weiter erreicht hatte, ärgerte sie sich über sich selbst. Sie konnte seine Verstimmung gut verstehen, oft genug beklagte sie sich selbst über ihre Arbeitsbedingungen. Normalerweise nahm sie seine Kommentare als Spaß, warum sie heute abend hochgegangen war wie das berühmte Männchen aus einer ausgedienten Zigarettenwerbung, konnte sie nicht verstehen. Automatisch zwang sie sich, tief durchzuatmen. Ein erhöhter Adrenalinspiegel trübte ihren Verstand bis zur Blindheit.

Als sie auf dem Parkplatz vor dem Präsidium anhielt, erkannte sie sofort die brennenden Lichter in ihren Büros. Die Kollegen mußten die Tatortbesichtigung abgeschlossen haben und hechelten vermutlich noch einmal die Einzelheiten durch.

Bevor sie Heinzels Büro betrat, huschte sie schnell in die Damentoilette. Mit wenigen Handgriffen brachte sie ihr im Laufe des Tages ein wenig ramponiertes Aussehen in Ordnung, schneuzte sich herzhaft in die kratzigen Papierhandtücher und versuchte probehalber ein Lächeln. Es ging, im Spiegel sah sie fast ihr gewohntes Ebenbild.

»Na, Jungs, fleißig bei der Arbeit?« grüßte sie aufmunternd. Heinzel kratzte sich gerade mit einem Filzschreiber die Läuse von der Kopfhaut, während sich Hofmann die Hände wusch. Gassel gab seinem ausgemergelten Körper einen gehörigen Kaloriennachschub. Als langgedienter Polizist hatte er auch um diese Zeit keine Schwierigkeiten, drei Nußecken zu organisieren.

»Mit dir hatten wir eigentlich nicht mehr gerechnet«, bemerkte Heinzel müde. »Wann steigt die Einweihungsfete?«

»Du bekommst eine handgeschriebene Einladung«, antwortete Thalbach heiter. »Was Neues?«

»Erstens der Tathergang«, dozierte Hofmann, über das Waschbecken gebeugt. »Die Glombotzki geht nicht auf das Konto unseres Schlachtermeisters.«

»Kunststück«, nuschelte Gassel mit vollem Mund. »Erklär mir mal, wie der Killer ihr den Pimmel hätte abschneiden sollen.«

Heinzel hob den Kopf von seinen Unterlagen und blitzte Gassel warnend an.

»Alles spricht für Täter*in*«, fuhr Hofmann unbeeindruckt fort. »Keine Kampfspuren, dafür aber Reste von Tränengas im Gesicht der Leiche. Die Strumpfhose gehörte der Glombotzki, stammt aus dem Nachttisch neben dem Bett. Bevorzugte wohl nur eine einzige Marke.«

»Warum gerade eine Frau?« wunderte sich Katharina.

»Meines Erachtens hat die Tote die Mörderin selbst reingelassen«, mischte sich Heinzel von seinem Platz ein. »Keine Spuren eines gewaltsamen Eindringens. An der Tür waren ein Sicherheitsschloß und eine Kette, beides säuberlich von innen aufgesperrt. Abgesehen davon, daß Tränengas eher von Frauen benutzt wird, glaube ich nicht, daß die Glombotzki einem Mann die Tür geöffnet hätte, von dem sie davon ausgehen mußte, daß er ein Spezi von der Sekte ist.«

»Es ist doch noch gar nicht sicher, daß der Täter aus der Sekte stammt«, gab Thalbach zu bedenken.

Gassel sah sie befremdet an. »Katharina, ich bitte dich. Einen Tag, nachdem die Frau sich mit euch getroffen hat, findet ihr sie erwürgt in ihrer Wohnung. Ausgestiegen ist sie doch schon vor ein paar Wochen.«

»Genau«, bestätigte Hofmann die Überlegungen des Schwergewichts. »Wir haben keine Spuren eines Kampfes gefunden. Wahrscheinlich hat sich die Glombotzki seelenruhig mit ihrer Mörderin unterhalten und ist dann aus irgendeinem Grund ins Schlafzimmer gegangen. Dort hat die Täterin dann das Tränengas versprüht und das Opfer erdrosselt. Ich frage mich nur, woher die wußten, daß die Glombotzki gesungen hat.«

»Beschattung?« vermutete Gassel. Der letzte Rest seiner zweiten Nußecke hing an seiner Unterlippe. Genüßlich sammelte seine Zunge den kleinen Krümel ein.

»Klar«, spottete Heinzel. »Alle Befreiten werden auf gut Glück auf ein und dieselbe Person angesetzt, die vielleicht irgendwann einmal etwas ausplaudern könnte. Das ist doch verrückt. Krömer und seine Kumpels haben da ein linkes Ding abgezogen, gut. Als die Glombotzki mit uns Kontakt aufgenommen hat, waren vier von den Fünfen schon über den Jordan. Der letzte aus der Truppe, Diener, ist verschwunden. Wenn wir den wenigstens interviewen könnten, kämen wir sicherlich ein gehöriges Stück weiter. Daß noch jemand von dieser Sekte über die Puffs Bescheid wußte, ist mehr als unwahrscheinlich.«

Katharina zupfte nachdenklich an ihren Augenbrauen

und strich sich über den knurrenden Bauch. Außer Kaffee und dem Gemisch ihrer neuen Vermieterin hatte sie während des ganzen Tages nichts zu sich genommen.

»Trittst du mir das Plätzchen ab?« fragte sie Gassel augenrollend. »Ich sterbe vor Hunger.«

Die Augen des Dicken schossen besitzergreifend über das Backwerk. Widerstrebend schob er Katharina die Tüte mit der letzten Nußecke herüber.

Heinzel lehnte sich stöhnend zurück. Seine Augen waren feuerrot, Hofmann hatte Katharinas Abwesenheit genutzt und das Büro mit Pfeifenrauch verpestet.

»Übrigens, hier ist ein Fax für dich gekommen«, sagte er zu Katharina. »Lag in deinem Büro, als wir von der Glombotzki kamen.«

»Was ist es?« erkundigte sich Katharina kauend.

»Irgend etwas über deine Selbstmörderin«, antwortete Heinzel. »Ich hab's mir noch nicht angesehen.«

Neugierig klaubte die Blonde die acht Blätter aus Heinzels Plastikkörbchen. Es waren Kopien einer Krankenakte aus der Kinder- und Jugenspsychiatrie Hamm. Danuta Jaworski war im Alter von fünfzehn nach einem Selbstmordversuch dort eingewiesen worden.

Auf den ersten beiden Seiten fand sie nur Informationen über die Diagnose, den körperlichen Allgemeinzustand und die empfohlene Therapie. Ab der dritten Seite wurde es interessant.

Mit jedem Wort, das sie las, wurde Katharina aufgeregter. Auf Seite viereinhalb gab sie ein überraschtes Stöhnen von sich, nach Seite fünf schrie sie regelrecht auf.

»Ich werd wahnsinnig«, kündigte sie an. »Die Jaworski ist der Schlüssel zu allem.«

»Häh?« tönte Gassel. Hofmann und Heinzel hoben lediglich die Köpfe.

»Hört euch das an. Mit fünfzehn hat Danuta Jaworski versucht, sich umzubringen. Hat einen Fön in die Badewanne geschmissen, aber das Ding hatte einen Sicherheitsschalter, außer einem Kurzschluß ist nichts passiert. Der Vater hat sie trotzdem ins Krankenhaus gebracht, von dem sie an die Psychiatrie weiterverwiesen wurde.

Im Laufe der Therapie haben die dann herausgefunden, warum sie den Selbstmordversuch unternommen hat.«

Heinzel lutschte geistesabwesend an seinem Filzschreiber. »Sag schon«, drängte er.

»Mißbrauch«, erklärte Katharina. »Über mehrere Jahre. Und zwar durch den Pfarrer der Gemeinde, in der sie in einer Jugendgruppe war. Hat das Mädchen nach den Gruppenstunden immer zum Aufräumen dabehalten und sie ständig befummelt. Schließlich kam es zum Geschlechtsverkehr, was dieses Schwein auch noch auf Video aufgenommen hat.«

»Montag tret ich aus der Kirche aus«, entschloß sich Gassel spontan.

»Geht noch weiter«, trieb Katharina die Spannung ihrer Zuhörer auf die Spitze. »Als ihr Vater davon erfuhr, ist der wie ein Racheengel bei dem Pfaffen angerauscht. Hat ihn furchtbar zusammengeschlagen und gedroht, ihm die Eier abzuschneiden.«

Nach und nach wurde den Beamten klar, was ihnen Katharina da vorlas. Hofmann fand als erster seine Sprache wieder. »Nur angedroht?«

»Hier steht, der hätte schon ein Messer in der Hand gehabt. Dieser Pfarrer hatte ein Schweinegeglück, im Nebenzimmer war zufällig der Kirchenvorstand versammelt. Vier Männer haben Jaworski zurückhalten müssen, bis die Polizei eintraf.«

»Scheiße, Scheiße, Scheiße«, fluchte Heinzel sauer. »Wir haben alles in den Unterlagen. Habt ihr diesen Jaworski nicht abgecheckt?«

»Natürlich«, erklärte Hofmann ruhig. »Keine Vorstrafen.«

»Es kam nicht zur Anzeige«, laß Katharina weiter. »Die Kirche wollte auf eine Anzeige verzichten, wenn Jaworski auf eine Anzeige wegen sexuellen Mißbrauchs verzichtet. Hier steht, der Pfarrer wurde in den Ruhestand versetzt. Ist doch logisch, wenn dann die Unterlagen sauber sind.«

Heinzel griff zum Telefon und bedrängte die Telefonzentrale, sofort einen Streifenwagen zu den Eltern Jaworski zu schicken. Nachdem er wieder aufgelegt hatte, rieb er sich erschöpft die Augen. Seit der Entdeckung der ersten Leiche war der Druck, unter dem sie arbeiteten, täglich gestiegen. Sensationsberichte in der Presse, die Bochum zu einer neuen Hochburg der Kriminalität hochstilisierten, permanente Stippvisiten des Polizeipräsidenten, der sich regelmäßig über den Stand der Ermittlungen erkundigte. Als inoffizieller Leiter der Ermittlungen bekam Heinzel allmählich Magengeschwüre. Westhoffs Pensionierung würde höchstens noch ein Jahr auf sich warten lassen. Wenn er hier versagte, war die Nachfolge wieder offen.

»Es ist alles so klar«, ärgerte er sich leise.

»Gar nichts ist klar«, widersprach Gassel. »Ich verstehe nicht, wieso die dann freiwillig Pornos gedreht hat. Das stinkt doch zum Himmel.«

»Überhaupt nicht«, äußerte sich Hofmann bedächtig. »Wie alt war die Jaworski, als der Mißbrauch anfing?«

»Elf«, antwortete Katharina sofort.

»Die Opfer eines solchen Mißbrauchs entwickeln sich unterschiedlich. Einige haben für den Rest ihres Lebens die Nase von sexuellen Beziehungen voll, andere schaffen es, ihre Erlebnisse zu verarbeiten und ein nahezu normales Leben zu führen. Und wieder andere kriegen so einen Knacks weg, daß sie sogar auf den Strich gehen.«

»Sowas Ähnliches scheint auch bei der Jaworski vorzuliegen«, ergänzte Katharina. »Ihre Freundin aus dem Pornostudio hielt sie jedenfalls für reichlich verklemmt. Vor der Kamera muß die ein wahrer Teufel gewesen sein, privat konnte die noch nicht mal mit Männern sprechen, ohne rot zu werden.«

»Habt ihr zwei heimlich Psychologie studiert?« schmunzelte Gassel.

»Halt deine Nase mal über was anderes als deine Westernromane«, empfahl Hofmann dem Beleibten. »Sogar in unseren Fachzeitschriften sind gelegentlich brauchbare Artikel.«

Heinzels Telefon klingelte. Schon nach dem ersten Läuten hatte er den Hörer in der Hand.

»... dann sollen die mit ihrem Hintern da Position beziehen und warten«, schnauzte er. »Wir brauchen den Mann, am besten schon vorgestern.«

Den anderen war sofort klar, daß Jaworski ausgeflogen war.

»Niemand da«, bestätigte Heinzel, als er langsam den Hörer zurücklegte. »Hoffentlich haben wir morgen nicht die nächste Leiche.«

»Sollen wir 'ne Fahndung rausgeben?« erkundigte dich Gassel ruhig.

»Kann nicht schaden«, antwortete Heinzel und griff erneut zum Telefon. Plötzlich stutzte er. Betätigte eine der Tasten, sprang auf und rannte zur Tür.

»Unterhaltet euch, redet über irgend etwas«, rief er, bevor er den Raum fluchtartig verließ.

»Jetzt ist er völlig übergeschnappt«, mutmaßte Hofmann langsam. »Westhoff hat wohl einen schlechten Einfluß auf ihn.«

»Anscheinend ist das die einzige Voraussetzung, um den Job machen zu dürfen«, seufzte Gassel. »Noch fünf, sechs Jahre, und Gisbert ist genauso durchgeknallt.«

»Warum behalten wir nicht einfach Westhoff?« wandte Katharina ein. »An seine Extratouren haben wir uns langsam gewöhnt.«

Auf dem Flur näherten sich leise Schritte, und Heinzel trat kreidebleich wieder zu ihnen. »Ich weiß, wer die Glombotzki umgebracht hat«, behauptete er. »Oder wenigstens den Auftrag dazu gab.«

»Oh Gott, es ist soweit«, ahnte Gassel. »Holt mal die Männer mit den weißen Westen.«

»Läßt du uns an deiner Weisheit teilhaben?« erkundigte sich Katharina.

»Gabriele Bourrier«, antwortete Heinzel schwach. »Und Karl-Heinz hat ihr den Tip gegeben.«

Gassel sprang auf. Sein Bauch knallte gegen die Schreibtischkante, worauf das Möbelstück gefährlich knirschte. »Spinnst du? Ich hab keinen Ton gesagt.«

»Doch. Laut und deutlich hast du gehofft, daß die Glombotzki uns die Wahrheit gesagt hat.«

Gassels Augen verengten sich zu Schlitzen. »Stimmt. In dem Moment waren wir alleine in diesem Büro.«

»Nein. Da standen die Telefone.«

»Na und?«

Katharina schoß hoch. Ihre Kommunikationsanlage war brandneu, noch immer kannte keiner von ihnen die Funktion aller Tasten und Knöpfchen auf den in hellem Beige gehaltenen Apparaten.

»Das Raummikrofon«, ächzte sie erschüttert.

»Genau«, nickte Heinzel. »Bevor die Bourrier mit diesem Tilkowski in das Archiv ging, hat sie an ihrem Apparat herumgefummelt. Wenn du dich mit einem anderen Gerät an den Anschluß hängst, hörst du jedes Wort aus dem Zimmer.«

»Allmächtiger«, stöhnte Gassel.

»Ist das nicht illegal?« fragte Hofmann.

»Nein, Babyphon. Moderne Eltern stellen ihrem Zögling so ein Ding ans Bettchen und kontrollieren den Filius vom Wohnzimmer aus. Ich hab so was Ähnliches zu Hause.«

»Wie willst du das denn beweisen?« fragte Gassel resigniert. »Eine Ausrede findet die doch immer, und wenn sie nur den Staub von den Tasten gewedelt hat.«

»Weiß ich«, gab Heinzel resignierend zu. »Also schön, fahrt nach Hause. Morgen früh machen wir weiter.«

»Und tschüs«, freute sich Hofmann, schon halb in der Tür. »Ich bring Brötchen mit, ihr besorgt was zum Drauflegen. Schönen Abend noch.«

»Der hat's aber eilig«, kommentierte Gassel den Abgang des Jüngeren.

»Schon mal seine neue Flamme gesehen?« meinte Katharina. »Für die würdest sogar du sechzig Kilo abnehmen.«

»Und so was überläßt man seine Plätzchen«, feixte der Dicke.

Katharina winkte noch einmal in die Runde und trollte sich. Bereits im Flur meldete sich das flaue Gefühl in der Magengegend zurück, auf dem Parkplatz schüttelte sie sich vor Sodbrennen. Ihre zurückliegende Auseinandersetzung mit Ulli versaute ihr die Vorfreude auf den Feierabend. Nicht, daß in der kurzen Zeit, bis sie wieder ins Präsidium einrücken mußte, viel Möglichkeit zur Entspannung geblieben wäre, aber die wenigen Stunden Freizeit mit sinnlosen Diskussionen über Tatsachen, welche sich sowieso nicht ändern ließen, zu vergeuden, paßte ihr überhaupt nicht in den Kram.

Entgegen ihrer sonstigen Gewohnheit zuckelte sie langsam über die Straßen. Aus dem Radiorecorder tönte die letzte Scheibe von *Element of Crime*. Bei der eintönigen Mischung aus spärlich arrangierter Musik und monotonem Sprechgesang, der wie eine Mixtur aus Franz Josef Degenhardt und Manfred Maurenbrecher klang, sperrte sie ihre düsteren Gedanken aus und versuchte, an etwas Angenehmes zu denken. Sonderlich erfolgreich war sie nicht.

Sie quetschte den Fiesta auf der Ehrenfelder Straße in eine enge Lücke. Anstatt auszusteigen, blieb sie einige Minuten deprimiert sitzen und drehte der Musik den Saft ab. Mit dem letzten Tageslicht verschwand ihre Kampfbereitschaft. Hoffentlich wollte Ulli ihre Meinungsverschiedenheit nicht fortsetzen.

Aufmerksam lauschte sie im halbdunklen Hausflur, aber hinter seiner Tür war alles still. Entweder hatte er es vorgezogen, seinen Frust in einer der Bochumer Kneipen zu ersaufen, oder er hing bei Preuß, der ihm sein neuestes Computerspiel vorführte.

Aufatmend klaubte sie ihren Schlüssel hervor und bestieg die letzte Treppe zum Dachgeschoß. Sie stand kaum im Flur, da sah sie, daß im Wohnzimmer das unruhige Licht von Kerzen flackerte. Irritiert legte sie die letzten Schritte zurück. Zander saß auf ihrer Couch, auf dem Tisch stand der fünfarmige Leuchter. Neben den Kerzen wartete eine Flasche Champagner nebst zwei Gläsern.

»Ich muß mich wohl bei dir entschuldigen«, knauserte er verlegen. »Ehrenwort, ich werde niemals mehr wegen deiner Überstunden herumnörgeln.«

32

»Schöne Nacht gehabt?« schmunzelte Hofmann bei Katharinas Erscheinen.

»Hast du noch Zeit übrig, um in meinem Privatleben zu schnüffeln?« fragte die Blonde schnippisch.

»Nee. Aber du läufst, als hättest du die ganze Nacht Schafe gezählt.«

Heinzel spuckte Kaffee über seine Hälfte des Schreibtischs und gibbelte los. Katharina riß perplex Augen und Mund auf. Hofmann sonnte sich im Licht seines Geistesblitzes und feixte unverschämt zu ihr herüber.

»Männer sind alle Sexisten«, entschied Katharina ärgerlich. »Fang bitte mal an, nicht mit deinem Schwanz zu denken.«

Gleichzeitig knallte sie die Tüte mit dem Aufschnitt und dem Käse auf das Schreibmaschinentischchen und schlüpfte aus ihrer Jacke. Der Samstag hatte empfindlich kühl begonnen. Zu allem Überfluß ergossen sich, seit Katharina das Haus verlassen hatte, wahre Sturzbäche von Regen auf den ausgetrockneten Asphalt. Selbstredend hatte die Blonde natürlich keinen Regenschirm dabei.

»Komm wieder runter«, beruhigte Heinzel, immer noch grinsend. »Möchtest du einen Kaffee?«

»Ein Fön wär mir lieber«, antwortete sie verstimmt. Ihre langen Haare klebten pitschnaß auf ihrem Rücken. Mit der Linken ergatterte sie eines der Handtücher neben dem Spülbecken.

»Entschuldige«, knirschte Hofmann betreten. »Normalerweise bist du nicht so empfindlich.«

Heftig rubbelnd versuchte Katharina verzweifelt, den Großteil der Feuchtigkeit aus den Haaren zu bekommen.

Hofmann sprang auf und goß Katharina den dampfenden Kaffee ein.

»Übrigens, Karl-Heinz hat mich vorhin angerufen«, teilte die Kommissarin unter ihrem Handtuch mit. »Ist in der Dusche ausgerutscht und hat sich die Rübe angeschlagen. Ihm ist übel, und er bleibt heute zu Hause.«

»Das geht doch gar nicht«, platzte Heinzel heraus. »Wie will der denn in der Dusche ausrutschen? Bei der Menge Knautschzone federt der doch spielend ab.«

»Laß ihn«, mahnte Hofmann. »Vielleicht tut ihm ein Tag Pause ganz gut. Würde uns allen gut zu Gesicht stehen.«

Katharina war inzwischen mit ihrer Haarpflege fertig. Prüfend fuhr sie mit den Fingern durch ihre Mähne. »Womit wir beim Thema wären, Gisbert. Könnte ich, wenn wir den dicksten Schlamassel hinter uns haben, meine Überstunden am Stück abbauen? Ulli und ich wollen renovieren.«

Heinzel zappelte unruhig auf seinem Stuhl. »Wie viele hast du denn?«

»Knapp hundert«, antwortete Thalbach. »Keine Panik, ich will nicht alle auf einmal. Aber vielleicht eine Woche?«

»Mal sehen«, knurrte Heinzel. »Wenn es ein wenig ruhiger ist, meinetwegen.«

Hofmann griff sich die Tüte mit den zwölf Brötchen, von denen er jedem von ihnen zwei auf einen Teller legte. Den Rest hatte er für Gassel eingeplant. Da der Dicke nicht kam, würde er wahrscheinlich nach Feierabend die Enten auf dem Stadtparkteich damit füttern können.

»Unsere Fahndung nach Jaworski hat immer noch nichts gebracht«, erklärte Heinzel kurz darauf, nachdem er sein benutztes Messer auf den Teller gelegt hatte. Mit einem flüchtigen Schwung wischte er die Krümel von der Platte und sorgte dafür, daß zumindest die Reinigungskräfte der Bochumer Polizei keine Angst vor Arbeitslosigkeit haben mußten. »Weder er noch seine Frau sind in der Wohnung aufgetaucht.«

»Zufall oder Absicht?« überlegte Katharina den letzten Bissen zerkauend. Unter den überraschten Blicken der beiden Männer angelte sie sich ein drittes Brötchen und knusperte es ohne Belag herunter. Der Champagner vom Abend zuvor hatte sie auf nüchternen Magen erwischt.

Da Ulli für den Nachmittag eine Fortsetzung ihrer Versöhnungsfeier angekündigt hatte, wollte sie als kluge Frau vorbauen.

»Ich hoffe, Absicht«, erklärte Hofmann. »Im Moment ist Jaworski wohl unser Topfavorit. Allerdings ist noch zu klären, woher er das Armeestilett haben könnte.«

»Vergiß nicht, er war Ingenieur auf Montage«, warf Katharina ein. »Wahrscheinlich hat er auf seinen Auslandsreisen so ein Ding in die Finger gekriegt.«

»Auf jeden Fall greift ihn sich die erste Streife, die ihn sieht«, erklärte Heinzel. »Ich hab permanente Beobachtung des Hauses angeordnet.«

»Ist das Kennzeichen seines Wagens auch in der Fahndung?« wollte Katharina wissen.

Heinzel nickte. »Alles veranlaßt. Schwarzer BMW, Fünferreihe.«

Hofmann öffnete eines der Fenster und hockte sich mit einer Pfeife auf die schmale Fensterbank.

»Und nun? Wie kommen wir an diesen verschwundenen Diener? Und was ist mit Bourrier und Tilkowski?«

»Nach Diener hab ich ebenfalls eine Fahndung rausgegeben«, sagte Heinzel. »Sieht aber schlecht aus. Offensichtlich weiß er, daß der Killer ihn als Nummer fünf auf der Liste haben könnte, und ist abgetaucht. Vorschläge?«

Hofmann nebelte sich kräftig ein und lehnte den Kopf an die Wand. »Was haben wir über diesen Diener bisher eigentlich?«

Heinzel zog ein Blatt aus seinen Unterlagen. »Vierundvierzig Jahre alt, Frührentner der Bundesbahn.«

»Bahn AG«, korrigierte Katharina kleinlich.

»Meinetwegen. Vor einigen Jahren ist seine Frau bei einem Autounfall ums Leben gekommen, kurz danach ist er in diese Sekte eingetreten. Hier in Bochum keine Familie, hat noch einen Bruder in Kastellaun.«

»Wo ist das denn?« fragte Katharina.

Heinzel faltete seine Denkerstirn. »Irgendwo im Hunsrück, glaub ich. Rheinland Pfalz.«

Automatisch wechselten Katharina und Hofmann einen vielsagenden Blick.

»Großer Ort?« erkundigte sich der Qualmer von seinem Fensterplatz.

»Keine Ahnung«, antwortete Heinzel. »Scheint mir eher ein recht kleines Kaff zu sein.« Endlich machte es auch bei dem Ranghöchsten klick. »Ach du Scheiße«, hauchte er.

»Ideales Versteck«, grinste Katharina. »Weit weg von Bochum.« Gleichzeitig stand sie auf und betätigte die Powertaste von Heinzels PC. Aus dem kleinen Ständer fischte sie die CD-Rom mit allen Telefonbucheintragungen der Bundesrepublik. Kurz darauf meldete der Computer seine Arbeitsbereitschaft.

»Da haben wir es ja«, meldete die Blonde. »Hans Peter Diener, Kastellaun, Friedrich-Back-Straße. Wer ruft an?«

Heinzel hatte den Hörer bereits in der Hand. »Gib mir mal die Nummer.«

Bevor er die Zahlen eintippte, schaltete er den Raumlautsprecher an. Alle drei warteten gespannt, als das Rufzeichen durchging.

Nervös nagte Hofmann an dem Mundstück seiner Meerschaumpfeife. Nach dem fünften Läuten wurde der Lautsprecher lebendig. Eine männliche Stimme ertönte verschlafen durch das Büro.

»Diener.«

»Heinzel, Kriminalpolizei Bochum, guten Morgen. Spreche ich mit Hans Peter Diener?«

Pause.

»Wer ist da bitte?« fragte die Stimme ungläubig.

»Kripo Bochum. Herr Diener, es ist äußerst wichtig. Befindet sich Ihr Bruder zufällig bei Ihnen?«

Nach dem aufwendig publizierten Börsengang schien die Telekom jedes Interesse an störungsfreien Leitungen verloren zu haben. Außer einigen knackenden Geräuschen hörten sie gar nichts.

»Worum geht es denn?« fragte nach einer weiteren Kunstpause die Stimme doch noch.

»Ihr Bruder ist in großer Gefahr«, erläuterte Heinzel mit Engelsgeduld. »Vier seiner Freunde sind schon getötet worden, wir befürchten, er könnte der fünfte werden.«

Unsicheres Räuspern, dann war die Stimme wieder da. »Ich bin es. Mein Bruder ist mit seiner Frau in Urlaub.«

»Bingo«, flüsterte Katharina unhörbar.

»Herr Diener, Sie bleiben an Ort und Stelle. Wir benachrichtigen sofort unsere Kollegen vor Ort, damit Sie Polizeischutz bekommen. Meine Kollegen fahren auf der Stelle los.«

Etwas über zweihundert Kilometer entfernt wurde der Hörer wortlos aufgelegt. Auf Heinzels Stirn zeigte sich ein deutlicher Schweißfilm.

»Hat der eine Scheißangst«, bemerkte er. »Los, ihr zwei, Abmarsch. Und kommt mir bloß nicht ohne den Diener zurück.«

Hofmann nahm seine Pfeife aus dem Mund. »Versteh ich dich richtig? Katharina und ich sollen jetzt nach Kastellaun?«

»Was dachtest du denn? Endlich haben wir den Schlüssel zu allem in der Hand. In zwei Stunden könnt ihr da sein.«

»Immer langsam«, warf Katharina ein. »Ich muß mich erst umziehen. Und 'ne Kleinigkeit einkaufen muß ich auch noch. Sonst muß ich morgen Brotrinden kauen.«

»Als ob dir das nicht ausreicht«, erwiderte Heinzel angesichts ihres verzweifelten Kampf gegen das angebliche Übergewicht. »Na schön, macht, so schnell ihr könnt. Ich ruf inzwischen in Koblenz an. Die müßten für die Ecke zuständig sein.«

Seufzend verließ Hofmann seinen Fensterplatz und klopfte die Pfeife aus. »Hol mich zu Hause ab, wenn du alles erledigt hast«, bat er Thalbach. »Kriegen wir einen Dienstwagen?«

»Natürlich nur, wenn Katharina fährt«, grinste Heinzel boshaft.

Während die Blonde schnell in ihren Flitzer kletterte, um mürrischen Rentnern die letzten Sonderangebote vor der Nase wegzuschnappen, fuhr Hofmann zu seiner Wohnung. Den Samstag nachmittag hatte er sich zwar anders vorgestellt, aber alles sprach dafür, daß der Fall nun bald abgeschlossen werden konnte. Jaworski hatte ein glänzendes Motiv, sein Verschwinden sprach ebenfalls für ihre Theorie. Und dieser Diener verkroch sich sicher nicht ohne Grund in einem der unscheinbarsten Winkel Deutschlands.

»Guten Morgen«, rief er bedauernd, als er in die wie immer nach abgestandenem Pfeifenrauch duftenden Räume trat.

»Du bist schon zurück?« murmelte eine Stimme aus seinem Schlafzimmer.

»Muß gleich wieder weg«, antwortete Hofmann. Sabrina lag noch unter einem Berg von Laken und blinzelte verschlafen zu ihm herüber. »Katharina und ich müssen in die Pfalz.«

Die Frau drehte sich auf die Seite, wobei der Ausschnitt eines seiner Oberhemden, welches ihr als Nachthemd diente, so weit ausreinanderklaffte, daß ihre kleinen Brüste entblößt wurden. Hofmann bekam einen trockenen Mund und hockte sich auf die Bettkante. Sabrina hatte nicht zum ersten Mal bei ihm übernachtet, weil sie mal wieder bis zum Morgengrauen zusammengesessen hatten, aber zu mehr als einem Gutenachtkuß war es bisher nicht gekommen.

»Wie lange dauert gleich?«

Verständnislos stupste er ihre sommersprossige Nase. »Was meinst du damit?«

»Ich wollte wissen, wann ihr losfahrt.«

»Ach so. Katharina holt mich nachher ab, vielleicht in einer Stunde.«

Sabrina lächelte und drückte ihn sanft auf die Matratze. Mit geschickten Fingern nestelte sie an seinem Reißverschluß. Hofmann protestierte schwach, doch als ihre Finger fanden, was sie suchten, lehnte er sich zurück.

»Du bist verrückt«, entschied er glücklich.

33

Erleichtert ließ er sich wieder in die weichen Polster der Garnitur zurückfallen. Obwohl er mit ein paar Jahren

Knast rechnen durfte, war der Anruf der Kripo nahezu eine Erlösung für ihn.

Bernhard Diener griff mit zitternden Fingern nach der Fernbedienung und zappte sich durch das riesige Angebot an Fernsehschund. Wie hatte er nur so blöd sein können? Krömer und die anderen waren tot, es war nur eine Frage der Zeit, wann der Killer sich ihm zuwenden würde. Wenigstens war er hier in Sicherheit.

Gedankenverloren starrte er auf den Großbildfernseher seines Bruders. Über die angeschlossene Satellitenanlage empfing er fast fünfzig Programme, zur Zeit flimmerte ein asiatischer Zeichentrickfilm mit arabischen Untertiteln über die Mattscheibe. Obwohl Diener nicht den Sinn des Filmchens begriff, schaltete er nicht um. Hauptsache, im Haus war es nicht mucksmäuschenstill.

Die Idee, sich in Kastellaun zu verkriechen, war naheliegend gewesen, sein Bruder hatte ihm schon mehrfach angeboten, während er und seine Familie selbst verreist waren, das Haus zu benutzen. Gelegentlich war Diener bereits über das Wochenende hier gewesen, war durch die langgestreckten Wälder gewandert und hatte sich die Sehenswürdigkeiten der Gegend angeschaut. Hals über Kopf hatte er nun vor ein paar Tagen einige wenige Sachen zusammengepackt und war mit der Bahn bis Koblenz gefahren, anschließend mit dem Bus hier in diesen kleinen Ort, in dem ihn der Mörder garantiert nicht vermutete. Als ehemaliger Bundesbahner mußte er für die Fahrt nichts bezahlen. Seit einem Arbeitsunfall als Rangierer war sein rechtes Bein kaputt, er konnte sich nur mit Hilfe eines Stockes schwerfällig fortbewegen. Vor acht Jahren war das gewesen, kurz darauf war auch noch seine Frau gestorben. Allein deswegen war er überhaupt in diese Kirche eingetreten. Eines Tages hatte Krömer vor seiner Tür gestanden, kurz nach der Beerdigung, und tröstete ihn über seinen Verlust. Ganz unverbindlich lud er ihn ein, einmal an einem Gottesdienst bei den *Befreiten des Lichtes* teilzunehmen. Mehr aus Neugier war er dann tatsächlich einmal zu dem Zentrum nach Herten gefahren. Der Pfarrer seiner alten Gemeinde hatte sich nie um ihn und seine Frau gekümmert, selbst bei seinem obligatorischen Pflichtbesuch direkt nach dem Tode seiner Frau hatte er immer nervös auf die Uhr gesehen, die wichtigsten Formalitäten besprochen und sich schnell wieder verabschiedet. Bei den Befreiten kümmerte man sich um ihn.

Irgendwann war er mehr zufällig dahinter gekommen, daß Krömer und einige andere nicht nur aus Glaubensgründen die Kirche besuchten. Als er jedoch die ganze Geschichte hörte, war er zunächst entsetzt gewesen und wollte nichts mehr mit diesen Verbrechern zu tun haben. Wie Krömer es geschafft hatte, ihn zum Mitmachen zu überreden, war Diener selbst schleierhaft. Mit der Zeit hatte er sich jedoch an die regelmäßigen Rentenaufbesserungen gewöhnt. Scheinbar war das Risiko ihres Tuns gering, niemand stellte dumme Fragen. Und irgendwann war es sowieso zu spät gewesen, um noch auszusteigen.

Nervös sah er auf seine Armbanduhr. Bereits vor zwanzig Minuten war der Anruf der Kripo erfolgt, noch immer war kein Streifenwagen aufgetaucht. Schwerfällig stand Diener auf und humpelte in die Küche. Vorsichtig lupfte er die zarte Gardine an und starrte nachdenklich aus dem Küchenfenster.

Nach Krömers Tod hatte er sich noch keine Gedanken gemacht. Er traute diesem windigen Versicherungsvertreter zu, noch in anderen schmutzigen Geschäften gesteckt zu haben. Erst nach Gäblers Tod waren seine internen Alarmglocken grell aufgeleuchtet. Instinktiv wußte er, jemand war ihren Geschäften auf die Schliche gekommen und hatte etwas dagegen. Als er bei Rumpel anrief, war der gerade ermordet worden, als einziger lebte nur noch dieser junge Schnösel, Fastnacht. Diener hatte diesen Angeber nie gemocht, aber er war der einzige gewesen, der außer ihm übriggeblieben war. Zusammen hatten sie sich fieberhaft die Köpfe zerbrochen, wer wie ein Racheengel zwischen ihnen aufräumte, aber waren auf keine schlüssige Idee gekommen. Fastnacht hatte sich bei seinen Eltern verkriechen wollen. Diener empfand das zwar als denkbar schlechteste Idee, behielt seine

Bedenken aber für sich. Statt dessen hatte er seinen Bruder noch rechtzeitig vor dem Abflug nach Teneriffa erwischt und sich selbst auf die Socken gemacht.

Seufzend ließ Diener die Gardine in ihre ursprüngliche Form zurückfallen und trabte zurück zu seinem Stammplatz auf der Couch. Statt des Zeichentrickfilms war im Augenblick Werbung angesagt, Diener griff nach der Fernbedienung und schaltete sich erneut durch die Vielfalt der Kanäle. Dieses Mal bleib er bei einem Sportprogramm hängen. In seinem Magen rumorte es fürchterlich. Warum kamen die Polizisten nicht endlich? Schon seit einer Dreiviertelstunde wartete er jetzt sehnsüchtig darauf, verhaftet zu werden. Keine einzige Sekunde dachte er daran, sich aus dem Staub zu machen. Außer seinem Bruder hatte er keine weiteren Verwandten; Diener wußte nicht, wohin er hätte gehen können. Zurück nach Bochum wollte er auf gar keinen Fall. Lieber ein paar Jährchen Urlaub auf Staatskosten als diesem verrückten Killer in die Hände fallen.

Grunzend lehnte er sich in die Polster. Als er zum ersten Mal das Angebot seines Bruders, in der Pfalz ein wenig auszuspannen wahrgenommen hatte, hatte Krömer darauf bestanden, ihn erreichen zu können. Siedendheiß war ihm, kaum daß sein Bruder mit seiner Familie das Haus verlassen hatte, eingefallen, daß sich Krömer seine Telefonnummer und Urlaubsadresse notiert hatte. Aber das war Jahre her, beruhigte Diener sich selbst, wahrscheinlich hatte Krömer die Notiz längst weggeworfen. Zumindest hatte er ihn nie hier angerufen.

In den letzten Nächten hatte er schlecht geschlafen, regelmäßig war er von Alpträumen geschüttelt hochgefahren, schweißgebadet und am ganzen Leib zitternd. Bleierne Müdigkeit lag auf seinen Knochen, herzhaft gähnend rieb sich Diener den verspannten Nacken und schloß die Augen. Es widerstrebte ihm zwar, seine letzten Minuten in Freiheit schlafend zu verbringen, aber die Erschöpfung war zu groß. Langsam sackte er in den Polstern zusammen, bis ihn das Klingeln an der Tür aus dem Schlaf riß.

Sofort war er hellwach. Er mußte eine ganze Zeit geschlafen haben, als er das letzte Mal aus dem Fenster gesehen hatte, lag die Terrasse noch völlig in der Sonne, jetzt zeigte sich bereits ein breiter Schatten auf den Fliesen.

Wieder ertönte die Türklingel, Diener griff nach seinem Stock und rappelte sich hoch. So schnell er konnte, durchquerte er das Wohnzimmer und trat in die Diele. Bevor er durch den Spion nach draußen sah, warf er einen Blick auf seine Handgelenke. Ob man ihm wohl Handschellen anlegen würde?

34

»Beruhigst du dich heute noch mal?« fauchte Hofmann wütend. »Konzentrier dich lieber auf die Straße.«

Verzweifelt versuchte Katharina, sich wieder unter Kontrolle zu bekommen. Selbst der Stau auf den Kölner Rheinbrücken hatte ihr nicht die Lachtränen aus dem Gesicht fegen können. »Entschuldige«, japste sie, »ich kann nicht. Wie du da gelegen hast ...« Erneut wurde sie von einer Lachsalve durchgeschüttelt.

Hofmann wurde rot. »Ist was Schlimmes dabei? Mein Gott noch mal, was du und dein Sozialarbeiter im Bett treiben, ist sicher auch was anderes als die nullachtfünfzehn Stellung.«

Im letzten Moment wich die Blonde dem entgegenkommenden Lkw aus und dirigierte den Vectra zurück auf ihre Fahrspur. Die Hunsrück-Höhenstraße, auf der sie nach Verlassen der Autobahn die letzten Kilometer zu ihrem Zielort in Angriff nahmen, war zum Glück großzügig ausgebaut.

»Jedenfalls verknote ich mich nicht so, daß ich mir fast die Handgelenke breche ...« Gleichzeitig verabschiedete sich ihre Selbstbeherrschung. Zuckend trommelte sie auf das Lenkrad ein. Das Bild, das sich ihr geboten hatte, nachdem sie unbemerkt in Hofmanns Wohnung geschlüpft war, würde sie nie vergessen.

Wie üblich hatte die Haustür offengestanden, als sie Hofmann abholen wollte. Zu seinem Pech hatte ihr Kollege vergessen, die Wohnungstür ins Schloß schnappen zu lassen. Natürlich hatte sie angeklopft, aber keine Antwort erhalten. Also war sie wie selbstverständlich in seine Wohnung gegangen, wo ihr Blick sofort auf die offene Schlafzimmertür gefallen war. Hofmann hatte lang ausgestreckt auf dem Rücken gelegen, entrückter Gesichtsausdruck, die Hände wie ein Magier um das Metallgestänge am Kopfende seines Bettes gewickelt. Sabrina hatte Katharina ebensowenig bemerkt wie der äußerst beschäftigte Beamte. Als Hofmann die Blonde undeutlich im Türrahmen erblickte, wäre sein Schädel fast vor Blutstau geplatzt.

»Bist du denn wenigstens fertig geworden?« stichelte Katharina. »Oder war das ein Interruptus?«

»Häng die Story doch ans schwarze Brett«, empfahl Hofmann zornig. »Wenigstens hattest du keine Videokamera dabei.«

Mit ihren linken Hand wischte sich Thalbach über die Augen und steuerte das Fahrzeug über die nächste Bergkuppe. Automatisch fielen ihre Blicke auf das halbzerfallene Kastell, welches dem vor ihnen liegenden Ort als Namensgeber diente.

»Hübsch hier«, bemerkte Katharina ernsthaft, um das Thema zu wechseln. »Da sag noch einer, in Deutschland gäbe es keine schönen Ecken.«

»Ist da wieder ein Hintergedanke bei?« erkundigte sich Hofmann mißtrauisch.

»Ach was. Sieh dir mal diese Burg an. Muß mal eine imposante Anlage gewesen sein.«

Nahezu über die ganze Breite des Panoramas erstreckte sich die Ruine der Behausung der ehemals hier ansässigen Adelsfamilie, die kaum einen Steinwurf von der Mosel entfernt ihre Residenz errichtet hatte. Die Ortshäuptlinge hatten die in dem Steinhaufen liegenden Möglichkeiten frühzeitig erkannt und genutzt. Das Kastell diente heute regelmäßig als Veranstaltungsort für Konzerte, Festivals und Theateraufführungen und machte der in der Nachbarschaft befindlichen Burg Waldeck harte Konkurrenz. Ende der sechziger Jahre hatten dort alle mal angefangen: Dieter Süverkrüp, Hannes Waader, sogar ein noch unverbrauchter Reinhard Mey.

»'nen Stadtplan haben wir nicht zufällig im Auto?« wollte Hofmann wissen.

»Woher denn. Paßt zwar auf einen Bierdeckel, gehört aber nicht zur Standardausrüstung unserer Dienstwagen.«

»Fragen wir uns durch«, empfahl Hofmann. »So schwer dürfte es ja nicht sein, die Polizeidienststelle zu finden.«

Thalbach zog den Wagen auf einen malerischen Parkplatz, auf dem sich als einziges Gebäude eine Trinkhalle befand, in der sich die ortsübliche Randgruppe mit Weizenbier und Magenbitter vollaufen ließ.

»Nicht erst mal ein Häppchen Essen gehen?« quengelte Hofmann. »Ist schon weit nach Mittag.«

»Anstatt dich ans Bett anzupflocken, hättest du dir lieber ein Freßpaket geschmiert«, grinste Katharina. »Meinetwegen. Da drüben ist eine Pommes-Bude.«

In der Futterstube quetschten sie sich an einen der beiden Tische. Auf den Hockern vor dem Tresen lungerte ein Trupp triefäugiger Pädagogen, die den Beginn der Sommerferien in diesem Bundesland lautstark mit Pils und Korn begrüßten. Eine gestreßte Bedienung lieferte den Erziehern ein Tablett mit Nachschub und näherte sich dann den Kriminalen.

Die Tresensteher waren derweil so daneben, daß sie die Aschenbecher mit ihren Gläsern verwechselten. Als ein Grauhaariger in einem schlabberigen Sweatshirt seine Kippe in sein Pils pfefferte und den Ascher an den Mund hob, war das Gejohle groß.

»Kennst du den Unterschied zwischen Terroristen und Pädagogen?« erkundigte sich Hofmann scheinheilig.

»Sag schon.«

»Terroristen haben Sympathisanten. Und so was unterrichtet unsere Blagen«, wunderte sich Hofmann über die Vertreter der GEW.

»Unsere Blagen? Hast du vorhin eins angesetzt?«

Verärgert verkroch sich Hofmann hinter seinen Qualmwolken und beobachtete staunend, wie der Chef des Hauses ein Wagenrad großes Fleischstück in eine Pfanne legte. Die Erfindung der Friteuse hatte sich bis in diesen Winkel der Republik wohl noch nicht herumgesprochen.

Als sie kurz darauf hinter ihren prall gefüllten Tellern saßen, schoß ein grün-weißes Gefährt mit quietschenden Bremsen vor die Imbißstube. Zwei eindrucksvolle Sheriffs rückten ihre Sonnenbrillen zurecht und griffen prüfend nach den Holstern ihrer Waffen. Dann erst kletterten sie aus der Wanne und enterten geräuschvoll den Freßbunker.

»Trifft sich ja bestens«, meinte Hofmann kauend. Mit dem Messer in der Hand winkte er die Uniformierten heran. Mißtrauisch lupfte der Patrouillenführer seine Brille und baute sich vor ihnen auf. »Gibt's was?«

Katharina warf ihre Serviette auf den geleerten Teller und zückte ihre Marke. »Tag, Kollegen. Wo habt ihr denn unseren Zeugen hinverfrachtet?«

»Häh?«

»Wir haben euch doch gebeten, jemanden in Gewahrsam zu nehmen, bis wir auftauchen«, erklärte Katharina beharrlich.

Der Breitschultrige überlegte fieberhaft, bis ihm die Erleuchtung kam. »Stimmt, der Anruf heute morgen. Hat Ihnen niemand Bescheid gesagt?«

Hofmann legte sein Besteck zur Seite und sah hoch. »Worüber?«

»Wir konnten den Auftrag nicht annehmen«, entgegnete der Kollege in mühsamen Hochdeutsch. »Gleich nach Ihrem Anruf haben wir eine Meldung über einen verunglückten Gefahrguttransport bekommen. Hat beinahe halb Simmern verseucht. Wir mußten sofort hin und absperren.«

»Gibt's hier nur einen Streifenwagen?« ärgerte sich Hofmann.

»Nee, zwei. Waren aber beide im Einsatz.«

»Na klasse«, entfuhr es Hofmann, dem sein Schnitzel

plötzlich nicht mehr schmeckte. »Und warum erfahren wir das erst jetzt?«

»Die Zentrale wollte sich um Ersatz kümmern«, verteidigte sich der Uniformierte. »Aber es ist Urlaubszeit. Wir sind sowieso zu schlecht besetzt.«

»Wo ist denn die Friedrich-Back-Straße?« fragte Katharina, während sie ihre Geldbörse aus der Tasche kramte.

»Ganz leicht zu finden«, erklärte der Kollege. »Sie fahren rechts am Marktplatz vorbei bis zur Tankstelle, danach erste Straße rechts und dann immer geradeaus, bis Sie am Rathaus rauskommen. Einmal um das Rathaus rum, dann wieder die erste rechts. Können Sie gar nicht verfehlen.«

»Wetten, sie schafft das?« bemerkte Hofmann, wofür er sich unter dem Tisch einen Tritt vors Schienbein einhandelte. Bedauernd säbelte er sich noch einen dicken Happen Fleisch ab und stand auf.

»Diese Provinzbullen«, fluchte Katharina, als sie wieder auf dem Marktplatz standen.

»Laß doch«, beschwichtigte Hofmann. »Diener hat doch ein gutes Versteck. Unser Killer wird den hier kaum aufspüren.«

»Hoffentlich irrst du dich da nicht«, unkte sie. »Steig ein, bevor ich die Wegbeschreibung vergesse.«

Wenigstens hatte der Wald- und Wiesen-Sheriff die Wahrheit gesagt. Ohne große Probleme fanden sie schnell das gesuchte Straßenschild.

Hofmanns Gesicht hellte sich plötzlich auf. »Dieners Eltern haben ihren Sohnemann wohl nicht leiden können«, vermutete er.

»Und wie kommst du darauf?«

»Mit Vornamen heißt er Bernhard.«

Pflichtbewußt verzogen sich Katharinas Mundwinkel, während sie die richtige Hausnummer suchte. Erleichtert seufzte sie schließlich auf und steuerte den Vectra an den Straßenrand.

Hofmann ließ den Sicherheitsgurt ausrasten und öffnete gerade seine Tür, als Katharina ihm heftig auf den Arm schlug. Überrascht sah er herüber, aber ihre Augen waren starr nach vorne gerichtet.

Direkt vor ihnen parkte ein schwarzer BMW mit Bochumer Kennzeichen.

35

Er empfand keinen Triumph. Vor ihm lag das letzte der Schweine, die seine Tochter getötet hatten, den eigenen Schwanz im Mund, ein klaffendes Loch dort, wo früher der Kehlkopf gesessen hatte. Es war vorbei.

Jaworski wischte das Stilett an der Bettdecke ab und hockte sich auf die Matratze, direkt neben den toten Diener. Zwar war reichlich Blut geflossen, aber die Stelle, auf der Jaworski saß, war nach wie vor sauber. Tief atmete er durch, griff in die Innentasche seiner schwarzen Jacke und holte ein Päckchen Zigaretten hervor.

Die Polizei würde Spuren finden, wenn er jetzt rauchte. Er durfte nicht vergessen, die Kippe mitzunehmen, damit sie seinen Speichel nicht analysieren konnten. Aber war das wirklich noch wichtig? Nachdem diese blonde Polizistin am Montag in seiner Wohnung aufgetaucht war? Beinahe trotzig entflammte er sein Feuerzeug und nahm einen tiefen Lungenzug. Er fühlte sich leer und ausgebrannt. Seine Aufgabe war erledigt, der Mord an seiner Tochter gerächt. Nein, sie hatten sie nicht eigenhändig umgebracht. Aber sie hatten sie dazu getrieben, Selbstmord zu begehen, indem sie sie auf den Strich zwingen wollten. Gerade Danuta, die schon einen roten Kopf bekam, wenn ein Mann sie nur ansah.

Wie hatte doch damals der Therapeut gesagt, nach ihrer Zeit in diesem Pornostudio? Eine verständliche Reaktion, mit der sie die Schuld an dem Mißbrauch durch diesen Priester auf sich zu nehmen versuchte, um wieder ein normales Leben führen zu können.

Schwachsinn! Seine Tochter war krank, sehr krank gewesen. Sie hatte nie die Hilfe bekommen, die sie gebrauchte hatte. Niemand war da gewesen, auch er nicht.

Seine Arbeit hatte ihn fast in alle Länder der Welt geführt, er sah Danuta nur, wenn er mal ein paar Wochen zu Hause verbringen konnte. Dann war das Mädchen jedesmal ein Stück größer und erwachsener gewesen. Trotzdem liebte sie ihren Vater abgöttisch, genau wie er sie. Sie hätte es schaffen können, wenn sie nicht in die Hände der Sekte gefallen wäre.

Dann war es jedoch zu spät gewesen, sie war seinem Einfluß entglitten, selbst seine frühzeitige Pensionierung konnte nichts mehr daran ändern. Danuta hatte sich zu einer Person entwickelt, die er nicht mehr verstand, die nicht mehr auf ihre Eltern hörte und die starrsinnig tat, was sie für richtig hielt. In ihrem Abschiedsbrief, der einen Tag nach ihrem Tod in dem Briefkasten gelegen hatte, bat sie ihn um Verzeihung, mit verzweifelten, kranken Worten, die nicht mehr unterscheiden konnten, was real und was ein Hirngespinst war. Nur die Schilderung des Abends, an dem Krömer und die anderen sie vergewaltigt hatten, nachdem sie im Bordell fast einen Freier kastriert hatte, war klar und unmißverständlich. Und Krömer hatte es zugegeben, Danuta mißhandelt zu haben, ihm die Namen der anderen genannt, die daran ebenfalls beteiligt gewesen waren. Jetzt waren alle tot.

Jaworski wußte nicht, wie es weitergehen sollte; er hatte sich in den letzten Wochen nicht um die Zukunft gekümmert, für ihn stand ausschließlich die Rache im Vordergrund. Ins Gefängnis gehen, wenn man ihn schnappte? Nein, das stünde er nicht durch. Selbstmord? Nachdem er nur getan hatte, was er für richtig hielt? Undenkbar!

Der Tod war für die Mörder seines Kindes die einzig gerechte Strafe. Er hätte mit dem Abschiedsbrief genausogut zur Polizei gehen können, aber was wäre danach passiert? Jaworski war sich sicher, die Männer hätten nach einem Verhör wieder gehen können, vielleicht hätten sie mit einer Anklage wegen Vergewaltigung und Förderung der Prostitution rechnen müssen, allenfalls noch wegen Freiheitsberaubung.

In zehn Jahren wären sie spätestens wieder auf freiem

Fuß gewesen, während seine Tochter dann immer noch tot war.

Jaworski hatte Glück gehabt, eine Menge Glück sogar. Angefangen bei Krömer, der ihm nicht nur den Weg zu den anderen gewiesen hatte, sondern dessen Laptop komplette Dossiers über seine Komplizen enthielt, mit Telefonnummern von zu Hause und von eventuellen Arbeitsstellen, Urlaubszielen und den Adressen der wichtigsten Angehörigen. Nur so hatte Jaworski überhaupt auf das Versteck von Fastnacht und von Diener kommen können. Dann das Foto in Rumpels Wohnung, auf dem der Tote zusammen mit Krömer und Danuta abgelichtet war, alle drei lächelnd und bester Laune. Wenn Jaworski das Bild nicht gefunden hätte, wäre die Polizei auf ihn aufmerksam geworden. Einen Moment erinnerte er sich an die Panik, die ihn erfaßt hatte, als er nach dem Mord an Fastnacht nach Hause gekommen war und diese Polizistin mit seiner Frau in der Küche gesessen hatte. Fast hätte er sein Stilett gezückt und wäre auf die Beamtin losgegangen, erst im letzten Moment hatte er sich zusammenreißen und den höflichen Gastgeber spielen können. Seine Frau hatte nichts verraten, das sah er an ihrem erleichterten Blick, als er erschien.

Noch konnte man ihm nichts beweisen, sie waren bisher nur auf diese Sekte gestoßen, aber er hielt die Polizisten nicht für Idioten. Früher oder später würden sie seine Vergangenheit durchleuchten, würden herausfinden, daß er in einer Eliteeinheit der polnischen Armee gedient hatte, in der er gelernt hatte, lautlos und effizient zu töten. Und wenn sie erst die Wahrheit über die Bordelle herausbekämen, in denen Danuta gearbeitet hatte, dann war es um ihn geschehen, dann wußten sie sein Motiv. Lediglich die Tatwaffe würde sie vor Probleme stellen. Jaworski hatte sie vor Jahren in Lateinamerika von einem ehemaligen GI gekauft, der seine letzten Kröten versoffen und immer noch Durst hatte.

Seine Zigarette war bis auf den Filter heruntergebrannt, ohne daß er einen zweiten Zug genommen hatte. An den Resten der Glut entzündete er gleich die nächste, den Stummel quetschte er auf dem Nachttischchen aus. Neben dem Doppelbett stand eine Flasche Mineralwasser. Er nahm einen tiefen Schluck.

An Diener heranzukommen, war einfacher gewesen, als er gedacht hatte. Verzweifelt hatte Jaworski sich den Kopf zermartert, wie er in das Haus eindringen konnte, ohne den ganzen Ort rebellisch zu machen. Die Tür war solide und bestimmt nicht so leicht zu öffnen wie die Sperrholzplatte bei Fastnachts Eltern, die Fenster bestanden aus dickem Isolierglas. Über dem Windfang der Eingangstür thronte zu allem Überfluß auch noch eine Alarmanlage. Diener mußte ihn also selbst hereinlassen, ein unbemerktes Einsteigen war unmöglich. Mit klopfendem Herzen war er also zur Vordertür marschiert, hatte geklingelt und auf Dieners ängstliche Frage erklärt, er käme von der Kriminalpolizei. Zu seiner Überraschung war die Tür sofort geöffnet worden. Als Diener seinen Fehler erkannte, war es für ihn bereits zu spät.

Ächzend erhob sich Jaworski von dem Bett und stellte sich rauchend ans Fenster, wo er den schönen Blick auf die Straße und die sanften Hügel der noch nicht verbauten Landschaft auf sich einwirken ließ. Immer noch hatte er diese Leere im Kopf, anstatt über die Vollendung seines Werkes glücklich zu sein. Seine Frau hatte ihn gebeten, zur Polizei zu gehen, erst nach einem langen Gespräch war sie mit seinem Plan einverstanden gewesen. Nachdem er Rumpel getötet hatte, hatte sie ihn noch einmal bedrängt, aufzuhören, er habe sich verändert, sei nicht mehr derselbe wie früher. Jaworski hatte gelacht. Natürlich hatte er sich verändert, seine Tochter lebte nicht mehr, und er war jetzt ein von der Polizei gesuchter Mörder. Tief im Innersten wußte er allerdings, was seine Frau mit ihrem Einwand wirklich meinte.

Er genoß seine Taten. Noch nicht bei Krömer, aber seit diesem zweiten, Gäbler, gierte er förmlich nach dem Adrenalinstoß beim Durchschneiden der Kehle und dem Abtrennen der Geschlechtsteile. Als die Leiche in dem Dickicht hinter dem Supermarkt lag, war er da nicht einen Moment sauer gewesen, daß alles so schnell gegangen war? Hatte er sich nicht, als er wieder in seinem sicheren BMW saß und zum Bahnhof fuhr, um seine Tatkleidung zu verstauen, geschworen, beim nächsten Mal langsamer vorzugehen?

Als Rumpel sich heftig zur Wehr gesetzt hatte, war er nur im ersten Augenblick überrascht. Gleich darauf brandete in ihm eine Welle der Befriedigung auf. Machte es einem Jäger nicht auch viel mehr Vergnügen, wenn sein Opfer nicht bewegungslos wie das Kaninchen vor der Schlange hockte? Bei Fastnacht hatte er zum ersten Mal den Mord wirklich genossen, sich für die Durchführung Zeit genommen. Krömer war gleich nach dem Abtrennen seines Pimmels gestorben, Gäbler genauso. Rumpel hatte schon bewußter leiden müssen, und Fastnacht starb erst, nachdem Jaworski ihn sich langsam und bedächtig vorgenommen hatte. Bei Diener hatte er sein Verfahren perfektioniert. Kam daher dieses verdammte Gefühl der Leere? Weil niemand mehr da war, den er für den Tod seiner Tochter verantwortlich machen konnte? ... Den er sich vornehmen konnte?

Genüßlich inhalierte Jaworski den letzten Zug seiner Zigarette und quetschte die Kippe neben ihren Vorgänger. Es wurde Zeit, klar Schiff zu machen und den Ort des Geschehens zu verlassen. Vielleicht würde er mit seiner Frau auf eine Reise gehen, auf der sie den Schmerz um Danuta vergessen konnten. Geld war genug vorhanden, nicht zuletzt wegen des kleinen Beutels, den er aus Krömers Gartenlaube mitgenommen hatte. Ein Trip in den Süden war wahrscheinlich das Beste für sie beide. Raus aus Deutschland, in Ruhe über die weitere Zukunft nachdenken. Mit viel Glück würden sie der Polizei durch die Fänge gehen.

Jaworski wollte sich gerade wieder seinem Opfer zuwenden, als sein Blick nochmal aus dem Fenster auf die Straße fiel. Hinter seinem BMW kam gerade ein Fahrzeug zum Stehen, mit Bochumer Kennzeichen. Irritiert verharrte Jaworski mitten in der Bewegung und starrte angestrengt nach draußen. Die Insassen blieben noch einen Moment im Auto sitzen, bevor ein blonder Haarschopf sichtbar wurde. Gleichzeitig kletterte auf der Beifahrerseite ein Mann aus dem Fahrzeug.

Fluchend fuhr Jaworski zusammen. Das durfte nicht sein! Zum Teufel, was machte nur diese Polizistin hier, die ihm die Nachricht vom Tode seiner Tochter überbracht hatte? Woher kannten sie Dieners Versteck?

Mit einem Mal verstand er, warum Diener bereitwillig die Tür aufgerissen hatte. Dieser Idiot erwartete die Bullen. Sie mußten sich bei ihm angekündigt haben. Hastig rannte Jaworski zur Schlafzimmertür und blieb wie angewurzelt stehen. Für eine Flucht war es zu spät, sie waren schon an der Eingangstür. Fieberhaft sah er sich um und überlegte, wie er aus der Falle entkommen konnte.

36

»Um Himmels willen, was machen wir denn jetzt?« hauchte Hofmann atemlos.

Katharina löste ihre Augen endlich von der elegant geschnittenen Karosserie und seufzte durch. »Na was wohl? Reingehen natürlich.«

Hofmann wurde um einen Schein blasser und nestelte nervös an dem Holster seiner Dienstwaffe. Mit sicherem Griff überprüfte er das Magazin und die Gängigkeit des Sicherungshebels. »Ich hab schon seit 'ner Ewigkeit nicht mehr geschossen. Letztes Mal auf dem Schießstand. Hoffentlich bleibt's dabei.«

Thalbach kramte ihre eigene Pistole aus ihrer Tasche und kopierte die Handgriffe ihres Kollegen. Auch um ihre Nase war reichlich weiße Gesichtsfarbe aufgetaucht.

»Gehen wir«, bemerkte sie. »Sonst wende ich auf der Stelle und fahr zurück nach Bochum.«

Sie sprangen aus dem Wagen und liefen geduckt hintereinander den kurzen Weg auf Steinplatten durch den Vorgarten. In dem freistehenden Einfamilienhaus muckte sich überhaupt nichts.

Vor Aufregung keuchend, plazierten sie sich rechts und links der schweren, metallbeschlagenen Eingangstür.

Unsicher legte Hofmann seinen Finger auf die Klingel.

»Lieber nicht«, riet Katharina. »Wenn Jaworski gerade sein Schlachtfest feiert, möchte ich ihn nicht auch noch vorwarnen.«

»Aber wie kommen wir sonst rein? Die Tür ist stabil.«

Hastig checkte Katharina mit einem raschen Blick durch das angrenzende kleine Küchenfenster die Lage. Durch den offenen Durchgang konnte sie bis in das Wohnzimmer gucken, in dem sich keine Menschenseele rührte. Gleichzeitig sah sie aber auch die einen Spalt geöffnete Gartentür.

»Hinten rum«, kommandierte sie im Flüsterton. Hofmann nickte und huschte zu ihr herüber. An seiner Seite der Tür hatte der Hausbesitzer einen Haufen Koniferen eingepflanzt, ein Durchkommen war unmöglich.

Vorsichtig schlichen sie an der Hauswand entlang, drückten sich um die erste Ecke und atmeten leicht auf. Auf dieser Seite des Hauses waren keine Fenster, so daß sie unbemerkt bis zum Garten vorrücken konnten.

Katharina spähte um die nächste Ecke und winkte Hofmann weiter. Das Wohnzimmer war tatsächlich leer, allerdings zeigte die Einrichtung deutlich die Spuren eines Kampfes. Von ihrer vorherigen Position hatte die Beamtin die Eßecke nicht einsehen können. Zwei Stühle waren umgekippt, ein Bild war halb aus dem Rahmen gerutscht und drohte jeden Moment, auf die Erde zu knallen. Vor der Sitzgarnitur stand ein Metallgestell, die dazugehörende Rauchglasplatte lag in Trümmern auf dem Teppich. Auf der hellen Auslegeware zeigten sich Blutspuren.

Langsam bewegte sich Katharina auf die Terrassentür zu, während Hofmann mit der Waffe im Anschlag ihren Weg sicherte. Als die Blonde ihr Ziel erreicht hatte, schob sie die schwere Glastür zur Seite. Ein schrilles Quietschen drang aus den Laufschienen.

»Mist«, fluchte Hofmann. »Jetzt weiß die halbe Stadt, daß wir hier sind.«

Thalbach huschte in den Raum und postierte sich, die Waffe mit durchgedrückten Armen auf die Wendeltreppe gerichtet, neben der Tür. Hofmann folgte ihr und spurtete bis zur Diele durch.

Im Haus war es mucksmäuschenstill. Abgesehen von ihrem Herzschlag, der wie ein Preßlufthammer gegen ihre Kehle donnerte, hörte Katharina nicht den geringsten Laut. Entweder kamen sie zu spät und Jaworski machte nach getaner Arbeit einen kleinen Spaziergang, oder er hatte sich mit Diener irgendwo in ein Zimmer im Haus verzogen.

Hofmann gab ihr ein Zeichen und überprüfte nacheinander die Küche, das Badezimmer und den kleinen Abstellraum. Auch hier war niemand zu sehen.

Langsam durchquerte Katharina das Wohnzimmer und baute sich direkt neben der Wendeltreppe auf. Hofmann stellte sich ihr gegenüber, so daß er die Stufen ständig im Blick hatte.

»Zuerst nach oben oder den Keller?« fragte er leise. Katharina wischte sich hastig den Schweiß von der Stirn und überlegte.

»Erst den Keller«, entschied sie. »Wenn Jaworski oben ist, kann er uns nicht mehr so leicht entwischen.«

»Macht richtig Spaß, was?« keuchte Hofmann nervös. »Von so was hab ich geträumt, als ich mich bei der Kripo beworben hab.«

»Blödmann. Gehst du oder soll ich?«

Hofmann blinzelte ihr zu und setzte sich in Bewegung. Aufmerksam nahm er die Kellertreppe in Angriff, nachdem er zunächst das Licht eingeschaltet hatte. Stufe für Stufe näherte er sich dem Untergeschoß.

Katharina lehnte den Kopf an die Wand und atmete durch. Über hundert Überstunden, miese Bezahlung und jetzt auch noch Katz- und Maus-Spiel mit einem Killer. Unwillkürlich brandete eine Welle von Neid durch den adrenalingepeitschten Körper. Ihr Verlobter geriet schon in Streß, wenn er zu spät in die Kantine kam und keine Brötchen mehr abbekam.

Aus dem oberen Stockwerk ertönte plötzlich ein dumpfes Rumpeln, anschließend ein lauter Bums wie von einem Aufprall. Sofort riß sie die Waffe wieder hoch und preßte sich eng an die Wand. Hofmanns Stoppelschnitt erschien wieder an dem Abgang in das Untergeschoß. Auch er hatte den Knall gehört.

»Damit können wir den Keller ja wohl abhaken«, murmelte er leise. »Oben spielt die Musik.«

Katharina löste sich von der Wand und setzte den ersten Fuß auf die Treppe. Das Holz unter ihren Füßen knarrte leise auf, aber jetzt war es egal. Sofern Jaworski da oben war, wußte er sowieso von ihrem Eindringen.

Nach der achten Stufe erkannte sie die ersten Einzelheiten des Obergeschoßes. Von dem Flur zweigten vier Türen ab, wohl Schlafzimmer, zwei Kinderzimmer und ein Bad. In der Mitte des Flurs ragte eine Leiter zum Dachboden, aus der geöffneten Luke schlug ihnen gähnende Schwärze entgegen.

»Der will übers Dach türmen«, vermutete Hofmann dicht hinter ihr.

»Keine Chance. Das ist viel zu hoch. Wenn er keinen doppelten Beinbruch riskieren will, sitzt er da oben in der Falle.«

Noch vier Stufen, noch drei, schließlich standen sie in dem engen Flur. Die beiden ersten Türen waren geschlossen, die hintere auf der linken Seite, hinter der wohl das Schlafzimmer lag, war offen, ebenso der Eingang zu dem Badezimmer.

Hofmann legte die Hand auf die erste Klinke und stieß die Tür auf seiner Seite mit einem Ruck auf. Ein Arbeitszimmer mit Schreibtisch, Aktenschränken und PC, ansonsten leer wie Thalbachs Konto am Monatsende. Katharina wiederholte die Prozedur auf ihrer Seite, hatte aber genausowenig Erfolg. Die Dame des Hauses schien eine Vorliebe für Handarbeiten zu haben, in dem zweiten Raum standen eine Nähmaschine sowie auf Maß gearbeitete Kleiderschränke.

Lautlos schoben sie sich einige Meter weiter. Hofmann blieb stehen und brachte seine Pistole in Position. Katharina entschied sich zu einem Stoßgebet. Danach ballte sie die Rechte zu einer Faust und hob den ersten Finger.

Bei drei sprang sie nach rechts und drückte die Arme

erneut durch. Hofmann schoß um die Ecke und enterte den Raum.

Mit einem Stöhnen blieb er stehen. Auf dem geräumigen Ehebett lag Diener, ein riesiges Loch im Unterleib, einen tiefen Schnitt durch die Kehle und die Abzeichen seiner Manneskraft im Mund. Seine leeren Augen starrten an die Decke, sein Körper lag in einer Blutlache. Aus den Wunden sickerte immer noch Nachschub, Jaworski mußte sein Werk eben erst vollendet haben.

Unbewußt drehte Hofmann den Kopf zur Seite und atmete flach durch den Mund. Im nächsten Augenblick prallte die Tür gegen seinen Schädel.

Durch die Wucht des Aufpralls wurde der Beamte ein gutes Stück zur Seite geschleudert, über Hofmanns Augenbraue klaffte eine breite Platzwunde, aus der ihm Blut in die Augen lief. Trotzdem reagierte er instinktiv, als Jaworski aus seinem Versteck hinter der Tür hervorschoß.

Hofmann riß die Pistole hoch und wollte abdrücken, aber der Killer war schneller. Mit einem kräftigen Tritt brach er Hofmanns Handgelenk und schleuderte dem Kommissar die Waffe aus der Hand. Dann stürmte er weiter vor. In seiner Hand blitzte die weiße Klinge seines Stiletts, dessen Spitze auf Hofmanns Hals gerichtet war. Explosionsartig schoß die Hand mit dem Messer nach vorn.

Trotz seiner Schmerzen und dem Blutschleier in den Augen tat Hofmann das einzig Richtige. Anstatt vergeblich zur Seite auszuweichen, nahm er den Kopf zurück und schmetterte seine linke Faust von oben auf den Arm des Angreifers.

Jaworskis Vorstoß verfehlte das anvisierte Ziel, und beinahe wäre Hofmann gänzlich ungeschoren davongekommen. Aber der Mann war kein altersschwacher Rentner. Permanentes Training in Fitneßstudios und die zwanzigjährige Erfahrung in mehreren asiatischen Kampfsportarten hatten seine Muskeln stahlhart und seine Reflexe katzenhaft werden lassen. Sein Angriff erreichte zwar nicht Hofmanns Kehle, dafür drang das

Messer knapp eine Handbreit unterhalb des Zwerchfells tief in den Unterleib des Polizisten ein.

Im ersten Augenblick spürte Hofmann keinen Schmerz. Wie durch einen Schleier sah er den Schaft des Messers aus seiner Bauchdecke ragen, sein Jeanshemd verfärbte sich rund um den Einstich knallrot. Hofmanns Kreislauf rebellierte, vor den Augen tanzten schwarze Punkte. Krampfhaft umklammerten seine Hände den Fremdkörper, langsam sackte er zusammen.

Katharina war wie in Trance. Jaworskis Angriff erfolgte innerhalb von Sekundenbruchteilen, sie verpaßte die sowieso schon winzige Chance einzugreifen, in dem sie mit offenem Mund sprachlos auf das Geschehen vor ihr starrte. Erst als Hofmann angeschlagen zu Boden ging, löste sich ihre Erstarrung. Breitbeinig stemmte sie sich in den Eingang und richtete die Mündung ihrer Waffe auf Jaworski.

»Stehenbleiben«, schrie sie schrill. »Keine Bewegung, Hände hinter den Kopf.«

Wie in Zeitlupe gehorchte der Hüne ihren Anweisungen. Seine Bratpfannenklauen verschränkten sich im Genick, geschmeidig drehte er sich um. Er stand keine zwei Meter von der Blonden entfernt.

»Hinlegen, flach auf den Boden«, befahl Katharina bestimmt. Ihre Stimme zitterte leicht, sie hoffte inständig, Jaworski würde ihre schlotternden Knie nicht bemerken. In Panik registrierte sie, daß sich seine Gesichtszüge entspannten. Jaworski lächelte. Doch als sie den Grund dafür erkannte, war es schon zu spät.

37

»Na endlich«, stöhnte Heinzel erleichtert. »Bringen Sie die Frau sofort ins Präsidium. Aber dalli.«

Gutgelaunt legte er den Telefonhörer zurück. Vor fünf Minuten hatte eine ausnahmsweise mal aufmerksame Streifenbesatzung die Frau ihres Topverdächtigen aufgelesen. Jaworski selbst war zwar immer noch nicht aufgetaucht, aber der Hauptkommissar hielt jede Wette, innerhalb der nächsten vierundzwanzig Stunden die Akte über die Mordserie endlich abschließen zu können.

»Gibt es einen guten Grund zum Jubeln?« fragte Gassel noch nicht ganz im Büro.

»Ich denke, du hast dir die Rübe gestoßen?« bemerkte Heinzel irritiert.

»Hab ich auch«, bejahte der Dicke. »Aber langsam helfen die Kopfschmerztabletten. Mir ist nur noch ein wenig übel.«

Prüfend lugte Heinzel auf seinen langjährigen Kollegen. Gassel war nicht der Typ, der sich ungeplante Auszeiten gönnte. An seiner Stirn prangte eine beeindrukkende Beule, die in spätestens fünf Tagen prächtig in allen Farben des Spektrums leuchten würde.

»Meinst du nicht, du wärest besser zu Hause geblieben?« erkundigte sich Heinzel sanft.

»Geht doch nicht«, wehrte Gassel ab. Schwerfällig plumpste er auf seinen Stuhl. »Kann euch doch nicht hier schwitzen lassen und mich auf die faule Haut legen.«

»Ich glaube, ich hab vorhin noch einen Schokoladenpudding im Kühlschrank gesehen«, schmunzelte Heinzel. Statt Glanzbildchen für besonderen Einsatz war dem Dicken eine Ladung zuckersüßer Kalorien bestimmt lieber.

»Nein danke, ich hab keinen Hunger«, wehrte Gassel ab.

»Mann, du mußt wirklich krank sein«, flachste Heinzel. »Zur Abwechslung gibt es wirklich mal gute Nachrichten. Ein paar Kollegen haben die Jaworski geschnappt. Müßte jeden Moment durch die Tür kommen.«

»Wurde auch langsam Zeit«, knurrte Gassel. »Wo sind die beiden Küken?«

»In Kastellaun«, erklärte Heinzel. »Heute morgen haben wir diesen Diener aufgespürt. Verkriecht sich bei seinem Bruder im Hunsrück. Katharina und Berthold haben den bestimmt schon in der Mangel.«

»Geht ja wirklich vorwärts«, murmelte der Dicke stirnrunzelnd.

»Bist du bezüglich Bourrier und Tilkowski weitergekommen?«

»Nee«, gab Heinzel zu. »Ich hab noch mal meinen Bekannten vom BKA angerufen. Von den zweien hat noch niemand etwas gehört. Vielleicht laufen die Bordelle hier ja völlig unabhängig von den Geschäften der Sekte in Süddeutschland, und die beiden ziehen hier eine Solokür ab.«

»Läßt du die zwei beschatten?«

»Von wem denn? War schon ein Kraftakt, bis ich einen Wagen für Überwachung der Wohnung von Jaworski organisiert hatte. Wir haben Ende Juli.«

»Urlaubszeit, schöne Zeit«, seufzte Gassel sehnsüchtig.

»Hauptsache, wir kriegen Jaworski. Damit stellen wir erstmal den Alten und die Presse zufrieden und können uns dann in aller Ruhe auf den Mord an der Glombotzki konzentrieren.«

»Toller Plan«, entgegnete der Dicke mürrisch. »Glombotzkis Nachbarn haben niemanden gesehen, die Besatzung der Arztpraxis auch nicht. Laut Erkennungsdienst ist die Bude absolut sauber. Angenommen, die Bourrier war wirklich die Täterin oder zumindest Auftraggeberin. Wenn die keinen Fehler macht, der sie verrät, können wir ihr nichts anhängen. Auch Jaworski ist bisher nur laut unserer Theorie der Serienmörder. Beweisen können wir ihm ebenfalls noch nichts.«

»Was willst du damit sagen?« polterte Heinzel los, doch Gassel konnte sich seine Antwort sparen, denn der Soundchip des Telefons sprang an. Heinzel lehnte sich ungeduldig nach vorn und nahm ab. »Heinzel, Kripo Bochum.«

»Einsatzleitstelle Koblenz, Tag, Herr Kollege. Sie hatten uns heute morgen darum gebeten, einen Zeugen in Gewahrsam zu nehmen. Ich wollte Ihnen nur Bescheid sagen, uns ist was dazwischen gekommen. Aber wir kümmern uns jetzt sofort darum.«

Eine rote Mähne in Uniform erschien auf der Schwelle, eine zierliche, dunkelhaarige Frau im Schlepptau. Heinzel wagte einen Blick auf den Ausschnitt der Kollegin und schimpfte: »Hab ich das richtig verstanden? Ihr habt noch gar nichts unternommen?«

»Herr Heinzel, wir haben auch noch andere Probleme. Ein bis unters Dach mit Chemikalien beladener Lkw ist in Simmern umgekippt. Beide Einsatzwagen mußten bei der Absperrung des Terrains helfen.«

Das Plastikgehäuse des Hörers knirschte bedenklich unter dem Griff des Hauptkommissars. Heinzel sog scharf einen Doppelzentner Luft ein und dämpfte seine Stimme. »Sie schicken jetzt einen Wagen zu der angegebenen Adresse?«

»Selbstverständlich. Unsere Leute wollten noch ein Häppchen essen und gleich darauf Ihren Mann in Empfang nehmen.«

»Das wäre sehr liebenswürdig«, höhnte Heinzel.

»Probleme?« erkundigte sich Gassel, als der Hörer wieder auf der Gabel lag.

»Halb so wild. Was möchten Sie?« wandte sich Heinzel an die weibliche Kollegin.

»Frau Jaworski«, erklärte die Rote mit einem Wink in Richtung ihrer Begleitung. »Ihr habt wohl dringend nach der gesucht.«

»Allerdings. Vielen Dank.«

Die Rote winkte ihnen noch einmal zu und trollte sich, während ihre Begleiterin langsam den Stuhl vor Heinzels Schreibtischs anvisierte. Ihre Blicke wechselten nervös zwischen den beiden Beamten. Wortlos setzte sie sich.

»Na, Frau Jaworski, Sie glauben gar nicht, wie froh wir sind, Sie zu sehen. Wo haben Sie in denn in den letzten zwei Tagen gesteckt?«

»Bei einer Freundin«, antwortete die Frau wie aus der Pistole geschossen. »Mein Mann und ich haben uns gestritten.«

»Und worüber?« fragte Gassel freundlich.

»Nach dem Tod unserer Tochter hat sich mein Mann sehr verändert. Er trinkt sehr viel.«

»Könnte ich sogar verstehen, wenn es nur das wäre. Wir glauben allerdings, er macht noch ganz andere Sachen, als sich nur zu besaufen«, stichelte Heinzel.

»Ich verstehe nicht«, antwortete Frau Jaworski ruhig. »Was meinen Sie damit?«

»Hat Ihr Mann nicht ein wenig zu heftig Rache genommen?« dröhnte Heinzel entschieden lauter.

»Eugen? Sie sind ja verrückt.«

»Wirklich?« mischte sich Gassel ein. »Frau Jaworski, Ihr Mann hat schon einmal einen Mann bedroht. Er ist mit einem Messer auf den Pastor losgegangen, nachdem der Ihre Tochter mißbraucht hatte.«

»Aber das ist doch schon Jahre her«, wehrte die Jaworski ruhig ab. »Danuta war inwzischen doch längst erwachsen.«

»Und warum haben weder Sie noch Ihr Mann meiner Kollegin erzählt, daß Ihre Tochter als Kind schon einen Selbstmordversuch unternommen hat?« wollte Heinzel wissen.

»Ist das denn wichtig?«

Heinzel sprang auf. »Natürlich ist das wichtig. Von Beginn an haben Sie und Ihr Mann uns wichtige Informationen vorenthalten. Zum Beispiel über den Selbstmordversuch und den Aufenthalt in der Jugendpsychiatrie. Gab es dafür nicht einen bestimmten Grund?«

Frau Jaworski rutschte auf der Kante des Stuhls nach vorn und schüttelte den Kopf. »Haben Sie schon einmal ein Kind verloren?«

»Bleiben Sie bitte bei der Sache«, mahnte Gassel.

»Wo ist eigentlich Ihr Mann?« hakte Heinzel nach.

»Weiß ich nicht, ich sagte doch schon, wir haben uns ...«

»... gestritten, ja klar«, vervollständigte der Hauptkommissar. »Frau Jaworski, nach Ihrem Mann läuft eine bundesweite Fahndung wegen Mordverdacht in vier Fällen. Sobald ein Polizist in Deutschland ihren Mann erkennt, haben wir ihn. Er ist bestimmt bewaffnet. Unsere Kollegen verstehen in solchen Fällen keinen Spaß.«

»Aber ich weiß doch nicht, wo er ist«, beharrte die zierliche Person. »Glauben Sie mir doch endlich.«

»Ich glaube Ihnen gar nichts mehr«, entschied Heinzel laut. »Ihre Tochter dreht Pornofilme, steigt danach bei einer Sekte ein, die ihr erst ihr angespartes Geld abluchst und sie dann sogar auf den Strich schickt. Als sie nicht mitmachen will, nehmen sie sich die Zuhälter vor. Ein paar Tage später bringt sich Ihre Tochter um, drei Tage danach finden wir den ersten der Peiniger bestialisch abgeschlachtet. Menschenskind, spielen Sie doch nicht die Ahnungslose. Das stinkt doch zum Himmel.«

»Beruhige dich, Gisbert«, meldete sich Gassel ernst. »Frau Jaworski, möchten Sie einen Kaffee? Oder etwas anderes zu trinken?«

Dankbar nickte die Zeugin, die bei Heinzels Ausbruch merklich zurückgewichen war. »Einen Kaffee, ja bitte.«

»Gisbert, besorgst du wohl noch eine Tasse?«

Scheinbar wollte Heinzel explodieren, obwohl Gassels Frage einstudiert war. Wütend stapfte er aus dem Raum und knallte die Tür hinter sich zu.

»Mein Kollege ist ein wenig impulsiv«, erklärte der Dicke ruhig. »Aber Sie müssen das verstehen. In zwei Wochen vier Morde ist für uns mehr als ungewöhnlich.«

»Glauben Sie mir denn wenigstens?« fragte Frau Jaworski leise.

»Ich? Kein Wort. Sie wissen, daß Ihr Mann der Täter ist, wir wissen es. Es wäre wirklich besser, Sie sagen uns, wo er ist. Ihr Mann gilt als hochgefährlich. Wenn er mit einer Waffe auf einen unserer Beamten losgeht, könnte er leicht dabei getötet werden.«

Wortlos lehnte sich Danutas Mutter zurück. Gassel beobachtete sie aufmerksam, aber ihr Gesicht zeigte nicht die geringste Regung.

»Seit wann ist Ihr Mann denn schon Rentner?« wechselte Gassel zu einem unverfänglichen Thema.

»Mhm? Ach, seit sechs Jahren etwa. Die ewige Reiserei hat ihn fertig gemacht. Ständig auf einem anderen Kontinent, mieses Essen, dreckige Hotels. Er hat nur noch einen halben Magen, wissen Sie? Saß voller Geschwüre.«

»Und was macht er in seiner Freizeit?«

»Er hat doch seine Tiere.«

Heinzel kam zurück und knallte hörbar eine Tasse vor ihren Besuch.

Höflich bedankte sie sich für den Kaffee und trank in kleinen Schlucken.

Gassel wollte gerade wieder zum eigentlichen Thema kommen, als erneut das Telefon bimmelte. Sein Gegenüber langte über den Tisch und nahm das Gespräch entgegen. Er hörte zu, bedankte sich für die Auskunft und legte auf.

»Noch einmal Koblenz«, erklärte er. »Thalbach und Hofmann sind schon in Kastellaun, haben die Streife unterwegs getroffen.«

Der Dicke nickte zufrieden und setzte erneut zu einer Frage an. Bevor er jedoch den Mund aufbekam, fiel der Jaworski mit einem erstickten Keuchen die Tasse auf den Boden.

38

Sie hatte die Waffe nicht entsichert.

Über den Lauf der Pistole hinweg registrierte sie, wie Jaworski die Hände herunternahm und zum Sprung ansetzte. Fast hätte sie die Waffe noch entsichern können; aber eben nur fast.

Die Wucht von Jaworskis gut hundert Kilos schleuderte sie gegen den Holzrahmen der Tür. Bei der Kollision wich sämtliche Luft aus ihren Lungen, über dem Brustbein verspürte sie einen stechenden Schmerz. Ihre Pistole fiel auf den Boden, mit dem linken Fuß stieß Jaworski die Walther zur Seite. Seine Faust holte aus und grub sich in ihren Magen.

Katharina sank zusammen. Aus ihrer Kehle ertönte ein ersticktes Röcheln, verzweifelt japste sie nach Luft. Jede Bewegung trieb neue Schmerzwellen durch ihren Oberkörper. Ihr Brustkorb fühlte sich an, als habe ihr der Killer mehrere Rippen gebrochen.

Beinahe in Zeitlupe fiel die Polizistin auf die Seite. Jaworski stand über ihr, grinste zu ihr herab und holte mit dem rechten Bein Schwung. Instinktiv schloß Katharina die Augen und erwartete seinen Tritt. Ein ohrenbetäubender Knall ließ sie zusammenfahren, aber sie spürte keine Schmerzen.

Vorsichtig öffnete sie ein Auge und spähte hoch. Jaworski stand immer noch auf einem Bein über ihr, starrte jedoch überrascht an die Decke. Ein zweiter Knall ertönte, der riesenhafte Körper verlor allmählich das Gleichgewicht und fiel nach vorn. Vergeblich versuchte Katharina, wegzurollen, aber ihre Oberarme waren so kraftlos wie nach zweihundert Klimmzügen.

Jaworski knallte zu Boden und begrub ihren rechten Knöchel unter seinem Brustkorb. Eine erneute Schmerzwelle ließ sie trotz ihrer leeren Lungen aufschreien. Erst dann begriff sie, was passiert war.

»Lebst du noch?« fragte Hofmann leise. Seine Rechte umklammerte immer noch seine Waffe, die Linke hielt er krampfhaft auf die Wunde gepreßt. Der Schaft der Klinge ragte zwischen seinen blutverschmierten Fingern nach oben.

»Weiß nicht«, antwortete die Blonde, als ihre Lungen die ersten Zentiliter Sauerstoff aufgenommen hatten. »Und du?«

»Bis jetzt noch.«

Katharina stützte sich auf den Ellbogen und musterte die Szenerie. Ihr Kollege lag mehr tot als lebendig in der kleinen Nische zwischen Frisierkommode und Nachttischen, wohin Jaworskis Tritt die Pistole befördert hatte. Sein gebrochenes Handgelenk war bereits dick angeschwollen. Wie er damit die Waffe hatte benutzen können, war ihr mehr als schleierhaft.

Heftig trat sie mit dem linken Fuß nach dem auf ihr liegenden Körper. Ihre Brust glühte vor Schmerzen, ebenso der rechte Knöchel. Als der Tote halbwegs zur Seite gerutscht war, kroch sie vorsichtig zu Hofmann und betrachtete seine Wunde.

»Sieht's schlimm aus?« fragte Hofmann ängstlich.

»Hm. Hast du Schmerzen?«

»Nur wenn ich lache.«

Katharina grinste pflichtbewußt. Seine Kleidung troff von Blut, wenn Hofmann nicht bald ins Krankenhaus kam ... »Ich ruf einen Notarztwagen. Bleib liegen, und rühr dich nicht von der Stelle.«

»Ich muß aber pinkeln«, sagte Hofmann fast unhörbar.

»Dann mach in die Hose. Ich erzähl's auch keinem.«

Es war nicht möglich, ihren rechten Knöchel voll zu belasten. Allein das Aufstehen trieb ihr schon rote Nebel vor die Augen. Langsam, viel zu langsam, schleppte sie sich zur Tür und heraus auf den kleinen Flur. Vor der Treppe legte sie eine kurze Verschnaufspause ein, dann klammerte sie sich an das Geländer und sprang von einer Stufe zur anderen. Auf ihrer Stirn floß der Schweiß in Strömen, ihre Handflächen rutschten auf dem glattpolierten Holz das ein um das andere Mal ab. Bloß nicht hinknallen, beschwor sie sich.

Endlich hatte sie das Erdgeschoß erreicht. Suchend sah sie sich um. Das Telefon stand natürlich genau am anderen Ende des Zimmers. Wie ein behindertes Känguruh hüpfte sie Meter um Meter nach vorn, bis sie schließlich keuchend ihr Ziel erreicht hatte. Kraftlos stützte sie sich mit beiden Armen auf den antiken Sekretär, auf dessen geöffneter Schublade der Apparat stand und betätigte die Taste ›freisprechen‹.

Kein Freizeichen, noch nicht mal ein Knacken.

»Das darf nicht wahr sein«, jammerte sie, als ihr Blick auf die Anschlußbuchse fiel. Jaworski hatte das Kabel durchgeschnitten, wußte der Teufel, warum.

Während sie immer noch wie hypnotisiert auf die blanken Kabelenden starrte, hörte sie undeutlich das Auf- und Abschwellen einer sich nähernden Sirene. Mit einem letzten Kraftakt riß sich Katharina zusammen und hoppelte zur Eingangstür.

39

»Versuchen Sie mal aufzustehen.«

Der Chirurg rollte mit seinem Drehhocker gut einen Meter zurück. Seine Finger waren fast ebenso mit Gips eingekleistert wie Katharinas rechter Knöchel.

Mit einem Schwung wuchtete die Blonde das um etliche Kilo schwerer gewordene Bein über den Rand der Liege und verlor fast sofort das Gleichgewicht. Sie krallte sich an dem Paravent fest, klatschend polterte der Gipsfuß auf den mausgrauen Krankenhaus-PVC-Boden.

»Ziemlich ungewohnt, nicht wahr?« lächelte der Jüngling, dem man schwerlich die Erlangung der Approbation glauben konnte. Unter seinem dunklen Lockenschopf sah er aus wie ein Abiturient.

»Es wird schon gehen«, brummte die Polizistin mißmutig. Das Personal im Kreiskrankenhaus in Boppard war zwar freundlich und hilfsbereit, doch in ihrem Schädel drehte sich alles um ihren Kollegen, der im Erdgeschoß im OP lag. Die Rettungssanitäter hatten sich vielsagend angesehen, bevor sie den Verletzten behutsam auf ihre Trage gebettet hatten. Auf den ersten Blick hatten sich der tote Diener und der verletzte Hofmann sehr ähnlich gesehen: beide wachsbleich, beide blutbesudelt; lediglich das gelegentliche Flackern von Hofmanns Augenlidern entschied über Einsargung oder künstliche Beatmung.

»Passen Sie in den nächsten Wochen schön auf den Fuß auf«, dozierte der Arzt. »Keine Dauerläufe. Am besten blieben Sie ja einige Tage hier, aber dazu werde ich Sie wohl kaum überreden können.«

Thalbach ging der Wortschwall des Druiden fürchterlich auf den Geist. Nachdem sie ihm von Jaworskis Schwinger in den Unterleib berichtet hatte, wollte der Mann tatsächlich eine Magenspiegelung veranlassen. Das gefährliche Blitzen ihrer Augen hatte den Doc schnell von seiner Idee abgebracht.

»Können Sie mir jetzt endlich sagen, wie es um meinen Kollegen steht?« unterbrach Katharina seinen als Bitte vorgetragenen Befehl, in Bochum sofort einen Chirurgen aufzusuchen. Um ihre Hüften flatterte eine um drei Nummern zu große Jogginghose, die aus der Kleiderkammer der Klinik stammte. Ihre eigene Jeans war der Arbeitswut und der Schere des Arztes zum Opfer gefallen.

»Es ist noch viel zu früh für verläßliche Auskünfte«, wich der Doc aus. »Warten Sie doch das Ende der Operation ab.«

»Kommt er durch oder nicht?«

Ächzend wuchtete der Weißgekleidete seinen Leib in die Senkrechte und säuberte sich mit einem Zellstoffhandtuch flüchtig die Hände. »Keine Ahnung«, antwortete er achselzuckend. »Vielleicht hat er das notwendige Glück, vielleicht auch nicht. Alles hängt von der Schwere der Verletzungen ab.«

Prüfend belastete Katharina den Gehgips mit ihrem vollen Gewicht und lief unsicher einige Schritte vorwärts. Sie stakste zwar wie eine Ente auf Glatteis, aber wenigstens knallte sie nicht sofort auf die Erde.

»Gibt es hier irgendwo ein Café?« erkundigte sie sich.

»Aber klar. Gleich im Erdgeschoß, neben der Eingangshalle. Ich bringe Sie hin.«

»Nicht nötig. Vielen Dank für Ihre Mühe. Benachrichtigen Sie mich, sobald Sie etwas Genaueres über meinen Kollegen wissen?«

»Natürlich. Kann aber noch ein Weilchen dauern.«

Katharina zuckte die Schultern. »Zeit hab ich genug.«

Nach diesen Worten stieß sie die Flügeltüren des Gipsraumes auf und humpelte über den Flur Richtung Aufzug. Langsam ließen die Schmerzen in ihrer Brust nach, ihre Lunge protestierte nicht mehr bei jedem Atemzug. Ihr Knöchel war zum Glück nur angebrochen, ein Bluterguß hatte sich nicht gebildet. Alles in allem war sie noch ziemlich glimpflich davongekommen.

Mit einem zarten Bimmeln kündigte sich der Lift an. Bevor sie den Fahrstuhl betrat, sah sie auf die Wanduhr gegenüber. Kurz nach halb sieben. Bereits seit drei Stunden lag Hofmann unter dem Messer.

Schließlich fand Thalbach die Eingangshalle wieder, in der unter einer protzig angelegten Treppe versteckt das Café lag. Höchstens zehn Tische, fast ausnahmslos von quietschenden Kleinkindern und zigarrekauenden Rentnern belagert. Katharina hatte Glück. Unmittelbar, nachdem sie sich an der Ausgabe eine mäßig gekühlte Flasche

Mineralwasser besorgt hatte, verlegten drei Rentner ihren Beobachtungsposten auf die in der Abendsonne liegenden Bänke.

Sie hatten sich wie Anfänger verhalten. Ihr dummer Fehler mit der nicht entsicherten Waffe, Hofmanns ungenügende Überprüfung des Zimmers. Zwar wurden sie auch nicht ausreichend auf solche Extremsituationen vorbereitet, aber es gab klare, grundsätzliche Verhaltensmaßregeln, gegen die sie grob fahrlässig verstoßen hatten. Als Jaworski sich auf Hofmann gestürzt hatte, war sie zwei, drei Sekunden wie gelähmt gewesen, wertvolle Zeit, die Hofmann vielleicht das Leben kosten würde.

»Mensch, Mädchen, euch kann man aber nicht eine Sekunde aus den Augen lassen.«

Auf ihrer Schulter landete eine Hand. Erschrocken fuhr Katharina auf. Heinzel stand neben ihr und sah aus, als hätte er eine Woche durchgesoffen.

»Was machst du denn hier?« krächzte die Blonde überrascht.

»Händchen halten, was sonst? Wie geht's Berthold?«

»Weiß nicht. Er liegt noch im OP.«

Mit zitternden Fingern griff sie nach dem Mineralwasser. Erst beim dritten Versuch landete der Hals der Flasche am Rand des Glases, ohne daß der Inhalt auf die schmierige Tischplatte floß.

»Schlimm?« fragte Heinzel leise.

Bloß nicht heulen, beschwor sich Katharina. Verzweifelt versuchte sie, passende Worte zu finden. Heinzel tatschte einmal auf ihre Hand und sah sich suchend nach einer Bedienung um.

»Hier ist Selbstbedienung«, erklärte ihm Katharina heiser. Der dicke Frosch im Hals hatte sich in tiefere Gefilde verzogen.

»Na, dann will ich mir mal ein Bier besorgen. Gisbert müßte jede Sekunde einlaufen, der sucht noch einen Parkplatz.«

Als er sich wieder neben sie hockte und das Pils direkt aus der Flasche schluckte, hatte sich Katharina wieder einigermaßen im Griff.

»Jaworski ist tot?« fragte der Hauptkommissar nach seinem Doping.

»Gott sei Dank. Du glaubst nicht, wie brutal und skrupellos der uns angegriffen hat.«

»Schwarzer Gürtel, Krafttraining. In der polnischen Armee diente er als Einzelkämpfer. Solide russische Ausbildung«, erzählte Heinzel schwach. »Unsere Recherchen waren diesbezüglich ein wenig lückenhaft. Erzähl mal, was genau ist eigentlich passiert?«

Zu Beginn ihres Berichts erzählte sie langsam, stokkend, dann gewann die Routine Oberhand. Mit kurzen, präzisen Worten erläuterte sie die zurückliegenden Ereignisse. Nur ihren Fauxpas mit der Sicherung verschwieg Katharina lieber.

»Mannomann«, staunte Heinzel. »Berthold hat den also über den Haufen geknallt? In seinem Zustand?«

»Klingt unglaublich, ich weiß«, nickte Katharina. »Vor allem mit seiner gebrochenen Hand. Aber es stimmt.«

Gassel wuchtete sich energisch durch eine Schar von Patienten und drängte sich zu ihnen an den Tisch. Die Sitzfläche der Stühle war für seine Leibesfülle zwar nicht geschaffen, hielt der Belastung aber ächzend stand.

»Hast jemand einen Filzstift da?« fragte er schnaufend. »Wenn ich einen Gips sehe, kann ich einfach nicht widerstehen.«

Heinzel beugte sich zu dem Dicken herüber und ließ ihn an seinem neuesten Wissen teilhaben. Katharina hörte schon nicht mehr hin. An der Pforte des Krankenhauses war ein ihr wohlbekannter rotblonder Haarschopf aufgetaucht.

»Ach ja, wir haben dir was mitgebracht«, erklärte Heinzel. »Dein Verlobter hat Zeter und Mordio geschrien, bis wir nicht mehr widerstehen konnten, ihn auf die Rückbank zu verfrachten.«

Zander sah sich suchend um, entdeckte schließlich Katharina und die beiden anderen und schoß vor. Tolpatschig, wie er war, knallte er mit der kleinen Reisetasche unter seinem Arm gegen den Infusionsständer eines frisch operierten Dickdarmgeschwürs, zerrte im Fallen eine Gallenblase vom Sitz und rutschte unter den Bademantel einer gynäkologischen Totaloperation.

»Ist der im Bett genauso?« platzte Gassel heraus, wofür er von Heinzel einen Rippenstoß einfing. Katharina rappelte sich auf, stemmte sich auf ihr Gipsbein und half dem Sozialarbeiter hoch.

»Alles in Ordnung mit dir?« haspelte Zander hastig. »Geht's dir gut?«

»Wird schon wieder«, entgegnete Katharina leise. »Komm, setz dich zu uns.«

Zander stand auf, klopfte sich den Staub von der Hose und grinste gequält. Bereitwillig schob ihm Gassel einen Stuhl unter die vier Buchstaben. Dann organisierte der Dicke von der Theke frische Getränke und eine doppelte Portion Kirschkuchen mit Sahne für sich.

»Wir haben übrigens die Jaworski«, wurde Heinzel wieder dienstlich. »Erst wußte sie angeblich von gar nichts. Als sie dann hörte, daß Berthold und du in Kastellaun seid, war's mit der Ruhe vorbei. Hat gesungen wie ein Vögelchen.«

»Ihr Mann hat bei Krömer einen tragbaren Computer mitgehen lassen«, nuschelte Gassel kauend. »Das Bürschchen hatte fein säuberlich die Namen und Adressen seiner Kumpane abgespeichert, sogar die Adresse von Dieners Bruder in Kastellaun war darin vermerkt.«

»Daher wußte er, wo sich Diener versteckt hielt«, dämmerte es Katharina. »Habt ihr den Laptop sichergestellt?«

»Über das Stadium des Anfängers sind wir schon ein wenig heraus. Du darfst dich gleich nach unserer Rückkehr darüber her machen«, lächelte Heinzel.

»Aber woher wußte Jaworski überhaupt von Krömer und den Bordellen?« wunderte sich Katharina kopfschüttelnd. »Ich seh den Zusammenhang noch nicht.«

»Ganz einfach«, erläuterte Heinzel nach einem Schluck Bier. »Danuta Jaworski hat einen Abschiedsbrief geschrieben und ihn vor ihrem Tod in den Briefkasten geworfen. Kam einen Tag später bei ihren Eltern an.«

»In dem Brief hat sie ihren Eltern alles berichtet«, ergänzte Gassel. Vor ihm blinkte ein leerer Teller, auf dem nicht ein Krümel übrig geblieben war. Der Sturz in der Dusche war überwunden, sein Appetit hatte sich zurückgemeldet. »Tatsächlich haben Krömer und seine Kumpane sie vergewaltigt, als sie in dem Puff ausgerastet ist, zwei Tage vor ihrem Selbstmord. Rate mal, wo.«

Katharina sah auf. »In der Gartenlaube von Krömer?«

»Ebenda«, nickte Gassel. »Fastnacht hat sie danach zu Hause abgesetzt, deshalb auch das Blut in seinem Auto.«

»Nach der Vergewaltigung?« mischte sich Zander ein. »Hatten die denn keine Angst, daß die zur Polizei ging?«

Heinzel leerte seine Flasche und köpfte gleich darauf eine zweite. »So durchgeknallt wie die war? Nie im Leben. Und wenn es hart auf hart gekommen wäre, hätte immer noch Aussage gegen Aussage gestanden. Die fünf hätten nur schwören müssen, alles wäre freiwillig passiert oder sie hätten die Kleine engagiert. Kein Staatsanwalt leitet in solchen Fällen ein Verfahren ein. Nicht bei einer ehemaligen Pornodarstellerin.«

»Toller Rechtsstaat«, schimpfte Zander.

»Ist aber so«, bekräftigte Heinzel.

»Und wie ist Jaworski auf die Glombotzki gekommen?« wechselte Katharina das Thema.

»Gar nicht«, antwortete Gassel. »Bei der sehe ich für ihn auch kein Motiv für einen Mord. Jaworskis Frau hat uns die anderen Morde gestanden, ihr habt ihn auf frischer Tat erwischt. Laut seiner Frau kannte er Ulrike Glombotzki nicht.«

»Es gibt einen zweiten Täter – oder Täterin, wie man will ...« nickte Katharina. »Bourrier oder Tilkowski?«

»Eher Bourrier. Nur beweisen können wir noch nichts.«

»Wann rücken wir der Bourrier auf die Bude?« fragte Katharina ruhig.

»Bist du verrückt?« empörte sich Gassel. »Womit denn? Die lacht uns doch kalt ins Gesicht.«

»Aber wir können die doch nicht davonkommen lassen.«

»Ich bin für jeden Vorschlag dankbar«, bemerkte Heinzel trocken. »Bring mir einen Fingerabdruck aus Glombotzkis Wohnung, bring mir einen Zeugen, irgendwas. Mit Spekulatius alleine bekomme ich keinen Haftbefehl.«

»Steht denn nichts in den beschlagnahmten Unterlagen? Irgend etwas müssen wir der doch anhängen können.«

»Bisher Fehlanzeige«, erläuterte Gassel. »Ausnahmslos Belege über das Finanzgebaren der Befreiten. Jeden Monat führen die eine gute halbe Million an die Zentrale nach Würzburg ab, knapp hunderttausend bleiben in Herten. Die Beträge schwanken schon mal, im großen und ganzen handelt es sich aber stets um die gleiche Größenordnung. Außerdem haben wir noch Belege über Lebensmitteleinkäufe, Handwerkerrechnungen und ähnlich unwichtigem Zeugs gefunden. Tut mir leid, der Laden ist sauber.«

Katharina leerte wütend ihr Glas. »Müssen wir die wirklich davonkommen lassen?«

Heinzel lieh sich von Zander eine Zigarette. Er hatte dem Laster abgeschworen, als sich sein Filius ankündigte. Gelegentliche Rückfälle fanden ausnahmslos außerhalb seiner eigenen vier Wände statt. »Keine Bange, morgen rücken wir der Sekte noch einmal auf den Pelz. Vielleicht kann ich Buderus doch überreden, ein bißchen zu plaudern. Von wegen schlechter Presse und so ...«

»Wieso sollte er?« meinte Gassel.

»Meinst du, der ist wild darauf, die ganze Story in der Zeitung zu lesen? Ist doch eine tolle Schlagzeile: ›Religiöse Bordellkette aufgeflogen‹.«

»Klingt nicht sehr vielversprechend«, warf Katharina ein.

»Fast unsere einzige Chance. Ich habe allerdings auch noch die Hoffnung, daß wir auf Krömers Laptop was finden, was die Bourrier und/oder Tilkowski belasten könnte.«

Aus dem Verbindungsgang zu den Behandlungsräumen wuselte der beflissene Jüngling, der Katharina verarztet hatte, heran, in seinem Schlepptau folgte ein distinguierter Weißhaariger, im unvermeidlichen blauen Kittel der Chirurgen. Katharina erblickte die beiden als erste. Automatisch zog sich ihre Kehle zusammen. Mit einem Kraftakt stand sie auf, ihre Beine zitterten leicht.

Der Operateur schlug die Richtung zu den Beamten ein. An seinem Gesichtsausdruck ließ sich noch nicht einmal erkennen, ob er Männchen oder Weibchen war.

»Seht«, sagte Katharina leise. »Die Operation ist vorüber.«

»Mühlenbernd«, zischte der Weißhaarige müde. »Sie sind die Kollegen des Herrn Hofmann?«

»So ist es«, antwortete Heinzel schwach. »Wie sieht es aus?«

Mühlenbernd winkte sie ein wenig zur Seite, um vor neugierigen Ohren sicher zu sein. Dann seufzte er: »Er lebt. Momentan befindet sich Herr Hofmann auf der Intensivstation, aber es sieht gar nicht mal so schlecht aus.«

»Keine Lebensgefahr mehr?« hoffte Katharina.

»Im Moment nicht. Seine Verletzungen sind zwar erheblich, doch er ist wohl über den Berg. Wenn keine Infektion hinzukommt und sein Kreislauf stabil bleibt, hat er es geschafft.«

Katharinas Knie gaben endgültig nach. Zander erwischte im letzten Moment ihren Ellbogen, sonst wäre sie weggesackt.

»Allerdings können wir die Folgeschäden noch nicht abschätzen«, fuhr der Arzt fort. »Hauptsächlich hat die Stichverletzung den Darm verletzt. Wir konnten die Risse nähen, ob seine natürlichen Funktionen beeinträchtigt sind, wird sich erst mit der Zeit zeigen. Bedenklich ist die Verletzung der Bauchspeicheldrüse.«

Heinzel pumpte sich einen zweiten Glimmstengel. »Was heißt das im Klartext?«

»Wir mußten ein Stück davon entfernen«, erklärte Mühlenbernd. »Es kann sein, daß die Langenhanschen Inseln nicht mehr genug Insulin produzieren. Ich befürchte, Ihr Kollege ist jetzt Diabetiker.«

»Können wir ihn sehen?« fragte Gassel.

»Prinzipiell schon, bis morgen halten wir ihn jedoch noch im Tiefschlaf. Aber wenn Sie auf Schläuche aus Nase und Mund stehen ...«

40

Aus dem Fenster des Büros des Kirchenoberhauptes musterte Katharina aufmerksam die auf dem Vorplatz versammelte Gemeinde. Mindestens zwanzig Gläubige in farblich unterschiedlichen Säcken trotteten über den Kies, hin und wieder leise Worte vor sich hinmurmelnd. Sie war zwar in Paderborn aufgewachsen, aber schon als kleines Mädchen war ihr jeglicher religiöse Zinnober furchtbar auf den Geist gegangen. Ihre Mutter hatte sie jeden Sonntag in die Kirche gehetzt, ihr zwei Mark für die Kollekte in die Finger gedrückt und sich telefonisch im Pfarrbüro erkundigt, welcher Priester die heilige Messe las und welches Thema die Predigt im Kindergottesdienst behandelte. Und wehe, Katharina wußte bei der anschließenden mütterlichen Fragestunde einmal nicht die richtigen Antworten.

Ächzend richtete sie sich auf. Der Gips um ihren rechten Knöchel drückte fürchterlich, sobald sie diesen Besuch hinter sich gebracht hatte, mußte sie den Rat des Knochenklebers aus Boppard befolgen und einen Chirurgen aufsuchen.

»Jetzt kennen Sie die Fakten«, beendete Heinzel seinen Vortrag. »Bleiben Sie immer noch bei Ihrer Behauptung, von nichts gewußt zu haben?«

Auf Buderus Stirn perlte der Schweiß in dicken Tropfen. Hilfesuchend flitzten seine Augen zu seiner Gattin, aber die Matrone hielt sich mit ausdruckslosem Gesicht im Hintergrund.

»Einfach unglaublich«, trompetete das Männchen. »Unsere Brüder haben die armen Frauen zur Prostitution angehalten?«

»Gezwungen ist wohl ein besserer Ausdruck«, bejahte Gassel angewidert. »Krömer hat die Frauen mit in den Gottesdienst gebracht, selbst, als die schon lange in seinen Bordellen schuften mußten. Ihnen ist nie aufgefallen, in welchem Zustand die waren?«

Buderus faltete entsetzt die Hände vor seiner Brust. »Bei meinem Glauben, nein. Unsere Gottesdienste sind immer gut besucht. Wie hätte ich da etwas merken sollen? Oder hast du Krömer etwas angesehen, Hildegard?«

Seine schwerere Hälfte schüttelte langsam den Kopf. Ihr wuchtiger Körper besetzte die strategisch wichtige Position vor dem Ausgang. Noch nicht mal Gassel hätte sich ohne Visum an ihr vorbeigetraut.

»Auf jeden Fall wird das bestimmt eine äußerst negative Presse für Ihre Gemeinde, nicht wahr?« vermutete Heinzel.

Buderus wurde rot. »Heißt das, Sie gehen damit an die Öffentlichkeit? Ziehen unsere ganze Kirche in den Schmutz, nur weil fünf Kriminelle unsere Religion mißbraucht haben?«

»Nicht unbedingt«, lächelte der Hauptkommissar. »Uns liegt nichts daran, schmutzige Wäsche zu waschen. Der Mörder ist tot, und für die Presse finden wir sicherlich eine brauchbare Story. Wenn Sie mit uns kooperieren.«

»Inwiefern?«

»Gabriele Bourrier«, gab Gassel das Stichwort, »und Roman Tilkowski. Ihre Verwaltungsangestellten. Unter welchen Umständen haben die hier angefangen?«

Buderus sah verärgert zur Seite. »Unsere Ex-Angestellten«, schnaufte er wütend.

»Bitte?«

»Ex-Angestellte. Freitag haben beide gekündigt, fristlos. Noch nicht einmal persönlich. Sind wortlos verschwunden und haben ihre Kündigungsschreiben einfach auf meinen Schreibtisch gelegt. Erst Samstag morgen habe ich die Briefe gefunden.«

Heinzel und Gassel wechselten stumme Blick, Katharina wurde so blaß wie ihr Gips. Ihre Hoffnung, auf Krömers Laptop Material zu finden, das das Yuppiepärchen belastete, war gestern zunichte gemacht worden. Buderus war ihre letzte winzige Chance.

»Gab es Differenzen zwischen Ihnen?« erkundigte sich Thalbach entmutigt.

»Überhaupt nicht. Die beiden haben den Laden in Schuß gehalten, sehr gewissenhaft sogar. Und dann Knall auf Fall den Kram hingeschmissen. Ich weiß gar nicht, wie ich so schnell Ersatz finden soll.«

Heinzel krallte sich für einen Moment an die Lehnen seines Besucherstuhles. Natürlich waren sie am Sonntag auch bei den Wohnungen der Verwaltungsbefreiten gewesen, aber weder Bourrier noch Tilkowski hatten geöffnet. Ohne Durchsuchungsbefehl konnten sie nichts weiter ausrichten. Und an einem sonnigen Sommersonntag von der Bochumer Richterschaft einen entsprechenden Wisch einzufordern, hätte schlimme Konsequenzen für die weitere Karriereplanung haben können.

»Zurück zu meiner Frage«, bat er mühsam beherrscht. »Haben sich die beiden auf den Job beworben?«

»Oh nein«, erklärte Buderus. »Wenn wir Mitarbeiter suchen, setzen wir keine Annonce in die Zeitung. Beide kamen auf Empfehlung, Tilkowski hatte bereits in Würzburg für unsere Kirche gearbeitet und wollte aus persönlichen Gründen ins Ruhrgebiet. Sein Bruder besitzt hier eine Firma, der es sehr schlecht ging, ein Bauunternehmen, glaube ich. Hatte Schwierigkeiten mit den Behörden, weil auf seinen Baustellen illegal Ausländer eingesetzt worden sind. Tilkowski wollte das Unternehmen wieder hochbringen. Unser Kirchenführer rief mich an und bat, Tilkowski die Stelle zu geben. Und Frau Bourrier ist die Nichte eines unserer ältesten Kirchenoberhäupter. Wollte eigentlich in Bochum studieren, hat sich aber schnell auf die Aufgaben in der Kirche konzentriert.«

»Den Namen der Baufirma, bitte«, sagte Heinzel automatisch.

»Äh, *Do-Bau* oder so ähnlich. Sitzt auf jeden Fall in Dortmund.«

Katharina notierte den Namen in einem kleinen Notizbuch. Dann versuchte sie vergeblich, mit ihren Fingernägeln unter die Schale ihres Gipses zu kommen. An ihrer Wade juckte es fürchterlich.

»Sagen Sie mal, Herr Buderus«, meinte sie, »inwieweit haben Ihre Gemeinden in Würzburg und hier in Herten eigentlich miteinander Kontakt? Gibt es so etwas wie regelmäßige Treffen?«

»Kaum. Einmal im Jahr veranstalten wir ein Gebetswochenende, an dem einige Teilnehmer aus jeder Kirche zusammenkommen.«

»Haben Sie selber nicht daran teilgenommen?«

»Nein. Ich habe so viel Arbeit hier. Die Kirchenführungen treffen sich natürlich etwas öfter, etwa alle zwei Monate. Wir besprechen dann Großprojekte, etwa den Kauf von Immobilien oder teure Sanierungen.«

»Haben Bourrier und Tilkowski Sie dabei begleitet?« hakte Heinzel nach. Langsam ahnte der Hauptkommissar, worauf die Blonde aus war.

»Aber selbstverständlich. Sie haben das Zahlenmaterial geliefert und dann mit den Kollegen aus Würzburg die Details abgestimmt.«

»In Ihrer Gegenwart?«

»Ach was. Rechnen konnten die auch ohne uns. Wir Kirchenführer haben über Glaubensfragen diskutiert. Frau Bourrier hat bei der letzten Zusammenkunft vor knapp zwei Monaten beinahe einen Nervenzusammenbruch erlitten.«

»Und warum?« fuhr Gassel dazwischen.

»Die Arme. Ihre beste Freundin ist damals ums Leben gekommen. Autounfall.«

Elektrisiert sah Heinzel auf. »Vor zwei Monaten? Ist dabei zufällig auch ein Bernd Schürmann getötet worden?«

»Ja. Woher wissen sie das?«

Heinzel ignorierte die Frage und rieb sich entmutigt die Augen. Wenn Buderus nur früher so gesprächig gewesen wäre, hätten sie mit Sicherheit ein oder zwei Leichen weniger gehabt.

»Mir langt's fürs erste«, erklärte er. »Ich denke, im Laufe der Woche bekommen Sie die beschlagnahmten Unterlagen zurück.«

Heilfroh schoß das Männchen in die Höhe. »Sie bringen nichts in die Presse, was mit uns in Zusammenhang steht?« flehte er.

»Kann ich Ihnen nicht versprechen. Nach Möglichkeit werde ich alles Aufsehen vermeiden. Kommt, wir müssen los.«

Gassel half Katharina auf die Beine und sah drohend zu der zweieinhalb Zentner Fleisch gewordenen Jungfrau Maria herüber. Buderus Gattin lächelte ihn gewinnend an und wälzte sich zur Seite.

Geschlagen trabten sie durch die Tür, drückten Buderus auf dem Vorplatz noch einmal die schwindsüchtige Hand und krochen in den Dienstwagen. Katharina breitete sich so gut es ging auf der Rückbank aus, während Gassel auf der Beifahrerseite für gefährliche Seitenlage sorgte. Heinzel startete den Motor und ließ den Kies unter den Reifen knirschen.

»Himmel, waren wir blöd«, ärgerte sich Katharina, als die Ausschilderung zur Autobahn erschien. »Am liebsten würde ich im Keller vom Präsidium eine Folterkammer einrichten. Typen wie Buderus präsentieren ihre Weisheiten immer erst dann, wenn alles zu spät ist. Aber dann ungefragt und als Zugabe. Zum Kotzen ist das.«

»Aber bitte nicht im Wagen«, gab Heinzel humorlos zurück. »Ich darf gar nicht daran denken, beim Polizeipräsidenten mit dieser Geschichte aufzukreuzen. Der dreht mich bei lebendigem Leibe durch den Wolf.«

»Fahndung nach Bourrier und Tilkowski?« erkundigte sich Gassel.

»Aber sofort, wenn wir im Präsidium sind. Diese Schweinebande!«

»Unvorstellbar«, nickte das Schwergewicht. »Da nisten sich so ein paar Subjekte in einer Sekte ein, picken sich die labilsten Typen heraus, schicken sie auf den Strich oder in den Drogenhandel, murksen einen Ermittler vom BKA ab, und wir können denen nichts anhaben. Eigentlich müßten wir diesem Jaworski posthum einen Orden verleihen. Entschuldige, Katharina, ging nicht gegen dich oder Berthold.«

»Ich weiß, was du meinst«, antwortete die Blonde.

»Warst du eigentlich schon beim Arzt?« fragte Gassel, um von ihrem unerfreulichen Thema abzulenken.

»Noch nicht, aber ihr könnt mich gleich zu Hause absetzen. Nachher kriegt ihr meinen Krankenschein.«

»Kündigungsgrund«, murrte Heinzel. »Angekündigte Scheine sind sogar für Beamte tödlich.«

»Klemm dir deine Weisheiten in die Lücke zwischen den Ohren«, zischte Katharina zurück.

41

»Gib mir bitte noch das Kuchentablett.«

Katharina hüpfte neben Zanders Mazda auf einem Bein, bis sie die Krücken auf den Asphalt gestemmt hatte. An ihrem rechten Fuß leuchtete ein frisch angelegter Gipsverband, in ihrer Jackentasche wartete die Arbeitsunfähigkeitsbescheinigung darauf, im Personalbüro abgegeben zu werden.

»Ich komme mit hoch«, erbot sich ihr Verlobter. »Nach zehn Metern knallst du doch spätestens der Länge nach hin.«

»Quatsch. Pack die Kalorien in das Einkaufsnetz, das geht schon.«

»Soll ich wirklich nicht mitkommen?«

»Laß mal lieber. Vorhin war ziemlich dicke Luft. Außerdem ist noch normale Bürozeit, da haben Zivilisten nichts bei uns zu suchen.«

Zander hängte die Hefeteilchen an den Griff von Thalbachs Krücke und lehnte sich an die Seite des Japaners. »Darf ich wenigstens auf eurem geheiligten Parkplatz warten?«

»Bitte sehr. Aber benimm dich, die Streifenhörnchen schießen scharf.«

Ulli klemmte sich eine Zigarette in den Mundwinkel und grinste. »Beeil dich lieber. Ich kann es noch gar nicht glauben, daß du die nächsten vier Wochen zu Hause rumhängst.«

»Toll, was? Vor allem, daß ich dir beim Wändestreichen zusehen darf.« Geschickt machte die Blonde eine Kehrtwendung und enterte den Eingang des Präsidiums.

Ihre Kollegen hatten innerlich bereits den erst in einer Stunde beginnenden Feierabend eingeläutet. Auf dem Tisch thronte eine zu einem Drittel geleerte Flasche Asbach, sowohl Heinzel als auch Gassel hielten einen schmierigen Pappbecher mit der schmutzigbraunen Flüssigkeit in der Hand.

»Sieh an, sieh an«, grüßte sie der Dicke. »Das nenne ich Arbeitswut.«

Elegant beförderte Katharina den gelben Urlaubsschein an die Luft und nahm die Nase hoch. »Mindestens vier Wochen ohne euch. Wie soll ich das bloß aushalten?«

Heinzel lugte desinteressiert auf den Schein und hob erneut seinen Becher. »Prost. Und gute Besserung.«

»Was schleppst du da mit dir herum?« schnüffelte Gassel neugierig. Seine Nase war in bezug auf Kuchen so empfindlich wie die eines Drogendackels auf Schwarzen Afghanen.

»Puddingplätzchen, Mohnschnecken und Berliner. Ich schmeiß eine Runde zum Ausstand.«

Gassel schoß hoch, wobei die ansteigende Promillegrenze ihn zwang, sachte an der Schreibtischkante Halt zu suchen. Dann versorgte er jeden mit einem Teller und zerriß hungrig die Verpackung.

»Entschuldige wegen vorhin«, meldete sich Heinzel. »Tut mir leid.«

»Vergeben und vergessen«, meinte die Blonde erleichtert. »Die letzten Wochen waren für alle ziemlich hart.«

»Entscheide dich«, kaute Gassel. »Erst die gute oder erst die schlechte Nachricht.«

Katharina sicherte sich einen Berliner, bevor Gassel allzu schwere Verwüstungen zwischen dem Backwerk angerichtet hatte, und setzte sich.

»Bitte erst die gute.«

»Hofmanns Freundin rief vorhin an. Berthold wird Ende der Woche nach Bochum verlegt. Sein Zustand hat sich stabilisiert, Lebensgefahr besteht nicht mehr.«

»Gott sei Dank«, entfuhr es Thalbach.

»Kein Wort mehr von Gott«, warnte Heinzel. Der leere Becher landete im Papierkorb, die Flasche im Rollfach seines Beistelltisches. Dann ergriff er ebenfalls ein Stück Kuchen. »Bourrier und Tilkowski sind weg«, erklärte er. »Dominikanische Republik, Freitag abend von Frankfurt aus. Die kriegen wir nicht mehr. Von dort aus kommen sie problemlos weiter.«

»Die Beweise waren doch eh zu dünn«, tröstete Katharina ruhig.

»Stimmt nicht«, widersprach Gassel. »Tilkowski hat über die Firma seines Bruders illegal Arbeitskräfte nach Deutschland geschleust. Die hat er dann für teures Geld weitervermittelt oder in den Puffs als Aufpasser arbeiten lassen. Hauptsächlich Rumänen, Bulgaren und Russen. Gelegentlich haben sich unsere Freunde auf diese Art auch Frischfleisch für ihre Läden besorgt, wenn der Nachschub aus der Sekte ins Stocken kam. Völlig risikolos, keine der Damen hatte einen Bockschein. Nach zwei, drei Monaten dampften die wieder in ihre Heimatländer. Unsere Dortmunder Kollegen hatten die Firma schon seit einiger Zeit auf dem Kieker. Allerdings wußten die nichts von den Bordellen und der Querverbindung zu unseren Leichen. Augenscheinlich gingen die nur von illegalen Beschäftigungsverhältnissen aus.«

»Den Mord können wir der Bourrier allerdings nicht nachweisen«, setzte Heinzel müde fort. »Aber sie und Tilkowski waren die Köpfe der Bande, zumindest hier im Bochumer Raum. Ich würde wetten, die bekamen ihre Befehle aus Würzburg.«

»Verfluchter Mist«, ärgerte sich Katharina. »Und was war jetzt genau mit diesem Schürmann? Hat die Bourrier den auch auf dem Gewissen?«

»Höchstwahrscheinlich ja. Tatsächlich hat wohl ihre Freundin mit Schürmann angebandelt. Schürmann wollte über die Frau, die mit ihm verbrannt ist, mit ziemlicher Sicherheit an die Hintermänner der Sekte. Offensichtlich war er jedoch schon lange aufgeflogen, und Bourrier und Konsorten haben jemanden auf ihn angesetzt. Die haben nur auf eine günstige Gelegenheit gewartet, ihn zu beseitigen. Daß dabei eine ihrer eigenen Mitglieder dran glauben mußte, war anscheinend das geringere Übel.«

Gassel rülpste laut auf und hob entschuldigend die Hände. Von den acht Kuchenstücken waren inzwischen sechs in seinem Verdauungstrakt.

»Mahlzeit«, kommentierte Heinzel automatisch. Nach fünfzehn Jahren in einem Büro mit dem Dicken konnte ihn nichts mehr schocken.

»Weiß Westhoff schon Bescheid?«

»Klar. Der Alte kapiert allerdings die Zusammenhänge nicht so ganz. Für ihn ist der tote Killer die Hauptsache. Hat gegrinst wie unser Dicker nach einer vierfachen Currywurst.«

»Eine Beschwerde haben wir übrigens auch am Hals«, ergänzte Gassel amüsiert. »Recklinghausen hat unserem Polizeipräsidenten ein bitterböses Fax geschickt. Angeblich hätten wir in ihrem Revier gewildert, ohne den Kollegen Bescheid zu sagen.«

»Typisch Lohkamp«, seufzte Katharina. »Ich darf gar nicht daran denken, beinahe hätte ich bei denen angefangen. Muß ein ganz schöner Spinner sein.«

»Der ist ganz in Ordnung«, beschwichtigte Heinzel matt. »Trägt seit dem Mord an diesem Minister auch ein ziemlich schweres Päckchen auf dem Rücken.«

»Hat das Folgen für uns?« wollte Katharina wissen.

»Ach was. Der Präsi hat gegrinst, obligatorisch um mehr Rücksichtnahme und bessere Zusammenarbeit gebeten und den Schrieb in den Müll gedonnert.«

Thalbach sammelte ihre Krücken ein, stieß sich von ihrem Stuhl hoch und seufzte. »Ihr werdet mir in den nächsten Wochen fehlen, ehrlich. Besonders, wenn ich mich morgens früh um acht gemütlich in die Kissen kuschle.«

»Olles Ekel«, beschwerte sich Heinzel nicht sonderlich erbost.

»Ich kuschle mich gerne neben dich«, bot sich Gassel an, »falls die Sehnsucht zu groß wird.«

»Keine Chance. So ein breites Bett besitze ich gar nicht.«

»Und wer schreibt deinen Bericht? Kannst du nicht wenigstens noch den Papierkram erledigen?«

Katharina blinzelte Heinzel entschuldigend zu. »Folgt per Post. Macht's gut, ihr zwei. Sagt mir Bescheid, in welches Krankenhaus Berthold verfrachtet wird. Ich möchte ihn gerne besuchen.«

Im Präsidium herrschte Aufbruchstimmung. Katharina schleppte sich mit gemischten Gefühlen langsam durch die heiligen Hallen der Bochumer Ordnungsmacht, vorbei an den sich allmählich leerenden Büros. Der Fall war zwar eigentlich gelöst, aber sie empfand es als persönliche Niederlage, an Bourrier und Tilkowski vorerst nicht dranzukommen. Der Polizeipräsident würde sich und seine Leute in den nächsten Tagen von der Presse als die großen Ermittler feiern lassen, die für ein Ende der Mordserie gesorgt hatten. Was zählte da schon die flüchtige Mörderin einer erdrosselten Prostituierten?

Energisch schüttelte Katharina den Kopf und vertrieb ihre düsteren Gedanken. Sie nahm die Zwangspause gerne in Kauf. Aufatmend trat sie in das langsam durch die Wolkendecke brechende Sonnenlicht und sah sich nach Zander und seinem Mazda um.

Die schönsten
Biergärten
im Revier
Biergartenführer Ruhrgebiet
MICHAEL KÖSTER
73 Biergärten
inklusive 73 Freizeit-Tipps
KLARTEXT

Die schönsten Biergärten im Revier

Biergartenführer Ruhrgebiet

In München und Umgebung sind Biergärten eine Weltanschauung. Bringt der Frühling die ersten wärmenden Sonnenstrahlen, dann schwärmen die Freunde dieser einzigartigen Freiluft-Kultur aus. Unter Schatten spendenden Kastanien sind alle gesellschaftlichen Schranken aufgehoben. Studenten und Schlipsträger hocken beieinander, um bei Maß und Brotzeit über Politik, Fußball oder das Wetter zu diskutieren.

Inzwischen findet diese Art des „Dolce Vita" aber auch nördlich des Weißwurst-Äquators eine hohe Akzeptanz, immer mehr Freiluft-Schänken nach bajuwarischem Vorbild wurden in den letzten Jahren eröffnet. Vor allem im Ballungsraum Ruhrgebiet, wo die Menschen danach dürsten, irgendwo im Grünen ihr Bier zu genießen. Statt eines süffigen Hellen wird hierzulande ein herbes Pils bevorzugt, statt einer Schweinshaxe darf's auch eine Currywurst sein.

Wir stellen die schönsten Biergärten des Reviers in einem handlichen Führer vor, geben Tipps und Hinweise zur Anreise, zu den Angeboten und zu Ausflugsmöglichkeiten.

Schönes NRW

Reiseführer

zu den historischen Stadt- und Ortskernen in Nordrhein-Westfalen

Malerische Altstädte, über Jahrhunderte gewachsen und von Generationen behutsam gepflegt: Dieser Reiseführer ist ein unentbehrlicher Begleiter für alle, die das historische Nordrhein-Westfalen entdecken möchten.

In übersichtlicher Gliederung wird der Weg zu Sehenswürdigkeiten, aber auch zu empfehlenswerten Restaurants, zu Geschäften und Stadtfesten gewiesen. Wissenswertes zur Geschichte sowie praktische Tipps und Anreise-Hinweise machen Lust auf Ausflüge ins Ruhrgebiet und ins Rheinland, nach Westfalen und ins Münsterland, ins Bergische Land und in die Eifel.